BEST SHORT STORIES
LES MEILLEURS CONTES
A Dual-Language Book

GUY DE MAUPASSANT

TRANSLATED AND EDITED BY
STEVEN JUPITER

DOVER PUBLICATIONS, INC.
New York

Bibliographical Note

Best Short Stories/Les Meilleurs Contes: A Dual-Language Book, first published by Dover Publications, Inc., in 1996, consists of a new selection of Maupassant stories (see the Introduction for first French-language publications) accompanied by new English translations prepared specially for the present edition, with new introductory matter.

International Standard Book Number

ISBN-13: 978-0-486-28918-2
ISBN-10: 0-486-28918-4

Manufactured in the United States by Courier Corporation
28918411 2014
www.doverpublications.com

CONTENTS

Introduction vii

Boule de suif 2
Boule de Suif 3

La Tellier 70
The Tellier Establishment 71

Mademoiselle Fifi 118
Mademoiselle Fifi 119

Miss Harriet 140
Miss Harriet 141

La Ficelle 174
The Piece of String 175

La Parure 186
The Necklace 187

Le Horla 202
The Horla 203

INTRODUCTION

GUY DE MAUPASSANT WAS, like his idol Flaubert, a native of Normandy, born near Dieppe in 1850. His family was comfortably middle class, although his father was a spendthrift who squandered what assets they had, prompting his mother to leave her husband while Guy was still a boy. He and his brother Hervé were raised by Laure de Maupassant at Étretat on the Norman coast. Early on, Laure had literary aspirations for Guy and tried to mold the boy in the image of her brother, Alfred le Poittevin, a distinguished scholar who was a confidant of Gustave Flaubert. When Alfred died at a young age, Flaubert took a paternal interest in Guy and lectured him incessantly on the importance of discipline and hard work in the forging of a literary career. Guy, however, was a rather lazy child, given to the same sort of idleness and expensive tastes that had afflicted his father. Yet as he grew older, Guy began to realize the truth in his mentor's sermons and decided to pursue writing with the same zeal he had previously applied to his pursuit of leisure.

Despite Guy's new literary fervor, the worsening financial circumstances of his family forced him to take a low-paying position as a clerk in Paris. During this time, with the help of Flaubert, he made his debut in Parisian literary circles through the publication of several poems, although he was not to receive much attention until the appearance of "Boule de suif" in 1880. With the critical and financial success of that piece, Maupassant realized that his strength lay not in poetry but in prose and he began to work exclusively in that format.

After "Boule de suif," Maupassant's career blossomed and the money he earned enabled him to quit his clerical job at the Navy Department (Ministère de la Marine) and devote himself totally to his writing as well as to indulge his fondness for luxury. He spent his earnings as quickly as he received them, traveling widely, eating well, decorating his home. His love of money bordered on Norman caricature, leading him in his later career to produce, with his publisher's encouragement,

a number of less well-received works purely for financial gain, sure that people would buy anything that bore his name.

Once his work had secured him a lofty place in the world of letters, Maupassant began to comport himself like the giant he had become, refusing to bow to the pretensions of literary salons and academic debate. Though now a rich man, he never forgot his beginnings as an impoverished clerk or the financial difficulties his family had endured. He had no patience for the snobbery of academics or literati, whom he thought of as lackluster poseurs trying hard to stake unjustifiable claims for themselves in literature.

While a young man, Maupassant had contracted syphilis. The disease caused him to have periodic seizures and, as it became progressively worse, to become incoherent and delirious. Many of his most famous and well-regarded works, such as "The Horla" (1886), have their roots in these flashes of madness. The pungently realistic quality of these stories is made all the more disturbing by the knowledge that they were not for him wholly products of his imagination but rather patchworks of his daily life. By his late thirties, the illness had become so severe that his mind and body were both seriously compromised. Aware of his condition, Maupassant attempted suicide at the beginning of 1892. Saved by his valet at the last minute, he was committed to an asylum, where he died in the summer of 1893, at the age of forty-two.

Now, over one hundred years after his death, we have a new appreciation for Maupassant. Although for much of this century he was considered bourgeois and middlebrow by many literary critics, he has in recent decades enjoyed a critical reevaluation and has finally been accorded the respect and status that his work merits.

Certain themes recur frequently in Maupassant's stories and are exemplified in the selections offered in this volume. First, there is the henpecked husband. Over and over again in his stories Maupassant pits weak, spineless men against stronger, shrewish women. He has often been accused of misogyny because of this, as if he saw all women as emasculating viragos who beat their husbands into submission, but, while these accusations are supported by certain pieces, such as "The Necklace" (1884), in which a woman's vanity brings about the downfall and ruin of her and her husband, they completely ignore others, such as "Boule de Suif," in which Maupassant offers a sympathetic portrait of a strong-willed prostitute unjustly shamed by the misogyny and prejudices of her compatriots. There is also "Mademoiselle Fifi" (1882), in which a prostitute defends the honor of her country. Despite the abundance of prostitutes in Maupassant's stories, they are never por-

trayed as amoral, slovenly creatures. Instead, they are among his most heroic characters, possessing an inner strength and moral conviction that the other, more "respectable" characters lack. One cannot make any unassailable claims, then, as to Maupassant's feelings toward women.

Another important theme in Maupassant's œuvre is that of madness. "The Horla" is surely the most well-known of his works to deal with the subject. In the piece, the narrator's madness is used as a metaphor for society's "ills" rather than as simply a chronicle of one man's breakdown. However, the narrator's mental deterioration has obvious parallels in Maupassant's own existence, which gives the work added resonance. Not only did Maupassant himself suffer from mental imbalance, his brother did as well, dying three years after the publication of "The Horla."

Maupassant has often been called pessimistic and misanthropic, as if he saw human nature as something dark and inherently disturbed. Though it is difficult to read these stories without conceding somewhat to these criticisms, the bleakness and negativity are counterbalanced by the glimmers of morality, conviction and kindness one sees in characters such as Boule de Suif, Rachel of "Mademoiselle Fifi," Madame Tellier of "The Tellier Establishment" and Léon Chenal of "Miss Harriet." If Maupassant saw life itself as unfair and cruel, then by the same token he saw people as capable of rebelling against this, of seeking, albeit mostly in vain, some kind of order in life's chaos.

War plays yet another significant role in Maupassant's work. Several of his stories, including two of those here, take place during the Franco-Prussian war. Some, like "Boule de Suif," use the war not as a backdrop but almost as a character in itself. Others, like "Mademoiselle Fifi," concern themselves with the resistance of the French against the Prussians. Maupassant was a patriotic man, often to the point of chauvinism, and he showed the effects of the war through the eyes of the common folk, not through long, drawn-out descriptions of battles and bloodshed. He was interested in how the peasantry suffered amid all the turmoil brought on by those in power, how they learned to live in a kind of delicate symbiosis with enemy soldiers.

Finally, Normandy itself is a major influence on Maupassant. A native son, he set many of his stories in his homeland. His characters use localisms in their speech, and Maupassant does his best to convey a sense of their rustic accents. Life in Normandy, differing greatly from sunnier climes such as Provence, is hard, cold, unwelcoming. The landscape is harsh and rocky, with cliffs and crags. The sea is an ever-present and ominous force, the conduit for all that is foreign and strange.

It brings the Brazilian ship in "The Horla," and is the backdrop for the harrowing climax of "Miss Harriet."

Much has also been made of Maupassant's use of irony in such tales as "The Necklace" and "The Piece of String." Although its use is undeniable in those two pieces, one must not thereby assume that all of Maupassant's works contain equally jolting twists of fate. In fact, it is perhaps this sort of "gimmickry" that destined Maupassant to so many years of popular appeal and critical dismissal. But if one takes the stories not as mere entertainment, diverting as they are, but as commentary on the injustices of life, they fit more readily within the overall scheme of Maupassant's work.

Regardless of one's opinions about Maupassant's perspective on society, his talent is undeniable. The stories collected here are among Maupassant's most famous and respected. It is impossible to read these works and not be moved by his words. They linger in the imagination. Maupassant's standing as one of the fathers of the modern short story is well deserved.

"Boule de suif" was originally published as Maupassant's contribution to the multiauthor volume *Les Soirées de Médan* in 1880 (published by G. Charpentier, Paris).

"La Maison Tellier" first appeared in Maupassant's short-story collection of the same name in 1881 (Victor Havard, Paris).

"Mademoiselle Fifi" was first published under a pseudonym in the magazine *Gil Blas* in 1882. Later that year it was published in book form within Maupassant's short-story collection of the same name (Kistemaeckers, Brussels; first Parisian volume publication, Havard, 1883).

"Miss Harriet" first appeared in the magazine *Le Gaulois* in 1883 under the title "Miss Hastings." Its first book publication was in Maupassant's short-story collection of the same name, 1884 (Havard).

"La Ficelle" was first published in *Le Gaulois*, 1883, then in the collection *Miss Harriet*, 1884.

"La Parure" first appeared in *Le Gaulois*, 1884, then in Maupassant's short-story collection *Contes du Jour et de la Nuit*, 1885 (Marpon et Flammarion, Paris).

"Le Horla" was first published in an early version in *Gil Blas* in 1886, then, in its final version, in Maupassant's short-story collection of the same name in 1887 (Ollendorff, Paris).

All the footnotes have been added by the editor.

BEST SHORT STORIES
LES MEILLEURS CONTES

BOULE DE SUIF

PENDANT PLUSIEURS JOURS de suite des lambeaux d'armée en déroute avaient traversé la ville. Ce n'était point de la troupe, mais des hordes débandées. Les hommes avaient la barbe longue et sale, des uniformes en guenilles, et ils avançaient d'une allure molle, sans drapeau, sans régiment. Tous semblaient accablés, éreintés, incapables d'une pensée ou d'une résolution, marchant seulement par habitude, et tombant de fatigue sitôt qu'ils s'arrêtaient. On voyait surtout des mobilisés, gens pacifiques, rentiers tranquilles, pliant sous le poids du fusil; des petits moblots alertes, faciles à l'épouvante et prompts à l'enthousiasme, prêts à l'attaque comme à la fuite; puis, au milieu d'eux, quelques culottes rouges, débris d'une division moulue dans une grande bataille; des artilleurs sombres alignés avec ces fantassins divers; et, parfois, le casque brillant d'un dragon au pied pesant qui suivait avec peine la marche plus légère des lignards.

Des légions de francs-tireurs aux appellations héroïques: «les Vengeurs de la Défaite—les Citoyens de la Tombe—les Partageurs de la Mort»—passaient à leur tour, avec des airs de bandits.

Leurs chefs, anciens commerçants en draps ou en graines, ex-marchands de suif ou de savon, guerriers de circonstance, nommés officiers pour leurs écus ou la longueur de leurs moustaches, couverts d'armes, de flanelle et de galons, parlaient d'une voix retentissante, discutaient plans de campagne, et prétendaient soutenir seuls la France agonisante sur leurs épaules de fanfarons: mais ils redoutaient parfois leurs propres soldats, gens de sac et de corde, souvent braves à outrance, pillards et débauchés.

Les Prussiens allaient entrer dans Rouen, disait-on.

La Garde nationale qui, depuis deux mois, faisait des reconnaissances très prudentes dans les bois voisins, fusillant parfois ses propres sentinelles, et se préparant au combat quand un petit lapin remuait sous des broussailles, était rentrée dans ses foyers. Ses armes, ses uniformes, tout son attirail meurtrier dont elle épouvantait naguère les

BOULE DE SUIF

FOR SEVERAL DAYS in a row, remains of the routed army had been crossing through the town. They weren't in troops, but in disbanded hordes. The men had long and dirty beards, ragged uniforms, and they moved ahead with a lifeless look about them, with no flag, with no regiment. They all seemed spent, worn out, incapable of a thought or a resolution, marching only out of habit, and collapsing from exhaustion as soon as they stopped. More than anything, one saw reservists, peaceful folk who'd been living quietly on their private income, bent double under the weight of their rifles; alert little militiamen, easily frightened and open to enthusiasm, as ready to attack as to run away; then, in their midst, some regulars in red breeches, leftovers from a division pulverized in a great battle; grim artillerymen were mixed in with these diverse footsoldiers; and, sometimes, the shiny helmet of a lumbering dragoon who could barely keep up with the easier progress of the rank and file.

Legions of volunteers with heroic titles—"Avengers of Defeat," "Citizens of the Tomb," "Partners in Death"—also passed by in turn, looking like bandits.

Their leaders, former tradesmen in cloth or in grain, erstwhile merchants of tallow or of soap, improvised warriors, who had been appointed officers by dint of their money or the length of their mustaches, laden with weapons, flannel and gold braid, would speak in a resounding voice, discuss battle plans and claim that they alone supported their suffering France on their braggarts' shoulders; but they sometimes feared their own soldiers, gallows birds who were often brave to the death, who pillaged and debauched.

The Prussians were going to enter Rouen, people said.

The National Guard, who for two months now had been doing very cautious reconnaissance work in the neighboring woods, sometimes shooting their own sentinels, and preparing themselves for combat whenever a little rabbit stirred in the underbrush, had returned home. Their weapons, their uniforms, all their murderous trappings, which

3

bornes des routes nationales à trois lieues à la ronde avaient subitement disparu.

Les derniers soldats français venaient enfin de traverser la Seine pour gagner Pont-Audemer par Saint-Sever et Bourg-Achard; et, marchant après tous, le général, désespéré, ne pouvant rien tenter avec ces loques disparates, éperdu lui-même dans la grande débâcle d'un peuple habitué à vaincre et désastreusement battu malgré sa bravoure légendaire, s'en allait à pied, entre deux officiers d'ordonnance.

Puis un calme profond, une attente épouvantée et silencieuse avaient plané sur la cité. Beaucoup de bourgeois bedonnants, émasculés par le commerce, attendaient anxieusement les vainqueurs, tremblant qu'on ne considérât comme une arme leurs broches à rôtir ou leurs grands couteaux de cuisine.

La vie semblait arrêtée; les boutiques étaient closes, la rue muette. Quelquefois un habitant, intimidé par ce silence, filait rapidement le long des murs.

L'angoisse de l'attente faisait désirer la venue de l'ennemi.

Dans l'après-midi du jour qui suivit le départ des troupes françaises, quelques uhlans, sortis on ne sait d'où, traversèrent la ville avec célérité. Puis, un peu plus tard, une masse noire descendit de la côte Sainte-Catherine, tandis que deux autres flots envahisseurs apparaissaient par les routes de Darnétal et de Bois-Guillaume. Les avant-gardes des trois corps, juste au même moment, se joignirent sur la place de l'Hôtel-de-Ville; et, par toutes les rues voisines, l'armée allemande arrivait, déroulant ses bataillons qui faisaient sonner les pavés sous leur pas dur et rythmé.

Des commandements criés d'une voix inconnue et gutturale montaient le long des maisons qui semblaient mortes et désertes, tandis que, derrière les volets fermés, des yeux guettaient ces hommes victorieux, maîtres de la cité, des fortunes et des vies de par le «droit de guerre». Les habitants, dans leurs chambres assombries, avaient l'affolement que donnent les cataclysmes, les grands bouleversements meurtriers de la terre, contre lesquels toute sagesse et toute force sont inutiles. Car la même sensation reparaît chaque fois que l'ordre établi des choses est renversé, que la sécurité n'existe plus, que tout ce que protégeaient les lois des hommes ou celles de la nature, se trouve à la merci d'une brutalité inconsciente et féroce. Le tremblement de terre écrasant sous les maisons croulantes un peuple entier; le fleuve débordé qui roule les paysans noyés avec les cadavres des bœufs et les poutres arrachées aux toits, ou l'armée glorieuse massacrant ceux qui se défen-

had recently been terrorizing the milestones of the national highways for three leagues in every direction, had suddenly disappeared.

The last French soldiers had finally just crossed the Seine to reach Pont-Audemer by way of Saint-Sever and Bourg-Achard; and, marching behind everyone, the general—desperate, unable to attempt anything with that motley rag-tag bunch, himself bewildered by this great debacle that had befallen a people accustomed to winning and, despite their legendary bravery, disastrously beaten—was going along on foot, between two aides-de-camp.

Then a profound calm, a fearful and silent period of waiting had settled on the city. Many well-fed members of the bourgeoisie, emasculated by the commercial life, awaited the conquerors anxiously, trembling with the fear that their roasting spits or their big kitchen knives might be perceived as weapons.

Life seemed to come to a halt; the shops were closed, the streets soundless. Sometimes an inhabitant, intimidated by this silence, scampered quickly along the walls.

The anguish of waiting created a longing for the arrival of the enemy.

In the afternoon of the day following the departure of the French troops, a few Uhlans, coming from who knows where, crossed the city quickly. Then, a little later, a black mass descended from Saint Catherine's Hill, while two other waves of invaders appeared via the roads from Darnétal and Bois-Guillaume. The front lines of the three corps, at exactly the same moment, came together in the Place de l'Hôtel-de-Ville; and, from all the neighboring streets, the German army was arriving, unleashing its battalions that made the pavement ring under their hard and rhythmic steps.

Commands shouted in an unfamiliar, guttural tongue rose up along the houses, which seemed dead and deserted, while, behind the closed shutters, eyes were watching these victorious men who were masters of the city, of fortunes and of lives by the "right of war." The inhabitants, in their darkened rooms, suffered that panic brought on by cataclysms, by the great murderous tremblings of the earth, against which all wisdom and all strength are useless. For the same sensation occurs each time the established order of things is overturned, when security no longer exists, when all that was protected by the laws of man or of nature finds itself at the mercy of a mindless and violent brutality. The earthquake that crushes an entire populace beneath their crumbling houses; the overflowing river that carries away the drowned countryfolk with the carcasses of steer and beams ripped from roofs, or the victorious army massacring those who defend themselves, leading away

dent, emmenant les autres prisonniers, pillant au nom du Sabre et re-
merciant un Dieu au son du canon, sont autant de fléaux effrayants qui
déconcertent toute croyance à la justice éternelle, toute la confiance
qu'on nous enseigne en la protection du ciel et la raison de l'homme.

Mais à chaque porte des petits détachements frappaient, puis dis-
paraissaient dans les maisons. C'était l'occupation après l'invasion. Le
devoir commençait pour les vaincus de se montrer gracieux envers les
vainqueurs.

Au bout de quelque temps, une fois la première terreur disparue, un
calme nouveau s'établit. Dans beaucoup de familles, l'officier prussien
mangeait à table. Il était parfois bien élevé, et, par politesse, plaignait
la France, disait sa répugnance en prenant part à cette guerre. On lui
était reconnaissant de ce sentiment; puis on pouvait, un jour ou l'autre,
avoir besoin de sa protection. En le ménageant on obtiendrait peut-être
quelques hommes de moins à nourrir. Et pourquoi blesser quelqu'un
dont on dépendait tout à fait? Agir ainsi serait moins de la bravoure que
de la témérité.—Et la témérité n'est plus un défaut des bourgeois de
Rouen, comme au temps des défenses héroïques où s'illustra leur
cité.—On se disait enfin, raison suprême tirée de l'urbanité française,
qu'il demeurait bien permis d'être poli dans son intérieur pourvu qu'on
ne se montrât pas familier, en public, avec le soldat étranger. Au de-
hors on ne se connaissait plus, mais dans la maison on causait volon-
tiers, et l'Allemand demeurait plus longtemps, chaque soir, à se chauf-
fer au foyer commun.

La ville même reprenait peu à peu de son aspect ordinaire. Les
Français ne sortaient guère encore, mais les soldats prussiens grouil-
laient dans les rues. Du reste, les officiers de hussards bleus, qui traî-
naient avec arrogance leurs grands outils de mort sur le pavé, ne sem-
blaient pas avoir pour les simples citoyens énormément plus de mépris
que les officiers de chasseurs, qui, l'année d'avant, buvaient aux mêmes
cafés.

Il y avait cependant quelque chose dans l'air, quelque chose de sub-
til et d'inconnu, une atmosphère étrangère intolérable, comme une
odeur répandue, l'odeur de l'invasion. Elle emplissait les demeures et
les places publiques, changeait le goût des aliments, donnait l'impres-
sion d'être en voyage, très loin, chez des tribus barbares et dangereuses.

Les vainqueurs exigeaient de l'argent, beaucoup d'argent. Les habi-
tants payaient toujours; ils étaient riches d'ailleurs. Mais plus un né-
gociant normand devient opulent et plus il souffre de tout sacrifice, de
toute parcelle de sa fortune qu'il voit passer aux mains d'un autre.

Cependant, à deux ou trois lieues sous la ville, en suivant le cours

the others as prisoners, looting in the name of the Sword and thanking a God to the sound of a cannon, these are all horrible scourges that unsettle all belief in eternal justice and all the faith that we are taught to have in the protection of heaven and in the reason of man.

But little detachments were knocking at every door, then disappearing inside the houses. It was the occupation after the invasion. The obligation had begun for the conquered to show themselves hospitable towards the conquerors.

After some time, once the first terror had disappeared, a new calm was established. In many families, the Prussian officer would eat at the table. He would sometimes be well-bred and, out of politeness, would pity France, would tell of his repugnance in taking part in this war. The family was grateful to him for this sentiment; besides, one day or another, they might have need of his protection. By humoring him they might perhaps obtain a few less men to feed. And why offend someone on whom you totally depend? To act thus would be less a matter of bravery than of recklessness.—And recklessness is no longer a fault of the citizenry of Rouen, as it was in the times of the heroic defenses that won renown for their city.—Finally, they told themselves, as a supreme rationalization drawn from notions of French civility, that it was all right to be polite indoors as long as one didn't show oneself on familiar terms with the foreign soldier in public. Outside they no longer knew each other, but in the house they would chat willingly, and the German would spend more time each evening warming himself at the hearth.

The town itself reclaimed its usual appearance little by little. The French still hardly ever went out, but the Prussian soldiers were teeming in the streets. Furthermore, the officers of the Blue Hussars, who arrogantly dragged their big implements of death on the pavement, didn't seem to have much more contempt for the common citizenry than had the French light-cavalry officers who, the year before, had drunk in the same cafés.

There was, however, something in the air, something subtle and mysterious, an intolerable foreign atmosphere, like a spreading odor, the odor of invasion. It filled the houses and the public squares, altered the taste of food, gave the impression that one was on a journey, very far away, among barbaric and dangerous tribes.

The conquerors demanded money, lots of money. The inhabitants always paid; they were rich, after all. But the more a Norman businessman becomes well-off, the more he suffers from any kind of sacrifice and from seeing any part of his fortune pass into another's hands.

However, two or three leagues down from the city, following the

de la rivière, vers Croisset, Dieppedalle ou Biessart, les mariniers et les pêcheurs ramenaient souvent du fond de l'eau quelque cadavre d'Allemand gonflé dans son uniforme, tué d'un coup de couteau ou de savate, la tête écrasée par une pierre, ou jeté à l'eau d'une poussée du haut d'un pont. Les vases du fleuve ensevelissaient ces vengeances obscures, sauvages et légitimes, héroïsmes inconnus, attaques muettes, plus périlleuses que les batailles au grand jour et sans le retentissement de la gloire.

Car la haine de l'Étranger arme toujours quelques Intrépides prêts à mourir pour une Idée.

Enfin, comme les envahisseurs, bien qu'assujétissant la ville à leur inflexible discipline, n'avaient accompli aucune des horreurs que la renommée leur faisait commettre tout le long de leur marche triomphale, on s'enhardit, et le besoin du négoce travailla de nouveau le cœur des commerçants du pays. Quelques-uns avaient de gros intérêts engagés au Havre que l'armée française occupait, et ils voulurent tenter de gagner ce port en allant par terre à Dieppe où ils s'embarqueraient.

On employa l'influence des officiers allemands dont on avait fait la connaissance, et une autorisation de départ fut obtenue du général en chef.

Donc, une grande diligence à quatre chevaux ayant été retenue pour ce voyage, et dix personnes s'étant fait inscrire chez le voiturier, on résolut de partir un mardi matin, avant le jour, pour éviter tout rassemblement.

Depuis quelque temps déjà la gelée avait durci la terre, et le lundi, vers trois heures, de gros nuages noirs venant du nord apportèrent la neige qui tomba sans interruption pendant toute la soirée et toute la nuit.

A quatre heures et demie du matin, les voyageurs se réunirent dans la cour de l'Hôtel de Normandie, où l'on devait monter en voiture.

Ils étaient encore pleins de sommeil, et grelottaient de froid sous leurs couvertures. On se voyait mal dans l'obscurité; et l'entassement des lourds vêtements d'hiver faisait ressembler tous ces corps à des curés obèses avec leurs longues soutanes. Mais deux hommes se reconnurent, un troisième les aborda, ils causèrent:—«J'emmène ma femme»,—dit l'un.—«J'en fais autant».—«Et moi aussi.»—Le premier ajouta:—«Nous ne reviendrons pas à Rouen, et si les Prussiens approchent du Havre nous gagnerons l'Angleterre.»—Tous avaient les mêmes projets, étant de complexion semblable.

Cependant on n'attelait pas la voiture. Une petite lanterne, que portait un valet d'écurie, sortait de temps à autre d'une porte obscure pour

course of the river, toward Croisset, Dieppedalle or Biessart, the sailors and the fishermen would often dredge up from the bottom of the water some cadaver of a German, bloated up in his uniform, who had been killed by a knife or sharp kicks, or had had his head crushed by a stone, or had been thrown into the water by a push from the top of a bridge. The river mud covered up these secret acts of vengeance, savage though justified, these unrecognized acts of heroism, these silent attacks, more perilous than the battles in full daylight and without the fanfare of glory.

For hatred of the foreigner always arouses some fearless men ready to die for an ideal.

In short, as the invaders, although subjecting the city to their inflexible discipline, hadn't inflicted any of the horrors which rumor had them committing throughout their victorious march, everyone grew bold, and the need to do business began once again to prey upon the hearts of the local merchants. Some of them had major interests at Le Havre, which the French army was occupying, and they wanted to try to reach that port by going overland to Dieppe, where they would board ships.

They used the influence of the German soldiers whom they'd gotten to know, and an authorization for departure was procured from the general in command.

So, a large, four-horse stagecoach having been retained for this trip, and ten people having signed up at the coach dispatcher's, they resolved to leave on a Tuesday morning, before dawn, so as to avoid the crowds.

For some time already frost had hardened the ground, and on Monday, around three o'clock, big, black clouds coming from the north brought snow that fell without break all evening and all night.

At four-thirty in the morning, the travelers met in the courtyard of the Normandy Hotel, where they were supposed to board the coach.

They were still sleepy, and shivered with cold under their blankets. They couldn't make each other out in the darkness; and the heaps of heavy winter clothing made all these bodies look like fat priests with their long cassocks. But two men recognized each other, a third greeted them, they chatted: "I'm bringing my wife," said one. "I'm doing likewise." "So am I." The first added: "We aren't going to come back to Rouen, and if the Prussians encroach on Le Havre we'll go to England." They all had the same plans, being of similar disposition.

However, the coach wasn't being hitched up. A small lantern, carried by a stable hand, from time to time emerged from a dark doorway

disparaître immédiatement dans une autre. Des pieds de chevaux frappaient la terre, amortis par le fumier des litières, et une voix d'homme parlant aux bêtes et jurant s'entendait au fond du bâtiment. Un léger murmure de grelots annonça qu'on maniait les harnais; ce murmure devint bientôt un frémissement clair et continu, rythmé par le mouvement de l'animal, s'arrêtant parfois, puis reprenant dans une brusque secousse qu'accompagnait le bruit mat d'un sabot ferré battant le sol.

La porte subitement se ferma. Tout bruit cessa. Les bourgeois gelés s'étaient tus; ils demeuraient immobiles et roidis.

Un rideau de flocons blancs ininterrompu miroitait sans cesse en descendant vers la terre; il effaçait les formes, poudrait les choses d'une mousse de glace; et l'on n'entendait plus, dans le grand silence de la ville calme et ensevelie sous l'hiver que ce froissement vague innommable et flottant, de la neige qui tombe, plutôt sensation que bruit, entremêlement d'atomes légers qui semblaient emplir l'espace, couvrir le monde.

L'homme reparut, avec sa lanterne, tirant au bout d'une corde un cheval triste qui ne venait pas volontiers. Il le plaça contre le timon, attacha les traits, tourna longtemps autour pour assurer les harnais, car il ne pouvait se servir que d'une main, l'autre portant sa lumière. Comme il allait chercher la seconde bête, il remarqua tous ces voyageurs immobiles, déjà blancs de neige, et leur dit:—«Pourquoi ne montez-vous pas dans la voiture, vous serez à l'abri, au moins.»

Ils n'y avaient pas songé, sans doute, et ils se précipitèrent. Les trois hommes installèrent leurs femmes dans le fond, montèrent ensuite; puis les autres formes indécises et voilées prirent à leur tour les dernières places sans échanger une parole.

Le plancher était couvert de paille où les pieds s'enfoncèrent. Les dames du fond, ayant apporté des petites chaufferettes en cuivre avec un charbon chimique, allumèrent ces appareils, et, pendant quelque temps, à voix basse, elles en énumérèrent les avantages, se répétant des choses qu'elles savaient déjà depuis longtemps.

Enfin, la diligence étant attelée avec six chevaux au lieu de quatre à cause du tirage plus pénible, une voix du dehors demanda:—«Tout le monde est-il monté?»—Une voix du dedans répondit:—«Oui.»—On partit.

La voiture avançait lentement, lentement, à tout petits pas. Les roues s'enfonçaient dans la neige; le coffre entier geignait avec des craquements sourds; les bêtes glissaient, soufflaient, fumaient; et le fouet gigantesque du cocher claquait sans repos, voltigeait de tous les côtés, se

only to disappear immediately into another. Horses' feet clomped on the ground, deadened by the manure of the litter, and a man's voice was heard speaking to the beasts and swearing from deep inside the building. A light tinkle of bells announced that the harness was being handled; this tinkle soon became a loud, steady jingling, made rhythmic by the movement of the animal, stopping at times, then resuming with a rough shake accompanied by the dull sound of an iron horseshoe hitting the ground.

The door suddenly closed. All noise ceased. The frozen citizens had fallen silent; they remained motionless and stiff.

An endless curtain of white flakes sparkled without pause as it fell toward the earth; it blotted out all shapes, powdered everything with an icy foam; and one could only hear, in the deep silence of the calm, winter-enshrouded town, that vague, indefinable and floating rustle of falling snow, more a sensation than a sound, a mingling of weightless atoms that seemed to fill space, to cover the world.

The man reappeared, with his lantern, leading at the end of a rope a sorry-looking horse that came along unwillingly. He placed it against the coach's shaft, fastened the traces, spending much time going around and around so as to secure the harness, since he had use of only one hand, the other carrying his light. As he was going to fetch the second animal, he noticed all those immobile voyagers, already white with snow, and said to them: "Why don't you get in the coach? You'll have some shelter, at least."

They hadn't thought of that, no doubt, and they fell upon the coach. The three men settled their wives in the back, got in afterwards; then in turn the other indefinite and veiled forms took the last seats without exchanging a word.

The floor was covered with straw in which their feet became buried. The ladies in the back, having brought along little copper warmers with a chemical coal, lighted the gadgets, and, for a while, in low voices, they enumerated the advantages of the machines, repeating things they'd already known for a long time.

Finally, the stagecoach being harnessed with six horses in place of four because of the more difficult conditions, a voice from outside asked: "Is everyone on board?" A voice from within answered: "Yes." They were off.

The coach proceeded slowly, slowly, a little bit at a time. The wheels sank into the snow; the whole body groaned with dull creaks; the animals slipped, panted, gave off steam; and the gigantic whip of the driver snapped without pause, flitting about on all sides, knotting

nouant et se déroulant comme un serpent mince, et cinglant brusque-
ment quelque croupe rebondie qui se tendait alors sous un effort plus
violent.

Mais le jour imperceptiblement grandissait. Ces flocons légers qu'un
voyageur, Rouennais pur sang, avait comparés à une pluie de coton, ne
tombaient plus. Une lueur sale filtrait à travers de gros nuages obscurs
et lourds qui rendaient plus éclatante la blancheur de la campagne où
apparaissaient tantôt une ligne de grands arbres vêtus de givre, tantôt
une chaumière avec un capuchon de neige.

Dans la voiture on se regardait curieusement, à la triste clarté de cette
aurore.

Tout au fond, aux meilleures places, sommeillaient, en face l'un de
l'autre, M. et Mme Loiseau, des marchands de vin en gros de la rue
Grand-Pont.

Ancien commis d'un patron ruiné dans les affaires, Loiseau avait
acheté le fonds et fait fortune. Il vendait à très bon marché de très mau-
vais vin aux petits débitants des campagnes et passait parmi ses con-
naissances et ses amis pour un fripon madré, un vrai Normand plein de
ruses et de jovialité.

Sa réputation de filou était si bien établie, qu'un soir, à la préfecture,
M. Tournel, auteur de fables et de chansons, esprit mordant et fin, une
gloire locale, ayant proposé aux dames qu'il voyait un peu somnolentes
de faire une partie de «Loiseau vole», le mot lui-même vola à travers
les salons du préfet, puis, gagnant ceux de la ville, avait fait rire pen-
dant un mois toutes les mâchoires de la province.

Loiseau était en outre célèbre par ses farces de toute nature, ses
plaisanteries bonnes ou mauvaises; et personne ne pouvait parler de lui
sans ajouter immédiatement:—«Il est impayable, ce Loiseau.»

De taille exiguë, il présentait un ventre en ballon surmonté d'une
face rougeaude entre deux favoris grisonnants.

Sa femme, grande, forte, résolue, avec la voix haute et la décision
rapide, était l'ordre et l'arithmétique de la maison de commerce qu'il
animait par son activité joyeuse.

A côté d'eux se tenait, plus digne, appartenant à une caste supérieure,
M. Carré-Lamadon, homme considérable, posé dans les cotons, pro-

and unrolling itself like a thin snake, and lashing brusquely at some chubby rump that would then tense up under a more violent effort.

But the day was getting imperceptibly lighter. Those light flakes which a traveler, Rouennais to the core, had likened to a rainfall of cotton, were no longer falling. A dirty glow filtered through fat, dark and heavy clouds that made even brighter the whiteness of the countryside where there appeared now a line of tall trees clad in frost, now a cottage with a hood of snow.

In the coach, they all looked at each other curiously, in the sad brightness of this dawn.

In the back, in the best seats, were sleeping, facing each other, Monsieur and Madame Loiseau, wholesale dealers in wine on Grand-Pont Street.

Formerly the clerk of an owner ruined in business, Loiseau had bought the concern and made a fortune. He sold very bad wine at very low prices to little shopkeepers in the countryside and was thought by his acquaintances and friends to be a crafty scoundrel, a true Norman full of tricks and good humor.

His reputation as a swindler was so well established, that one evening, at the Prefecture,* Monsieur Tournel, author of fables and songs, an incisive and clever mind, a local glory, having proposed to the ladies who seemed to him a little sleepyheaded to play a round of "Loiseau steals,"† the joke itself flew throughout the salons of the Prefect, then, reaching those of the city, set all the jaws of the province laughing for a month.

Loiseau was in addition famous for his pranks of all sorts, his jokes good or bad; and no one could speak of him without adding immediately: "He's priceless, that Loiseau."

Of squat stature, he presented a balloon belly topped by a ruddy face between two graying muttonchops.

His wife, tall, stout, determined, with a loud voice and a quick opinion, was the order and the arithmetic of the business concern, which he animated with his mirthful activity.

Next to them was seated, more refined, belonging to a higher class, Monsieur Carré-Lamadon, an impressive man, dealing in cottons,

*A prefect is the chief administrative officer of a *département* (in this case, Seine-Maritime, the capital of which is Rouen); the Prefecture is his office.

†Untranslatable pun. "L'oiseau vole" = "the bird flies" (name of a game). "Loiseau vole" = "Loiseau steals." The pun is continued when it is said that the joke itself flew.

priétaire de trois filatures, officier de la Légion d'honneur et membre du Conseil général. Il était resté, tout le temps de l'Empire, chef de l'opposition bienveillante, uniquement pour se faire payer plus cher son ralliement à la cause qu'il combattait avec des armes courtoises, selon sa propre expression. M^me Carré-Lamadon, beaucoup plus jeune que son mari, demeurait la consolation des officiers de bonne famille envoyés à Rouen en garnison.

Elle faisait vis-à-vis à son époux, toute petite, toute mignonne, toute jolie, pelotonnée dans ses fourrures, et regardait d'un œil navré l'intérieur lamentable de la voiture.

Ses voisins, le comte et la comtesse Hubert de Bréville, portaient un des noms les plus anciens et les plus nobles de Normandie. Le comte, vieux gentilhomme de grande tournure, s'efforçait d'accentuer, par les artifices de sa toilette, sa ressemblance naturelle avec le roy Henri IV qui, suivant une légende glorieuse pour la famille, avait rendu grosse une dame de Bréville dont le mari, pour ce fait, était devenu comte et gouverneur de province.

Collègue de M. Carré-Lamadon au Conseil général, le comte Hubert représentait le parti orléaniste dans le département. L'histoire de son mariage avec la fille d'un petit armateur de Nantes était toujours demeurée mystérieuse. Mais comme la comtesse avait grand air, recevait mieux que personne, passait même pour avoir été aimée par un des fils de Louis-Philippe, toute la noblesse lui faisait fête, et son salon demeurait le premier du pays, le seul où se conservât la vieille galanterie, et dont l'entrée fût difficile.

La fortune des Bréville, toute en biens-fonds, atteignait, disait-on, cinq cent mille livres de revenu.

Ces six personnes formaient le fond de la voiture, le côté de la société rentée, sereine et forte, des honnêtes gens autorisés qui ont de la Religion et des Principes.

Par un hasard étrange, toutes les femmes se trouvaient sur le même banc; et la comtesse avait encore pour voisines deux bonnes sœurs qui égrenaient de longs chapelets en marmottant des *Pater* et des *Ave*. L'une était vieille avec une face défoncée par la petite vérole comme si elle eût reçu à bout portant une bordée de mitraille en pleine figure. L'autre, très chétive, avait une tête jolie et maladive sur une poitrine dephtisique rongée par cette foi dévorante qui fait les martyrs et les illuminés.

En face des deux religieuses, un homme et une femme attiraient les regards de tous.

L'homme, bien connu, était Cornudet le démoc, la terreur des gens respectables. Depuis vingt ans, il trempait sa grande barbe rousse dans

owner of three textile mills, officer of the Legion of Honor and member of the General Council. He had remained, throughout the time of the Empire, head of the benevolent opposition, merely in order to win a higher price for switching to the cause which he fought with "gentlemanly weapons," as he himself said. Madame Carré-Lamadon, much younger than her husband, was a consolation to those officers from good families stationed at Rouen.

She was opposite her spouse, very delicate, very pretty, cuddled up in her furs, and inspected the sorry interior of the coach with an air of distress.

Her neighbors, the Count and Countess Hubert de Bréville, bore one of the oldest and noblest names in Normandy. The Count, an old gentleman of great bearing, took pains to play up, by way of his dress and grooming, his natural resemblance to King Henri IV, who, according to a legend honorable to the family, had got with child a lady of Bréville whose husband, because of this, had become count and governor of the province.

A colleague of Monsieur Carré-Lamadon in the General Council, Count Hubert represented the Orleanist Party in the *département*. The story of his marriage with the daughter of a minor ship owner from Nantes had always remained mysterious. But as the Countess had great airs, hosted better than anyone else, and was even thought to have been loved by one of the sons of Louis-Philippe, all the nobility celebrated her, and her salon remained the foremost in the land, the only one to preserve the old gallantry, and to which entry was difficult.

The wealth of the Brévilles, all in real estate, was said to amount to an income of five hundred thousand francs.

These six people occupied the back of the coach, the side of affluent society, serene and strong, of upstanding, advantaged folk who had religion and principles.

By a strange coincidence, all the women found themselves on the same seat; and the Countess also had as neighbors two nuns who were fingering long rosaries as they mumbled paternosters and Hail Marys. One of them was old with a visage rutted by smallpox as if she'd received a shower of shrapnel in the face point-blank. The other, very puny, had a pretty and sickly face on a consumptive chest eroded by that ravenous faith that makes martyrs and visionaries.

Opposite the two holy women, a man and a woman drew the stares of everyone.

The man, well known, was Cornudet the democrat, the terror of respectable people. For twenty years, he'd dipped his big red beard in

les bocks de tous les cafés démocratiques. Il avait mangé avec les
frères et amis une assez belle fortune qu'il tenait de son père, ancien
confiseur, et il attendait impatiemment la République pour obtenir
enfin la place méritée par tant de consommations révolutionnaires.
Au quatre septembre, par suite d'une farce peut-être, il s'était cru
nommé préfet, mais quand il voulut entrer en fonctions, les garçons de
bureau, demeurés seuls maîtres de la place, refusèrent de le reconnaître,
ce qui le contraignit à la retraite. Fort bon garçon, du reste, inoffensif
et serviable, il s'était occupé avec une ardeur incomparable d'organiser
la défense. Il avait fait creuser des trous dans les plaines, coucher tous
les jeunes arbres des forêts voisines, semé des pièges sur toutes les
routes, et, à l'approche de l'ennemi, satisfait de ses préparatifs, il s'é-
tait vivement replié vers la ville. Il pensait maintenant se rendre plus
utile au Havre, où de nouveaux retranchements allaient être néces-
saires.

La femme, une de celles appelées galantes, était célèbre par son em-
bonpoint précoce qui lui avait valu le surnom de Boule de suif. Petite,
ronde de partout, grasse à lard, avec des doigts bouffis, étranglés aux
phalanges, pareils à des chapelets de courtes saucisses; avec une peau
luisante et tendue, une gorge énorme qui saillait sous sa robe, elle restait
cependant appétissante et courue, tant sa fraîcheur faisait plaisir à voir.
Sa figure était une pomme rouge, un bouton de pivoine prêt à fleurir;
et là dedans s'ouvraient, en haut, deux yeux noirs magnifiques, om-
bragés de grands cils épais qui mettaient une ombre dedans; en bas,
une bouche charmante, étroite, humide pour le baiser, meublée de
quenottes luisantes et microscopiques.

Elle était de plus, disait-on, pleine de qualités inappréciables.

Aussitôt qu'elle fut reconnue, des chuchotements coururent parmi
les femmes honnêtes, et les mots de «prostituée», de «honte publique»
furent chuchotés si haut qu'elle leva la tête. Alors elle promena sur ses
voisins un regard tellement provocant et hardi qu'un grand silence aus-
sitôt régna, et tout le monde baissa les yeux à l'exception de Loiseau,
qui la guettait d'un air émoustillé.

Mais bientôt la conversation reprit entre les trois dames que la
présence de cette fille avait rendues subitement amies, presque in-
times. Elles devaient faire, leur semblait-il, comme un faisceau de leurs
dignités d'épouses en face de cette vendue sans vergogne; car l'amour
légal le prend toujours de haut avec son libre confrère.

Les trois hommes aussi, rapprochés par un instinct de conservateurs

the beer glasses of all the democratic cafés. With colleagues and friends he had run through a rather substantial fortune inherited from his father, a former confectioner, and he was waiting impatiently for the republic so as to obtain at long last the position earned by so much revolutionary expenditure. On the fourth of September, as the result of a practical joke perhaps, he'd thought himself appointed prefect, but when he tried to begin officiating, the office workers, the only ones in charge of the place, refused to acknowledge him, which sent him off in retreat. An extremely good chap, however, harmless and obliging, he'd taken it upon himself with an incomparable ardor to organize the defense. He'd had holes dug out in the fields, all the young trees in the neighboring woods felled, traps strewn on all the roads, and, at the enemy's approach, satisfied with his preparations, he'd quickly doubled back toward the town. He now thought to make himself of better use in Le Havre, where new entrenchments were going to be necessary.

The woman, one of those tagged as "easy," was known for her premature stoutness, which had earned her the nickname of Boule de Suif.* Short, round everywhere, fat as a pig, with bloated fingers, pinched at the joints, just like links of short sausages; with a shiny and stretched skin, an enormous bosom that stuck out under her dress, she remained nevertheless alluring and sought after, such was the pleasure at seeing her freshness. Her face was a red apple, a peony bud ready to bloom; and in it there opened, high up, two magnificent dark eyes, shaded by great thick lashes that cast a shadow on them; lower down, a charming mouth, small, moist for kissing, furnished with lustrous little microscopic teeth.

She was also, it was said, full of inappreciable qualities.

As soon as she was recognized, whispers ran among the decent women, and the words "prostitute" and "public disgrace" were whispered so loudly that she raised her head. Then she gave her neighbors such a provocative and brazen look that a deep silence suddenly reigned, and they all lowered their eyes with the exception of Loiseau, who watched her with a titillated air.

But soon the conversation resumed among the three ladies, whom the presence of that prostitute had suddenly made into friends, almost intimates. It seemed to them that they should pool together all their mutual marital dignity in the face of that shameless tramp; for legal love always turns its nose up at its free colleague.

The three men as well, brought together by a conservative instinct

*Literally, "ball of suet."

à l'aspect de Cornudet, parlaient argent d'un certain ton dédaigneux pour les pauvres. Le comte Hubert disait les dégâts que lui avaient fait subir les Prussiens, les pertes qui résulteraient du bétail volé et des récoltes perdues, avec une assurance de grand seigneur dix fois millionnaire que ces ravages gêneraient à peine une année. M. Carré-Lamadon, fort éprouvé dans l'industrie cotonnière, avait eu soin d'envoyer six cent mille francs en Angleterre, une poire pour la soif qu'il se ménageait à toute occasion. Quant à Loiseau, il s'était arrangé pour vendre à l'Intendance française tous les vins communs qui lui restaient en cave, de sorte que l'État lui devait une somme formidable qu'il comptait bien toucher au Havre.

Et tous les trois se jetaient des coups d'œil rapides et amicaux. Bien que de conditions différentes, ils se sentaient frères par l'argent, de la grande franc-maçonnerie de ceux qui possèdent, qui font sonner de l'or en mettant la main dans la poche de leur culotte.

La voiture allait si lentement qu'à dix heures du matin on n'avait pas fait quatre lieues. Les hommes descendirent trois fois pour monter des côtes à pied. On commençait à s'inquiéter, car on devait déjeuner à Tôtes et l'on désespérait maintenant d'y parvenir avant la nuit. Chacun guettait pour apercevoir un cabaret sur la route, quand la diligence sombra dans un amoncellement de neige et il fallut deux heures pour la dégager.

L'appétit grandissait, troublait les esprits; et aucune gargote, aucun marchand de vin ne se montraient, l'approche des Prussiens et le passage des troupes françaises affamées ayant effrayé toutes les industries.

Les messieurs coururent aux provisions dans les fermes au bord du chemin, mais ils n'y trouvèrent pas même de pain, car le paysan défiant cachait ses réserves dans la crainte d'être pillé par les soldats qui, n'ayant rien à se mettre sous la dent, prenaient par force ce qu'ils découvraient.

Vers une heure de l'après-midi, Loiseau annonça que décidément il se sentait un rude creux dans l'estomac. Tout le monde souffrait comme lui depuis longtemps; et le violent besoin de manger, augmentant toujours, avait tué les conversations.

De temps en temps quelqu'un bâillait; un autre presque aussitôt l'imitait; et chacun, à tour de rôle, suivant son caractère, son savoir-vivre et sa position sociale, ouvrait la bouche avec fracas ou modestement en portant vite sa main devant le trou béant d'où sortait une vapeur.

Boule de suif, à plusieurs reprises, se pencha comme si elle cherchait

at the sight of Cornudet, spoke of money with a certain tone disdainful of the poor. Count Hubert spoke of the damage that the Prussians had subjected him to, the losses that would result from the stolen livestock and from the lost crops, with the self-assurance of a great lord who was a millionaire ten times over and whom these ravages would inconvenience for barely a year. Monsieur Carré-Lamadon, badly harmed in the cotton industry, had taken pains to send six hundred thousand francs to England, "something for a rainy day" that he was preparing for any emergency. As for Loiseau, he had arranged to sell to the French commissariat all the common wines that he still had in his cellar, so that the state owed him an impressive sum, which he was planning on collecting in Le Havre.

And all three gave one another quick, friendly looks. Despite their different circumstances, they felt themselves brothers by dint of their money, of the great free-masonry of those who possess, who make gold clink whenever they put their hands in their pants pocket.

The coach was going so slowly that at ten o'clock in the morning they hadn't gone four leagues. The men got out three times to climb up hills on foot. Everyone began to fidget, since they were supposed to have lunch in Tôtes and they despaired now of getting there before nightfall. Everyone was on the lookout for a tavern along the road, when the stagecoach got lodged in a snowbank and it took two hours to free it.

Their appetites were growing, vexing their spirits; and no eating house, no wine merchant were to be seen, the approach of the Prussians and the passing through of the starving French troops having frightened off all commerce.

The gentlemen went for food to the farms at the side of the road, but they didn't even find bread there, since the mistrustful country-folk hid their reserves in the fear of being looted by the soldiers who, having nothing to put in their mouths, would take by force whatever they discovered.

Around one o'clock in the afternoon, Loiseau announced that he certainly felt a harsh emptiness in his stomach. Everybody had been suffering like him for a long time; and the violent need to eat, ever growing, had killed all conversation.

From time to time, someone would yawn; another would imitate him almost immediately; and each one, in turn, in keeping with his character, his manners and his social position, would open his mouth noisily or discreetly while quickly bringing his hand in front of the gaping hole from which steam issued.

Boule de Suif, several times, leaned over as if she were looking for

quelque chose sous ses jupons. Elle hésitait une seconde, regardait ses voisins, puis se redressait tranquillement. Les figures étaient pâles et crispées. Loiseau affirma qu'il payerait mille francs un jambonneau. Sa femme fit un geste comme pour protester; puis elle se calma. Elle souffrait toujours en entendant parler d'argent gaspillé, et ne comprenait même pas les plaisanteries sur ce sujet.—«Le fait est que je ne me sens pas bien, dit le comte, comment n'ai-je pas songé à apporter des provisions?»—Chacun se faisait le même reproche.

Cependant Cornudet avait une gourde pleine de rhum; il en offrit; on refusa froidement. Loiseau seul en accepta deux gouttes, et, lorsqu'il rendit la gourde, il remercia:—«C'est bon tout de même, ça réchauffe, et ça trompe l'appétit.»—L'alcool le mit en belle humeur et il proposa de faire comme sur le petit navire de la chanson: de manger le plus gras des voyageurs. Cette allusion indirecte à Boule de suif choqua les gens bien élevés. On ne répondit pas; Cornudet seul eut un sourire. Les deux bonnes sœurs avaient cessé de marmotter leur rosaire, et, les mains enfoncées dans leurs grandes manches, elles se tenaient immobiles, baissant obstinément les yeux, offrant sans doute au ciel la souffrance qu'il leur envoyait.

Enfin, à trois heures, comme on se trouvait au milieu d'une plaine interminable, sans un seul village en vue, Boule de suif se baissant vivement, retira de sous la banquette un large panier couvert d'une serviette blanche.

Elle en sortit d'abord une petite assiette de faïence, une fine timbale en argent, puis une vaste terrine dans laquelle deux poulets entiers, tout découpés, avaient confi sous leur gelée; et l'on apercevait encore dans le panier d'autres bonnes choses enveloppées, des pâtés, des fruits, des friandises, les provisions préparées pour un voyage de trois jours, afin de ne point toucher à la cuisine des auberges. Quatre goulots de bouteilles passaient entre les paquets de nourriture. Elle prit une aile de poulet et, délicatement, se mit à la manger avec un de ces petits pains qu'on appelle «Régence» en Normandie.

Tous les regards étaient tendus vers elle. Puis l'odeur se répandit, élargissant les narines, faisant venir aux bouches une salive abondante avec une contraction douloureuse de la mâchoire sous les oreilles. Le mépris des dames pour cette fille devenait féroce, comme une envie de la tuer, ou de la jeter en bas de la voiture, dans la neige, elle, sa timbale, son panier et ses provisions.

Mais Loiseau dévorait des yeux la terrine de poulet. Il dit:—«A la bonne heure, madame a eu plus de précaution que nous. Il y a des personnes qui savent toujours penser à tout.»—Elle leve la tête vers lui:—

something in her skirts. She hesitated a second, looked at her neighbors, then calmly sat erect. Their faces were pale and tense. Loiseau stated that he would pay a thousand francs for a knuckle of ham. His wife made a gesture as if to protest; then she calmed herself. She always suffered when hearing people talk about wasted money, and didn't even understand jokes on the matter. "The fact of the matter is that I don't feel well," said the Count; "how could I not have thought to bring food?" They were all blaming themselves for the same oversight.

However, Cornudet had a flask filled with rum; he offered some; everyone refused coldly. Loiseau alone accepted two drops of it, and, when he returned the flask, he expressed his thanks: "It's good, all the same, it warms one up, and it tricks the appetite." The alcohol put him in a good mood and he proposed that they do as they did in the little boat in the song: to eat the fattest of the passengers. This indirect allusion to Boule de Suif shocked the well-bred people. No one responded; only Cornudet smiled. The two nuns had stopped mumbling their rosary, and, their hands deep inside their big sleeves, they remained still, eyes stubbornly lowered, no doubt offering to Heaven the suffering that it was imposing on them.

Finally, at three o'clock, as they found themselves in the middle of an endless plain, without a single village in sight, Boule de Suif, bending down briskly, withdrew from under the seat a large basket covered with a white napkin.

First she took out a little china plate, a delicate silver goblet, then a huge terrine in which two whole chickens, all carved up, were entombed in their aspic; and one could still see in the basket other good things wrapped up, pâtés, fruits, delicacies, provisions prepared for a three-day trip, so as not to touch the food at any inn. Four bottlenecks protruded from the packages of food. She took a chicken wing and, daintily, began to eat it with one of those little rolls they call *régence* in Normandy.

All eyes were trained upon her. Then the aroma spread, making their nostrils flare, bringing to their mouths abundant saliva with a painful contraction of the jaw under the ears. The contempt of the ladies for that prostitute was becoming fierce, like a longing to kill her or to throw her out of the coach, into the snow, her, her goblet, her basket and her provisions.

But Loiseau was devouring the terrine of chicken with his eyes. He said: "Very good, Madame had more foresight than we did. There are people who always manage to think of everything." She raised her head

«Si vous en désirez, monsieur? C'est dur de jeûner depuis le matin.»—
Il salua:—«Ma foi, franchement, je ne refuse pas, je n'en peux plus. A
la guerre comme à la guerre, n'est-ce pas, madame?»—Et, jetant un re-
gard circulaire, il ajouta:—«Dans des moments comme celui-ci, on est
bien aise de trouver des gens qui vous obligent.»—Il avait un journal
qu'il étendit pour ne point tacher son pantalon, et sur la pointe d'un
couteau toujours logé dans sa poche, il enleva une cuisse toute vernie
de gelée, la dépeça des dents, puis la mâcha avec une satisfaction si
évidente qu'il y eut dans la voiture un grand soupir de détresse.

Mais Boule de suif, d'une voix humble et douce, proposa aux bonnes
sœurs de partager sa collation. Elles acceptèrent toutes les deux ins-
tantanément, et, sans lever les yeux, se mirent à manger très vite après
avoir balbutié des remerciements. Cornudet ne refusa pas non plus les
offres de sa voisine, et l'on forma avec les religieuses une sorte de table
en développant des journaux sur les genoux.

Les bouches s'ouvraient et se fermaient sans cesse, avalaient, masti-
quaient, engloutissaient férocement. Loiseau, dans son coin, travaillait
dur, et, à voix basse, il engageait sa femme à l'imiter. Elle résista
longtemps, puis, après une crispation qui lui parcourut les entrailles,
elle céda. Alors son mari, arrondissant sa phrase, demanda à leur «char-
mante compagne» si elle lui permettait d'offrir un petit morceau à M^{me}
Loiseau. Elle dit:—«Mais oui, certainement, monsieur», avec un sourire
aimable, et tendit la terrine.

Un embarras se produisit lorsqu'on eut débouché la première
bouteille de bordeaux: il n'y avait qu'une timbale. On se la passa après
l'avoir essuyée. Cornudet seul, par galanterie sans doute, posa ses lèvres
à la place humide encore des lèvres de sa voisine.

Alors, entourés de gens qui mangeaient, suffoqués par les émana-
tions des nourritures, le comte et la comtesse de Bréville, ainsi que M.
et M^{me} Carré-Lamadon souffrirent ce supplice odieux qui a gardé le
nom de Tantale. Tout d'un coup la jeune femme du manufacturier
poussa un soupir qui fit retourner les têtes; elle était aussi blanche que
la neige du dehors; ses yeux se fermèrent, son front tomba: elle avait
perdu connaissance. Son mari, affolé, implorait le secours de tout le
monde. Chacun perdait l'esprit, quand la plus âgée des bonnes sœurs,
soutenant la tête de la malade, glissa entre ses lèvres la timbale de
Boule de suif et lui fit avaler quelques gouttes de vin. La jolie dame
remua, ouvrit les yeux, sourit et déclara d'une voix mourante qu'elle
se sentait fort bien maintenant. Mais, afin que cela ne se renouvelât
plus, la religieuse la contraignit à boire un plein verre de bordeaux, et
elle ajouta:—«C'est la faim, pas autre chose.»

toward him: "Would you like some, sir? It's hard to fast all day long." He declared: "My word, frankly, I can't refuse, I can't stand any more of this. Drastic times call for drastic measures, don't they, ma'am?" And, casting a look around, he added: "At times like this, it's a great relief to find people who'll help you out." He had a newspaper which he spread out so as not to stain his pants, and on the tip of a knife always stashed in his pocket, he lifted a drumstick all glazed with aspic, picked it apart with his teeth, then chewed it with a satisfaction so evident that there was a great sigh of distress in the coach.

But Boule de Suif, with a humble and soft voice, asked the nuns to share her meal. Both of them accepted right away, and, without raising their eyes, began to eat very quickly after having stammered thanks. Cornudet didn't refuse the offers of his neighbor either, and with the nuns they formed a sort of table by draping newspapers over their knees.

Their mouths opened and closed without pause, swallowed, chewed, gobbled ferociously. Loiseau, in his corner, was working hard, and, in a low voice, he urged his wife to do likewise. She resisted for a long while, but, after a pang ran throughout her gut, she gave in. Then her husband, polishing up his speech, asked their "charming companion" if she would allow him to offer a morsel to Madame Loiseau. She said: "Of course, certainly, sir," with a kindly smile, and held out the terrine.

An awkwardness came about when they opened the first bottle of Bordeaux: there was only one goblet. They passed it around after having wiped it off. Only Cornudet, out of gallantry no doubt, placed his lips on the spot still wet from his neighbor's lips.

Then, surrounded by people who were eating, choked by the emanations of the food, the Count and Countess de Bréville, as well as Monsieur and Madame Carré-Lamadon, suffered that hateful torture still associated with the name of Tantalus. Suddenly the young wife of the manufacturer let out a sigh that made heads turn; she was as white as the snow outside; her eyes closed, her forehead fell: she had lost consciousness. Her husband, panic-stricken, begged the help of everyone else. Each one's mind was a blank, when the elder of the nuns, holding up the head of the afflicted woman, slipped Boule de Suif's goblet between her lips and made her swallow a few drops of wine. The lovely lady stirred, opened her eyes, smiled and declared in a weak voice that she was feeling very good now. But, so it wouldn't happen again, the nun made her drink a full glass of Bordeaux, and she added: "It's hunger, nothing else."

Alors Boule de suif, rougissante et embarrassée, balbutia en regardant les quatre voyageurs restes à jeun: —«Mon Dieu, si j'osais offrir à ces messieurs et à ces dames . . .» Elle se tut, craignant un outrage. Loiseau prit la parole:—«Eh, parbleu, dans des cas pareils tout le monde est frère et doit s'aider. Allons, mesdames, pas de cérémonie, acceptez, que diable! Savons-nous si nous trouverons seulement une maison où passer la nuit? Du train dont nous allons, nous ne serons pas à Tôtes avant demain midi.»—On hésitait, personne n'osant assumer la responsabilité du «oui».

Mais le comte trancha la question. Il se tourna vers la grosse fille intimidée, et, prenant son grand air de gentilhomme, il lui dit:—«Nous acceptons avec reconnaissance, madame.»

Le premier pas seul coûtait. Une fois le Rubicon passé on s'en donna carrément. Le panier fut vidé. Il contenait encore un pâté de foie gras, un pâté de mauviettes, un morceau de langue fumée, des poires de Crassane, un pavé de Pont-l'Évêque, des petits fours et une tasse pleine de cornichons et d'oignons au vinaigre: Boule de suif, comme toutes les femmes, adorant les crudités.

On ne pouvait manger les provisions de cette fille sans lui parler. Donc on causa, avec réserve d'abord, puis, comme elle se tenait fort bien, on s'abandonna davantage. M^{mes} de Bréville et Carré-Lamadon, qui avaient un grand savoir-vivre, se firent gracieuses avec délicatesse. La comtesse surtout montra cette condescendance aimable des très nobles dames qu'aucun contact ne peut salir, et fut charmante. Mais la forte M^{me} Loiseau, qui avait une âme de gendarme, resta revêche, parlant peu et mangeant beaucoup.

On s'entretint de la guerre naturellement. On raconta des faits horribles des Prussiens, des traits de bravoure des Français; et tous ces gens qui fuyaient rendirent hommage au courage des autres. Les histoires personnelles commencèrent bientôt et Boule de suif raconta, avec une émotion vraie, avec cette chaleur de parole qu'ont parfois les filles pour exprimer leurs emportements naturels, comment elle avait quitté Rouen:—«J'ai cru d'abord que je pourrais rester, disait-elle. J'avais ma maison pleine de provisions, et j'aimais mieux nourrir quelques soldats que m'expatrier je ne sais où. Mais quand je les ai vus, ces Prussiens, ce fut plus fort que moi! Ils m'ont tourné le sang de colère; et j'ai pleuré de honte toute la journée. Oh! si j'étais un homme, allez! Je les regardais de ma fenêtre, ces gros porcs avec leur casque à pointe, et ma bonne me tenait les mains pour m'empêcher de leur jeter mon mobilier sur le dos. Puis il en est venu pour loger chez moi; alors j'ai sauté à la gorge du premier. Ils ne sont pas plus difficiles à étrangler que d'autres!

Then Boule de Suif, blushing and embarrassed, stuttered while watching the four travelers who were still fasting: "My goodness, if I dared offer these gentlemen and ladies . . ." She fell silent, afraid of giving offense. Loiseau spoke up: "Eh, by all means, in such cases we're all brothers and must help one another. Come on, ladies, no airs, accept something, damn it! Who knows if we'll find an inn to spend the night? At the rate we're going we won't be in Tôtes before noon tomorrow." They hesitated, no one daring to take the responsibility of saying "yes."

But the Count brought the matter to a close. He turned toward the cowed, fat prostitute, and, assuming his great air of a gentleman, he said to her: "We gratefully accept, madame."

Only the first step was taxing. Once across the Rubicon, they all cut loose completely. The basket was emptied. It still held a pâté de foie gras, a pâté of lark, a bit of smoked tongue, some Crassane pears, a hunk of Pont-l'Evêque cheese, some petit fours and a cup filled with pickled cucumbers and onions, Boule de Suif, like all women, adoring raw vegetables.

One couldn't eat that prostitute's food without talking to her. So they chatted, first with reserve, then, as she behaved very well, they relaxed to a greater extent. Madame de Bréville and Madame Carré-Lamadon, who had great refinement, were gracious with tact. The Countess above all demonstrated that kindly condescension of very noble ladies whom no contact can sully, and was charming. But the stout Madame Loiseau, who had the soul of a policeman, remained surly, speaking little and eating much.

They talked about the war, naturally. They narrated horrible actions of the Prussians, valiant deeds of the French; and all these people who were running away paid homage to the courage of the others. Personal histories soon began, and Boule de Suif, with a real excitement, with that heated speech which prostitutes sometimes use to express their natural fits of anger, told how she'd left Rouen: "I thought at first that I could stay," she said. "I had a house full of food, and I preferred to feed a few soldiers rather than expatriate to who knows where. But when I saw them, those Prussians, it was more than I could take! They made my blood boil; and I cried from shame all day long. Oh! if only I were a man! I would watch them from my window, those fat swine with their pointy helmets, and my maid held my hands to keep me from throwing my furniture onto them. Then some of them came to stay in my house; so I leapt at the throat of the first one. They aren't harder to choke than anyone else! And I would've finished him off,

Et je l'aurais terminé, celui-là, si l'on ne m'avait pas tirée par les cheveux. Il a fallu me cacher après ça. Enfin, quand j'ai trouvé une occasion, je suis partie, et me voici.»

On la félicita beaucoup. Elle grandissait dans l'estime de ses compagnons qui ne s'étaient pas montrés si crânes; et Cornudet, en l'écoutant, gardait un sourire approbateur et bienveillant d'apôtre; de même un prêtre entend un dévot louer Dieu, car les démocrates à longue barbe ont le monopole du patriotisme comme les hommes en soutane ont celui de la religion. Il parla à son tour d'un ton doctrinaire, avec l'emphase apprise dans les proclamations qu'on collait chaque jour aux murs, et il finit par un morceau d'éloquence où il étrillait magistralement cette «crapule de Badinguet».

Mais Boule de suif aussitôt se fâcha, car elle était bonapartiste. Elle devenait plus rouge qu'une guigne, et, bégayant d'indignation:— «J'aurais bien voulu vous voir à sa place, vous autres. Ça aurait été du propre, ah oui! C'est vous qui l'avez trahi, cet homme! On n'aurait plus qu'à quitter la France si l'on était gouverné par des polissons comme vous!»—Cornudet, impassible, gardait un sourire dédaigneux et supérieur, mais on sentait que les gros mots allaient arriver quand le comte s'interposa et calma, non sans peine, la fille exaspérée, en proclamant avec autorité que toutes les opinions sincères étaient respectables. Cependant la comtesse et la manufacturière, qui avaient dans l'âme la haine irraisonnée des gens comme il faut pour la République, et cette instinctive tendresse que nourrissent toutes les femmes pour les gouvernements à panache et despotiques, se sentaient, malgré elles, attirées vers cette prostituée pleine de dignité, dont les sentiments ressemblaient si fort aux leurs.

Le panier était vide. A dix on l'avait tari sans peine, en regrettant qu'il ne fût pas plus grand. La conversation continua quelque temps, un peu refroidie néanmoins depuis qu'on avait fini de manger.

La nuit tombait, l'obscurité peu à peu devint profonde, et le froid, plus sensible pendant les digestions, faisait frissonner Boule de suif, malgré sa graisse. Alors Mme de Bréville lui proposa sa chaufferette dont le charbon, depuis le matin, avait été plusieurs fois renouvelé, et l'autre accepta tout de suite, car elle se sentait les pieds gelés. Mmes Carré-Lamadon et Loiseau donnèrent les leurs aux religieuses.

Le cocher avait allumé ses lanternes. Elles éclairaient d'une lueur vive un nuage de buée au-dessus de la croupe en sueur des timoniers,

that one, if they hadn't dragged me away by the hair. I had to hide after that. Finally, when I had the chance, I left, and here I am."

Everyone praised her greatly. She rose in the esteem of her companions who hadn't shown themselves so gallant; and Cornudet, listening to her, kept up the approving and kindly smile of an apostle, like a priest who hears a pious person praising God—for the democrats with long beards have a monopoly on patriotism just as the cassocked men have one on religion. He spoke, in turn, with a pedantic tone, with the pomposity learned from the proclamations stuck each day on the walls, and he finished with a bit of eloquence in which he magisterially trounced that "scoundrel Badinguet."*

But Boule de Suif immediately grew angry, for she was a Bonapartist. She grew redder than a cherry, and stuttering with indignation: "I'd like to have seen you in his shoes, all of you. That would have been something, oh, yes! It's you who have betrayed that man! We'd all have no choice but to leave France if it were run by depraved rascals like you!" Cornudet, unmoved, kept up a disdainful and superior smile, but there was a feeling that harsh words were going to start when the Count stepped in and, not without difficulty, soothed the exasperated prostitute, declaring authoritatively that all heartfelt opinions were respectable. However, the Countess and the manufacturer's wife, who had in their souls the illogical hatred of the Republic borne by the upper crust and that instinctive tenderness that all women harbor for showy and despotic governments, felt drawn, in spite of themselves, to that prostitute brimming with dignity, whose sentiments so closely resembled their own.

The basket was empty. Among the ten of them they had exhausted it without difficulty, regretting that it wasn't bigger. The conversation continued for some time, a little cooled down, however, once they'd stopped eating.

Night fell, the darkness became deep little by little, and the cold, more noticeable while they were digesting, made Boule de Suif shiver, despite her blubber. Then Madame de Bréville offered her her foot warmer, in which the coal had been replaced several times since morning, and the other accepted right away, for she felt her feet freezing. Madame Carré-Lamadon and Madame Loiseau gave theirs to the nuns.

The driver had lit his lanterns. They illuminated in a vivid glow a cloud of steam above the rumps of the wheel-horses, and, on either

*A nickname of Napoleon III.

et, des deux côtés de la route, la neige qui semblait se dérouler sous le reflet mobile des lumières.

On ne distinguait plus rien dans la voiture; mais tout à coup un mouvement se fit entre Boule de suif et Cornudet; et Loiseau, dont l'œil fouillait l'ombre, crut voir l'homme à la grande barbe s'écarter vivement comme s'il eût reçu quelque bon coup lancé sans bruit.

Des petits points de feu parurent en avant sur la route. C'était Tôtes. On avait marché onze heures, ce qui, avec les deux heures de repos laissées en quatre fois aux chevaux pour manger l'avoine et souffler, faisait quatorze. On entra dans le bourg et devant l'Hôtel du Commerce on s'arrêta.

La portière s'ouvrit! Un bruit bien connu fit tressaillir tous les voyageurs; c'étaient les heurts d'un fourreau de sabre sur le sol. Aussitôt la voix d'un Allemand cria quelque chose.

Bien que la diligence fût immobile, personne ne descendait, comme si l'on se fût attendu à être massacré à la sortie. Alors le conducteur apparut tenant à la main une de ses lanternes qui éclaira subitement jusqu'au fond de la voiture les deux rangs de têtes effarées, dont les bouches étaient ouvertes et les yeux écarquillés de surprise et d'épouvante.

A côté du cocher se tenait, en pleine lumière, un officier allemand, un grand jeune homme excessivement mince et blond, serré dans son uniforme comme une fille en son corset, et portant sur le côté sa casquette plate et cirée qui le faisait ressembler au chasseur d'un hôtel anglais. Sa moustache démesurée, à longs poils droits, s'amincissant indéfiniment de chaque côté et terminée par un seul fil blond, si mince qu'on n'en apercevait pas la fin, semblait peser sur les coins de sa bouche, et, tirant la joue, imprimait aux lèvres un pli tombant.

Il invita en français d'Alsacien les voyageurs à sortir, disant d'un ton raide:—«Foulez-fous tescentre, messieurs et tames?»

Les deux bonnes sœurs obéirent les premières avec une docilité de saintes filles habituées à toutes les soumissions. Le comte et la comtesse parurent ensuite, suivis du manufacturier et de sa femme, puis de Loiseau poussant devant lui sa grande moitié. Celui-ci, en mettant pied à terre, dit à l'officier:—«Bonjour, monsieur», par un sentiment de prudence bien plus que de politesse. L'autre, insolent comme les gens tout-puissants, le regarda sans répondre.

Boule de suif et Cornudet, bien que près de la portière, descendirent

side of the road, the snow, which seemed to unroll under the moving reflection of the lights.

They could no longer make anything out in the coach; but suddenly there was a movement between Boule de Suif and Cornudet; and Loiseau, whose eyes searched the darkness, thought he saw the long-bearded man jump back quickly as if he'd received a fierce but silent blow.

Little dots of light appeared on the road ahead. It was Tôtes. They'd been traveling for eleven hours, which, along with the two hours of rest given in four installments to the horses to eat oats and catch their breath, made a total of thirteen.* They entered the town and stopped in front of the Hôtel du Commerce.

The coach door opened! A familiar noise made all the passengers jump; it was the scraping of a saber sheath on the ground. Immediately the voice of a German shouted something out.

Although the stagecoach was still, no one got out, as if they were expecting to be slaughtered upon exiting. Then the driver appeared, holding in his hand one of the lanterns, which, all the way to the back of the coach, lit up the two rows of panic-stricken faces, whose mouths were open and whose eyes were wide with surprise and fear.

Next to the driver stood, fully illuminated, a German officer, a tall young man excessively thin and blond, cinched in his uniform like a girl in her corset, and wearing at an angle his flat, waxed cap which made him resemble a bellhop in an English hotel. His enormous mustache, with long straight hairs, tapering off vaguely on either side and ending in a single blond hair, so fine that its tip was invisible, seemed to weigh upon the corners of his mouth, and, pulling at his cheeks, gave his lips a downward turn.

In an Alsatian-accented French, he asked the travelers to get out, saying with a rigid tone: "Vood you pleasse sdep down, ladiess und gentlemen?"

The two nuns were the first to comply, with the docility of pious women accustomed to every sort of submission. The Count and the Countess appeared right after, followed by the manufacturer and his wife, then by Loiseau pushing before him his bigger and better half. Loiseau, as he set foot on the ground, said to the officer: "Good evening, sir," out of a feeling of caution rather than politeness. The other man, insolent like all omnipotent people, looked at him without responding.

Boule de Suif and Cornudet, although very close to the door, were

*The French says "fourteen"!

les derniers, graves et hautains devant l'ennemi. La grosse fille tâchait
de se dominer et d'être calme: le démoc tourmentait d'une main tra-
gique et un peu tremblante sa longue barbe roussâtre. Ils voulaient
garder de la dignité, comprenant qu'en ces rencontres-là chacun
représente un peu son pays; et pareillement révoltés par la souplesse
de leurs compagnons, elle tâchait de se montrer plus fière que ses
voisines, les femmes honnêtes, tandis que lui, sentant bien qu'il devait
l'exemple, continuait en toute son attitude sa mission de résistance
commencée au défoncement des routes.

On entra dans la vaste cuisine de l'auberge, et l'Allemand, s'étant
fait présenter l'autorisation de départ signée par le général en chef et
où étaient mentionnés les noms, le signalement et la profession de
chaque voyageur, examina longuement tout ce monde, comparant les
personnes aux renseignements écrits.

Puis il dit brusquement:—«C'est pien», et il disparut.

Alors on respira. On avait faim encore; le souper fut commandé. Une
demi-heure était nécessaire pour l'apprêter; et, pendant que deux ser-
vantes avaient l'air de s'en occuper, on alla visiter les chambres. Elles
se trouvaient toutes dans un long couloir que terminait une porte vi-
trée marquée d'un numéro parlant.

Enfin on allait se mettre à table, quand le patron de l'auberge parut
lui-même. C'était un ancien marchand de chevaux, un gros homme
asthmatique, qui avait toujours des sifflements, des enrouements, des
chants de glaires dans le larynx. Son père lui avait transmis le nom de
Follenvie.

Il demanda:

—«Mademoiselle Élisabeth Rousset?»

Boule de suif tressaillit, se retourna:

—«C'est moi.

—Mademoiselle, l'officier prussien veut vous parler immédiatement.

—A moi?

—Oui, si vous êtes bien mademoiselle Élisabeth Rousset.»

Elle se troubla, réfléchit une seconde, puis déclara carrément:

—«C'est possible, mais je n'irai pas.»

Un mouvement se fit autour d'elle; chacun discutait, cherchait la
cause de cet ordre. Le comte s'approcha:

—«Vous avez tort, madame, car votre refus peut amener des diffi-
cultés considérables, non seulement pour vous, mais même pour tous

the last to get out, serious and haughty in the face of the enemy. The plump tart tried to control herself and to be calm: the democrat was yanking at his long reddish beard with a tragic and slightly shaky hand. They wanted to maintain their dignity, understanding that in confrontations like these everyone is in a way a representative of his country; and equally disgusted by the spinelessness of their companions, she tried to prove herself prouder than the other ladies, the upstanding women, while he, feeling strongly that he ought to set an example, continued in his whole bearing his mission of resistance begun at the digging up of the roads.

They entered the inn's huge kitchen, and the German, having demanded to see the authorization of leave signed by the general in command and in which were listed the names, the description and the profession of each traveler, inspected everyone at length, comparing the people with the written information.

Then he said curtly, "It iss fine," and he disappeared.

Everyone could breathe again. They were still hungry; supper was ordered. A half-hour was needed to prepare it; and, while two servants seemed to be taking care of it, everyone went to have a look at the rooms. They were all located off a long hallway that ended in a glass door marked with a number that suggested its function.*

Everyone was finally taking a seat at the table when the innkeeper himself showed up. He was a former horse trader, a fat, asthmatic man, who was always wheezing and hoarse, with phlegm rattling in his larynx. His father had bequeathed him the name of Follenvie.

He asked:

"Miss Élisabeth Rousset?"

Boule de Suif jumpèd and turned around:

"That's me."

"Miss, the Prussian officer wants to talk to you right away."

"To me?"

"Yes, if you're indeed Miss Élisabeth Rousset."

She grew flustered, thought for a moment, then said firmly:

"Perhaps that's so, but I won't go."

There was movement around her; everyone was talking, trying to figure out the reason for this order. The Count approached her:

"You're wrong, madame, for your refusal could bring about serious difficulties, not only for you, but even for all your companions.

*The number 100 was often placed on toilet doors.

vos compagnons. Il ne faut jamais résister aux gens qui sont les plus forts. Cette démarche assurément ne peut présenter aucun danger; c'est sans doute pour quelque formalité oubliée.»

Tout le monde se joignit à lui, on la pria, on la pressa, on la sermonna, et l'on finit par la convaincre; car tous redoutaient les complications qui pourraient résulter d'un coup de tête. Elle dit enfin:

—«C'est pour vous que je le fais, bien sûr!»

La comtesse lui prit la main:

«Et nous vous en remercions.»

Elle sortit. On l'attendit pour se mettre à table.

Chacun se désolait de n'avoir pas été demandé à la place de cette fille violente et irascible, et préparait mentalement des platitudes pour le cas où on l'appellerait à son tour.

Mais, au bout de dix minutes, elle reparut, soufflant, rouge à suffoquer, exaspérée. Elle balbutiait:—«Oh la canaille! la canaille!»

Tous s'empressaient pour savoir, mais elle ne dit rien; et comme le comte insistait, elle répondit avec une grande dignité:—«Non, cela ne vous regarde pas, je ne peux pas parler.»

Alors on s'assit autour d'une haute soupière d'où sortait un parfum de choux. Malgré cette alerte, le souper fut gai. Le cidre était bon, le ménage Loiseau et les bonnes sœurs en prirent, par économie. Les autres demandèrent du vin; Cornudet réclama de la bière. Il avait une façon particulière de déboucher la bouteille, de faire mousser le liquide, de le considérer en penchant le verre, qu'il élevait ensuite entre la lampe et son œil pour bien apprécier la couleur. Quand il buvait, sa grande barbe, qui avait gardé la nuance de son breuvage aimé, semblait tressaillir de tendresse; ses yeux louchaient pour ne point perdre de vue sa chope, et il avait l'air de remplir l'unique fonction pour laquelle il était né. On eût dit qu'il établissait en son esprit un rapprochement et comme une affinité entre les deux grandes passions qui occupaient toute sa vie: le Pale Ale et la Révolution; et assurément il ne pouvait déguster l'un sans songer à l'autre.

M. et M^{me} Follenvie dînaient tout au bout de la table. L'homme, râlant comme une locomotive crevée, avait trop de tirage dans la poitrine pour pouvoir parler en mangeant; mais la femme ne se taisait jamais. Elle raconta toutes ses impressions à l'arrivée des Prussiens, ce qu'ils faisaient, ce qu'ils disaient, les exécrant, d'abord, parce qu'ils lui coûtaient de l'argent, et, ensuite, parce qu'elle avait deux fils à l'armée. Elle s'adressait surtout à la comtesse, flattée de causer avec une dame de qualité.

Puis elle baissait la voix pour dire les choses délicates, et son mari,

One must never fight people who are stronger. This request surely means no danger; no doubt it's for some overlooked formality."

Everyone took his side, they begged her, they pressured her, they lectured her, and they finally won her over; for they all feared the complications that could result from an impulsive notion. She said at last:

"I'm doing this for you, rest assured!"

The Countess took her hand:

"And we thank you for it."

She went out. They waited for her before they sat down at the table.

Each one regretted not having been asked for instead of that violent and quick-tempered girl, and prepared platitudes in his own head in case he in turn was called.

But, after ten minutes, she reappeared, panting, as red as if she'd been smothered, enraged. She stammered: "Oh, the bastard! the bastard!"

Everyone was eager to know, but she said nothing; and since the Count kept insisting, she replied with great dignity: "No, it has nothing to do with you, I can't talk about it."

Then they all sat around a tall tureen from which escaped the scent of cabbage. Despite that trouble, the supper was cheerful. The cider was good, the Loiseaus and the nuns had some, for economy's sake. The others ordered wine; Cornudet called for beer. He had a strange way of opening the bottle, making the liquid foam and watching it as he tilted the glass, which he then held up between the lamp and his eye the better to appraise the color. When he drank, his long beard, which was the color of his beloved beverage, seemed to quiver with tender feelings; his eyes squinted so as not to lose sight of his tankard, and he looked as if he was fulfilling the sole function for which he'd been born. You might have said that he was establishing in his mind a link, and perhaps an affinity, between the two great passions that consumed his entire life: pale ale and revolution; and he certainly couldn't partake of one without thinking of the other.

Monsieur and Madame Follenvie were eating at the head of the table. The man, grunting like a broken locomotive, had too much blockage in his chest to be able to speak while eating; but the woman never kept quiet. She told of all her impressions of the Prussians' arrival, what they did, what they said, badmouthing them, first because they were costing her money, and then because she had two sons in the army. She directed her comments to the Countess most of all, honored to chat with a lady of quality.

Then she lowered her voice so as to say some delicate things, and her

de temps en temps, l'interrompait:—«Tu ferais mieux de te taire, madame Follenvie.»—Mais elle n'en tenait aucun compte, et continuait:

—«Oui, madame, ces gens-là, ça ne fait que manger des pommes de terre et du cochon, et puis du cochon et des pommes de terre. Et il ne faut pas croire qu'ils sont propres.—Oh non!—Ils ordurent partout, sauf le respect que je vous dois. Et si vous les voyiez faire l'exercice pendant des heures et des jours; ils sont là tous dans un champ:—et marche en avant, et marche en arrière, et tourne par-ci, et tourne par-là.—S'ils cultivaient la terre au moins, ou s'ils travaillaient aux routes dans leur pays!— Mais non, madame, ces militaires, ça n'est profitable à personne! Faut-il que le pauvre peuple les nourrisse pour n'apprendre rien qu'à massacrer!—Je ne suis qu'une vieille femme sans éducation, c'est vrai, mais en les voyant qui s'esquintent le tempérament à piétiner du matin au soir, je me dis:—Quand il y a des gens qui font tant de découvertes pour être utiles, faut-il que d'autres se donnent tant de mal pour être nuisibles! Vraiment, n'est-ce pas une abomination de tuer des gens, qu'ils soient Prussiens, ou bien Anglais, ou bien Polonais, ou bien Français?— Si l'on se revenge sur quelqu'un qui vous a fait tort, c'est mal, puisqu'on vous condamne; mais quand on extermine nos garçons comme du gibier, avec des fusils, c'est donc bien, puisqu'on donne des décorations à celui qui en détruit le plus?—Non, voyez-vous, je ne comprendrai jamais ça!»

Cornudet éleva la voix:

—«La guerre est une barbarie quand on attaque un voisin paisible; c'est un devoir sacré quand on défend la patrie.»

La vieille femme baissa la tête:

—«Oui, quand on se défend, c'est autre chose; mais si l'on ne devrait pas plutôt tuer tous les rois qui font ça pour leur plaisir?»

L'œil de Cornudet s'enflamma:

—«Bravo citoyenne!» dit-il.

M. Carré-Lamadon réfléchissait profondément. Bien qu'il fût fanatique des illustres capitaines, le bon sens de cette paysanne le faisait songer à l'opulence qu'apporteraient dans un pays tant de bras inoccupés et par conséquent ruineux, tant de forces qu'on entretient improductives, si on les employait aux grands travaux industriels qu'il faudra des siècles pour achever.

Mais Loiseau, quittant sa place, alla causer tout bas avec l'aubergiste. Le gros homme riait, toussait, crachait; son énorme ventre sautillait de joie aux plaisanteries de son voisin, et il lui acheta six feuillettes de bordeaux pour le printemps, quand les Prussiens seraient partis.

husband, from time to time, would interrupt her: "You'd be better off keeping quiet, Madame Follenvie." But she utterly ignored him, and continued:

"Yes, madame, those people, they do nothing but eat potatoes and pork, and then pork and potatoes. And you mustn't think they're clean.—Oh no!—They relieve themselves everywhere, if you'll pardon my saying so. And if you ever saw them doing their drills for hours and days on end; they're all there in a field:—and forward march, and to the rear march, and turn this way, and turn that way.—If they farmed the land at least, or if they worked on the roads in their own country!—But no, madame, these military types don't benefit anyone! And the poor people have to feed them so they can learn nothing more than to slaughter!—I'm only an old, uneducated woman, it's true, but seeing them exhaust themselves trudging about from morning till night, I say to myself:—When some people find so many new ways to be useful, why must some others go out of their way to cause harm! Really, isn't it an abomination to kill people, be they Prussian, or English, or Polish, or French?—If you take revenge on someone who has done you harm, it's wrong, since you'll get punished; but is it all right when people kill our boys with rifles as if they were wild game because they give medals to those who kill the most?—No, you see, I'll never understand that!"

Cornudet raised his voice:

"War is a barbarism when you attack a peaceful neighbor; it's a sacred duty when you defend the fatherland."

The old woman lowered her head:

"Yes, when you defend yourself, it's another story; but shouldn't you instead kill all the kings who do this for their own pleasure?"

Cornudet's eyes blazed:

"Good for you, citizen!" he said.

Monsieur Carré-Lamadon was thinking deeply. Although he was an ardent admirer of great military men, the good sense of this countrywoman made him think of the riches that all the idle and thus ruinous hands, all the strength kept unproductive, could bring to a country if one were to put them to work on grand industrial projects that would take centuries to complete.

But Loiseau, leaving his seat, went to talk quietly with the innkeeper. The fat man laughed, coughed, spat; his enormous belly jiggled with mirth at the jokes of his neighbor, and he bought from him six casks of Bordeaux for the spring, when the Prussians would be gone.

Le souper à peine achevé, comme on était brisé de fatigue, on se coucha.

Cependant Loiseau, qui avait observé les choses, fit mettre au lit son épouse, puis colla tantôt son oreille et tantôt son œil au trou de la serrure, pour tâcher de découvrir ce qu'il appelait: «les mystères du corridor».

Au bout d'une heure environ, il entendit un frôlement, regarda bien vite, et aperçut Boule de suif qui paraissait plus replète encore sous un peignoir de cachemire bleu, bordé de dentelles blanches. Elle tenait un bougeoir à la main et se dirigeait vers le gros numéro tout au fond du couloir. Mais une porte, à côté, s'entr'ouvrit, et, quand elle revint au bout de quelques minutes, Cornudet, en bretelles, la suivait. Ils parlaient bas, puis ils s'arrêtèrent. Boule de suif semblait défendre l'entrée de sa chambre avec énergie. Loiseau, malheureusement, n'entendait pas les paroles, mais, à la fin, comme ils élevaient la voix, il put en saisir quelques-unes. Cornudet insistait avec vivacité. Il disait:

—«Voyons, vous êtes bête, qu'est-ce que ça vous fait?»

Elle avait l'air indignée et répondit:

—«Non, mon cher, il y a des moments où ces choses-là ne se font pas; et puis, ici, ce serait une honte.»

Il ne comprenait point, sans doute, et demanda pourquoi. Alors elle s'emporta, élevant encore le ton:

—«Pourquoi? Vous ne comprenez pas pourquoi? Quand il y a des Prussiens dans la maison, dans la chambre à côté, peut-être?»

Il se tut. Cette pudeur patriotique de catin qui ne se laissait point caresser près de l'ennemi, dut réveiller en son cœur sa dignité défaillante, car, après l'avoir seulement embrassée, il regagna sa porte à pas de loup.

Loiseau, très allumé, quitta la serrure, battit un entrechat dans sa chambre, mit son madras, souleva le drap sous lequel gisait la dure carcasse de sa compagne qu'il réveilla d'un baiser en murmurant:—«M'aimes-tu, chérie?»

Alors toute la maison devint silencieuse. Mais bientôt s'éleva quelque part, dans une direction indéterminée qui pouvait être la cave aussi bien que le grenier, un ronflement puissant, monotone, régulier, un bruit sourd et prolongé, avec des tremblements de chaudière sous pression. M. Follenvie dormait.

Comme on avait décidé qu'on partirait à huit heures le lendemain, tout le monde se trouva dans la cuisine; mais la voiture, dont la bâche avait un toit de neige, se dressait solitaire au milieu de la cour, sans

Supper barely finished, as they were all worn out, everyone went to bed.

However Loiseau, who had been watching the goings-on, put his wife to bed, then alternately pasted now his ear and now his eye to the keyhole, in order to uncover what he termed "the mysteries of the hall-way."

After about an hour, he heard a rustling, looked quickly, and caught sight of Boule de Suif, who looked stouter than ever in a blue cash-mere peignoir trimmed with white lace. She held a candlestick in her hand and was headed toward the big number at the very end of the hall. But a door, right next to it, cracked open a bit, and, when she came back a few minutes later, Cornudet, in suspenders, was following her. They spoke softly, then they stopped. Boule de Suif seemed to be de-fending the entrance to her room with great energy. Loiseau, unfortu-nately, couldn't hear their words, but, toward the end, as they raised their voices, he could catch one or two. Cornudet was tenaciously in-sisting. He was saying:

"Come on, you're being silly, what difference does it make to you?"

She had an indignant air about her and replied:

"No, my good man, there are times when one doesn't do such things; and then, here, it would be shameful."

He didn't understand at all, no doubt, and asked why. Then she grew riled and raised her voice yet again:

"Why? You don't understand why? When there are Prussians in the house, perhaps in the room next door?"

He fell silent. The patriotic prudery of a whore who wouldn't let her-self be touched in the presence of the enemy must have awakened in his heart his faltering dignity, for, having merely kissed her, he returned stealthily to his door.

Loiseau, quite aroused, left the keyhole, executed an entrechat in his room, tied his madras handkerchief around his head and lifted the sheet under which lay the hard carcass of his wife, whom he awakened with a kiss as he murmured: "Do you love me, darling?"

The entire building became silent then. But soon a powerful snor-ing arose from an indeterminable direction that could have been the cellar as easily as the attic, monotonous, rhythmic, a dull, drawn-out sound, like the rumblings of a boiler under pressure. Monsieur Follenvie had fallen asleep.

As they'd decided that they would set off at eight o'clock the next day, everyone met in the kitchen; but the coach, whose awning had a cover of snow, stood alone in the middle of the courtyard, without horses

chevaux et sans conducteur. On chercha en vain celui-ci dans les
écuries, dans les fourrages, dans les remises. Alors tous les hommes se
résolurent à battre le pays et ils sortirent. Ils se trouvèrent sur la place,
avec l'église au fond et, des deux côtés, des maisons basses où l'on
apercevait des soldats prussiens. Le premier qu'ils virent épluchait des
pommes de terre. Le second, plus loin, lavait la boutique du coiffeur.
Un autre, barbu jusqu'aux yeux, embrassait un mioche qui pleurait et
le berçait sur ses genoux pour tâcher de l'apaiser; et les grosses
paysannes dont les hommes étaient à «l'armée de la guerre», indi-
quaient par signes à leurs vainqueurs obéissants le travail qu'il fallait
entreprendre: fendre du bois, tremper la soupe, moudre le café; un
d'eux même lavait le linge de son hôtesse, une aïeule toute impotente.

Le comte, étonné, interrogea le bedeau qui sortait du presbytère. Le
vieux rat d'église lui répondit:

—«Oh! ceux-là ne sont pas méchants; c'est pas des Prussiens à ce qu'on
dit. Ils sont de plus loin; je ne sais pas bien d'où; et ils ont tous laissé
une femme et des enfants au pays; ça ne les amuse pas, la guerre, allez!
Je suis sûr qu'on pleure bien aussi là-bas après les hommes; et ça
fournira une fameuse misère chez eux comme chez nous. Ici, encore,
on n'est pas trop malheureux pour le moment, parce qu'ils ne font pas
de mal et qu'ils travaillent comme s'ils étaient dans leurs maisons.
Voyez-vous, monsieur, entre pauvres gens, faut bien qu'on s'aide . . .
C'est les grands qui font la guerre.»

Cornudet, indigné de l'entente cordiale établie entre les vainqueurs
et les vaincus, se retira, préférant s'enfermer dans l'auberge. Loiseau
eut un mot pour rire:—«Ils repeuplent.» M. Carré-Lamadon eut un mot
grave:—«Ils réparent.» Mais on ne trouvait pas le cocher. A la fin on le
découvrit dans le café du village, attablé fraternellement avec l'ordon-
nance de l'officier. Le comte l'interpella:

—«Ne vous avait-on pas donné l'ordre d'atteler pour huit heures?

—Ah bien oui, mais on m'en a donné un autre depuis.

—Lequel?

—De ne pas atteler du tout.

—Qui vous a donné cet ordre?

—Ma foi! le commandant prussien.

—Pourquoi?

—Je n'en sais rien. Allez lui demander. On me défend d'atteler, moi
je n'attelle pas.—Voilà.

—C'est lui-même qui vous a dit cela?

—Non, monsieur, c'est l'aubergiste qui m'a donné l'ordre de sa part.

and without driver. They searched in vain for the man in the stables, in the feed storehouse, in the sheds. Then all the men resolved to scour the countryside and they went off. They gathered in the square, with the church in the background and, on either side, squat houses where they could make out Prussian soldiers. The first one they saw was peeling potatoes. The second, farther away, was scrubbing down the hairdresser's shop. Another, bearded up to his eyes, was stroking a tyke who was crying and was rocking it on his knees to try to soothe it; and the stout countrywomen whose husbands were "off at war" made hand signs to their obliging conquerors as to what work needed to be done: chopping wood, pouring soup onto bread, grinding coffee; one of them was even doing the laundry for his hostess, a helpless old woman.

The Count, astonished, questioned the beadle, who was coming out of the presbytery. The old churchman answered him:

"Oh, those men aren't cruel; they aren't Prussians, from what they tell me. They're from farther away, I'm not sure from where, and they all left a wife and children at home; war is no enjoyment for them, you know! I'm sure they also cry for their men over there; and this will make for a swell misery in their homeland as it does in ours. Here, still, we aren't too unfortunate at the moment, because they aren't doing any harm and they work as if they were in their own homes. You see, sir, among poor folk, everyone must help out . . . It's the big shots who make war."

Cornudet, indignant at the friendly understanding arrived at between the conquerors and the conquered, went back, preferring to shut himself up in the inn. Loiseau had a joking word or two: "They're repopulating." Monsieur Carré-Lamadon had a serious word:

"They're making reparations." But they couldn't find the driver. At last they discovered him in the village café, sitting fraternally with the officer's orderly. The Count called to him:

"Weren't you given orders to hitch up at eight o'clock?"

"Ah, of course, but I've since had other orders."

"Which?"

"Not to hitch up at all."

"Who gave you that order?"

"My word! The Prussian commandant."

"Why?"

"I know nothing about it. Go ask him. I get orders not to hitch up, I don't hitch up. And that's all there is to it."

"He told you this himself?"

"No, sir, it was the innkeeper who gave me the order on his behalf."

—Quand ça?

—Hier soir, comme j'allais me coucher.»

Les trois hommes rentrèrent fort inquiets.

On demanda M. Follenvie, mais la servante répondit que monsieur, à cause de son asthme, ne se levait jamais avant dix heures. Il avait même formellement défendu de le réveiller plus tôt, excepté en cas d'incendie.

On voulut voir l'officier, mais cela était impossible absolument, bien qu'il logeât dans l'auberge. M. Follenvie seul était autorisé à lui parler pour les affaires civiles. Alors on attendit. Les femmes remontèrent dans leurs chambres, et des futilités les occupèrent.

Cornudet s'installa sous la haute cheminée de la cuisine où flambait un grand feu. Il se fit apporter là une des petites tables du café, une canette, et il tira sa pipe qui jouissait parmi les démocrates d'une considération presque égale à la sienne, comme si elle avait servi la patrie en servant à Cornudet. C'était une superbe pipe en écume admirablement culottée, aussi noire que les dents de son maître, mais parfumée, recourbée, luisante, familière à sa main, et complétant sa physionomie. Et il demeura immobile, les yeux tantôt fixés sur la flamme du foyer, tantôt sur la mousse qui couronnait sa chope; et chaque fois qu'il avait bu, il passait d'un air satisfait ses longs doigts maigres dans ses longs cheveux gras pendant qu'il humait sa moustache frangée d'écume.

Loiseau, sous prétexte de se dégourdir les jambes, alla placer du vin aux débitants du pays. Le comte et le manufacturier se mirent à causer politique. Ils prévoyaient l'avenir de la France. L'un croyait aux d'Orléans, l'autre à un sauveur inconnu, un héros qui se révélerait quand tout serait désespéré: un du Guesclin, une Jeanne d'Arc peut-être? ou un autre Napoléon Ier? Ah! si le prince impérial n'était pas si jeune? Cornudet, les écoutant, souriait en homme qui sait le mot des destinées. Sa pipe embaumait la cuisine.

Comme dix heures sonnaient, M. Follenvie parut. On l'interrogea bien vite; mais il ne put que répéter deux ou trois fois, sans une variante, ces paroles:—L'officier m'a dit comme ça: «Monsieur Follenvie, vous défendrez qu'on attelle demain la voiture de ces voyageurs. Je ne veux pas qu'ils partent sans mon ordre. Vous entendez. Ça suffit.»

Alors on voulut voir l'officier. Le comte lui envoya sa carte où M. Carré-Lamadon ajouta son nom et tous ses titres. Le Prussien fit répondre qu'il admettrait ces deux hommes à lui parler quand il aurait déjeuné, c'est-à-dire vers une heure.

"When was this?"

"Last night, as I was going to bed."

The three men went back to the inn very perturbed.

They asked for Monsieur Follenvie, but the servant girl replied that, because of his asthma, her master never got up before ten o'clock. He had even formally forbidden that he be awakened any earlier, except in case of fire.

They tried to see the officer, but it was absolutely impossible, for even though he was staying in the inn, only Monsieur Follenvie was authorized to speak with him about civilian matters. They waited. The women went back up to their rooms and occupied themselves with meaningless busywork.

Cornudet settled himself under the high kitchen mantel, where a great fire was blazing. He had one of the little café tables brought over, as well as a bottle of beer, and he drew on his pipe, which enjoyed among the democrats a respect almost equal to his own, as if it had served the country itself by serving Cornudet. It was a superb meerschaum pipe admirably worn in, as black as the teeth of its owner, but fragrant, curved, glowing, comfortable in his hand, and completing his physiognomy. And he remained immobile, his eyes fixed now on the flame in the hearth, now on the foam that crowned his tankard; and each time he drank, he contentedly ran his long, thin fingers through his long, greasy hair while he sucked at his mustache fringed with foam.

Loiseau, under the pretext of bringing his numb legs back to life, went to sell some wine to the rural shopkeepers. The Count and the manufacturer began to talk politics. They speculated on the future of France. One believed in the Orleanists, the other in an unknown savior, a hero who would reveal himself when all seemed lost: a Du Guesclin, perhaps a Joan of Arc? or another Napoleon I? Ah! if only the imperial prince weren't so young! Cornudet, listening to them, smiled like a man who knows the decree of fate. His pipe filled the kitchen with its scent.

Just as the ten o'clock bells were ringing, Monsieur Follenvie appeared. Everyone rushed to question him; but he could only repeat, two or three times, without variation, these words: "The officer told me this: 'Monsieur Follenvie, you will prevent anyone from harnessing up the coach of those travelers tomorrow. I don't want them to leave without my order. You understand. Enough said.'"

Then they wanted to see the officer. The Count sent him his card onto which Monsieur Carré-Lamadon added his name and all his titles. The Prussian sent a reply that he would receive these two men to speak with him when he'd had his breakfast, that is to say, at around one o'clock.

Les dames reparurent et l'on mangea quelque peu, malgré l'inquié-
tude. Boule de suif semblait malade et prodigieusement troublée.

On achevait le café quand l'ordonnance vint chercher ces mes-
sieurs.

Loiseau se joignit aux deux premiers; comme on essayait d'entraîner
Cornudet pour donner plus de solennité à leur démarche, il déclara fière-
ment qu'il entendait n'avoir jamais aucun rapport avec les Allemands;
et il se remit dans sa cheminée, demandant une autre canette.

Les trois hommes montèrent et furent introduits dans la plus belle
chambre de l'auberge où l'officier les reçut, étendu dans un fauteuil,
les pieds sur la cheminée, fumant une longue pipe de porcelaine, et
enveloppé par une robe de chambre flamboyante, dérobée sans doute
dans la demeure abandonnée de quelque bourgeois de mauvais goût.
Il ne se leva pas, ne les salua pas, ne les regarda pas. Il présentait un
magnifique échantillon de la goujaterie naturelle au militaire victorieux.

Au bout de quelques instants il dit enfin:

—«Qu'est-ce que fous foulez?»

Le comte prit la parole:—«Nous désirons partir, monsieur.

—Non.

—Oserai-je vous demander la cause de ce refus?

—Parce que che ne feux pas.

—Je vous ferai respectueusement observer, monsieur, que votre général
en chef nous a délivré une permission de départ pour gagner Dieppe; et
je ne pense pas que nous ayons rien fait pour mériter vos rigueurs.

—Che ne feux pas . . . foilà tout . . . Fous poufez tescentre.»

S'étant inclinés tous les trois ils se retirèrent.

L'après-midi fut lamentable. On ne comprenait rien à ce caprice
d'Allemand; et les idées les plus singulières troublaient les têtes. Tout
le monde se tenait dans la cuisine et l'on discutait sans fin, imaginant
des choses invraisemblables. On voulait peut-être les garder comme
otages—mais dans quel but?—ou les emmener prisonniers? ou, plutôt,
leur demander une rançon considérable? A cette pensée une panique
les affola. Les plus riches étaient les plus épouvantés, se voyant déjà
contraints, pour racheter leur vie, de verser des sacs pleins d'or entre
les mains de ce soldat insolent. Ils se creusaient la cervelle pour dé-
couvrir des mensonges acceptables, dissimuler leurs richesses, se faire
passer pour pauvres, très pauvres. Loiseau enleva sa chaîne de montre
et la cacha dans sa poche. La nuit qui tombait augmenta les ap-
préhensions. La lampe fut allumée, et comme on avait encore deux
heures avant le dîner, M^{me} Loiseau proposa une partie de trente et un.
Ce serait une distraction. On accepta. Cornudet lui-même, ayant éteint
sa pipe par politesse, y prit part.

The ladies reappeared and everyone had a little to eat, despite the anxiety. Boule de Suif seemed ill and terribly troubled.

They were finishing their coffee when the officer's orderly came to look for the two gentlemen.

Loiseau joined the first two; but when they tried to drag along Cornudet to give more weight to their undertaking, he declared proudly that he intended never to have anything to do with the Germans; and he went back to the fireplace, ordering another beer.

The three men went up and were brought into the most beautiful room in the inn, where the officer received them, sprawled out in an armchair, his feet on the fireplace, smoking a long porcelain pipe, and wrapped in a showy dressing gown, stolen no doubt from the abandoned house of some well-off citizen with bad taste. He didn't rise, didn't greet them, didn't look at them. He presented a magnificent example of the loutishness inherent in the victorious military man.

After a few moments he said at last:

"Vat do you vant?"

The Count spoke up: "We'd like to leave, sir."

"No."

"Dare I ask you the reason for this refusal?"

"Because I don't vant you to."

"I respectfully point out to you, sir, that your general in command has given us a departure permit to go to Dieppe; and I don't think we have done anything to warrant your harshness."

"I don't vant you to . . . dat iss all . . . You may go back down."

All three having bowed, they left.

The afternoon was lamentable. They understood nothing of the German's whim; and the oddest notions troubled their minds. Everyone stayed in the kitchen and they talked endlessly, imagining farfetched things. Perhaps they wanted to keep them as hostages— but to what end?—or take them prisoner? or, rather, ask them for a hefty ransom? At the thought of which, a panic struck them. The wealthiest were the most frightened, seeing themselves already obligated, in order to buy their lives, to pour sacks full of gold into the hands of that insolent soldier. They racked their brains to come up with acceptable lies, to misrepresent their wealth, to pass themselves off as poor, very poor. Loiseau removed his watch chain and hid it in his pocket. The encroaching night increased their worries. The lamp was lit, and as they still had two hours before dinner, Madame Loiseau proposed a game of one-and-thirty. It would be a distraction. Everyone agreed. Cornudet himself, having snuffed his pipe out of politeness, took part.

Le comte battit les cartes—donna—Boule de suif avait trente et un d'emblée; et bientôt l'intérêt de la partie apaisa la crainte qui hantait les esprits. Mais Cornudet s'aperçut que le ménage Loiseau s'entendait pour tricher.

Comme on allait se mettre à table, M. Follenvie reparut; et, de sa voix graillonnante, il prononça: «L'officier prussien fait demander à Mlle Élisabeth Rousset si elle n'a pas encore changé d'avis.»

Boule de suif resta debout, toute pâle; puis, devenant subitement cramoisie, elle eut un tel étouffement de colère qu'elle ne pouvait plus parler. Enfin elle éclata: «Vous lui direz à cette crapule, à ce saligaud, à cette charogne de Prussien, que jamais je ne voudrai; vous entendez bien, jamais, jamais, jamais.»

Le gros aubergiste sortit. Alors Boule de suif fut entourée, interrogée, sollicitée par tout le monde de dévoiler le mystère de sa visite. Elle résista d'abord: mais l'exaspération l'emporta bientôt:—«Ce qu'il veut? . . . ce qu'il veut? Il veut coucher avec moi!» cria-t-elle. Personne ne se choqua du mot, tant l'indignation fut vive. Cornudet brisa sa chope en la reposant violemment sur la table. C'était une clameur de réprobation contre ce soudard ignoble, un souffle de colère, une union de tous pour la résistance, comme si l'on eût demandé à chacun une partie du sacrifice exigé d'elle. Le comte déclara avec dégoût que ces gens-là se conduisaient à la façon des anciens barbares. Les femmes surtout témoignèrent à Boule de suif une commisération énergique et caressante. Les bonnes sœurs, qui ne se montraient qu'aux repas, avaient baissé la tête et ne disaient rien.

On dîna néanmoins lorsque la première fureur fut apaisée; mais on parla peu, on songeait.

Les dames se retirèrent de bonne heure; et les hommes, tout en fumant, organisèrent un écarté auquel fut convié M. Follenvie qu'on avait l'intention d'interroger habilement sur les moyens à employer pour vaincre la résistance de l'officier. Mais il ne songeait qu'à ses cartes, sans rien écouter, sans rien répondre; et il répétait sans cesse:—«Au jeu, messieurs, au jeu.» Son attention était si tendue qu'il en oubliait de cracher, ce qui lui mettait parfois des points d'orgue dans la poitrine. Ses poumons sifflants donnaient toute la gamme de l'asthme, depuis les notes graves et profondes jusqu'aux enrouements aigus des jeunes coqs essayant de chanter.

Il refusa même de monter, quand sa femme, qui tombait de sommeil, vint le chercher. Alors elle partit toute seule, car elle était «du matin», toujours levée avec le soleil, tandis que son homme était «du soir», toujours prêt à passer la nuit avec des amis. Il lui cria:—«Tu pla-

The Count shuffled the cards—dealt—Boule de Suif had 31 straight off; and soon the interest of the game soothed the fear that was haunting their minds. But Cornudet noticed that the Loiseaus were trying to cheat.

As they were going to sit down at the table, Monsieur Follenvie reappeared; and, in his phlegm-clogged voice, he said: "The Prussian officer asks Miss Élisabeth Rousset whether she hasn't yet changed her mind."

Boule de Suif remained standing, all pale; then suddenly becoming red in the face, she had such a fit of anger that she could no longer speak. Finally she burst out: "You tell that bugger, that bastard, that swine of a Prussian, that I'll never do it; you understand, never, never, never."

The chubby innkeeper left. Then Boule de Suif was surrounded, interrogated, besought by everyone to reveal the mystery of her visit. She resisted at first, but exasperation soon got the best of her: "What does he want? . . . what does he want? He wants to sleep with me!" she cried out. No one was shocked by the words, so strong was their indignation. Cornudet shattered his tankard while putting it back violently on the table. There was an outcry of disapproval against that shameless mercenary, a swelling of anger, a combination of all for resistance, as if each of them had been asked for a part of the sacrifice demanded of her. The Count declared with disgust that those people behaved in the manner of the old barbarians. The women especially felt for Boule de Suif a vigorous and tender empathy. The nuns, who showed up only for meals, had lowered their heads and said nothing.

Nevertheless they had dinner when the first furor died down; but they spoke little, they were deep in thought.

The ladies went up early; and the men, smoking all the while, organized a round of écarté to which they invited Monsieur Follenvie, whom they intended to interrogate stealthily about the means to use in order to overcome the officer's resistance. But he thought only about his cards, without hearing anything, without answering anything; and he repeated endlessly: "The game, gentlemen, the game." His attention was so fixed that he would forget to spit, which would sometimes create organ points of rumbling in his chest. His wheezing lungs ran the entire asthmatic gamut, from deep bass notes all the way up to the hoarse treble notes of young cocks trying to crow.

He even refused to go upstairs when his wife, who was heavy with sleep, came to get him. So she left all alone, since she was an "early bird," always getting up with the sun, while her husband was a "night owl," always ready to spend the night with friends. He called out to

ceras mon lait de poule devant le feu», et se remit à sa partie. Quand
on vit bien qu'on n'en pourrait rien tirer on déclara qu'il était temps
de s'en aller, et chacun gagna son lit.

On se leva encore d'assez bonne heure le lendemain, avec un espoir
indéterminé, un désir plus grand de s'en aller, une terreur du jour à
passer dans cette horrible petite auberge.

Hélas! les chevaux restaient à l'écurie, le cocher demeurait invisible.
On alla, par désœuvrement, tourner autour de la voiture.

Le déjeuner fut bien triste; et il s'était produit comme un re-
froidissement vis-à-vis de Boule de suif, car la nuit, qui porte conseil,
avait un peu modifié les jugements. On en voulait presque à cette fille,
maintenant, de n'avoir pas été trouver secrètement le Prussien, afin de
ménager, au réveil, une bonne surprise à ses compagnons. Quoi de plus
simple? Qui l'eût su, d'ailleurs? Elle aurait pu sauver les apparences en
faisant dire à l'officier qu'elle prenait en pitié leur détresse. Pour elle,
ça avait si peu d'importance!

Mais personne n'avouait encore ces pensées.

Dans l'après-midi, comme on s'ennuyait à périr, le comte proposa de
faire une promenade aux alentours du village. Chacun s'enveloppa avec
soin et la petite société partit, à l'exception de Cornudet, qui préférait
rester près du feu, et des bonnes sœurs, qui passaient leurs journées
dans l'église ou chez le curé.

Le froid, plus intense de jour en jour, piquait cruellement le nez et
les oreilles; les pieds devenaient si douloureux que chaque pas était
une souffrance; et lorsque la campagne se découvrit, elle leur apparut
si effroyablement lugubre sous cette blancheur illimitée que tout le
monde aussitôt retourna, l'âme glacée et le cœur serré.

Les quatre femmes marchaient devant, les trois hommes suivaient,
un peu derrière.

Loiseau, qui comprenait la situation, demanda tout à coup si cette
«garce-là» allait les faire rester longtemps encore dans un pareil endroit.
Le comte, toujours courtois, dit qu'on ne pouvait exiger d'une femme
un sacrifice aussi pénible, et qu'il devait venir d'elle-même. M. Carré-
Lamadon remarqua que si les Français faisaient, comme il en était ques-
tion, un retour offensif par Dieppe, la rencontre ne pourrait avoir lieu
qu'à Tôtes. Cette réflexion rendit les deux autres soucieux.—«Si l'on
se sauvait à pied»,—dit Loiseau. Le comte haussa les épaules:—«Y
songez-vous, dans cette neige? avec nos femmes? Et puis nous serions
tout de suite poursuivis, rattrapés en dix minutes, et ramenés prison-
niers à la merci des soldats.»—C'était vrai; on se tut.

her: "Put my egg flip in front of the fire," and returned to his hand. When they saw that they weren't going to get anything out of him, they declared that it was time to go, and each one went to his bed.

They got up quite early again the next day, with a vague hope, a stronger wish to leave, a fear of spending the day in that horrible little inn.

Alas! the horses were still in the stable, the driver was still unseen. They loitered around the coach for lack of anything better to do.

Lunch was rather grim; and a sort of coolness had sprung up toward Boule de Suif, for the nighttime, which brings counsel, had somewhat modified their opinions. They were almost angry with that prostitute now for not having gone to the Prussian secretly, in order to prepare a nice surprise for her companions when they awakened. What could be easier? Who would've known, besides? She could've saved face by letting the officer know that she felt sorry for their predicament. And it would've meant so little to *her!*

But no one admitted to these thoughts as yet.

In the afternoon, as they were bored to death, the Count proposed they take a walk on the outskirts of the village. Everybody bundled up carefully and the little group set out, with the exception of Cornudet, who preferred to stay near the fire, and the nuns, who spent their days in the church or at the priest's home.

The cold, more intense from day to day, stung their noses and ears nastily; their feet became so painful that each step was torture; and when the countryside came into view, it seemed to them so frighteningly bleak under its unbroken whiteness that everyone turned back right away, their souls frozen and their hearts constricted.

The four women walked ahead, the three men followed, a little behind.

Loiseau, who understood the situation, suddenly asked if "that tramp" was going to make them stay any longer in such a place. The Count, always chivalrous, said that one couldn't request such a horrible sacrifice from a woman, and that it ought to come from the woman herself. Monsieur Carré-Lamadon remarked that if the French, as had been speculated, made a counterattack by way of Dieppe, the confrontation could take place only in Tôtes. This observation worried the two others. "If we fled on foot . . . ," said Loiseau. The Count shrugged his shoulders: "Are you serious? In this snow? With our wives? And then we'd be pursued right away, caught in ten minutes, and brought back as prisoners at the mercy of the soldiers." It was true; they fell silent.

Les dames parlaient toilette; mais une certaine contrainte semblait les désunir.

Tout à coup, au bout de la rue, l'officier parut. Sur la neige qui fermait l'horizon, il profilait sa grande taille de guêpe en uniforme, et marchait, les genoux écartés, de ce mouvement particulier aux militaires qui s'efforcent de ne point maculer leurs bottes soigneusement cirées.

Il s'inclina en passant près des dames, et regarda dédaigneusement les hommes qui eurent, du reste, la dignité de ne se point découvrir, bien que Loiseau ébauchât un geste pour retirer sa coiffure.

Boule de suif était devenue rouge jusqu'aux oreilles; et les trois femmes mariées ressentaient une grande humiliation d'être ainsi rencontrées par ce soldat, dans la compagnie de cette fille qu'il avait si cavalièrement traitée.

Alors on parla de lui, de sa tournure, de son visage. Mme Carré-Lamadon, qui avait connu beaucoup d'officiers et qui les jugeait en connaisseur, trouvait celui-là pas mal du tout; elle regrettait même qu'il ne fût pas Français, parce qu'il ferait un fort joli hussard dont toutes les femmes assurément raffoleraient.

Une fois rentrés, on ne sut plus que faire. Des paroles aigres furent même échangées à propos de choses insignifiantes. Le dîner, silencieux, dura peu, et chacun monta se coucher, espérant dormir pour tuer le temps.

On descendit le lendemain avec des visages fatigués et des cœurs exaspérés. Les femmes parlaient à peine à Boule de suif.

Une cloche tinta. C'était pour un baptême. La grosse fille avait un enfant élevé chez des paysans d'Yvetot. Elle ne le voyait pas une fois l'an, et n'y songeait jamais; mais la pensée de celui qu'on allait baptiser lui jeta au cœur une tendresse subite et violente pour le sien, et elle voulut absolument assister à la cérémonie.

Aussitôt qu'elle fut partie, tout le monde se regarda, puis on rapprocha les chaises, car on sentait bien qu'à la fin il fallait décider quelque chose. Loiseau eut une inspiration: il était d'avis de proposer à l'officier de garder Boule de suif toute seule, et de laisser partir les autres.

M. Follenvie se chargea encore de la commission, mais il redescendit presque aussitôt. L'Allemand, qui connaissait la nature humaine, l'avait mis à la porte. Il prétendait retenir tout le monde tant que son désir ne serait pas satisfait.

Alors le tempérament populacier de Mme Loiseau éclata:—«Nous n'allons pourtant pas mourir de vieillesse ici. Puisque c'est son métier, à cette gueuse, de faire ça avec tous les hommes, je trouve qu'elle n'a

The ladies were talking about clothes; but a certain restraint seemed to divide them.

Suddenly, the officer appeared at the end of the street. His uniformed wasp's waist was silhouetted against the snow that closed off the horizon and, his legs bowed, he walked with that movement peculiar to military men who go to lengths not to sully their carefully waxed boots.

He bowed as he passed by the ladies, and looked with disdain at the men, who moreover, had the dignity not to tip their hats, although Loiseau made a preliminary gesture of removing his headgear.

Boule de Suif had turned red all the way to her ears; and the three married women felt great shame in running into the soldier like that, in the company of that prostitute whom he had treated so cavalierly.

Then they talked about him, about his figure, about his face. Madame Carré-Lamadon, who had known many officers and who judged them as would a connoisseur, found this one not bad at all; she was even sorry that he wasn't French, because he would make a rather handsome Hussar over whom all the women would surely go crazy.

Once they returned, they didn't know what to do. Harsh words were exchanged about meaningless things. Dinner, silent, didn't last long, and everybody went up to bed, hoping they could sleep to kill time.

They came down the next day with tired faces and frustrated hearts. The women barely spoke to Boule de Suif.

A bell rang out. It was for a baptism. The fat young woman had a child being raised among the countryfolk of Yvetot. She saw it not even once a year, and never thought about it; but the thought of the one they were going to baptize cast into her heart a sudden, strong feeling for her own, and she insisted on attending the ceremony.

As soon as she was gone, they all looked at one another and brought their chairs close together, for they were well aware that in the end a decision had to be made. Loiseau had an inspiration: he was of a mind to suggest to the officer to detain Boule de Suif by herself and let the others leave.

Monsieur Follenvie once again acted as go-between, but he came back down almost immediately. The German, who knew human nature, had shown him the door. He intended to detain everybody as long as his desire went unfulfilled.

Then the common nature of Madame Loiseau erupted: "We're certainly not going to die of old age here. Since it's that sow's trade to do it with any and all men, I think she hasn't the right to turn away one

pas le droit de refuser l'un plutôt que l'autre. Je vous demande un peu, ça a pris tout ce qu'elle a trouvé dans Rouen, même des cochers! oui, madame, le cocher de la préfecture! Je le sais bien, moi, il achète son vin à la maison. Et aujourd'hui qu'il s'agit de nous tirer d'embarras, elle fait la mijaurée, cette morveuse!... Moi, je trouve qu'il se conduit très bien, cet officier. Il est peut-être privé depuis longtemps; et nous étions là trois qu'il aurait sans doute préférées. Mais non, il se contente de celle à tout le monde. Il respecte les femmes mariées, Songez donc, il est le maître. Il n'avait qu'à dire: «Je veux», et il pouvait nous prendre de force avec ses soldats.»

Les deux femmes eurent un petit frisson. Les yeux de la jolie M^{me} Carré-Lamadon brillaient, et elle était un peu pâle, comme si elle se sentait déjà prise de force par l'officier.

Les hommes, qui discutaient à l'écart, se rapprochèrent. Loiseau, furibond, voulait livrer «cette misérable» pieds et poings liés à l'ennemi. Mais le comte, issu de trois générations d'ambassadeurs, et doué d'un physique de diplomate, était partisan de l'habileté: «Il faudrait la décider»,—dit-il.

Alors on conspira.

Les femmes se serrèrent, le ton de la voix fut baissé, et la discussion devint générale, chacun donnant son avis. C'était fort convenable du reste. Ces dames surtout trouvaient des délicatesses de tournures, des subtilités d'expression charmantes, pour dire les choses les plus scabreuses. Un étranger n'aurait rien compris tant les précautions du langage étaient observées. Mais la légère tranche de pudeur dont est bardée toute femme du monde ne recouvrant que la surface, elles s'épanouissaient dans cette aventure polissonne, s'amusaient follement au fond, se sentant dans leur élément, tripotant de l'amour avec la sensualité d'un cuisinier gourmand qui prépare le souper d'un autre.

La gaieté revenait d'elle-même, tant l'histoire leur semblait drôle à la fin. Le comte trouva des plaisanteries un peu risquées, mais si bien dites qu'elles faisaient sourire. A son tour Loiseau lâcha quelques grivoiseries plus raides dont on ne se blessa point; et la pensée brutalement exprimée par sa femme dominait tous les esprits: «Puisque c'est son métier à cette fille, pourquoi refuserait-elle celui-là plus qu'un autre?» La gentille M^{me} Carré-Lamadon semblait même penser qu'à sa place elle refuserait celui-là moins qu'un autre.

On prépara longuement le blocus, comme pour une forteresse investie. Chacun convint du rôle qu'il jouerait, des arguments dont il s'appuierait, des manœuvres qu'il devrait exécuter. On régla le plan des at-

man over another. You'll recall that she took whatever she could find in Rouen, even coachmen! Yes, madame, even the Prefecture's driver! I'm in the know because he buys his wine from our outfit. And now when it's a matter of getting us out of a jam, that tramp gives herself airs! . . . I for one think that the officer is behaving quite reasonably. Perhaps he's gone without for a long time now; and there were three of us he would no doubt have preferred. But no, he is satisfied with that streetwalker. He respects married women. Think about it. He's in charge. He had only to say: 'So be it,' and he could have had his soldiers take us by force."

The two women gave a little shudder. The eyes of the pretty Madame Carré-Lamadon were glassy and she was a little wan, as if she already felt herself being forcibly taken by the officer.

The men, who were talking separately, came over. Loiseau, enraged, wanted to deliver "that wretch" to the enemy bound hand and foot. But the Count, as a scion of three generations of ambassadors and a man endowed with a diplomat's bearing, was partial to slyness: "We must persuade her," he said.

So they plotted.

The women huddled together, their voices lowered, and the discussion became general, each one giving an opinion. Nevertheless it was quite proper. The ladies were especially adept at finding delicate turns of phrase, charming subtleties of expression, to express the nastiest things. Someone unfamiliar with them would have caught onto nothing, so stringently were precautions of language observed. But since the thin layer of modesty with which each woman in the world is armored covers only the surface, they threw themselves wholeheartedly into this ribald caper, were thrilled to the core, feeling themselves quite in their element, pawing over love with the sensual joy of a gourmet chef preparing someone else's supper.

Their good cheer returned on its own, so funny did the matter seem to them after all. The Count made a few jokes that were a little racy, but so well told that they made everyone smile. In turn Loiseau told a few rougher dirty stories at which no one took offense; and the notion brutally expressed by his wife occupied everyone's mind: "Since it's that whore's trade, should she turn away one man over another?" The lovely Madame Carré-Lamadon even seemed to think that, in her place, she would turn this one away less quickly than another.

They prepared the blockade at length, as for a besieged fortress. Each one agreed to the part he was to play, the arguments he would use in support, the maneuvers he'd have to execute. They settled on the plan

taques, les ruses à employer, et les surprises de l'assaut, pour forcer cette citadelle vivante à recevoir l'ennemi dans la place.

Cornudet cependant restait à l'écart, complètement étranger à cette affaire.

Une attention si profonde tendait les esprits, qu'on n'entendit point rentrer Boule de suif. Mais le comte souffla un léger: «Chut» qui fit relever tous les yeux. Elle était là. On se tut brusquement et un certain embarras empêcha d'abord de lui parler. La comtesse, plus assouplie que les autres aux duplicités des salons, l'interrogea:—«Était-ce amusant, ce baptême?»

La grosse fille, encore émue, raconta tout, et les figures, et les attitudes, et l'aspect même de l'église. Elle ajouta:—«C'est si bon de prier quelquefois.»

Cependant, jusqu'au déjeuner, ces dames se contentèrent d'être aimables avec elle, pour augmenter sa confiance et sa docilité à leurs conseils.

Aussitôt à table, on commença les approches. Ce fut d'abord une conversation vague sur le dévouement. On cita des exemples anciens: Judith et Holopherne, puis, sans aucune raison, Lucrèce avec Sextus, Cléopâtre faisant passer par sa couche tous les généraux ennemis, et les réduisant à des servilités d'esclave. Alors se déroula une histoire fantaisiste, éclose dans l'imagination de ces millionnaires ignorants, où les citoyennes de Rome allaient endormir à Capoue Annibal entre leurs bras et, avec lui, ses lieutenants, et les phalanges des mercenaires. On cita toutes les femmes qui ont arrêté des conquérants, fait de leur corps un champ de bataille, un moyen de dominer, une arme, qui ont vaincu par leurs caresses héroïques des êtres hideux ou détestés, et sacrifié leur chasteté à la vengeance et au dévouement.

On parla même en termes voilés de cette Anglaise de grande famille qui s'était laissé inoculer une horrible et contagieuse maladie pour la transmettre à Bonaparte sauvé miraculeusement, par une faiblesse subite, à l'heure du rendez-vous fatal.

Et tout cela était raconté d'une façon convenable et modérée, où parfois éclatait un enthousiasme voulu propre à exciter l'émulation.

On aurait pu croire, à la fin, que le seul rôle de la femme, ici-bas, était un perpétuel sacrifice de sa personne, un abandon continu aux caprices des soldatesques.

Les deux bonnes sœurs ne semblaient point entendre, perdues en des pensées profondes, Boule de suif ne disait rien.

Pendant toute l'après-midi on la laissa réfléchir. Mais, au lieu de l'appeler «madame» comme on avait fait jusque-là, on lui disait simplement «mademoiselle», sans que personne sût bien pourquoi, comme si

of attack, the ruses to employ, and the surprise assaults, in order to force
that living citadel to allow the enemy to enter.

Cornudet, however, stayed at a distance, completely removed from
this business.

An attention so profound held their minds that they didn't hear Boule
de Suif return. But the Count whispered a soft "Shh," which made
everyone look up. She was there. They abruptly fell silent and a cer-
tain embarrassment kept them from talking to her at first. The
Countess, more skillful than the others in the treacheries of the salon,
asked her: "Did you enjoy the baptism?"

The fat young woman, still emotional, recounted everything, the
faces, the attitudes, and even the appearance of the church. She added:
"Sometimes it's so good to pray."

However, until lunchtime, the ladies were contented to be kind to
her, so as to increase her trust and openness to their advice.

As soon as they were seated, they began their approach. There was at
first a vague conversation about self-sacrifice. They cited ancient exam-
ples: Judith and Holofernes, then, for no apparent reason, Lucretia and
Sextus, then Cleopatra taking all the enemy generals into her bed and
reducing them to a slave-like docility. Then a fantastic story unfurled,
hatched in the imagination of these ignorant millionaires, in which the
female citizens of Rome were going to Capua so as to lull Hannibal to
sleep in their arms and, along with him, his lieutenants and the phalanxes
of mercenaries. They cited all the women who halted conquerors, who
made their bodies into battlefields, into tools of domination, into
weapons, who conquered hideous or hated beings through their heroic
caresses, and gave up their chastity for revenge and for self-sacrifice.

They even spoke in veiled terms about that Englishwoman of a no-
ble family who let herself be inoculated with a horrible and contagious
disease so as to transmit it to Bonaparte, who was miraculously saved
by a sudden dizzy spell at the hour of the fateful meeting.

And all this was told in a proper and restrained manner in which there
occasionally erupted a deliberate enthusiasm meant to elicit emulation.

One would've thought, in the end, that the only role of women here
on earth was an endless sacrifice of their bodies, a continuous submis-
sion to the whims of the licentious soldiery.

The two nuns seemed not to hear, lost in their deep thoughts. Boule
de Suif said nothing.

Throughout the entire afternoon they let her ruminate. But instead
of calling her "Madame" as they'd done until then, they called her sim-
ply "Mademoiselle," without their even knowing why, as if they'd

l'on avait voulu la faire descendre d'un degré dans l'estime qu'elle avait
escaladée, lui faire sentir sa situation honteuse.

Au moment où l'on servit le potage, M. Follenvie reparut, répétant
sa phrase de la veille:—«L'officier prussien fait demander à M^{lle} Éli-
sabeth Rousset si elle n'a point encore changé d'avis.»

Boule de suif répondit sèchement:—«Non, monsieur.»

Mais au dîner la coalition faiblit. Loiseau eut trois phrases mal-
heureuses. Chacun se battait les flancs pour découvrir des exemples
nouveaux et ne trouvait rien, quand la comtesse, sans préméditation
peut-être, éprouvant un vague besoin de rendre hommage à la Religion,
interrogea la plus âgée des bonnes sœurs sur les grands faits de la vie
des saints. Or, beaucoup avaient commis des actes qui seraient des
crimes à nos yeux; mais l'Église absout sans peine ces forfaits quand
ils sont accomplis pour la gloire de Dieu, ou pour le bien du prochain.
C'était un argument puissant; la comtesse en profita. Alors, soit par une
de ces ententes tacites, de ces complaisances voilées, où excelle
quiconque porte un habit ecclésiastique, soit simplement par l'effet
d'une inintelligence heureuse, d'une secourable bêtise, la vieille re-
ligieuse apporta à la conspiration un formidable appui. On la croyait
timide, elle se montra hardie, verbeuse, violente. Celle-là n'était pas
troublée par les tâtonnements de la casuistique; sa doctrine semblait
une barre de fer; sa foi n'hésitait jamais; sa conscience n'avait point de
scrupules. Elle trouvait tout simple le sacrifice d'Abraham, car elle au-
rait immédiatement tué père et mère sur un ordre venu d'en haut; et
rien, à son avis, ne pouvait déplaire au Seigneur quand l'intention était
louable. La comtesse, mettant à profit l'autorité sacrée de sa complice
inattendue, lui fit faire comme une paraphrase édifiante de cet axiome
de morale: «La fin justifie les moyens.»

Elle l'interrogeait.

—«Alors, ma sœur, vous pensez que Dieu accepte toutes les voies,
et pardonne le fait quand le motif est pur?

—Qui pourrait en douter, madame? Une action blâmable en soi de-
vient souvent méritoire par la pensée qui l'inspire.»

Et elles continuaient ainsi, démêlant les volontés de Dieu, prévo-
yant ses décisions, le faisant s'intéresser à des choses qui, vraiment, ne
le regardaient guère.

Tout cela était enveloppé, habile, discret. Mais chaque parole de la
sainte fille en cornette faisait brèche dans la résistance indignée de la
courtisane. Puis, la conversation se détournant un peu, la femme aux
chapelets pendants parla des maisons de son ordre, de sa supérieure,
d'elle-même, et de sa mignonne voisine, la chère sœur Saint-Nicéphore.

wanted to take her down a peg from the level of esteem to which she'd
climbed and make her aware of her shameful situation.

As the soup was being served, Monsieur Follenvie reappeared, re-
peating his announcement of the night before: "The Prussian officer
asks if Mademoiselle Élisabeth Rousset has changed her mind yet."

Boule de Suif answered dryly: "No, Monsieur."

But at dinner the alliance weakened. Loiseau made three unfortunate
remarks. They were all racking their brains to come up with new ex-
amples but were finding nothing, when the Countess, perhaps without
forethought, experiencing a vague need to pay homage to religion, ques-
tioned the elder of the nuns about the important events in the lives of
saints. For many had committed acts that would be crimes in our eyes;
but the Church readily forgives these misdeeds when they're done for
the glory of God, or for the good of one's neighbors. It was a powerful
argument; the Countess took advantage of it. Then, whether it was
through one of those unspoken understandings or veiled complicities in
which those who wear ecclesiastic habits excel, or whether it was sim-
ply the effect of fortunate ignorance and helpful stupidity, the old nun
lent considerable support to the conspiracy. They'd all thought her shy,
but she showed herself bold, verbose, violent. She wasn't troubled by
the tentative gropings of casuistry; her doctrine seemed a bar of iron;
her faith never wavered; her conscience had no scruples. She found
Abraham's sacrifice perfectly simple to understand, for she would've im-
mediately killed father and mother on an order from above; and noth-
ing, to her way of thinking, could displease the Lord when the inten-
tion was praiseworthy. The Countess, putting to use the holy authority
of her unexpected accomplice, had her make a sort of edifying summary
of that axiom of morality, "The ends justify the means."

She questioned her.

"So then, sister, do you think that God accepts all courses of action
and forgives the deed when the thought behind it is pure?"

"Who could doubt it, Madame? An action reprehensible in itself of-
ten becomes worthy by dint of the thought that inspires it."

And they went on like this, untangling the will of God, predicting
His decisions, engaging Him in things that really had little to do with
Him.

All this was shrouded, sly, discreet. But each word from the holy
maiden with the coif made a breach in the indignant resistance of the
courtesan. Then, the conversation taking a bit of a detour, the woman
with the dangling rosary spoke about the houses of her order, about her
Mother Superior, about herself and about her delicate companion, dear

On les avait demandées au Havre pour soigner dans les hôpitaux des centaines de soldats atteints de la petite vérole. Elle les dépeignit, ces misérables, détailla leur maladie. Et tandis qu'elles étaient arrêtées en route par les caprices de ce Prussien, un grand nombre de Français pouvaient mourir qu'elles auraient sauvés peut-être! C'était sa spécialité, à elle, de soigner les militaires; elle avait été en Crimée, en Italie, en Autriche, et, racontant ses campagnes, elle se révéla tout à coup une de ces religieuses à tambours et à trompettes qui semblaient faites pour suivre les camps, ramasser des blessés dans les remous des batailles, et, mieux qu'un chef, dompter d'un mot les grands soudards indisciplinés; une vraie bonne sœur Ran-tan-plan dont la figure ravagée, crevée de trous sans nombre, paraissait une image des dévastations de la guerre.

Personne ne dit rien après elle, tant l'effet semblait excellent.

Aussitôt le repas terminé, on remonta bien vite dans les chambres pour ne descendre, le lendemain, qu'assez tard dans la matinée.

Le déjeuner fut tranquille. On donnait à la graine semée la veille le temps de germer et de pousser ses fruits.

La comtesse proposa de faire une promenade dans l'après-midi; alors le comte, comme il était convenu, prit le bras de Boule de suif, et demeura derrière les autres, avec elle.

Il lui parla de ce ton familier, paternel, un peu dédaigneux, que les hommes posés emploient avec les filles, l'appelant: «ma chère enfant», la traitant du haut de sa position sociale, de son honorabilité indiscutée. Il pénétra tout de suite au vif de la question:

—«Donc vous préférez nous laisser ici, exposés comme vous-même à toutes les violences qui suivraient un échec des troupes prussiennes, plutôt que de consentir à une de ces complaisances que vous avez eues si souvent en votre vie?»

Boule de suif ne répondit rien.

Il la prit par la douceur, par le raisonnement, par les sentiments. Il sut rester «monsieur le comte», tout en se montrant galant quand il le fallut, complimenteur, aimable enfin. Il exalta le service qu'elle leur rendrait, parla de leur reconnaissance; puis soudain, la tutoyant gaiement:—«Et tu sais, ma chère, il pourrait se vanter d'avoir goûté d'une jolie fille comme il n'en trouvera pas beaucoup dans son pays.»

Boule de suif ne répondit pas et rejoignit la société.

Aussitôt rentrée, elle monta chez elle et ne reparut plus. L'inquiétude était extrême. Qu'allait-elle faire? Si elle résistait, quel embarras!

Sister Saint-Nicéphore. They had been asked to Le Havre to care for hundreds of soldiers stricken with smallpox in the hospital. She described those poor souls, gave details of their illness. And while they were detained en route by the whim of that Prussian, a great number of Frenchmen could die whom they might've otherwise saved. Caring for soldiers was her specialty; she'd been in the Crimea, in Italy, in Austria, and, describing her campaigns, she suddenly showed herself to be one of those drum-and-trumpet nuns who seemed born to follow the troops, to gather the wounded in the aftermath of the battles, and, better than an officer, tame those unruly old troopers with a single word; a real live Sister Bang-the-Drum whose ravaged face, covered with innumerable pockmarks, seemed itself a symbol of the ravages of war.

No one said anything after her, so excellent did the effect she created seem on them.

As soon as the meal was over, they all went up quickly to their rooms and didn't come down until rather late the following morning.

Lunch was tranquil. They were giving the seeds sown the night before the time to sprout and bear fruit.

In the afternoon, the Countess suggested they take a walk; and so the Count, as had been planned, took Boule de Suif's arm and stayed with her behind the others.

He spoke to her in that familiar, paternal tone, a little disdainful, which staid men use with prostitutes, calling her "my dear child," talking down to her from the heights of his social position, of his unquestioned respectability. He quickly got to the heart of the matter:

"And so you prefer to leave us here, exposed like yourself to all the violence that would accompany a defeat of the Prussian troops, rather than consent to one of those accommodations that you've granted so often in your life?"

Boule de Suif said nothing.

He appealed to her with sweetness, with reason, with emotion. He managed to remain "the Count," all the while making himself gallant, flattering, even kind whenever he needed to. He enthused over the favor she would be doing them and spoke of their gratitude; then suddenly, addressing her with lighthearted intimacy: "And you know, my dear, he could boast of having sampled a pretty girl such as he'll never find many of in his own country."

Boule de Suif didn't respond and joined the group.

As soon as they got back, she went to her room and didn't come out. The anxiety was intense. What was she going to do? What an awkward situation it would be if she held out!

L'heure du dîner sonna; on l'attendit en vain. M. Follenvie, entrant
alors, annonça que M^lle Rousset se sentait indisposée, et qu'on pouvait
se mettre à table. Tout le monde dressa l'oreille. Le comte s'approcha
de l'aubergiste, et, tout bas: «Ça y est?»—«Oui.»—Par convenance, il
ne dit rien à ses compagnons, mais il leur fit seulement un léger signe
de la tête. Aussitôt un grand soupir de soulagement sortit de toutes
les poitrines, une allégresse parut sur les visages. Loiseau cria:—
«Saperlipopette! je paye du champagne si l'on en trouve dans l'éta-
blissement»;—et M^me Loiseau eut une angoisse lorsque le patron revint
avec quatre bouteilles aux mains. Chacun était devenu subitement com-
municatif et bruyant; une joie égrillarde emplissait les cœurs. Le comte
parut s'apercevoir que M^me Carré-Lamadon était charmante, le manu-
facturier fit des compliments à la comtesse. La conversation fut vive,
enjouée, pleine de traits.

Tout à coup, Loiseau, la face anxieuse et levant les bras, hurla:—
«Silence!»—Tout le monde se tut, surpris, presque effrayé déjà. Alors
il tendit l'oreille en faisant «Chut» des deux mains, leva les yeux vers
le plafond, écouta de nouveau, et reprit, de sa voix naturelle:—
«Rassurez-vous, tout va bien.»

On hésitait à comprendre, mais bientôt un sourire passa.

Au bout d'un quart d'heure il recommença la même farce, la renou-
vela souvent dans la soirée; et il faisait semblant d'interpeller quelqu'un
à l'étage au-dessus, en lui donnant des conseils à double sens puisés
dans son esprit de commis voyageur. Par moments il prenait un air triste
pour soupirer:—«Pauvre fille»;—ou bien il murmurait entre ses dents
d'un air rageur:—«Gueux de Prussien, va!»—Quelquefois, au mo-
ment où l'on n'y songeait plus, il poussait d'une voix vibrante
plusieurs:—«Assez! assez!»—et ajoutait, comme se parlant à lui-
même:—«Pourvu que nous la revoyions; qu'il ne l'en fasse pas mourir,
le misérable!»

Bien que ces plaisanteries fussent d'un goût déplorable, elles amu-
saient et ne blessaient personne, car l'indignation dépend des milieux
comme le reste, et l'atmosphère qui s'était peu à peu créée autour d'eux
était chargée de pensées grivoises.

Au dessert, les femmes elles-mêmes firent des allusions spirituelles
et discrètes. Les regards luisaient; on avait bu beaucoup. Le comte, qui
conservait même en ses écarts sa grande apparence de gravité, trouva
une comparaison fort goûtée sur la fin des hivernages au pôle et la joie
des naufragés qui voient s'ouvrir une route vers le sud.

Loiseau, lancé, se leva, un verre de champagne à la main:—«Je bois
à notre délivrance!»—Tout le monde fut debout; on l'acclamait. Les

It came time for dinner; they waited for her in vain. Monsieur Follenvie, just then coming in, announced that Mademoiselle Rousset was feeling indisposed and that they could take their places at the table. Everyone's ears pricked up. The Count went to the innkeeper and said very softly: "Is this it?" "Yes." Out of propriety, he said nothing to his companions, making only a slight movement with his head. Right away a great sigh of relief rose from everyone's chest, a cheerfulness appeared on their faces. Loiseau cried out: "Hallelujah! I'll spring for champagne if you can find any in the house." And Madame Loiseau had a panic when the innkeeper came back with four bottles in his hands. Everyone had suddenly become chatty and loud; a ribald joy filled their hearts. The Count seemed to realize that Madame Carré-Lamadon was charming, the manufacturer paid some compliments to the Countess. The conversation was lively, playful, witty.

Suddenly, with a worried face, Loiseau raised his arms and shouted: "Quiet!" Everyone fell silent, surprised, almost in a panic already. Then he cocked his ear while making "Shh" signs with his two hands, raised his eyes toward the ceiling, listened again, and went on in his natural voice: "Rest assured, all is going well."

They were slow to understand, but soon a smile spread around.

After a quarter-hour, he began the same routine again, repeating it often throughout the evening; and he made believe he was calling to somcone on the floor above, giving him advice with double meanings that sprang from his traveling salesman's mind. At times he became wistful and sighed, "Poor girl"; or, enraged, he would mutter between his teeth, "That swine of a Prussian!" Sometimes, just when they were no longer thinking about it, he would shout out several times in a reverberating voice, "Enough! enough!" and would add, as if talking to himself, "Let's hope that we'll see her again, that he won't kill her in the process, that bastard!"

Although these jokes were in appallingly bad taste, they were amusing and offended no one, for, like everything else, indignation depends on context, and the atmosphere that had grown up around them bit by bit was rife with racy thoughts.

At dessert, the women themselves made witty and discreet allusions. Their eyes were bright; they'd had a lot to drink. The Count, who even in his indiscretions maintained his grand, grave bearing, made a well-received comparison between the end of winter at the North Pole and the joy of shipwrecked sailors who see a path open up to the south.

Loiseau, stimulated, rose with a glass of champagne in his hand: "I drink to our deliverance!" Everyone was standing; they cheered him.

deux bonnes sœurs, elles-mêmes, sollicitées par ces dames, consentirent à tremper leurs lèvres dans ce vin mousseux dont elles n'avaient jamais goûté. Elles déclarèrent que cela ressemblait à la limonade gazeuse, mais que c'était plus fin cependant.

Loiseau résuma la situation.

—«C'est malheureux de ne pas avoir de piano parce qu'on pourrait pincer un quadrille.»

Cornudet n'avait pas dit un mot, pas fait un geste; il paraissait même plongé dans des pensées très graves, et tirait parfois, d'un geste furieux, sa grande barbe qu'il semblait vouloir allonger encore. Enfin, vers minuit, comme on allait se séparer, Loiseau qui titubait, lui tapa soudain sur le ventre et lui dit en bredouillant:—«Vous n'êtes pas farce, vous, ce soir; vous ne dites rien, citoyen?»—Mais Cornudet releva brusquement la tête, et parcourant la société d'un regard luisant et terrible:—«Je vous dis à tous que vous venez de faire une infamie!»—Il se leva, gagna la porte, répéta encore une fois: «Une infamie!» et disparut.

Cela jeta un froid d'abord. Loiseau interloqué restait bête; mais il reprit son aplomb, puis tout à coup, se tordit en répétant:—«Ils sont trop verts mon vieux, ils sont trop verts.»—Comme on ne comprenait pas, il raconta les «mystères du corridor». Alors il y eut une reprise de gaieté formidable. Ces dames s'amusaient comme des folles. Le comte et M. Carré-Lamadon pleuraient à force de rire. Ils ne pouvaient croire.

—«Comment! Vous êtes sûr? Il voulait . . .

—Je vous dis que je l'ai vu.

—Et, elle a refusé . . .

—Parce que le Pruissien était dans la chambre à côté.

—Pas possible?

—Je vous le jure.»

Le comte étouffait. L'industriel se comprimait le ventre à deux mains. Loiseau continuait:

—«Et, vous comprenez, ce soir, il ne la trouve pas drôle, mais pas du tout.»

Et tous les trois repartaient, malades, essoufflés.

On se sépara là-dessus. Mais Mme Loiseau, qui était de la nature des orties, fit remarquer à son mari, au moment où ils se couchaient, que «cette chipie» de petite Carré-Lamadon avait ri jaune toute la soirée:—«Tu sais, les femmes, quand ça en tient pour l'uniforme, qu'il soit Français ou bien Prussien ça leur est, ma foi, bien égal. Si ce n'est pas une pitié, Seigneur Dieu!»

Et toute la nuit, dans l'obscurité du corridor coururent comme des

The two nuns themselves, urged on by those ladies, consented to wet their lips in that bubbly wine which they'd never before tasted. They declared that it was like carbonated lemonade, but more refined.

Loiseau sized up the situation:

"It's unfortunate that we don't have a piano because we could play a quadrille."

Cornudet hadn't said a word, hadn't budged; he even seemed to be sunk deep in serious thought, and from time to time tugged hard at his long beard which he seemed to want to make even longer. At last, around midnight, as everyone was about to take their leave, Loiseau, tottering, suddenly poked him in the belly and jabbered at him: "You haven't been much fun tonight; aren't you going to say something, citizen?" Cornudet lifted his head brusquely and, looking over the group with a glowering and harsh eye: "I'll say that what you've all just done is a disgrace!" He got up, went to the door, repeated once more, "A disgrace!" and vanished.

This cast a chill at first. Loiseau, unsettled, was dumbstruck; but he regained his composure, then suddenly doubled over with laughter as he repeated: "Sour grapes, my friend, sour grapes." Since no one understood, he related the "secret of the hallway." Then there was a considerable resurgence of good humor. The ladies were tickled pink. The Count and Monsieur Carré-Lamadon laughed so hard that they cried. They couldn't believe it.

"What! Are you sure? He wanted to . . ."

"I tell you I saw it."

"And she refused . . ."

"Because the Prussian was in the next room."

"It can't be."

"I swear to you."

The Count was gasping. The manufacturer held his belly with both hands. Loiseau went on:

"And now you see why he doesn't find tonight's situation at all funny."

And the three began all over again, dizzy, breathless.

Upstairs, they parted ways. But Madame Loiseau, who had a biting nature, pointed out to her husband, as they were going to bed, that "that bitch" Madame Carré-Lamadon had been forcing herself to laugh all night: "You know, when women go crazy for a man in uniform, they don't care whether he's French or Prussian. Lord, if it isn't pathetic!"

And all night there was a sort of rustling in the darkness of the hall-

frémissements, des bruits légers à peine sensibles, pareils à des souf-
fles, des effleurements de pieds nus, d'imperceptibles craquements. Et
l'on ne dormit que très tard, assurément, car des filets de lumière glis-
sèrent longtemps sous les portes. Le champagne a de ces effets-là; il
trouble, dit-on, le sommeil.

Le lendemain, un clair soleil d'hiver rendait la neige éblouissante.
La diligence, attelée enfin, attendait devant la porte, tandis qu'une ar-
mée de pigeons blancs, rengorgés dans leurs plumes épaisses, avec un
œil rose, taché, au milieu, d'un point noir, se promenaient gravement
entre les jambes des six chevaux, et cherchaient leur vie dans le crot-
tin fumant qu'ils éparpillaient.

Le cocher, enveloppé dans sa peau de mouton, grillait une pipe sur
le siège, et tous les voyageurs radieux faisaient rapidement empaque-
ter des provisions pour le reste du voyage.

On n'attendait plus que Boule de suif. Elle parut.

Elle semblait un peu troublée, honteuse; et elle s'avança timidement
vers ses compagnons, qui, tous, d'un même mouvement, se dé-
tournèrent comme s'ils ne l'avaient pas aperçue. Le comte prit avec
dignité le bras de sa femme et l'éloigna de ce contact impur.

La grosse fille s'arrêta, stupéfaite; alors, ramassant tout son courage,
elle aborda la femme du manufacturier d'un «bonjour, madame» hum-
blement murmuré. L'autre fit de la tête seule un petit salut imperti-
nent qu'elle accompagna d'un regard de vertu outragée. Tout le monde
semblait affairé, et l'on se tenait loin d'elle comme si elle eût apporté
une infection dans ses jupes. Puis on se précipita vers la voiture où elle
arriva seule, la dernière, et reprit en silence la place qu'elle avait oc-
cupée pendant la première partie de la route.

On semblait ne pas la voir, ne pas la connaître; mais M^me Loiseau,
la considérant de loin avec indignation, dit à mi-voix à son mari:—
«Heureusement que je ne suis pas à côté d'elle.»

La lourde voiture s'ébranla, et le voyage recommença.

On ne parla point d'abord. Boule de suif n'osait pas lever les yeux.
Elle se sentait en même temps indignée contre tous ses voisins, et hu-
miliée d'avoir cédé, souillée par les baisers de ce Prussien entre les bras
duquel on l'avait hypocritement jetée.

Mais la comtesse, se tournant vers M^me Carré-Lamadon, rompit
bientôt ce pénible silence.

—«Vous connaissez, je crois, M^me d'Étrelles?

—Oui, c'est une de mes amies.

—Quelle charmante femme!

way, slight noises barely audible, like breathing, like the padding of bare feet, like imperceptible creaking. And certainly no one fell asleep until very late, for slivers of light slipped out from under their doors for quite a while. Champagne has been known to do this; it disturbs sleep, they say.

The next day, a bright winter sun made the snow blindingly white. The coach, at last hitched up, was waiting in front of the door, while an army of white pigeons, puffed up in their thick plumage, with pink eyes marked in the centers by a black dot, paraded solemnly among the legs of the six horses and sought out their sustenance in the steaming dung that the horses were strewing about.

The driver, wrapped in his sheepskin coat, was smoking a pipe in his seat, and all the beaming travelers were quickly having provisions packed for the rest of the trip.

They were waiting only for Boule de Suif. She appeared.

She seemed a little disturbed, ashamed; and, timidly, she approached her companions who all in a single movement turned around as if they hadn't seen her. The Count took his wife's arm with a dignified air and distanced her from that impure contact.

The fat young woman halted, dumbstruck; then, mustering all her courage, she went up to the manufacturer's wife and humbly mumbled, "Good morning, Madame." The other woman gave a little impertinent nod of greeting which she accompanied with a look of offended virtue. Everyone seemed busy and kept far away from her as if she'd brought an infection into their midst. Then they dashed toward the coach, where she arrived by herself, the last one, and silently reoccupied the seat which she'd had during the first leg of the journey.

No one seemed to see her, or to know her; Madame Loiseau, looking at her disdainfully from afar, muttered to her husband: "Luckily, I'm not next to her."

The heavy coach shook and the voyage resumed.

No one spoke at first. Boule de Suif didn't dare raise her eyes. She felt at one and the same time contemptuous toward all her neighbors and ashamed for having given in and been dirtied by the kisses of that Prussian into whose arms they'd hypocritically thrown her.

But the Countess, turning to Madame Carré-Lamadon, soon broke the painful silence.

"I believe you know Madame D'Étrelles?"

"Yes, she's a friend of mine."

"What a delightful woman!"

—Ravissante! Une vraie nature d'élite, fort instruite d'ailleurs, et artiste jusqu'au bout des doigts; elle chante à ravir et dessine dans la perfection.»

Le manufacturier causait avec le comte, et au milieu du fracas des vitres un mot parfois jaillissait: «Coupon—échéance—prime—à terme.»

Loiseau, qui avait chipé le vieux jeu de cartes de l'auberge engraissé par cinq ans de frottement sur les tables mal essuyées, attaqua un bésigue avec sa femme.

Les bonnes sœurs prirent à leur ceinture le long rosaire qui pendait, firent ensemble le signe de la croix, et tout à coup leurs lèvres se mirent à remuer vivement, se hâtant de plus en plus, précipitant leur vague murmure comme pour une course d'*oremus*; et de temps en temps elles baisaient une médaille, se signaient de nouveau, puis recommençaient leur marmottement rapide et continu.

Cornudet songeait, immobile.

Au bout de trois heures de route, Loiseau ramassa ses cartes:—«Il fait faim», dit-il.

Alors sa femme atteignit un paquet ficelé d'où elle fit sortir un morceau de veau froid. Elle le découpa proprement par tranches minces et fermes, et tous deux se mirent à manger.

—«Si nous en faisions autant»,—dit la comtesse. On y consentit et elle déballa les provisions préparées pour les deux ménages. C'était, dans un de ces vases allongés dont le couvercle porte un lièvre en faïence, pour indiquer qu'un lièvre en pâté gît au-dessous, une charcuterie succulente, où de blanches rivières de lard traversaient la chair brune du gibier, mêlée à d'autres viandes hachées fin. Un beau carré de gruyère, apporté dans un journal, gardait imprimé: «faits divers» sur sa pâte onctueuse.

Les deux bonnes sœurs développèrent un rond de saucisson qui sentait l'ail; et Cornudet, plongeant les deux mains en même temps dans les vastes poches de son paletot sac, tira de l'une quatre œufs durs et de l'autre le croûton d'un pain. Il détacha la coque, la jeta sous ses pieds dans la paille et se mit à mordre à même les œufs, faisant tomber sur sa vaste barbe des parcelles de jaune clair qui semblaient, là-dedans, des étoiles.

Boule de suif, dans la hâte et l'effarement de son lever, n'avait pu songer à rien; et elle regardait, exaspérée, suffoquant de rage, tous ces gens qui mangeaient placidement. Une colère tumultueuse la crispa

"Enchanting! A nature of true refinement, well educated too, and an artist to the tips of her fingers; she sings divinely and draws wonderfully."

The manufacturer was chatting with the Count and amid the din of the rattling windows a word occasionally shot out: "Dividend—deadline—option—futures."

Loiseau, who had swiped the inn's old pack of cards, greasy from five years of contact with badly cleaned tables, began a game of bezique with his wife.

The nuns took hold of the long rosaries that hung from their waists, made the sign of the cross together, and all at once their lips began to move rapidly, quickening more and more, spewing out their indistinct murmurings as if they were in an *oremus** race; and from time to time they would kiss a medallion, cross themselves again, then once more start their quick and ceaseless muttering.

Cornudet was thinking, immobile.

After three hours on the road, Loiseau gathered up his cards: "I'm hungry," he said.

So his wife picked up a tied package from which she took out a piece of cold veal. She cut it neatly into thin, firm slices, and the two of them began to eat.

"Perhaps we should all do likewise," said the Countess. Everyone agreed and she unpacked the provisions prepared for the two couples. They had, in one of those oblong containers whose cover bears a porcelain hare to indicate that there is a pâté of hare resting therein, a bit of succulent cold meat through which white rivers of bacon fat crossed the brown flesh of the game, mixed with other finely chopped meats. A sizable block of Gruyère cheese, wrapped in a newspaper, bore "News Items" printed on its oily surface.

The two nuns unwrapped a link of sausage that smelled of garlic; and Cornudet, plunging his two hands simultaneously into the roomy pockets of his overcoat, drew out four hard-boiled eggs from one and a crust of bread from the other. He removed the shells, tossed them among the straw under his feet and began to bite into the eggs, making crumbs of bright yellow fall into his enormous beard, where they looked like stars.

Boule de Suif, in the haste and panic of getting up, hadn't been able to think ahead; and, exasperated, choking with rage, she watched all those people who were eating peacefully. A roiling anger gripped her

*"Let us pray."

d'abord, et elle ouvrit la bouche pour leur crier leur fait avec un flot d'injures qui lui montait aux lèvres; mais elle ne pouvait pas parler tant l'exaspération l'étranglait.

Personne ne la regardait, ne songeait à elle. Elle se sentait noyée dans le mépris de ces gredins honnêtes qui l'avaient sacrifiée d'abord, rejetée ensuite, comme une chose malpropre et inutile. Alors elle songea à son grand panier tout plein de bonnes choses qu'ils avaient goulûment dévorées, à ses deux poulets luisants de gelée, à ses pâtés, à ses poires, à ses quatre bouteilles de bordeaux; et sa fureur tombant soudain, comme une corde trop tendue qui casse, elle se sentit prête à pleurer. Elle fit des efforts terribles, se raidit, avala ses sanglots comme les enfants, mais les pleurs montaient, luisaient au bord de ses paupières, et bientôt deux grosses larmes se détachant des yeux roulèrent lentement sur ses joues. D'autres les suivirent plus rapides, coulant comme les gouttes d'eau qui filtrent d'une roche, et tombant régulièrement sur la courbe rebondie de sa poitrine. Elle restait droite, le regard fixe, la face rigide et pâle, espérant qu'on ne la verrait pas.

Mais la comtesse s'en aperçut et prévint son mari d'un signe. Il haussa les épaules comme pour dire: «Que voulez-vous, ce n'est pas ma faute.» Mme Loiseau eut un rire muet de triomphe et murmura:—«Elle pleure sa honte.»

Les deux bonnes sœurs s'étaient remises à prier, après avoir roulé dans un papier le reste de leur saucisson.

Alors Cornudet, qui digérait ses œufs, étendit ses longues jambes sous la banquette d'en face, se renversa, croisa ses bras, sourit comme un homme qui vient de trouver une bonne farce, et se mit à siffloter la *Marseillaise*.

Toutes les figures se rembrunirent. Le chant populaire, assurément, ne plaisait point à ses voisins. Ils devinrent nerveux, agacés, et avaient l'air prêts à hurler comme des chiens qui entendent un orgue de barbarie. Il s'en aperçut, ne s'arrêta plus. Parfois même il fredonnait les paroles:

> Amour sacré de la patrie,
> Conduis, soutiens, nos bras vengeurs,
> Liberté, liberté chérie,
> Combats avec tes défenseurs!

On fuyait plus vite, la neige étant plus dure; et jusqu'à Dieppe, pendant les longues heures mornes du voyage, à travers les cahots du chemin, par la nuit tombante, puis dans l'obscurité profonde de la voiture, il con-

at first, and she opened her mouth to tell them off with a flood of insults that rose to her lips; but she couldn't speak, her anger was strangling her so much.

No one was looking at her or thinking about her. She felt as if she had drowned beneath the contempt of those upstanding wretches who'd first sacrificed her and then turned her away like a dirty, useless thing. Then she thought about her big basket full of good food which they'd greedily devoured, of her two chickens shining in aspic, of her pâtés, of her pears, of her four bottles of Bordeaux; and, like an overstretched cord snapping, her wrath suddenly gave way and she felt like weeping. She made terrific efforts, braced herself, swallowed her sobs as children do, but the tears rose, glistening around the rims of her eyelids, and soon two great teardrops, detaching themselves from her eyes, rolled slowly down her cheeks. Others followed them more quickly, flowing like drops of water that trickle from a rock and falling rhythmically upon the rounded curve of her chest. She remained sitting up, staring ahead, her face stiff and pale, hoping that no one would notice her.

But the Countess took notice and pointed it out to her husband with a sign. He shrugged his shoulders as if to say: "What do you want, it's not my fault." Madame Loiseau gave a silent chuckle of triumph and murmured: "She's crying out of shame."

The two nuns had gone back to praying, after having rolled the rest of their sausage in paper.

Then Cornudet, who was digesting his eggs, stretched out his long legs under the bench opposite, threw himself back, crossed his arms, smiled like a man who's just thought of a good prank, and began to whistle the *Marseillaise*.

Everyone's face went dark. The populist song was certainly not pleasing his neighbors. They became antsy, bothered, and seemed ready to howl like dogs hearing a street organ. He noticed this, and didn't stop. Occasionally he even quietly sang the words:

> Sacred love of the fatherland,
> Lead, support, our avenging arms,
> Liberty, cherished liberty,
> Fight along with your defenders!

They sped along more quickly, the snow now harder; and until Dieppe, throughout the long, gloomy hours of the trip, over the road's jolts, through nightfall, then in the deep darkness of the coach, he continued

tinua, avec une obstination féroce, son sifflement vengeur et monotone, contraignant les esprits las et exaspérés à suivre le chant d'un bout à l'autre, à se rappeler chaque parole qu'ils appliquaient sur chaque mesure.

Et Boule de suif pleurait toujours; et parfois un sanglot qu'elle n'avait pu retenir passait, entre deux couplets, dans les ténèbres.

his vengeful and monotonous whistling with a fierce stubbornness, forcing their weak and exasperated minds to follow the song from one end to the other, to recall each word that they sang to each measure.

And Boule de Suif was still weeping; and from time to time a sob that she couldn't keep in would slip between two stanzas into the shadows.

LA MAISON TELLIER

A

IVAN TOURGUÉNEFF
*Hommage d'une affection profonde
et d'une grande admiration.*

GUY DE MAUPASSANT

I

ON ALLAIT LÀ, chaque soir, vers onze heures, comme au café, simplement.

Ils s'y retrouvaient à six ou huit, toujours les mêmes, non pas des noceurs, mais des hommes honorables, des commerçants, des jeunes gens de la ville; et l'on prenait sa chartreuse en lutinant quelque peu les filles, ou bien on causait sérieusement avec *Madame*, que tout le monde respectait.

Puis on rentrait se coucher avant minuit. Les jeunes gens quelquefois restaient.

La maison était familiale, toute petite, peinte en jaune, à l'encoignure d'une rue derrière l'église Saint-Étienne; et, par les fenêtres, on apercevait le bassin plein de navires qu'on déchargeait, le grand marais salant appelé «la Retenue» et, derrière, la côte de la Vierge avec sa vieille chapelle toute grise.

Madame, issue d'une bonne famille de paysans du département de l'Eure, avait accepté cette profession absolument comme elle serait devenue modiste ou lingère. Le préjugé du déshonneur attaché à la prostitution, si violent et si vivace dans les villes, n'existe pas dans la campagne normande. Le paysan dit:—«C'est un bon métier»;—et il envoie son enfant tenir un harem de filles comme il l'enverrait diriger un pensionnat de demoiselles.

Cette maison, du reste, était venue par héritage d'un vieil oncle qui la possédait. *Monsieur* et *Madame*, autrefois aubergistes près d'Yvetot, avaient immédiatement liquidé, jugeant l'affaire de Fécamp plus avantageuse pour eux; et ils étaient arrivés un beau matin prendre la direction de l'entreprise qui périclitait en l'absence des patrons.

70

THE TELLIER ESTABLISHMENT

*To
Ivan Turgenev
In token of deep affection
and great admiration.
Guy de Maupassant*

I

THEY WOULD GO there each night, around eleven o'clock, as if simply to a café.

They would gather there in a group of six or eight, always the same ones, not revelers, but upstanding men, merchants, young men of the town; and they would have their chartreuse as they horsed around a bit with the girls, or instead they'd converse seriously with *Madame*, whom everyone respected.

Then they'd go home to bed before midnight. The young men sometimes stayed on.

The house was cozy, very small, painted yellow, at the corner of a street behind the church of Saint-Étienne; and, through the windows, one could see the dock filled with ships being unloaded, the great salt marsh called "the Reservoir" and, beyond, the Virgin's hill with its old gray chapel.

Madame, born of a good family of countryfolk from the *département* of the Eure, had accepted this profession wholeheartedly, just as if she might have become a milliner or a laundress. The prejudice of dishonor attached to prostitution, so violent and so deep-rooted in big cities, doesn't exist in the Norman countryside. The country man says, "It's a decent trade," and he sends his child off to run a harem of whores as he would send him off to direct a girls' boarding school.

That house, moreover, had come by way of inheritance from an old uncle who had owned it. *Monsieur* and *Madame*, formerly innkeepers near Yvetot, had immediately sold off their property, considering the business in Fécamp more lucrative for them; and they'd arrived one fine morning to take over the management of the enterprise, which was foundering in the absence of owners.

71

C'étaient de braves gens qui se firent aimer tout de suite de leur personnel et des voisins.

Monsieur mourut d'un coup de sang deux ans plus tard. Sa nouvelle profession l'entretenant dans la mollesse et l'immobilité, il était devenu très gros, et la santé l'avait étouffé.

Madame, depuis son veuvage, était vainement désirée par tous les habitués de l'établissement; mais on la disait absolument sage, et les pensionnaires elles-mêmes n'étaient parvenues à rien découvrir.

Elle était grande, charnue, avenante. Son teint, pâli dans l'obscurité de ce logis toujours clos, luisait comme sous un vernis gras. Une mince garniture de cheveux follets, faux et frisés, entourait son front, et lui donnait un aspect juvénile qui jurait avec la maturité de ses formes. Invariablement gaie et la figure ouverte, elle plaisantait volontiers, avec une nuance de retenue que ses occupations nouvelles n'avaient pas encore pu lui faire perdre. Les gros mots la choquaient toujours un peu; et quand un garçon mal élevé appelait de son nom propre l'établissement qu'elle dirigeait, elle se fâchait, révoltée. Enfin elle avait l'âme délicate, et bien que traitant ses femmes en amies, elle répétait volontiers qu'elles «n'étaient point du même panier».

Parfois, durant la semaine, elle partait en voiture de louage avec une fraction de sa troupe; et l'on allait folâtrer sur l'herbe au bord de la petite rivière qui coule dans les fonds de Valmont. C'étaient alors des parties de pensionnaires échappées, des courses folles, des jeux enfantins, toute une joie de recluses grisées par le grand air. On mangeait de la charcuterie sur le gazon en buvant du cidre, et l'on rentrait à la nuit tombante avec une fatigue délicieuse, un attendrissement doux; et dans la voiture on embrassait Madame comme une mère très bonne, pleine de mansuétude et de complaisance.

La maison avait deux entrées. A l'encoignure, une sorte de café borgne s'ouvrait, le soir, aux gens du peuple et aux matelots. Deux des personnes chargées du commerce spécial du lieu étaient particulièrement destinées aux besoins de cette partie de la clientèle. Elles servaient, avec l'aide du garçon, nommé Frédéric, un petit blond imberbe et fort comme un bœuf, les chopines de vin et les canettes sur les tables de marbre branlantes, et, les bras jetés au cou des buveurs, assises en travers de leurs jambes, elles poussaient à la consommation.

Les trois autres dames (elles n'étaient que cinq) formaient une sorte d'aristocratie, et demeuraient réservées à la compagnie du premier, à moins pourtant qu'on n'eût besoin d'elles en bas et que le premier fût vide.

Le salon de Jupiter, où se réunissaient les bourgeois de l'endroit,

They were good people who endeared themselves right away to their staff and to the neighbors.

Monsieur died of a stroke two years later. His new profession keeping him lethargic and immobile, he'd become very fat, and his health had done him in.

Madame, ever since becoming a widow, was desired in vain by all the regulars of the establishment; but everyone said she was thoroughly proper, and her boarders themselves hadn't managed to uncover anything.

She was tall, plump, welcoming. Her complexion, grown pale in the darkness of that perpetually closed space, shone as if under a thick layer of varnish. A sparse garnish of straying hair, fake and curly, surrounded her forehead, and gave her a youthful look that clashed with the maturity of her figure. Invariably cheerful and open-faced, she willingly joked around, with a hint of reserve that her new undertakings hadn't yet been able to make her lose. Crude words would still shock her a bit; and whenever an ill-bred boy called the establishment she ran by its proper name, she would grow angry, violent. In short, she had delicate sensibilities, and although she treated her girls as friends, she would with no hesitation say over and over again that they "weren't the same sort" as she was.

Sometimes, during the week, she would go off in a rented carriage with a portion of her troupe; and they'd go romp about on the grass at the edge of the little river that runs through the dales of Valmont. These occasions were like field trips of runaway schoolgirls, with wild races, childish games, with all the mirth of shut-ins made tipsy by the fresh air. They would eat cold cuts on the lawn while drinking cider, and they'd return home at nightfall with a delicious fatigue, a sweet, warm feeling; and in the carriage they would kiss Madame like a very good mother, full of indulgence and of leniency.

The house had two entrances. At the corner, a kind of seedy café would open, in the evenings, for regular folk and sailors. Two of the women involved in the special commerce of the place were earmarked specifically for the needs of that part of the clientele. With the help of the waiter, named Frédéric, a little blond man with no beard and strong as an ox, they would serve bottles of wine and beer to the wobbly marble tables, and, arms thrown about the necks of the drinkers, straddling their laps, they would urge everyone to drink up.

The three other ladies (there were only five) formed a sort of aristocracy, and were reserved for company on the second floor, unless they were needed downstairs, however, and the second floor was empty.

The Jupiter Parlor, where the genteel citizens of the locale would

était tapissé de papier bleu et agrémenté d'un grand dessin représentant Léda étendue sous un cygne. On parvenait dans ce lieu au moyen d'un escalier tournant terminé par une porte étroite, humble d'apparence, donnant sur la rue, et au-dessus de laquelle brillait toute la nuit, derrière un treillage, une petite lanterne comme celles qu'on allume encore en certaines villes aux pieds des madones encastrées dans les murs.

Le bâtiment, humide et vieux, sentait légèrement le moisi. Par moments, un souffle d'eau de Cologne passait dans les couloirs, ou bien une porte entr'ouverte en bas faisait éclater dans toute la demeure, comme une explosion de tonnerre, les cris populaciers des hommes attablés au rez-de-chaussée, et mettait sur la figure des messieurs du premier une moue inquiète et dégoûtée.

Madame, familière avec les clients ses amis, ne quittait point le salon, et s'intéressait aux rumeurs de la ville qui lui parvenaient par eux. Sa conversation grave faisait diversion aux propos sans suite des trois femmes; elle était comme un repos dans le badinage polisson des particuliers ventrus qui se livraient chaque soir à cette débauche honnête et médiocre de boire un verre de liqueur en compagnie de filles publiques.

Les trois dames du premier s'appelaient Fernande, Raphaële et Rosa la Rosse.

Le personnel étant restreint, on avait tâché que chacune d'elles fût comme un échantillon, un résumé de type féminin, afin que tout consommateur pût trouver là, à peu près du moins, la réalisation de son idéal.

Fernande représentait la *belle blonde*, très grande, presque obèse, molle, fille des champs dont les taches de rousseur se refusaient à disparaître, et dont la chevelure filasse, écourtée, claire et sans couleur, pareille à du chanvre peigné, lui couvrait insuffisamment le crâne.

Raphaële, une Marseillaise, roulure des ports de mer, jouait le rôle indispensable de la *belle Juive*, maigre, avec des pommettes saillantes plâtrées de rouge. Ses cheveux noirs, lustrés à la moelle de bœuf, formaient des crochets sur ses tempes. Ses yeux eussent paru beaux si le droit n'avait été marqué d'une taie. Son nez arqué tombait sur une mâchoire accentuée où deux dents neuves, en haut, faisaient tache à côté de celles du bas qui avaient pris en vieillissant une teinte foncée comme les bois anciens.

Rosa la Rosse, une petite boule de chair tout en ventre avec des jambes minuscules, chantait du matin au soir, d'une voix éraillée, des couplets alternativement grivois ou sentimentaux, racontait des histoires interminables et insignifiantes, ne cessait de parler que pour

gather, was hung with blue paper and decorated with a large drawing depicting Leda stretched out beneath a swan. This room was entered by way of a spiral staircase ending below in a narrow door, humble in appearance, opening out onto the street, and above which there shone all night, behind a trellis, a small lamp like the ones still lit in certain towns at the feet of the Madonnas set into the walls.

The building, damp and old, smelled slightly of mildew. At times, a puff of cologne would waft down the halls, or a door left ajar downstairs would let rumble through the whole house, like a clap of thunder, the vulgar shouts of the men at the tables on the ground floor, and would place upon the faces of the gentlemen on the second floor a grimace of uneasiness and disgust.

Madame, on familiar terms with those of her clients whom she considered friends, never left the parlor, and took an interest in the reports from the town that reached her through them. Her serious conversation offered relief from the ramblings of the three girls; she was like a restful pause in the raunchy banter of the potbellied individuals who devoted themselves each evening to that honorable and mundane debauchery of drinking a glass of liqueur in the company of prostitutes.

The three ladies from the second floor were named Fernande, Raphaële and Rosa the Rotten.

The staff being limited, they'd tried to assure that each of them was like a sample, an embodiment of one female type, so that every customer could find there, in approximation at least, the realization of his ideal.

Fernande represented the *beautiful blonde*, very tall, almost obese, soft, a country girl whose freckles refused to disappear, and whose white-blond hair, clipped short, fair and without color, like combed hemp, barely covered her scalp.

Raphaële, from Marseille, slut of the seaports, played the necessary role of the *beautiful Jewess*, thin, with prominent cheekbones plastered with rouge. Her black hair, shiny with beef marrow, formed little hooks on her temples. Her eyes would've been beautiful if the right one hadn't been marked with a white spot. Her bent nose fell toward a strong jaw where two new teeth, upper ones, stood out next to the lower ones, which with age had taken on a deep tint like old wood.

Rosa the Rotten, a little ball of flesh, all belly with tiny legs, would sing from morning to night, with a raspy voice, songs alternately bawdy or maudlin, would tell endless and meaningless stories, would never cease talking except to eat nor eating except to talk, would always stir

manger et de manger que pour parler, remuait toujours, souple comme
un écureuil malgré sa graisse et l'exiguïté de ses pattes; et son rire, une
cascade de cris aigus, éclatait sans cesse, de-ci, de-là, dans une cham-
bre, au grenier, dans le café, partout, à propos de rien.

Les deux femmes du rez-de-chaussée, Louise, surnommée Cocote,
et Flora, dite Balançoire parce qu'elle boitait un peu, l'une toujours en
Liberté avec une ceinture tricolore, l'autre en Espagnole de fantaisie
avec des sequins de cuivre qui dansaient dans ses cheveux carotte à
chacun de ses pas inégaux, avaient l'air de filles de cuisine habillées
pour un carnaval. Pareilles à toutes les femmes du peuple, ni plus laides,
ni plus belles, vraies servantes d'auberge, on les désignait dans le port
sous le sobriquet des deux Pompes.

Une paix jalouse, mais rarement troublée, régnait entre ces cinq
femmes, grâce à la sagesse conciliante de Madame et à son intarissable
bonne humeur.

L'établissement, unique dans la petite ville, était assidûment
fréquenté. Madame avait su lui donner une tenue si comme il faut;
elle se montrait si aimable, si prévenante envers tout le monde;
son bon cœur était si connu, qu'une sorte de considération l'entour-
ait. Les habitués faisaient des frais pour elle, triomphaient quand
elle leur témoignait une amitié plus marquée; et lorsqu'ils se ren-
contraient dans le jour pour leurs affaires, ils se disaient: «A ce soir,
où vous savez», comme on se dit: «Au café, n'est-ce pas? après
dîner.»

Enfin la maison Tellier était une ressource, et rarement quelqu'un
manquait au rendez-vous quotidien.

Or, un soir, vers la fin du mois de mai, le premier arrivé, M. Poulin,
marchand de bois et ancien maire, trouva la porte close. La petite
lanterne, derrière son treillage, ne brillait point; aucun bruit ne sortait
du logis, qui semblait mort. Il frappa, doucement d'abord, avec plus de
force ensuite; personne ne répondit. Alors il remonta la rue à petits pas,
et, comme il arrivait sur la place du Marché, il rencontra M. Duvert,
l'armateur, qui se rendait au même endroit. Ils y retournèrent ensem-
ble sans plus de succès. Mais un grand bruit éclata soudain tout près
d'eux, et, ayant tourné la maison, ils aperçurent un rassemblement de
matelots anglais et français qui heurtaient à coups de poing les volets
fermés du café.

Les deux bourgeois aussitôt s'enfuirent pour n'être pas compromis;
mais un léger «pss't» les arrêta: c'était M. Tournevau, le saleur de pois-
son, qui, les ayant reconnus, les hélait. Ils lui dirent la chose, dont il

about, nimble as a squirrel despite her fat and the stumpiness of her legs; and her laugh, a cascade of high-pitched cries, would ring out endlessly, now here, now there, in a room, in the attic, in the café, everywhere, for no reason at all.

The two women from the ground floor, Louise, nicknamed Hussy, and Flora, called Seesaw because she limped a bit, the one always gotten up like *Liberty* with a tricolor sash, the other like a fanciful Spanish woman with copper sequins that danced in her carrot-color hair with each of her uneven steps, had the look of scullery maids dolled up for a carnival. Resembling all common women, neither uglier nor prettier, true inn servants, they were called in the port by the nickname of the two Pumps.

A jealous peace, but one rarely troubled, reigned among these five women, thanks to the conciliatory wisdom of Madame and her inexhaustible good humor.

The establishment, the only one of its kind in the little town, was heavily frequented. Madame had managed to give it such a respectable atmosphere, she proved herself so likable, so obliging to everybody, her goodness of heart was so well known, that a sort of esteem surrounded her. The regulars would go out of their way for her, gloating when she showed them a more marked friendship; and whenever they ran into one another in the course of the day on business, they would say: "See you tonight, you know where," as one might say: "At the café, right? After dinner."

In a word, the Tellier establishment was a resource, and rarely would someone miss the daily gathering.

So, one evening, toward the end of the month of May, the first one to arrive, Monsieur Poulin, wood dealer and former mayor, found the door closed. The little lamp, behind its trellis, wasn't shining; no noise came from the dwelling, which seemed dead. He knocked, softly at first, then with more force; no one answered. Then he went back up the street with mincing steps, and, as he came to the marketplace, he ran into Monsieur Duvert, owner of a shipping company, who was headed for the same place. They went back there together without any more success. But a great noise rang out suddenly very close to them, and, having gone around the house, they saw a group of English and French sailors who were pounding with their fists on the closed shutters of the café.

The two upstanding gentlemen fled right away so as not to be implicated; but a faint "pss't" stopped them: it was Monsieur Tournevau, the fish curer, who, having recognized them, was calling them. They told

fut d'autant plus affecté que lui, marié, père de famille et fort surveillé, ne venait là que le samedi, «*securitatis causa*», disait-il, faisant allusion à une mesure de police sanitaire dont le docteur Borde, son ami, lui avait révélé les périodiques retours. C'était justement son soir et il allait se trouver ainsi privé pour toute la semaine.

Les trois hommes firent un grand crochet jusqu'au quai, trouvèrent en route le jeune M. Philippe, fils du banquier, un habitué, et M. Pimpesse, le percepteur. Tous ensemble revinrent alors par la rue «aux Juifs» pour essayer une dernière tentative. Mais les matelots exaspérés faisaient le siège de la maison, jetaient des pierres, hurlaient; et les cinq clients du premier étage, rebroussant chemin le plus vite possible, se mirent à errer par les rues.

Ils rencontrèrent encore M. Dupuis, l'agent d'assurances, puis M. Vasse, le juge au tribunal de commerce; et une longue promenade commença qui les conduisit à la jetée d'abord. Ils s'assirent en ligne sur le parapet de granit et regardèrent moutonner les flots. L'écume, sur la crête des vagues, faisait dans l'ombre des blancheurs lumineuses, éteintes presque aussitôt qu'apparues, et le bruit monotone de la mer brisant contre les rochers se prolongeait dans la nuit tout le long de la falaise. Lorsque les tristes promeneurs furent restés là quelque temps, M. Tournevau déclara:—«Ça n'est pas gai.»—«Non certes», reprit M. Pimpesse; et ils repartirent à petits pas.

Après avoir longé la rue que domine la côte et qu'on appelle: «Sous-le-bois», ils revinrent par le pont de planches sur la Retenue, passèrent près du chemin de fer et débouchèrent de nouveau place du Marché, où une querelle commença tout à coup entre le percepteur, M. Pimpesse, et le saleur, M. Tournevau, à propos d'un champignon comestible que l'un d'eux affirmait avoir trouvé dans les environs.

Les esprits étant aigris par l'ennui, on en serait peut-être venu aux voies de fait si les autres ne s'étaient interposés. M. Pimpesse, furieux, se retira; et aussitôt une nouvelle altercation s'éleva entre l'ancien maire, M. Poulin, et l'agent d'assurances, M. Dupuis, au sujet des appointements du percepteur et des bénéfices qu'il pouvait se créer. Les propos injurieux pleuvaient des deux côtés, quand une tempête de cris formidables se déchaîna, et la troupe des matelots, fatigués d'attendre en vain devant une maison fermée, déboucha sur la place. Ils se tenaient par le bras, deux par deux, formant une longue procession, et ils voci-

him the matter, which was all the more upsetting for him because, as a married man, head of a family and closely watched, he only went there on Saturdays, *"securitatis causa,"** he used to say, alluding to the periodic hygienic inspections of which Dr. Borde, his friend, had told him. It happened to be his night and he was thus going to be deprived all week.

The three men made a large detour to the quay, finding along the way young Monsieur Philippe, son of the banker, a regular, and Monsieur Pimpesse, the tax collector. They all came back together down "Jew" Street to give one last try. But the frustrated sailors were besieging the house, throwing stones, howling; and the five patrons of the second floor, turning back as quickly as possible, began to wander through the streets.

In addition, they ran into Monsieur Dupuis, the insurance agent, then Monsieur Vasse, the judge of the commercial court; and a long stroll began which led them first to the pier. They sat in a row on the granite parapet and watched the waves form whitecaps. The foam, on the crests of the waves, created glowing patches of white in the darkness, dying out almost as soon as they appeared, and the droning noise of the sea breaking against the rocks carried in the night all along the length of the cliff. When the sad strollers had been sitting there for some time, Monsieur Tournevau said: "This isn't fun." "Not all all," continued Monsieur Pimpesse; and they made off again with mincing steps.

After walking down the street which the hill overhangs and which is called "Under-the-Wood," they came back by way of the plank bridge over the Reservoir, passed close by the railroad and came out once again at the marketplace, where a quarrel began suddenly between the tax collector, Monsieur Pimpesse, and the curer, Monsieur Tournevau, on the subject of an edible mushroom which one of them claimed to have found in the area.

Their spirits being turned sour by boredom, they might've come to a fistfight if the others hadn't intervened. Monsieur Pimpesse, enraged, withdrew; and immediately a new dispute broke out between the former mayor, Monsieur Poulin, and the insurance agent, Monsieur Dupuis, concerning the salary of the tax collector and the profits he could make for himself. Nasty words were raining down on both sides, when a storm of mighty shouts unleashed itself, and the band of sailors, tired of waiting in vain in front of a locked house, poured into the square. They were arm in arm in twos, forming a long procession, and they were

*"For safety's sake."

féraient furieusement. Le groupe des bourgeois se dissimula sous une porte, et la horde hurlante disparut dans la direction de l'abbaye. Longtemps encore on entendit la clameur diminuant comme un orage qui s'éloigne; et le silence se rétablit.

M. Poulin et M. Dupuis, enragés l'un contre l'autre, partirent, chacun de son côté, sans se saluer.

Les quatre autres se remirent en marche, et redescendirent instinctivement vers l'établissement Tellier. Il était toujours clos, muet, impénétrable. Un ivrogne, tranquille et obstiné, tapait des petits coups dans la devanture du café, puis s'arrêtait pour appeler à mi-voix le garçon Frédéric. Voyant qu'on ne lui répondait point, il prit le parti de s'asseoir sur la marche de la porte, et d'attendre les événements.

Les bourgeois allaient se retirer quand la bande tumultueuse des hommes du port reparut au bout de la rue. Les matelots français braillaient la *Marseillaise*, les anglais le *Rule Britannia*. Il y eut un ruement général contre les murs, puis le flot de brutes reprit son cours vers le quai, où une bataille éclata entre les marins des deux nations. Dans la rixe, un Anglais eut le bras cassé, et un Français le nez fendu.

L'ivrogne, qui était resté devant la porte, pleurait maintenant comme pleurent les pochards ou les enfants contrariés.

Les bourgeois, enfin, se dispersèrent.

Peu à peu le calme revint sur la cité troublée. De place en place, encore par instants, un bruit de voix s'élevait, puis s'éteignait dans le lointain.

Seul, un homme errait toujours, M. Tournevau, le saleur, désolé d'attendre au prochain samedi; et il espérait on ne sait quel hasard, ne comprenant pas, s'exaspérant que la police laissât fermer ainsi un établissement d'utilité publique qu'elle surveille et tient sous sa garde.

Il y retourna, flairant les murs, cherchant la raison; et il s'aperçut que sur l'auvent une pancarte était collée. Il alluma bien vite une allumette-bougie, et lut ces mots tracés d'une grande écriture inégale: «*Fermé pour cause de première communion.*»

Alors il s'éloigna, comprenant bien que c'était fini.

L'ivrogne maintenant dormait, étendu tout de son long en travers de la porte inhospitalière.

Et le lendemain, tous les habitués, l'un après l'autre, trouvèrent moyen de passer dans la rue avec des papiers sous le bras pour se donner une contenance; et, d'un coup d'œil furtif, chacun lisait l'avertissement mystérieux: «*Fermé pour cause de première communion.*»

yammering wildly. The group of upstanding gentlemen hid in a door-
way, and the bellowing horde disappeared in the direction of the abbey.
For a long time still you could hear the diminishing clamor like a squall
moving farther and farther away, and silence took hold once again.

Monsieur Poulin and Monsieur Dupuis, furious with each other, went
off, each in his own direction, without saying good-bye.

The four others began to walk again, and by instinct went back down
toward the Tellier establishment. It was still closed, silent, impenetra-
ble. A drunkard, calm and stubborn, was knocking gingerly on the café's
window, then stopping to call out weakly for the waiter Frédéric. Seeing
that no one was answering him, he decided to sit down on the doorstep
and await developments.

The gentlemen were going to withdraw when the raucous band of
seamen reappeared at the end of the street. The French sailors were
braying the *Marseillaise*, the English *Rule Britannia*. There was a con-
certed stampede against the walls of the establishment, then the pack
of brutes resumed their way toward the quay, where a battle erupted
between the sailors of the two nations. In the brawl, a Briton had his
arm broken, and a Frenchman his nose ripped open.

The drunkard, who had stayed in front of the door, was crying now
in the way that lushes or thwarted children cry.

The good citizens, at last, separated.

Little by little peace came back to the troubled town. From place to
place, at moments, a noise of voices would still flare up, then die out
in the distance.

Alone, a man was still wandering, Monsieur Tournevau, the curer,
despondent at having to await the following Saturday; and he was hop-
ing for who knows what stroke of luck, not understanding, angered that
the police should thus permit the closing of an establishment of pub-
lic utility which they oversaw and held in their care.

He returned there, sniffing at the walls, looking for the reason; and
he noticed that a notice had been stuck on the shutter. He quickly lit
a match, and read these words lettered in a large, uneven hand: "*Closed
because of First Communion.*"

Then he departed, with the firm understanding that the matter was
resolved.

The drunkard was sleeping now, the whole length of his body
stretched out across the unwelcoming doorway.

And the next day, all the regulars, one after the other, found a rea-
son to walk down the street with papers under their arms to give them-
selves an excuse; and, with a clandestine glance, each one read the mys-
terious notice: "*Closed because of First Communion.*"

II

C'est que Madame avait un frère établi menuisier en leur pays natal, Virville, dans l'Eure. Du temps que Madame était encore aubergiste à Yvetot, elle avait tenu sur les fonts baptismaux la fille de ce frère qu'elle nomma Constance, Constance Rivet; étant elle-même une Rivet par son père. Le menuisier, qui savait sa sœur en bonne position, ne la perdait pas de vue, bien qu'ils ne se rencontrassent pas souvent, retenus tous les deux par leurs occupations et habitant du reste loin l'un de l'autre. Mais comme la fillette allait avoir douze ans, et faisait, cette année-là, sa première communion, il saisit cette occasion d'un rapprochement, il écrivit à sa sœur qu'il comptait sur elle pour la cérémonie. Les vieux parents étaient morts, elle ne pouvait refuser à sa filleule; elle accepta. Son frère, qui s'appelait Joseph, espérait qu'à force de prévenances il arriverait peut-être à obtenir qu'on fît un testament en faveur de la petite, Madame étant sans enfants.

La profession de sa sœur ne gênait nullement ses scrupules, et, du reste, personne dans le pays ne savait rien. On disait seulement en parlant d'elle: «Madame Tellier est une bourgeoise de Fécamp», ce qui laissait supposer qu'elle pouvait vivre de ses rentes. De Fécamp à Virville on comptait au moins vingt lieues; et vingt lieues de terre pour des paysans sont plus difficiles à franchir que l'Océan pour un civilisé. Les gens de Virville n'avaient jamais dépassé Rouen; rien n'attirait ceux de Fécamp dans un petit village de cinq cents feux, perdu au milieu des plaines et faisant partie d'un autre département. Enfin on ne savait rien.

Mais, l'époque de la communion approchant, Madame éprouva un grand embarras. Elle n'avait point de sous-maîtresse, et ne se souciait nullement de laisser sa maison, même pendant un jour. Toutes les rivalités entre les dames d'en haut et celles d'en bas éclateraient infailliblement; puis Frédéric se griserait sans doute, et quand il était gris, il assommait les gens pour un oui ou pour un non. Enfin elle se décida à emmener tout son monde, sauf le garçon à qui elle donna sa liberté jusqu'au surlendemain.

Le frère consulté ne fit aucune opposition, et se chargea de loger la compagnie entière pour une nuit. Donc, le samedi matin, le train express de huit heures emportait Madame et ses compagnes dans un wagon de seconde classe.

Jusqu'à Beuzeville elles furent seules et jacassèrent comme des pies. Mais à cette gare un couple monta. L'homme, vieux paysan, vêtu d'une

II

The fact of the matter was that Madame had a brother established as a carpenter in their hometown, Virville, in the Eure. At the time when Madame was still an innkeeper in Yvetot, she had held over the baptismal font the daughter of this brother, whom she'd named Constance, Constance Rivet, being herself a Rivet through her father. The carpenter, who knew his sister to be well off, didn't lose track of her, although they didn't often see each other, both of them kept busy at their trade and moreover living far from each other. But as the young girl was going to turn twelve and would make her First Communion that year, he seized upon the occasion for a reunion, and wrote to his sister that he was counting on her for the ceremony. Their old parents were dead, she couldn't turn down her goddaughter. She accepted. Her brother, who was named Joseph, hoped that by way of flattery he could perhaps arrange that a will be made in favor of the girl, Madame not having any children of her own.

His sister's profession didn't disturb his sensibilities at all, and, besides, no one in the region knew anything. They simply said when speaking of her: "Madame Tellier is an upstanding citizen of Fécamp," which allowed one to imagine that she might live off a private income. From Fécamp to Virville there are at least twenty leagues; and twenty leagues of land are for countryfolk more difficult to cross than the Ocean is for a sophisticate. The people of Virville had never gone farther than Rouen and nothing drew those of Fécamp to a small village of five hundred hearths, lost in the middle of plains and belonging to another *département*. In short, no one knew anything.

But, the time for the Communion approaching, Madame experienced a great difficulty. She didn't have an assistant, and didn't wish at all to abandon her establishment, even for a day. All the rivalries between the upstairs and the downstairs ladies would surely erupt; then, Frédéric would no doubt get drunk, and when he was drunk, he beat people up for any trifle. In the end, she decided to bring everyone along, except for the waiter, whom she gave time off until the day after the following.

The brother put up no resistance when asked, and took it upon himself to house the entire group for one night. So, on Saturday morning, the eight-o'clock express train carried Madame and her companions in a second-class car.

Up until Beuzeville they were alone and chattered like magpies. But at that station a couple boarded. The man, an old farmer, wearing a

blouse bleue, avec un col plissé, des manches larges serrées aux poignets et ornées d'une petite broderie blanche, couvert d'un antique chapeau de forme haute dont le poil roussi semblait hérissé, tenait d'une main un immense parapluie vert, et de l'autre un vaste panier qui laissait passer les têtes effarées de trois canards. La femme, raide en sa toilette rustique, avait une physionomie de poule avec un nez pointu comme un bec. Elle s'assit en face de son homme et demeura sans bouger, saisie de se trouver au milieu d'une si belle société.

Et c'était, en effet, dans le wagon un éblouissement de couleurs éclatantes. Madame, tout en bleu, en soie bleue des pieds à la tête, portait là-dessus un châle de faux cachemire français, rouge, aveuglant, fulgurant. Fernande soufflait dans une robe écossaise dont le corsage, lacé à toute force par ses compagnes, soulevait sa croulante poitrine en un double dôme toujours agité qui semblait liquide sous l'étoffe.

Raphaële, avec une coiffure emplumée simulant un nid plein d'oiseaux, portait une toilette lilas, pailletée d'or, quelque chose d'oriental qui seyait à sa physionomie de Juive. Rosa la Rosse, en jupe rose à larges volants, avait l'air d'une enfant trop grasse, d'une naine obèse; et les deux Pompes semblaient s'être taillé des accoutrements étranges au milieu de vieux rideaux de fenêtre, ces vieux rideaux à ramages datant de la Restauration.

Sitôt qu'elles ne furent plus seules dans le compartiment, ces dames prirent une contenance grave, et se mirent à parler de choses relevées pour donner bonne opinion d'elles. Mais à Bolbec apparut un monsieur à favoris blonds, avec des bagues et une chaîne en or, qui mit dans le filet sur sa tête plusieurs paquets enveloppés de toile cirée. Il avait un air farceur et bon enfant. Il salua, sourit et demanda avec aisance:—«Ces dames changent de garnison?»—Cette question jeta dans le groupe une confusion embarrassée. Madame enfin reprit contenance, et elle répondit sèchement, pour venger l'honneur du corps:—«Vous pourriez bien être poli!»—Il s'excusa:—«Pardon, je voulais dire de monastère.»—Madame, ne trouvant rien à répliquer, ou jugeant peut-être la rectification suffisante, fit un salut digne en pinçant les lèvres.

Alors le monsieur, qui se trouvait assis entre Rosa la Rosse et le vieux paysan, se mit à cligner de l'œil aux trois canards dont les têtes sortaient du grand panier; puis, quand il sentit qu'il captivait déjà son public, il commença à chatouiller ces animaux sous le bec, en leur tenant des discours drôles pour dérider la société: «Nous avons quitté notre petite mamare! couen! couen! couen!—pour faire connaissance avec la petite brobroche,—couen! couen! couen!»—Les malheureuses bêtes tournaient le cou afin d'éviter les caresses, faisaient des efforts affreux pour sortir

blue smock with a pleated collar, wide sleeves fitted at the wrists and decorated with a bit of white embroidery, on his head an old-fashioned top hat whose reddish nap looked bristly, was holding a huge green umbrella in one hand, and in the other a giant basket from which the frightened heads of three ducks stuck out. The woman, stiff in her country attire, had a face like a hen's with a nose pointy as a beak. She sat down opposite her husband and stayed there without budging, stricken at finding herself in the middle of such a well-turned group.

And there was, actually, a riot of loud colors in the car. Madame, all in blue, in blue silk from head to toe, wore on top a shawl of imitation French cashmere, red, blinding, dazzling. Fernande wheezed in a plaid dress whose bodice, laced very tightly by her companions, pushed her sagging breasts up into a constantly shaking double dome that seemed liquid under the material.

Raphaële, with a feathered hairstyle simulating a nest full of birds, wore a lilac gown with gold sequins, something Oriental that suited her Jewish features. Rosa the Rotten, in a pink dress with wide flounces, looked like an overweight child, an obese midget; and the two Pumps looked as if they'd fashioned strange outfits from old window curtains, those old curtains with a leafy pattern dating from the Restoration.

From the moment they were no longer alone in the compartment, the ladies took on a serious appearance, and began to talk about lofty things to make a good impression. But in Bolbec there appeared a gentleman with blond sideburns, rings and a gold chain, who put in the netting above his head several packages wrapped in oilcloth. He had a waggish and jolly air about him. He greeted everyone, smiled and asked smoothly: "Are the ladies changing garrisons?" The question caused a great embarrassment in the party. Madame at last regained her composure, and she answered dryly, to avenge the honor of the troop: "You might have some manners!" He apologized: "Excuse me, I meant convent." Madame, finding nothing to come back with, or perhaps judging the rectification sufficient, gave a dignified nod while pursing her lips.

Then the gentleman, who was sitting between Rosa the Rotten and the old farmer, began winking at the three ducks whose heads were sticking out of the large basket; then, when he felt that he'd captivated his audience, he began to tickle the animals under their bills while making droll comments to make the group laugh: "We've left our little pond! quack! quack! quack!—to get to know the little skewer—quack! quack! quack!" The unfortunate creatures contorted their necks to avoid the caresses, making fearful efforts to escape their wicker prison;

de leur prison d'osier; puis soudain toutes trois ensemble poussèrent un lamentable cri de détresse:—Couen! couen! couen! couen!—Alors ce fut une explosion de rires parmi les femmes. Elles se penchaient, elles se poussaient pour voir; on s'intéressait follement aux canards; et le monsieur redoublait de grâce, d'esprit et d'agaceries.

Rosa s'en mêla, et, se penchant par-dessus les jambes de son voisin, elle embrassa les trois bêtes sur le nez. Aussitôt chaque femme voulut les baiser à son tour; et le monsieur asseyait ces dames sur ses genoux, les faisait sauter, les pinçait; tout à coup il les tutoya.

Les deux paysans, plus affolés encore que leurs volailles, roulaient des yeux de possédés sans oser faire un mouvement, et leurs vieilles figures plissées n'avaient pas un sourire, pas un tressaillement.

Alors le monsieur, qui était commis voyageur, offrit par farce des bretelles à ces dames, et, s'emparant d'un de ses paquets, il l'ouvrit. C'était une ruse, le paquet contenait des jarretières.

Il y en avait en soie bleue, en soie rose, en soie rouge, en soie violette, en soie mauve, en soie ponceau, avec des boucles de métal formées par deux amours enlacés et dorés. Les filles poussèrent des cris de joie, puis examinèrent les échantillons, reprises par la gravité naturelle à toute femme qui tripote un objet de toilette. Elles se consultaient de l'œil ou d'un mot chuchoté, se répondaient de même, et Madame maniait avec envie une paire de jarretières orangées, plus larges, plus imposantes que les autres: de vraies jarretières de patronne.

Le monsieur attendait, nourrissant une idée:—«Allons, mes petites chattes, dit-il, il faut les essayer.»—Ce fut une tempête d'exclamations; et elles serraient leurs jupes entre leurs jambes comme si elles eussent craint des violences. Lui, tranquille, attendait son heure. Il déclara:— «Vous ne voulez pas, je remballe.» Puis finement:—«J'offrirai une paire, au choix, à celles qui feront l'essai.»—Mais elles ne voulaient pas, très dignes, la taille redressée. Les deux Pompes cependant semblaient si malheureuses qu'il leur renouvela la proposition. Flora Balançoire surtout, torturée de désir, hésitait visiblement. Il la pressa:—«Vas-y, ma fille, un peu de courage; tiens, la paire lilas, elle ira bien avec ta toilette.» Alors elle se décida, et, relevant sa robe, montra une forte jambe de vachère, mal serrée en un bas grossier. Le monsieur, se baissant, accrocha la jarretière sous le genou d'abord, puis au-dessus; et il chatouillait doucement la fille pour lui faire pousser des petits cris avec de brusques tressaillements. Quand il eut fini, il donna la paire lilas et demanda:—«A qui le tour?» Toutes ensemble s'écrièrent:—«A moi! à moi!» Il commença par Rosa la Rosse, qui découvrit une chose informe, toute ronde, sans cheville, un vrai «boudin de jambe», comme disait

then suddenly all three together uttered a pathetic cry of distress: "Quack! quack! quack! quack!" Then there was an explosion of laughter among the women. They leaned over, they elbowed one another to see; they became wildly interested in the ducks; and the gentleman outdid himself in charm, wit and teasing.

Rosa joined in and, leaning over the legs of her neighbor, she kissed the three creatures on their bills. Right away all the women wanted to kiss them in turn; and the gentleman sat the ladies on his knees, made them go up and down, pinched them; all of a sudden he began addressing them familiarly.

The two countryfolk, more panicked than their birds, rolled their eyes as if they were possessed, without daring to make a movement, and their old, wrinkled faces showed not a smile, not a flinch.

Then the gentleman, who was a traveling salesman, offered a pair of suspenders to the women as a joke, and, taking hold of one of his packages, he opened it. It was a gag, the package contained garters.

There were blue silk ones, pink silk, red silk, violet silk, mauve silk, sandy silk, with metal buckles in the form of two intertwined and gilded cupids. The girls uttered cries of joy, then examined the samples, gripped by the seriousness found in all women who handle an article of clothing. They consulted one another by glances or a whispered word, answered in kind, and Madame fondled with longing a pair of orange garters, wider and more imposing than the others: truly the garters of a proprietress.

The gentleman waited, nurturing an idea: "Come on, my little kitties, you must try them on." There was a storm of exclamations; and they tucked their skirts between their legs as if they were afraid of being raped. He, calm, bided his time. He declared: "If you don't want to, I'll just pack them up." Then cleverly: "I'll give a pair, any ones you want, to those who'll try them on." But they weren't willing, very proud, bodies upright. The two Pumps, however, seemed so unhappy that he renewed the proposition to them. Flora Seesaw especially, tortured by desire, wavered visibly. He pressed her: "Go on, my girl, have a little courage; say, the lilac pair would go well with your dress." Then she made her decision, and, lifting her skirt, showed a strong milkmaid's leg, poorly fitted in a coarse stocking. The gentleman, bending over, fastened the garter at first below the knee, then above it; and he tickled the girl gently to get her to yelp and jump abruptly. When he'd finished, he gave her the lilac pair and asked: "Who's next?" Everyone cried out in unison: "I am! I am!" He began with Rosa the Rotten, who uncovered a shapeless object, totally round, without an ankle, a real

Raphaële. Fernande fut complimentée par le commis voyageur qu'enthousiasmèrent ses puissantes colonnes. Les maigres tibias de la belle Juive eurent moins de succès. Louise Cocote, par plaisanterie, coiffa le Monsieur de sa jupe; et Madame fut obligée d'intervenir pour arrêter cette farce inconvenante. Enfin Madame elle-même tendit sa jambe, une belle jambe normande, grasse et musclée; et le voyageur, surpris et ravi, ôta galamment son chapeau pour saluer ce maître mollet en vrai chevalier français.

Les deux paysans, figés dans l'ahurissement, regardaient de côté, d'un seul œil; et ils ressemblaient si absolument à des poulets que l'homme aux favoris blonds, en se relevant, leur fit dans le nez «Co-co-ri-co». Ce qui déchaîna de nouveau un ouragan de gaieté.

Les vieux descendirent à Motteville avec leur panier, leurs canards et leur parapluie; et l'on entendit la femme dire à son homme en s'éloignant:—«C'est des traînées qui s'en vont encore à ce satané Paris.»

Le plaisant commis porte-balle descendit lui-même à Rouen, après s'être montré si grossier que Madame se vit obligée de le remettre vertement à sa place. Elle ajouta, comme morale:—«Ça nous apprendra à causer au premier venu.»

A Oissel, elles changèrent de train, et trouvèrent à une gare suivante M. Joseph Rivet qui les attendait avec une grande charrette pleine de chaises et attelée d'un cheval blanc.

Le menuisier embrassa poliment toutes ces dames et les aida à monter dans sa carriole. Trois s'assirent sur trois chaises au fond; Raphaële, Madame et son frère, sur les trois chaises de devant, et Rosa, n'ayant point de siège, se plaça tant bien que mal sur les genoux de la grande Fernande; puis l'équipage se mit en route. Mais, aussitôt, le trot saccadé du bidet secoua si terriblement la voiture que les chaises commencèrent à danser, jetant les voyageuses en l'air, à droite, à gauche, avec des mouvements de pantins, des grimaces effarées, des cris d'effroi, coupés soudain par une secousse plus forte. Elles se cramponnaient aux côtés du véhicule; les chapeaux tombaient dans le dos, sur le nez ou vers l'épaule; et le cheval blanc allait toujours, allongeant la tête, et la queue droite, une petite queue de rat sans poil dont il se battait les fesses de temps en temps. Joseph Rivet, un pied tendu sur le brancard, l'autre jambe repliée sous lui, les coudes très élevés, tenait les rênes, et de sa gorge s'échappait à tout instant une sorte de gloussement qui, faisant dresser les oreilles au bidet, accélérait son allure.

Des deux côtés de la route la campagne verte se déroulait. Les colzas en fleur mettaient de place en place une grande nappe jaune ondulante

"sausage leg," as Raphaële used to say. Fernande was complimented by the traveling salesman, who was stirred by her powerful columns. The skinny tibias of the beautiful Jewess were less of a success. Louise the Hussy, as a joke, slipped her skirts over the gentleman's head; and Madame was obliged to step in to stop that unseemly game. Finally Madame herself extended her leg, a lovely Norman leg, plump and muscled; and the traveler, surprised and delighted, gallantly removed his hat to salute that matchless calf like a true French cavalier.

The two countryfolk, frozen in their stupefaction, watched askance, with just one eye; and they resembled chickens so closely that the man with the blond sideburns, as he rose, said in their faces, "Cock-a-doodle-doo." This unleashed another storm of good cheer.

The old-timers got off at Motteville with their basket, their ducks and their umbrella; and they heard the woman say to her husband as they went away: "They're another bunch of sluts on their way to that wicked Paris."

The good-natured salesman got off himself at Rouen, after having proven himself so vulgar that Madame felt obligated to put him squarely in his place. She added, as a moral: "That'll teach us to talk to perfect strangers."

At Oissel, they changed trains, and at the following station met Monsieur Joseph Rivet, who was waiting for them with a big wagon full of chairs and drawn by a white horse.

The carpenter politely kissed all the ladies and helped them get into his cart. Three of them sat on three chairs in back; Raphaële, Madame and her brother, on the three front chairs, and Rosa, having no seat, settled herself as best she could on tall Fernande's knees; then the conveyance started out. But, right away, the jerky trot of the nag shook the cart so violently that the chairs began to dance, tossing the travelers in the air, to the right, to the left, with the movements of puppets, frightened grimaces, cries of fear, cut off suddenly by an even stronger jolt. They hung on to the sides of the vehicle; their hats spilled down their backs, down their noses or toward their shoulders; and the white horse continued on, extending its head and its straight tail, a little, hairless rat's tail with which it swatted her rump from time to time. Joseph Rivet, one foot stretched out on the shaft, the other leg folded underneath him, elbows raised high, held the reins, and from his throat there escaped at every moment a kind of clucking which, causing the nag's ears to prick up, made it increase its speed.

On either side of the road the green countryside unfurled. Here and there, the flowering rapeseed spread out a large, undulating yellow cloth

d'où s'élevait une saine et puissante odeur, une odeur pénétrante et douce, portée très loin par le vent. Dans les seigles déjà grands des bluets montraient leurs petites têtes azurées que les femmes voulaient cueillir, mais M. Rivet refusa d'arrêter. Puis parfois, un champ tout entier semblait arrosé de sang tant les coquelicots l'avaient envahi. Et au milieu de ces plaines colorées ainsi par les fleurs de la terre, la carriole, qui paraissait porter elle-même un bouquet de fleurs aux teintes plus ardentes, passait au trot du cheval blanc, disparaissait derrière les grands arbres d'une ferme, pour reparaître au bout du feuillage et promener de nouveau à travers les récoltes jaunes et vertes, piquées de rouge ou de bleu, cette éclatante charretée de femmes qui fuyait sous le soleil.

Une heure sonnait quand on arriva devant la porte du menuisier.

Elles étaient brisées de fatigue et pâles de faim, n'ayant rien pris depuis le départ. M^me Rivet se précipita, les fit descendre l'une après l'autre, les embrassant aussitôt qu'elles touchaient terre; et elle ne se lassait point de bécoter sa belle-sœur, qu'elle désirait accaparer. On mangea dans l'atelier débarrassé des établis pour le dîner du lendemain.

Une bonne omelette que suivit une andouille grillée, arrosée de bon cidre piquant, rendit la gaieté à tout le monde. Rivet, pour trinquer, avait pris un verre, et sa femme servait, faisait la cuisine, apportait les plats, les enlevait, murmurant à l'oreille de chacune:—«En avez-vous à votre désir?»—Des tas de planches dressées contre les murs et des empilements de copeaux balayés dans les coins répandaient un parfum de bois varlopé, une odeur de menuiserie, ce souffle résineux qui pénètre au fond des poumons.

On réclama la petite, mais elle était à l'église, ne devant rentrer que le soir.

La compagnie alors sortit pour faire un tour dans le pays.

C'était un tout petit village que traversait une grand'route. Une dizaine de maisons rangées le long de cette voie unique abritaient les commerçants de l'endroit, le boucher, l'épicier, le menuisier, le cafetier, le savetier et le boulanger. L'église, au bout de cette sorte de rue, était entourée d'un étroit cimetière; et quatre tilleuls démesurés, plantés devant son portail, l'ombrageaient tout entière. Elle était bâtie en silex taillé, sans style aucun, et coiffée d'un clocher d'ardoises. Après elle la campagne recommençait, coupée çà et là de bouquets d'arbres cachant les fermes.

Rivet, par cérémonie, et bien qu'en vêtements d'ouvrier, avait pris

from which rose a healthy and powerful scent, a penetrating and sweet scent, carried very far by the wind. In the already tall rye cornflowers showed their little azure heads which the women wanted to pick, but Monsieur Rivet refused to stop. Then sometimes, an entire field seemed saturated with blood, so completely had it been invaded by poppies. And through the midst of these plains thus colored by the flowers of the earth, the wagon, which seemed itself to carry a bouquet of flowers in more vivid colors, moved along at the white horse's trot, disappeared behind the tall trees of a farm, only to reappear at the end of the foliage and convey once more through the yellow and green crops, peppered with red or blue, that flashing wagonful of women that was traveling on beneath the sun.

It was one o'clock when they arrived in front of the carpenter's doorstep.

They were shattered with fatigue and pale with hunger, having eaten nothing since their departure. Madame Rivet rushed over and helped them down one after the other, kissing them as soon as they touched ground; and she wouldn't stop pecking her sister-in-law, whom she wanted all for herself. They ate in the workshop, which had been cleared of all the workbenches for the meal of the following day.

A lovely omelette that was followed by a grilled sausage, washed down with a good, strong cider, restored merriment to all. Rivet, in order to make a toast, had taken a glass, and his wife was serving, cooking, bringing the dishes, taking them away, murmuring in everyone's ear: "Do you have as much as you'd like?" Stacks of planks leaning against the walls and piles of swept shavings in the corners released a fragrance of planed wood, a smell of carpentry, that resinous air which penetrates to the bottom of one's lungs.

They asked for the little girl, but she was at the church, not expected back until evening.

So the group went out for a walk in the countryside.

It was a tiny little village crossed by a highway. Ten or so buildings lined up along that sole thoroughfare housed the local merchants, the butcher, the grocer, the carpenter, the café owner, the cobbler and the baker. The church, at the end of that version of a street, was surrounded by a narrow graveyard; and four enormous linden trees, planted in front of its portal, shaded the entire building. It was constructed of hewn flint, in no particular style, and capped by a slate bell tower. Beyond it the countryside began again, intersected here and there by clumps of trees hiding farms.

Rivet, as a formality, and although in workclothes, had taken the arm

le bras de sa sœur qu'il promenait avec majesté. Sa femme, tout émue par la robe à filets d'or de Raphaële, s'était placée entre elle et Fernande. La boulotte Rosa trottait derrière avec Louise Cocote et Flora Balançoire, qui boitaillait, exténuée.

Les habitants venaient aux portes, les enfants arrêtaient leurs jeux, un rideau soulevé laissait entrevoir une tête coiffée d'un bonnet d'indienne; une vieille à béquille et presque aveugle se signa comme devant une procession; et chacun suivit longtemps du regard toutes les belles dames de la ville qui étaient venues de si loin pour la première communion de la petite à Joseph Rivet. Une immense considération rejaillissait sur le menuisier.

En passant devant l'église, elles entendirent des chants d'enfants: un cantique crié vers le ciel par des petites voix aiguës; mais Madame empêcha qu'on entrât, pour ne point troubler ces chérubins.

Après un tour dans la campagne, et l'énumération des principales propriétés, du rendement de la terre et de la production du bétail, Joseph Rivet ramena son troupeau de femmes et l'installa dans son logis.

La place étant fort restreinte, on les avait réparties deux par deux dans les pièces.

Rivet, pour cette fois, dormirait dans l'atelier, sur les copeaux; sa femme partagerait son lit avec sa belle-sœur, et, dans la chambre à côté, Fernande et Raphaële reposeraient ensemble. Louise et Flora se trouvaient installées dans la cuisine sur un matelas jeté par terre; et Rosa occupait seule un petit cabinet noir au-dessus de l'escalier, contre l'entrée d'une soupente étroite où coucherait, cette nuit-là, la communiante.

Lorsque rentra la petite fille, ce fut sur elle une pluie de baisers; toutes les femmes la voulaient caresser, avec ce besoin d'expansion tendre, cette habitude professionnelle de chatteries, qui, dans le wagon, les avait fait toutes embrasser les canards. Chacune l'assit sur ses genoux, mania ses fins cheveux blonds, la serra dans ses bras en des élans d'affection véhémente et spontanée. L'enfant bien sage, toute pénétrée de piété, comme fermée par l'absolution, se laissait faire, patiente et recueillie.

La journée ayant été pénible pour tout le monde, on se coucha bien vite après dîner. Ce silence illimité des champs qui semble presque religieux enveloppait le petit village, un silence tranquille, pénétrant, et large jusqu'aux astres. Les filles, accoutumées aux soirées tumultueuses du logis public, se sentaient émues par ce muet repos de la campagne endormie. Elles avaient des frissons sur la peau, non de froid, mais des frissons de solitude venus du cœur inquiet et troublé.

of his sister, with whom he strolled grandly. His wife, completely taken with Raphaële's gold-sequined dress, had placed herself between her and Fernande. The plump Rosa trotted along behind with Louise the Hussy and Flora Seesaw, who was limping, worn out.

The villagers came to their doors, the children halted their games, a raised curtain revealed a head topped by a calico cap; an old woman with a crutch, almost blind, crossed herself as if viewing a religious procession; and everyone kept looking at them after they passed by—all those beautiful townwomen who'd come from so far away for the First Communion of Joseph Rivet's little girl. This great respect was reflected on the carpenter.

While passing in front of the church, they heard children singing: a hymn shouted heavenward by little high-pitched voices; but Madame prevented anyone from entering, so as not to disturb those cherubs.

After a stroll in the countryside, and the enumeration of the major farms, of the yield of their land and livestock, Joseph Rivet led his troop of women back and settled them in his home.

Space being rather limited, they had been assigned rooms in pairs.

Rivet, for the occasion, would sleep in the workshop, on the wood shavings; his wife would share her bed with her sister-in-law, and, in the adjacent bedroom, Fernande and Raphaële would sleep together. Louise and Flora found themselves placed in the kitchen on a mattress tossed on the floor; and Rosa occupied by herself a little dark alcove above the staircase, opposite the opening of a narrow loft where the Communion girl would sleep that night.

When the little girl got home, she was showered with kisses; all the women wanted to pet her, with that need for affectionate displays, that professional habit of coaxing, which, on the train, had made them all kiss the ducks. Each one sat her on her knees, toyed with her fine blonde hair, held her in her arms in a rush of powerful and spontaneous affection. The well-behaved child, filled through and through with piety, as if deadened by the absolution, allowed things to take their course, patient and thoughtful.

The day having been taxing for everyone, they went to bed very quickly after dinner. That infinite silence of the fields which seems almost religious enveloped the small village, a calm silence, penetrating, reaching up to the stars. The girls, accustomed to the raucous evenings at the brothel, felt touched by the mute restfulness of the sleeping countryside. They felt shivers on their skin, not of cold, but shivers of solitude coming from a worried and troubled heart.

Sitôt qu'elles furent en leur lit, deux par deux, elles s'étreignirent comme pour se défendre contre cet envahissement du calme et profond sommeil de la terre. Mais Rosa la Rosse, seule en son cabinet noir, et peu habituée à dormir les bras vides, se sentit saisie par une émotion vague et pénible. Elle se retournait sur sa couche, ne pouvant obtenir le sommeil, quand elle entendit, derrière la cloison de bois contre sa tête, de faibles sanglots comme ceux d'un enfant qui pleure. Effrayée, elle appela faiblement, et une petite voix entrecoupée lui répondit. C'était la fillette qui, couchant toujours dans la chambre de sa mère, avait peur en sa soupente étroite.

Rosa, ravie, se leva, et doucement, pour ne réveiller personne, alla chercher l'enfant. Elle l'amena dans son lit bien chaud, la pressa contre sa poitrine en l'embrassant, la dorlota, l'enveloppa de sa tendresse aux manifestations exagérées, puis, calmée elle-même, s'endormit. Et jusqu'au jour la communiante reposa son front sur le sein nu de la prostituée.

Dès cinq heures, à l'*Angelus*, la petite cloche de l'église sonnant à toute volée réveilla ces dames qui dormaient ordinairement leur matinée entière, seul repos des fatigues nocturnes. Les paysans dans le village étaient déjà debout. Les femmes du pays allaient affairées de porte en porte, causant vivement, apportant avec précaution de courtes robes de mousseline empesées comme du carton, ou des cierges démesurés, avec un nœud de soie frangée d'or au milieu, et des découpures de cire indiquant la place de la main. Le soleil déjà haut rayonnait dans un ciel tout bleu qui gardait vers l'horizon une teinte un peu rosée, comme une trace affaiblie de l'aurore. Des familles de poules se promenaient devant leurs maisons; et, de place en place, un coq noir au cou luisant levait sa tête coiffée de pourpre, battait des ailes, et jetait au vent son chant de cuivre que répétaient les autres coqs.

Des carrioles arrivaient des communes voisines, déchargeant au seuil des portes les hautes Normandes en robes sombres, au fichu croisé sur la poitrine et retenu par un bijou d'argent séculaire. Les hommes avaient passé la blouse bleue sur la redingote neuve ou sur le vieil habit de drap vert dont les deux basques passaient.

Quand les chevaux furent à l'écurie, il y eut ainsi tout le long de la grande route une double ligne de guimbardes rustiques, charrettes, cabriolets, tilburys, chars à bancs, voitures de toute forme et de tout âge, penchées sur le nez ou bien cul par terre et les brancards au ciel.

La maison du menuisier était pleine d'une activité de ruche. Ces dames, en caraco et en jupon, les cheveux répandus sur le dos, des

As soon as they were in their beds, two by two, they hugged each other as if to defend themselves against that invasion of the calm and profound sleep of the land. But Rosa the Rotten, alone in her dark alcove, and little accustomed to sleeping with empty arms, felt gripped by an uncertain and vexing emotion. She was turning on her bed, unable to fall asleep, when she heard, behind the wooden partition against her head, faint sobs like those of a weeping child. Alarmed, she called out softly, and a little halting voice answered her. It was the little girl who, always sleeping in her mother's room, was scared in her narrow loft.

Rosa, delighted, got up, and quietly, so as not to wake anyone, went to get the child. She led her to her warm bed, hugged her against her chest while kissing her, fawned over her, enveloped her with an affection of exaggerated display, then, herself soothed, fell asleep. And until daybreak the Communion girl rested her forehead on the naked bosom of the prostitute.

At five o'clock, the time for the Angelus, the small bell of the church ringing at full force awoke these ladies who ordinarily slept all morning, the only respite from their nocturnal fatigues. The countryfolk in the village were already up. The countrywomen went bustling from door to door, chatting briskly, carefully carrying short muslin dresses starched like cardboard, or huge candles with a gold-fringed silk bow in the middle, and indentations in the wax to show the placement of the hand. The already high sun shone in a bright blue sky which still had toward the horizon a pinkish tint, like a weak trace of the dawn. Families of chickens strolled in front of their houses; and, from place to place, a black rooster with a glistening neck raised his crimson-capped head, flapped his wings, and cast into the wind his brassy song, which the other roosters repeated.

Carts were arriving from the neighboring villages, discharging on the doorsteps the tall Norman women in dark dresses, each with a scarf crossed on her chest and fastened with an antique silver pin. The men had slipped blue smocks over new frock-coats or over old green cloth jackets of which the two tails protruded.

When the horses were in the stable, there was thus all along the highway a double line of broken-down rustic vehicles, wagons, carriages, tilburys, carts with benches, vehicles of all kinds and all ages, leaning their noses or else their rumps against the ground with their shafts toward the sky.

The carpenter's house was full of the activity of a beehive. The women, in loose blouses and slips, their hair spilling down their backs—

cheveux maigres et courts qu'on aurait dits ternis et rongés par l'usage, s'occupaient à habiller l'enfant.

La petite, debout sur une table, ne remuait pas, tandis que M^me Tellier dirigeait les mouvements de son bataillon volant. On la débar-bouilla, on la peigna, on la coiffa, on la vêtit, et, à l'aide d'une multi-tude d'épingles, on disposa les plis de la robe, on pinça la taille trop large, on organisa l'élégance de la toilette. Puis quand ce fut terminé, on fit asseoir la patiente en lui recommandant de ne plus bouger; et la troupe agitée des femmes courut se parer à son tour.

La petite église recommençait à sonner. Son tintement frêle de cloche pauvre montait se perdre à travers le ciel, comme une voix trop faible, vite noyée dans l'immensité bleue.

Les communiants sortaient des portes, allaient vers le bâtiment com-munal qui contenait les deux écoles et la mairie, et situé tout au bout du pays, tandis que la «maison de Dieu» occupait l'autre bout.

Les parents, en tenue de fête avec une physionomie gauche et ces mouvements inhabiles des corps toujours courbés sur le travail, sui-vaient leurs mioches. Les petites filles disparaissaient dans un nuage de tulle neigeux semblable à de la crème fouettée, tandis que les pe-tits hommes, pareils à des embryons de garçons de café, la tête encol-lée de pommade, marchaient les jambes écartées, pour ne point tacher leur culotte noire.

C'était une gloire pour une famille quand un grand nombre des pa-rents, venus de loin, entouraient l'enfant: aussi le triomphe du menuisier fut-il complet. Le régiment Tellier, patronne en tête, sui-vait Constance; et le père donnant le bras à sa sœur, la mère marchant à côté de Raphaële, Fernande avec Rosa, et les deux Pompes ensem-ble, la troupe se déployait majestueusement comme un état-major en grand uniforme.

L'effet dans le village fut foudroyant.

A l'école, les filles se rangèrent sous la cornette de la bonne sœur, les garçons sous le chapeau de l'instituteur, un bel homme qui représen-tait; et l'on partit en attaquant un cantique.

Les enfants mâles en tête allongeaient leurs deux files entre les deux rangs de voitures dételées, les filles suivaient dans le même ordre; et tous les habitants ayant cédé le pas aux dames de la ville par consi-dération, elles arrivaient immédiatement après les petites, prolongeant encore la double ligne de la procession, trois à gauche et trois à droite, avec leurs toilettes éclatantes comme un bouquet de feu d'artifice.

Leur entrée dans l'église affola la population. On se pressait, on se retournait, on se poussait pour les voir. Et des dévotes parlaient presque

thin, short hair that looked dull and worn from use—were busy dressing the child.

The little girl, standing on a table, wasn't stirring, while Madame Tellier directed the movements of her flying squad. They washed her, combed her, styled her hair, dressed her and, using a multitude of pins, fixed the pleats of her skirt, took in the too loose waist, saw to it that she looked stylish. Then, when this was done, they made the patient girl sit while urging her not to move; and the buzzing troop of women ran off to gussy themselves up in turn.

The little church began to ring out. The faint peals of its pathetic bell rose up and lost themselves in the sky, like a too weak voice, quickly drowned in the blue immensity.

The communicants left their doors, walked toward the public building that contained the two schools and the mayor's office and was situated at one end of the village, while the "house of God" occupied the other end.

The parents, in holiday clothes with awkward faces and those clumsy movements of bodies always bent over their work, followed their kids. The little girls were swallowed up in a cloud of snowy tulle like whipped cream, while the boys, like embryonic café waiters, their heads plastered with pomade, walked with their legs apart, so as not to stain their black trousers.

It was a point of pride for a family when a great number of relatives, come from far away, surrounded their child: and so the carpenter's triumph was complete. The Tellier contingent, the proprietress at the head, followed Constance; and, the father giving his arm to his sister, the mother walking at Raphaële's side, Fernande with Rosa, and the two Pumps together, the troop marched along majestically like a military entourage in full regalia.

The effect in the village was thunderous.

At the school, the girls lined up under the coif of the nun, the boys under the hat of the schoolmaster, a handsome man who had a strong presence; and they left while attacking a hymn.

The male children at the head walked in double file between the two rows of unharnessed carriages, the girls followed in the same order; and all the inhabitants having yielded way to the town ladies out of respect, they arrived immediately after the children, elongating even more the double lines of the procession, three to the left and three to the right, with their outfits dazzling like a burst of fireworks.

Their entrance into the church drove the gathering wild. People jostled, they turned around, they pushed one another in order to see them.

haut, stupéfaites par le spectacle de ces dames plus chamarrées que les chasubles des chantres. Le maire offrit son banc, le premier banc à droite auprès du chœur, et M^me Tellier y prit place avec sa belle-sœur, Fernande et Raphaële. Rosa la Rosse et les deux Pompes occupèrent le second banc en compagnie du menuisier.

Le chœur de l'église était plein d'enfants à genoux, filles d'un côté, garçons de l'autre, et les longs cierges qu'ils tenaient en main semblaient des lances inclinées en tous sens.

Devant le lutrin, trois hommes debout chantaient d'une voix pleine. Ils prolongeaient indéfiniment les syllabes du latin sonore, éternisant les *Amen* avec des *a-a* indéfinis que le serpent soutenait de sa note monotone poussée sans fin, mugie par l'instrument de cuivre à large gueule. La voix pointue d'un enfant donnait la réplique, et, de temps en temps, un prêtre assis dans une stalle et coiffé d'une barrette carrée se levait, bredouillait quelque chose et s'asseyait de nouveau, tandis que les trois chantres repartaient, l'œil fixé sur le gros livre de plainchant ouvert devant eux et porté par les ailes déployées d'un aigle de bois monté sur pivot.

Puis un silence se fit. Toute l'assistance, d'un seul mouvement, se mit à genoux, et l'officiant parut, vieux, vénérable, avec des cheveux blancs, incliné sur le calice qu'il portait de sa main gauche. Devant lui marchaient les deux servants en robe rouge, et derrière, apparut une foule de chantres à gros souliers qui s'alignèrent des deux côtés du chœur.

Une petite clochette tinta au milieu du grand silence. L'office divin commençait. Le prêtre circulait lentement devant le tabernacle d'or, faisait des génuflexions, psalmodiait de sa voix cassée, chevrotante de vieillesse, les prières préparatoires. Aussitôt qu'il s'était tu, tous les chantres et le serpent éclataient d'un seul coup, et des hommes aussi chantaient dans l'église, d'une voix moins forte, plus humble, comme doivent chanter les assistants.

Soudain le *Kyrie Eleison* jaillit vers le ciel, poussé par toutes les poitrines et tous les cœurs. Des grains de poussière et des fragments de bois vermoulu tombèrent même de la voûte ancienne secouée par cette explosion de cris. Le soleil qui frappait sur les ardoises du toit faisait une fournaise de la petite église; et une grande émotion, une attente anxieuse, les approches de l'ineffable mystère, étreignaient le cœur des enfants, serraient la gorge de leurs mères.

Le prêtre, qui s'était assis quelque temps, remonta vers l'autel, et,

And some pious women were speaking almost loudly, dumbstruck by the spectacle of these ladies more rigged out than the chasuble of any cantor. The mayor offered his pew, the first pew on the right next to the choir, and Madame Tellier took a seat there with her sister-in-law, Fernande and Raphaële. Rosa the Rotten and the two Pumps occupied the second pew in the company of the carpenter.

The choir of the church was filled with kneeling children, girls on one side, boys on the other, and the long candles that they were holding in their hands seemed like lances tilted in every direction.

Before the lectern, three standing men were singing in full voice. They elongated indefinitely the syllables of the sonorous Latin, making the *Amen*'s eternal with interminable *a-a*'s which the bass horn supported with its monotonous note blasted endlessly, roared by the wide-mouthed brass instrument. The sharp voice of a child gave the response, and, from time to time, a priest seated in a stall and capped with a square biretta would rise, mumble something and sit down again, while the three cantors started up anew, their eyes fixed on the great book of plainsong open before them and borne by the outspread wings of a wooden eagle mounted on a pivot.

Then a silence fell. The entire congregation, in a single movement, got to their knees, and the officiating priest appeared, old, venerable, with white hair, bent over the chalice that he held in his left hand. In front of him walked the two servers in red robes, and behind appeared a crowd of cantors in heavy shoes who lined up on the two sides of the choir.

A little bell rang out in the middle of the great silence. The Mass was beginning. The priest circled slowly in front of the golden tabernacle, genuflected, chanted the preparatory prayers in his broken voice, quavering from old age. As soon as he was quiet, all the cantors and the bass horn cried out in a single effort, and some men were also singing in the church, in a less strong, more humble voice, as the congregation ought to sing.

Suddenly the *Kyrie Eleison* shot toward the ceiling, emitted by all the chests and all the hearts. Motes of dust and bits of worm-eaten wood even fell from the ancient vault shaken by this explosion of cries. The sun which was striking the slate of the roof made a furnace of the little church; and a strong emotion, an anxious anticipation, the approach of the ineffable mystery, clutched at the hearts of the children, tightened the throats of their mothers.

The priest, who'd been seated for some time, went back up to the

tête nue, couvert de ses cheveux d'argent, avec des gestes tremblants, il approchait de l'acte surnaturel.

Il se tourna vers les fidèles, et, les mains tendues vers eux, prononça: «*Orate, fratres*», «priez, mes frères». Ils priaient tous. Le vieux curé balbutiait maintenant tout bas les paroles mystérieuses et suprêmes; la clochette tintait coup sur coup; la foule prosternée appelait Dieu; les enfants défaillaient d'une anxiété démesurée.

C'est alors que Rosa, le front dans ses mains, se rappela tout à coup sa mère, l'église de son village, sa première communion. Elle se crut revenue à ce jour-là, quand elle était si petite, toute noyée en sa robe blanche, et elle se mit à pleurer. Elle pleura doucement d'abord: les larmes lentes sortaient de ses paupières, puis, avec ses souvenirs, son émotion grandit, et, le cou gonflé, la poitrine battante, elle sanglota. Elle avait tiré son mouchoir, s'essuyait les yeux, se tamponnait le nez et la bouche pour ne point crier: ce fut en vain; une espèce de râle sortit de sa gorge, et deux autres soupirs profonds, déchirants, lui répondirent; car ses deux voisines, abattues près d'elle, Louise et Flora, étreintes des mêmes souvenances lointaines, gémissaient aussi avec des torrents de larmes.

Mais comme les larmes sont contagieuses, Madame, à son tour, sentit bientôt ses paupières humides, et, se tournant vers sa belle-sœur, elle vit que tout son banc pleurait aussi.

Le prêtre engendrait le corps de Dieu. Les enfants n'avaient plus de pensée, jetés sur les dalles par une espèce de peur dévote; et, dans l'église, de place en place, une femme, une mère, une sœur, saisie par l'étrange sympathie des émotions poignantes, bouleversée aussi par ces belles dames à genoux que secouaient des frissons et des hoquets, trempait son mouchoir d'indienne à carreaux et, de la main gauche, pressait violemment son cœur bondissant.

Comme la flammèche qui jette le feu à travers un champ mûr, les larmes de Rosa et de ses compagnes gagnèrent en un instant toute la foule. Hommes, femmes, vieillards, jeunes gars en blouse neuve, tous bientôt sanglotèrent, et sur leur tête semblait planer quelque chose de surhumain, une âme épandue, le souffle prodigieux d'un être invisible et tout-puissant.

Alors, dans le chœur de l'église, un petit coup sec retentit: la bonne sœur, en frappant sur son livre, donnait le signal de la communion; et les enfants, grelottant d'une fièvre divine, s'approchèrent de la table sainte.

Toute une file s'agenouillait. Le vieux curé, tenant en main le ciboire d'argent doré, passait devant eux, leur offrant, entre deux doigts, l'hostie sacrée, le corps du Christ, la rédemption du monde. Ils ou-

altar, and, with bare head, covered with his silver hair, with trembling movements, he neared the supernatural act.

He turned toward the faithful, and, his hands held out to them, said: *"Orate, fratres,"* "Pray, my brethren." They all prayed. The old priest now stammered very softly the mysterious and supreme words; the little bell rang out again and again; the prostrate crowd called to God; the children were fainting with enormous anxiety.

It was then that Rosa, her forehead in her hands, suddenly recalled her mother, the church of her village, her First Communion. She felt herself carried back to that day, when she was so little, all awash in her white dress, and she began to cry. She wept softly at first: the tears issued slowly from her eyelids, then, with her memories, her emotion welled, and, her neck swollen, her chest heaving, she sobbed. She had pulled out her handkerchief and was wiping her eyes and muffling her nose and mouth so as not to cry out: it was in vain; a kind of rattle escaped her throat, and two other deep, wrenching sighs answered her; for her two neighbors, prostrate next to her, Louise and Flora, gripped by the same distant memories, were moaning as well with torrents of tears.

But as tears are contagious, Madame, in turn, soon felt her lids grow moist and, turning toward her sister-in-law, saw that the whole pew was weeping as well.

The priest was transubstantiating the body of God. The children no longer had any thoughts; they were down upon the flagstones in a kind of devout awe; and, in the church, from place to place, a woman, a mother, a sister, seized by the strange sympathy of strong emotions, overcome also by those beautiful ladies on their knees who were shaken by quivers and hiccoughs, soaked her checked calico hankie with tears and, with her left hand, pressed violently against her pounding heart.

Like a spark that spreads fire over an entire ripe field, the tears of Rosa and her companions in an instant infected the whole gathering. Men, women, old-timers, young lads in new smocks, all were soon sobbing, and above their heads seemed to float something supernatural, a spreading soul, the prodigious breath of an invisible and omnipotent being.

Then, in the choir of the church, a little dull thump rang out: the nun, tapping her book, gave the signal for Communion; and the children, shivering with a divine fever, approached the holy table.

An entire row knelt down. The old priest, holding the gilded silver ciborium in his hand, passed before them, offering them, between two fingers, the sacred host, the body of Christ, the redemption of the world.

vraient la bouche avec des spasmes, des grimaces nerveuses, les yeux fermés, la face toute pâle; et la longue nappe étendue sous leurs mentons frémissait comme de l'eau qui coule.

Soudain dans l'église une sorte de folie courut, une rumeur de foule en délire, une tempête de sanglots avec des cris étouffés. Cela passa comme ces coups de vent qui courbent les forêts; et le prêtre restait debout, immobile, une hostie à la main, paralysé par l'émotion, se disant: «C'est Dieu, c'est Dieu qui est parmi nous, qui manifeste sa présence, qui descend à ma voix sur son peuple agenouillé.» Et il balbutiait des prières affolées, sans trouver les mots, des prières de l'âme, dans un élan furieux vers le ciel.

Il acheva de donner la communion avec une telle surexcitation de foi que ses jambes défaillaient sous lui, et quand lui-même eut bu le sang de son Seigneur, il s'abîma dans un acte de remerciement éperdu.

Derrière lui le peuple peu à peu se calmait. Les chantres, relevés dans la dignité du surplis blanc, repartaient d'une voix moins sûre, encore mouillée; et le serpent aussi semblait enroué comme si l'instrument lui-même eût pleuré.

Alors, le prêtre, levant les mains, leur fit signe de se taire, et passant entre les deux haies de communiants perdus en des extases de bonheur, il s'approcha jusqu'à la grille du chœur.

L'assemblée s'était assise au milieu d'un bruit de chaises, et tout le monde à présent se mouchait avec force. Dès qu'on aperçut le curé, on fit silence, et il commença à parler d'un ton très bas, hésitant, voilé.— «Mes chers frères, mes chères sœurs, mes enfants, je vous remercie du fond du cœur; vous venez de me donner la plus grande joie de ma vie. J'ai senti Dieu qui descendait sur nous à mon appel. Il est venu, il était là, présent, qui emplissait vos âmes, faisait déborder vos yeux. Je suis le plus vieux prêtre du diocèse, j'en suis aussi, aujourd'hui, le plus heureux. Un miracle s'est fait parmi nous, un vrai, un grand, un sublime miracle. Pendant que Jésus-Christ pénétrait pour la première fois dans le corps de ces petits, le Saint-Esprit, l'oiseau céleste, le souffle de Dieu, s'est abattu sur vous, s'est emparé de vous, vous a saisis, courbés comme des roseaux sous la brise.»

Puis, d'une voix plus claire, se tournant vers les deux bancs où se trouvaient les invitées du menuisier:—«Merci surtout à vous, mes chères sœurs, qui êtes venues de si loin, et dont la présence parmi nous, dont la foi visible, dont la piété si vive ont été pour tous un salutaire exemple. Vous êtes l'édification de ma paroisse; votre émotion a échauffé les cœurs; sans vous, peut-être, ce grand jour n'aurait pas eu

They opened their mouths jerkily, with nervous grimaces, their eyes shut, their faces pale; and the long cloth spread out under their chins trembled like running water.

Suddenly in the church a sort of craze erupted, the rumbling of a delirious crowd, a storm of sobs with stifled cries. It passed like the gusts of wind that bend forests; and the priest remained standing, unmoving, a host in his hand, frozen with emotion, saying to himself: "It's God, it's God who is among us, who makes manifest His presence, who at the sound of my voice descends upon His kneeling people." And he mumbled some panicked prayers, without finding the words, prayers from the soul, in a furious outburst toward heaven.

He finished giving Communion in such an overstimulation of faith that his legs were giving out under him, and when he himself had drunk the blood of his Lord, he threw himself down in an act of frantic thanksgiving.

Behind him the people calmed down little by little. The cantors, sustained by the dignity of their white surplices, began to sing once again in a less confident, still tearful voice, and the bass horn also seemed hoarse as if the instrument itself had been crying.

Then, the priest, raising his hands, signaled to them to quiet down, and, passing between the two rows of communicants lost in ecstasies of happiness, he went up to the gate of the choir.

The assembly had sat down amid a din of chairs, and all were now blowing their noses violently. As soon as they saw the priest, they were silent, and he began to speak in a very soft, wavering, husky tone: "My dear brothers, my dear sisters, my children, I thank you from the bottom of my heart; you have just given me the greatest joy of my life. I felt God descend upon us at my beckoning. He came, He was here, present, He was filling your souls, making your eyes spill over. I am the oldest priest in the diocese, I am also, today, the happiest. A miracle has occurred among us, a true, a great, a sublime miracle. While Jesus Christ was for the first time entering the bodies of these little ones, the Holy Ghost, the heavenly bird, the breath of God, descended upon you, gripped you, seized you, bent you like reeds in the breeze."

Then, in a clearer voice, turning toward the two pews where the carpenter's guests were located: "Thanks above all to you, my dear sisters, who have come from so far away, and whose presence among us, whose obvious faith, whose active piety have given us all a salutary example. You are the edification of my parish; your emotion has warmed our hearts; without you, perhaps, this great day would not have had this

ce caractère vraiment divin. Il suffit parfois d'une seule brebis d'élite pour décider le Seigneur à descendre sur le troupeau.»

La voix lui manquait. Il ajouta: «C'est la grâce que je vous souhaite. Ainsi soit-il.» Et il remonta vers l'autel pour terminer l'office.

Maintenant on avait hâte de partir. Les enfants eux-mêmes s'agitaient, las d'une si longue tension d'esprit. Ils avaient faim, d'ailleurs, et les parents peu à peu s'en allaient, sans attendre le dernier évangile, pour terminer les apprêts du repas.

Ce fut une cohue à la sortie, une cohue bruyante, un charivari de voix criardes où chantait l'accent normand. La population formait deux haies, et lorsque parurent les enfants, chaque famille se précipita sur le sien.

Constance se trouva saisie, entourée, embrassée par toute la maisonnée de femmes. Rosa surtout ne se lassait pas de l'étreindre. Enfin elle lui prit une main, Mme Tellier s'empara de l'autre; Raphaële et Fernande relevèrent sa longue jupe de mousseline pour qu'elle ne traînât point dans la poussière; Louise et Flora fermaient la marche avec Mme Rivet; et l'enfant, recueillie, toute pénétrée par le Dieu qu'elle portait en elle, se mit en route au milieu de cette escorte d'honneur.

Le festin était servi dans l'atelier sur de longues planches portées par des traverses.

La porte ouverte, donnant sur la rue, laissait entrer toute la joie du village. On se régalait partout. Par chaque fenêtre on apercevait des tablées de monde endimanché, et des cris sortaient des maisons en goguette. Les paysans, en bras de chemise, buvaient du cidre pur à plein verre, et au milieu de chaque compagnie on apercevait deux enfants, ici deux filles, là deux garçons, dînant dans l'une des deux familles.

Quelquefois, sous la lourde chaleur de midi, un char à bancs traversait le pays au trot sautillant d'un vieux bidet, et l'homme en blouse qui conduisait jetait un regard d'envie sur toute cette ripaille étalée.

Dans la demeure du menuisier, la gaieté gardait un certain air de réserve, un reste de l'émotion du matin. Rivet seul était en train et buvait outre mesure. Mme Tellier regardait l'heure à tout moment, car pour ne point chômer deux jours de suite on devait reprendre le train de 3 h. 55 qui les mettrait à Fécamp vers le soir.

Le menuisier faisait tous ses efforts pour détourner l'attention et garder son monde jusqu'au lendemain; mais Madame ne se laissait point distraire; et elle ne plaisantait jamais quand il s'agissait des affaires.

Aussitôt que le café fut pris, elle ordonna à ses pensionnaires de se

truly divine quality. It is sometimes enough for a single, select ewe to make God decide to come down upon the flock."

His voice was giving out. He added: "I wish you grace. So be it." And he went back toward the altar to finish the service.

Now everyone was anxious to leave. The children themselves were fidgeting, weakened from such a long spiritual strain. They were hungry, besides, and the relatives left little by little, without waiting for the last gospel reading, to finish the preparations for the meal.

There was a crush at the exit, a noisy crush, a din of shrill voices with a Norman accent. The population formed two lines, and when the children appeared, each family fell upon theirs.

Constance found herself seized, surrounded, kissed by the entire houseful of women. Rosa especially wouldn't stop hugging her. Finally she took one of her hands, Madame Tellier seized hold of the other; Raphaële and Fernande lifted her long muslin skirt so that it wouldn't drag in the dust; Louise and Flora closed the procession with Madame Rivet; and the child, pensive, thoroughly penetrated by the God she carried inside her, set off amid this honor guard.

The feast was served in the workshop on long planks held up by trestles.

The open door, looking out onto the street, allowed all the merriment of the village to enter. Everyone everywhere was celebrating. Through each window one could see tables of people in their Sunday best, and cries escaped from houses in revelry. The countryfolk, in shirtsleeves, drank full glasses of pure cider, and in the middle of each gathering one could see two children, here two girls, there two boys, eating with one of the two families.

Occasionally, in the heavy heat of noon, a wagon with benches would cross the village at the jerky trot of an old nag, and the man in a smock who was driving would cast an envious look at this unrestrained feasting.

In the carpenter's home, the mirth maintained a certain air of reserve, a trace of the morning's emotion. Rivet alone was tipsy and was drinking beyond measure. Madame Tellier constantly kept her eye on the time, for in order not to miss work two days in a row they would have to take the 3:55 train, which would drop them off at Fécamp toward evening.

The carpenter was trying his best to divert her attention and keep his guests until the following day; but Madame wouldn't let herself be distracted; and she never joked when it came to business.

As soon as they'd had coffee, she ordered her lodgers to get ready

préparer bien vite; puis, se tournant vers son frère:—«Toi, tu vas atteler tout de suite»; et elle-même alla terminer ses derniers préparatifs.

Quand elle redescendit, sa belle-sœur l'attendait pour lui parler
de la petite; et une longue conversation eut lieu où rien ne fut résolu.
La paysanne finassait, faussement attendrie, et M^me Tellier, qui
tenait l'enfant sur ses genoux, ne s'engageait à rien, promettait
vaguement: on s'occuperait d'elle, on avait du temps, on se reverrait
d'ailleurs.

Cependant la voiture n'arrivait point, et les femmes ne descendaient
pas. On entendait même en haut de grands rires, des bousculades, des
poussées de cris, des battements de mains. Alors, tandis que l'épouse
du menuisier se rendait à l'écurie pour voir si l'équipage était prêt,
Madame, à la fin, monta.

Rivet, très pochard et à moitié dévêtu, essayait, mais en vain, de violenter Rosa qui défaillait de rire. Les deux Pompes le retenaient par
les bras, et tentaient de le calmer, choquées de cette scène après la
cérémonie du matin; mais Raphaële et Fernande l'excitaient, tordues
de gaieté, se tenant les côtes; et elles jetaient des cris aigus à chacun
des efforts inutiles de l'ivrogne. L'homme furieux, la face rouge, tout
débraillé, secouant en des efforts violents les deux femmes cramponnées à lui, tirait de toutes ses forces sur la jupe de Rosa en bredouillant:—«Salope, tu ne veux pas?»—Mais Madame, indignée, s'élança,
saisit son frère par les épaules, et le jeta dehors si violemment qu'il alla
frapper contre le mur.

Une minute plus tard, on l'entendait dans la cour qui se pompait de
l'eau sur la tête; et quand il reparut dans sa carriole, il était déjà tout
apaisé.

On se remit en route comme la veille, et le petit cheval blanc repartit de son allure vive et dansante.

Sous le soleil ardent, la joie assoupie pendant le repas se dégageait.
Les filles s'amusaient maintenant des cahots de la guimbarde, poussaient même les chaises des voisines, éclataient de rire à tout instant,
mises en train d'ailleurs par les vaines tentatives de Rivet.

Une lumière folle emplissait les champs, une lumière miroitant aux
yeux; et les roues soulevaient deux sillons de poussière qui voltigeaient
longtemps derrière la voiture sur la grand'route.

Tout à coup Fernande, qui aimait la musique, supplia Rosa de
chanter; et celle-ci entama gaillardement le *Gros Curé de Meudon*. Mais
Madame tout de suite la fit taire, trouvant cette chanson peu conve

quickly; then, turning to her brother: "You're going to hitch up the cart right away"; and she herself went to finish her last preparations.

When she came back down, her sister-in-law was waiting to talk to her about the little girl; and a long conversation took place in which nothing was resolved. The countrywoman was conniving, insincerely affectionate, and Madame Tellier, who had the child on her knees, committed herself to nothing, making vague promises: she would be taken care of, there was time, they'd see each other again anyway.

Meanwhile the vehicle didn't arrive, and the women didn't come downstairs. One could even hear loud laughter upstairs, jostling, yelps, the clapping of hands. Then, while the carpenter's spouse went off to the stable to see if the conveyance was ready, Madame, in the end, went upstairs.

Rivet, quite soused and half-undressed, was attempting, but in vain, to rape Rosa, who was weak with laughter. The two Pumps were holding him back by the arms, and trying to calm him down, shocked by this scene after the morning's ceremony; but Raphaële and Fernande were egging him on, doubled over with mirth, holding their sides; and they uttered high-pitched cries at each of the drunkard's useless efforts. The enraged man, his face red, completely unkempt, shaking the two women clamped to his sides with his violent efforts, was pulling with all his might at Rosa's skirt as he stammered: "Bitch, you don't want it?" But Madame, indignant, dashed in, grabbed her brother by the shoulders, and tossed him out so violently that he went knocking against the wall.

A minute later, they heard him in the courtyard pumping water over his head; and when he reappeared in his buggy, he was already fully calmed down.

They got underway as they had the day before, and the little white horse took off with her lively and dancing pace.

Under the burning sun, the merriment that had waned during the meal emerged again. The girls were now amused by the jolts of the broken-down cart, and even pushed their neighbors' chairs, burst out laughing at every moment, put into a good mood, besides, by Rivet's vain attempts.

An odd light filled the fields, a light dazzling to the eyes; and the wheels raised two furrows of dust that swirled for a long time on the highway behind the cart.

Suddenly Fernande, who loved music, begged Rosa to sing; and the latter cheerfully broke into *The Fat Priest of Meudon*. But Madame immediately made her shut up, finding that song hardly suitable for that

nable en ce jour. Elle ajouta:—«Chante-nous plutôt quelque chose de
Béranger.»—Alors Rosa, après avoir hésité quelques secondes, fixa son
choix, et de sa voix usée commença la *Grand'mère:*

> Ma grand'mère, un soir à sa fête,
> De vin pur ayant bu deux doigts,
> Nous disait, en branlant la tête:
> Que d'amoureux j'eus autrefois!

> Combien je regrette
> Mon bras si dodu,
> Ma jambe bien faite,
> Et le temps perdu!

Et le chœur des filles, que Madame elle-même conduisait, reprit:

> Combien je regrette
> Mon bras si dodu,
> Ma jambe bien faite,
> Et le temps perdu!

—Ça, c'est tapé! déclara Rivet, allumé par la cadence; et Rosa aus-
sitôt continua:

> Quoi, maman, vous n'étiez pas sage?
> —Non, vraiment! et de mes appas,
> Seule, à quinze ans, j'appris l'usage,
> Car, la nuit, je ne dormais pas.

Tous ensemble hurlèrent le refrain; et Rivet tapait du pied sur son
brancard, battait la mesure avec les rênes sur le dos du bidet blanc qui,
comme s'il eût été lui-même enlevé par l'entrain du rythme, prit le ga-
lop, un galop de tempête, précipitant ces dames en tas les unes sur les
autres dans le fond de la voiture.

Elles se relevèrent en riant comme des folles. Et la chanson con-
tinua, braillée à tue-tête à travers la campagne, sous le ciel brûlant, au
milieu des récoltes mûrissantes, au train enragé du petit cheval qui
s'emballait maintenant à tous les retours du refrain, et piquait chaque
fois ses cent mètres de galop, à la grande joie des voyageurs.

De place en place, quelque casseur de cailloux se redressait, et re-

day. She added: "Sing us something from Béranger* instead." So Rosa, after having paused for a few seconds, made her choice, and in her raspy voice began *The Grandmother:*

> My grandmother, one night at her name-day party,
> Having drunk two fingers of pure wine,
> Said to us, while shaking her head:
> "What lovers I had once!"

> "How I pine for
> My plump arm,
> My well-made leg,
> And time gone by!"

And the chorus of girls, whom Madame herself conducted, began again:

> "How I pine for
> My plump arm,
> My well-made leg,
> And time gone by!"

"That's swell!" declared Rivet, cheered by the cadence; and Rosa continued at once:

> "What, Granny, you weren't a good girl?"
> "Not at all! and as for my charms,
> All by myself, when I was fifteen, I learned their use,
> For, at night, I didn't sleep."

Everyone howled the refrain together; and Rivet tapped his foot on his shaft, keeping time with the reins on the back of the white nag, which, as if it had itself been carried away by the infectious rhythm, took to a gallop, a tempestuous gallop, throwing the ladies in a heap one on top of the other in the back of the cart.

They got up laughing like lunatics. And the song went on, brayed with all their might across the countryside, under the burning sky, amid the ripening crops, at the furious pace of the little horse, which would now bolt at each repetition of the refrain, galloping a hundred meters each time, to the great joy of the travelers.

Here and there, a stonebreaker would stand erect, and look through

*Pierre-Jean de Béranger (1780–1857), popular poet.

gardait à travers son loup de fil de fer cette carriole enragée et hurlante emportée dans la poussière.

Quand on descendit devant la gare, le menuisier s'attendrit:—«C'est dommage que vous partiez, on aurait bien rigolé.»

Madame lui répondit sensément:—«Toute chose a son temps, on ne peut pas s'amuser toujours.»—Alors une idée illumina l'esprit de Rivet:—«Tiens, dit-il, j'irai vous voir à Fécamp le mois prochain.» Et il regarda Rosa d'un air rusé, avec un œil brillant et polisson.—«Allons, conclut Madame, il faut être sage; tu viendras si tu veux, mais tu ne feras point de bêtises.»

Il ne répondit pas, et comme on entendait siffler le train, il se mit immédiatement à embrasser tout le monde. Quand ce fut au tour de Rosa, il s'acharna à trouver sa bouche que celle-ci, riant derrière ses lèvres fermées, lui dérobait chaque fois par un rapide mouvement de côté. Il la tenait en ses bras; mais il n'en pouvait venir à bout, gêné par son grand fouet qu'il avait gardé à sa main et que, dans ses efforts, il agitait désespérément derrière le dos de la fille.

—Les voyageurs pour Rouen, en voiture! cria l'employé. Elles montèrent.

Un mince coup de sifflet partit, répété tout de suite par le sifflement puissant de la machine qui cracha bruyamment son premier jet de vapeur pendant que les roues commençaient à tourner un peu avec un effort visible.

Rivet, quittant l'intérieur de la gare, courut à la barrière pour voir encore une fois Rosa; et comme le wagon plein de cette marchandise humaine passait devant lui, il se mit à faire claquer son fouet en sautant et chantant de toutes ses forces:

> Combien je regrette
> Mon bras si dodu,
> Ma jambe bien faite,
> Et le temps perdu!

Puis il regarda s'éloigner un mouchoir blanc qu'on agitait.

III

Elles dormirent jusqu'à l'arrivée, du sommeil paisible des consciences satisfaites; et quand elles rentrèrent au logis, rafraîchies, reposées pour la besogne de chaque soir, Madame ne put s'empêcher de dire:—«C'est égal, il m'ennuyait déjà de la maison.»

his mask of iron wire at that maddened, howling cartful whisked away through the dust.

When they came down toward the station, the carpenter became sentimental: "It's a shame that you're leaving, we would've had a lot of fun."

Madame answered sensibly: "There's a time and place for everything, you can't always be having fun." Then an idea lit up Rivet's mind: "Say," he said, "I'll come to see you in Fécamp next month." And he glanced at Rosa with a sly look, with a twinkling and naughty eye. "Come on," concluded Madame, "let's behave; you can come if you want, but you won't do anything silly."

He didn't answer, and as they heard the train whistling, he began immediately to kiss everybody. When it was Rosa's turn, he tried desperately to get to her mouth, which she, laughing behind her closed lips, moved away from him each time with a quick sideways movement. He was holding her in his arms; but he couldn't reach his goal, hindered by the large whip he'd kept in his hand and which, in his efforts, he waved about despairingly behind the girl's back.

"Passengers for Rouen, all aboard!" shouted the railwayman. They got in.

A slight toot from the whistle rang out, followed right away by the powerful hiss of the engine, which loudly spat out its first blast of steam while the wheels began to turn a bit with visible effort.

Rivet, leaving the interior of the station, ran to the fence to see Rosa once again; and as the car full of that human merchandise passed before him, he began to crack his whip as he leapt and sang with all his strength:

> "How I pine for
> My plump arm,
> My well-made leg,
> And time gone by!"

Then he watched a white handkerchief that someone was waving fade away in the distance.

III

They slept until their arrival, the peaceful sleep of satisfied consciences; and when they got back to the house, refreshed, rested for their nightly toil, Madame couldn't help saying: "All the same, I was already getting homesick."

On soupa vite, puis, quand on eut repris le costume de combat, on attendit les clients habituels; et la petite lanterne allumée, la petite lanterne de madone, indiquait aux passants que dans la bergerie le troupeau était revenu.

En un clin d'œil la nouvelle se répandit, on ne sait comment, on ne sait par qui. M. Philippe, le fils du banquier, poussa même la complaisance jusqu'à prévenir par un exprès M. Tournevau, emprisonné dans sa famille.

Le saleur avait justement chaque dimanche plusieurs cousins à dîner, et l'on prenait le café quand un homme se présenta avec une lettre à la main. M. Tournevau, très ému, rompit l'enveloppe et devint pâle: il n'y avait que ces mots tracés au crayon: «*Chargement de morues retrouvé; navire entré au port; bonne affaire pour vous. Venez vite.*»

Il fouilla dans ses poches, donna vingt centimes au porteur, et rougissant soudain jusqu'aux oreilles: «Il faut, dit-il, que je sorte.» Et il tendit à sa femme le billet laconique et mystérieux. Il sonna, puis, lorsque parut la bonne:—«Mon pardessus vite vite, et mon chapeau.»—A peine dans la rue, il se mit à courir en sifflant un air, et le chemin lui parut deux fois plus long tant son impatience était vive.

L'établissement Tellier avait un air de fête. Au rez-de-chaussée les voix tapageuses des hommes du port faisaient un assourdissant vacarme. Louise et Flora ne savaient à qui répondre, buvaient avec l'un, buvaient avec l'autre, méritaient mieux que jamais leur sobriquet des «deux Pompes». On les appelait partout à la fois: elles ne pouvaient déjà suffire à la besogne, et la nuit pour elles s'annonçait laborieuse.

Le cénacle du premier fut au complet dès neuf heures. M. Vasse, le juge au tribunal de commerce, le soupirant attitré mais platonique de Madame, causait tout bas avec elle dans un coin; et ils souriaient tous les deux comme si une entente était près de se faire. M. Poulin, l'ancien maire, tenait Rosa à cheval sur ses jambes; et elle, nez à nez avec lui, promenait ses mains courtes dans les favoris blancs du bonhomme. Un bout de cuisse nue passait sous la jupe de soie jaune relevée, coupant le drap noir du pantalon, et les bas rouges étaient serrés par un jarretière bleue, cadeau du commis voyageur.

La grande Fernande, étendue sur le sopha, avait les deux pieds sur le ventre de M. Pimpesse, le percepteur, et le torse sur le gilet du jeune M. Philippe dont elle accrochait le cou de sa main droite, tandis que de la gauche elle tenait une cigarette.

They ate dinner quickly, then, when they'd put their battle uniforms back on, they awaited their regular customers; and the little lighted lamp, the little Madonna's lantern, indicated to the passers-by that the flock had returned to the fold.

In the blink of an eye the news spread, no one knew how, no one knew by whom. Monsieur Philippe, the banker's son, was so very obliging that he alerted Monsieur Tournevau, who was imprisoned with his family, by express letter.

The fish curer had several cousins to dinner every Sunday, as it happened, and they were having coffee when a man showed up with a letter in his hand. Monsieur Tournevau, quite stirred, ripped open the envelope and went pale: there were only these words scribbled in pencil: *"Shipment of cod located; ship is in port; a good deal for you. Come quickly."*

He rummaged in his pockets, gave twenty centimes to the messenger, and suddenly blushing all the way to his ears: "I must," he said, "go out." And he handed his wife the terse and mysterious note. He rang the bell, then, when the maid appeared: "My coat as quickly as possible, and my hat." As soon as he got to the street, he began to run, whistling a melody, and the way seemed to him twice as long, so keen was his impatience.

The Tellier establishment had a celebratory air. On the ground floor the rowdy voices of the men from the port made a deafening racket. Louise and Flora didn't know whom to turn to, they drank with one, drank with another, earned more than ever their nickname "the two Pumps." Everyone everywhere was calling to them at the same time: they were already unequal to the task, and the night was looking very difficult for them.

The coterie on the second floor was in full attendance by nine o'clock. Monsieur Vasse, the judge at the commercial court, Madame's recognized but platonic suitor, was chatting quietly with her in a corner; and the two of them were smiling as if an agreement were about to be made. Monsieur Poulin, the former mayor, had Rosa straddling his legs; and she, nose to nose with him, was running her stubby hands through the old fellow's white sideburns. A bit of naked thigh peeked out under the bunched-up yellow silk skirt, standing out against the black cloth of his trousers, and the red stockings were bound by a blue garter, gift of the traveling salesman.

Tall Fernande, stretched out on the sofa, had her two feet on the belly of Monsieur Pimpesse, the tax collector, and her torso against the vest of young Monsieur Philippe, around whose neck she hooked her right hand, while the left one held a cigarette.

Raphaële semblait en pourparlers avec M. Dupuis, l'agent d'assurances, et elle termina l'entretien par ces mots:—«Oui, mon chéri, ce soir, je veux bien.»—Puis, faisant seule un tour de valse rapide à travers le salon: «Ce soir, tout ce qu'on voudra», cria-t-elle.

La porte s'ouvrit brusquement et M. Tournevau parut. Des cris d'enthousiasme éclatèrent:—«Vive Tournevau!» Et Raphaële, qui pivotait toujours, alla tomber sur son cœur. Il la saisit d'un enlacement formidable, et sans dire un mot, l'enlevant de terre comme une plume, il traversa le salon, gagna la porte du fond, et disparut dans l'escalier des chambres avec son fardeau vivant, au milieu des applaudissements.

Rosa, qui allumait l'ancien maire, l'embrassant coup sur coup et tirant sur ses deux favoris en même temps pour maintenir droite sa tête, profita de l'exemple:—«Allons, fais comme lui»,—dit-elle. Alors le bonhomme se leva, et rajustant son gilet, suivit la fille en fouillant dans la poche où dormait son argent.

Fernande et Madame restèrent seules avec les quatre hommes, et M. Philippe s'écria:—«Je paye du champagne; M^{me} Tellier, envoyez chercher trois bouteilles.»

Alors Fernande l'étreignant lui demanda dans l'oreille:—«Fais-nous danser, dis, tu veux?» Il se leva, et, s'asseyant devant l'épinette séculaire endormie en un coin, fit sortir une valse, une valse enrouée, larmoyante, du ventre geignant de la machine. La grande fille enlaça le percepteur, Madame s'abandonna aux bras de M. Vasse; et les deux couples tournèrent en échangeant des baisers. M. Vasse, qui avait jadis dansé dans le monde, faisait des grâces, et Madame le regardait d'un œil captivé, de cet œil qui répond «oui», un «oui» plus discret et plus délicieux qu'une parole!

Frédéric apporta le champagne. Le premier bouchon partit, et M. Philippe exécuta l'invitation d'un quadrille.

Les quatre danseurs le marchèrent à la façon mondaine, convenablement, dignement, avec des manières, des inclinations et des saluts.

Après quoi l'on se mit à boire. Alors M. Tournevau reparut, satisfait, soulagé, radieux. Il s'écria:—«Je ne sais pas ce qu'a Raphaële, mais elle est parfaite ce soir.»—Puis, comme on lui tendait un verre, il le vida d'un trait en murmurant:—«Bigre, rien que ça de luxe!»

Sur-le-champ M. Philippe entama une polka vive, et M. Tournevau s'élança avec la belle Juive qu'il tenait en l'air, sans laisser ses pieds toucher terre. M. Pimpesse et M. Vasse étaient repartis d'un nouvel élan. De temps en temps un des couples s'arrêtait près de la cheminée

Raphaële seemed to be in negotiations with Monsieur Dupuis, the insurance broker, and she ended the discussion with these words: "Yes, my darling, tonight, all right." Then, quickly waltzing alone across the salon: "Tonight, anything that's wanted," she shouted.

The door opened brusquely and Monsieur Tournevau appeared. Cries of enthusiasm broke out: "Long live Tournevau!" And Raphaële, who was still spinning around, fell against his chest. He seized her in a powerful grip, and without saying a word, lifting her off the ground like a feather, he crossed the salon, reached the back door, and disappeared onto the stairway to the bedrooms with his living cargo, amid applause.

Rosa, who was teasing the former mayor, kissing him over and over and tugging on his two sideburns at the same time to keep his head steady, took advantage of the example: "Come on, do like him," she said. Then the old fellow stood up and, adjusting his vest, followed the girl while fishing in the pocket where his money rested.

Fernande and Madame remained alone with the four men, and Monsieur Philippe cried out: "I'm springing for champagne; Madame Tellier, send for three bottles."

Then Fernande, holding him tight, asked him in his ear: "Say, would you give us something to dance to?" He got up, and, sitting in front of the ancient spinet dormant in a corner, coaxed a waltz, a hoarse, maudlin waltz, out of the groaning belly of the machine. The big girl intertwined with the tax collector, Madame abandoned herself to the arms of Monsieur Vasse; and the two couples spun around while exchanging kisses. Monsieur Vasse, who had at one time danced in high society, made graceful moves, and Madame watched him with fascinated eyes, with eyes that answer "yes," a "yes" more discreet and more delicious than a word!

Frédéric brought the champagne. The first cork popped, and Monsieur Philippe struck the opening chords of a quadrille.

The four dancers marched it in the high-society fashion, properly, nobly, with affectations, bows and nods.

After which everyone began drinking. Then Monsieur Tournevau reappeared, sated, soothed, glowing. He shouted: "I don't know what's happened to Raphaële, but she's perfect tonight." Then, as they held out a glass to him, he emptied it in a single swig while murmuring: "Damn it, only the best will do!"

Immediately Monsieur Philippe began a lively polka, and Monsieur Tournevau threw himself into it with the comely Jewess, whom he was holding in the air, without letting her feet touch the ground. Monsieur Pimpesse and Monsieur Vasse were at it again with new zeal. From

pour lamper une flûte de vin mousseux; et cette danse menaçait de s'éterniser, quand Rosa entr'ouvrit la porte avec un bougeoir à la main. Elle était en cheveux, en savates, en chemise, tout animée, toute rouge:—«Je veux danser», cria-t-elle. Raphaële demanda:—«Et ton vieux?»—Rosa s'esclaffa:—«Lui? il dort déjà, il dort tout de suite.» Elle saisit M. Dupuis resté sans emploi sur le divan, et la polka recommença.

Mais les bouteilles étaient vides: «J'en paye une», déclara M. Tournevau;—«Moi aussi», annonça M. Vasse.—«Moi de même», conclut M. Dupuis. Alors tout le monde applaudit.

Cela s'organisait, devenait un vrai bal. De temps en temps même, Louise et Flora montaient bien vite, faisaient rapidement un tour de valse, pendant que leurs clients, en bas, s'impatientaient; puis elles retournaient en courant à leur café, avec le cœur gonflé de regrets.

A minuit, on dansait encore. Parfois une des filles disparaissait, et quand on la cherchait pour faire un vis-à-vis, on s'apercevait tout à coup qu'un des hommes aussi manquait.

—«D'où venez-vous donc?» demanda plaisamment M. Philippe, juste au moment où M. Pimpesse rentrait avec Fernande.—«De voir dormir M. Poulin», répondit le percepteur. Le mot eut un succès énorme; et tous, à tour de rôle, montaient voir dormir M. Poulin avec l'une ou l'autre des demoiselles, qui se montrèrent, cette nuit-là, d'une complaisance inconcevable. Madame fermait les yeux: et elle avait dans les coins de longs apartés avec M. Vasse comme pour régler les derniers détails d'une affaire entendue déjà.

Enfin, à une heure, les deux hommes mariés, M. Tournevau et M. Pimpesse, déclarèrent qu'ils se retiraient, et voulurent régler leur compte. On ne compta que le champagne, et, encore, à six francs la bouteille au lieu de dix francs, prix ordinaire. Et comme ils s'étonnaient de cette générosité, Madame, radieuse, leur répondit:

—Ça n'est pas tous les jours fête.

time to time one of the couples stopped close to the mantelpiece to gulp down a glass of bubbly wine; and that dance was threatening to go on forever, when Rosa opened the door slightly with a candlestick in her hand. She had her hair down, was wearing slippers and a camisole, all alive, all ruddy: "I want to dance," she yelled. Raphaële asked: "What about your old man?" Rosa burst out laughing: "Him? he's already asleep, he falls asleep right away." She grabbed Monsieur Dupuis, who was sitting unoccupied on the couch, and the polka began anew.

But the bottles were empty: "I'll buy one," declared Monsieur Tournevau. "Me too," stated Monsieur Vasse. "Same goes for me," concluded Monsieur Dupuis. Then everyone applauded.

Everything was coming together, was becoming a real ball. From time to time even, Louise and Flora would rush upstairs, quickly taking a whirl at the waltz, while their customers downstairs waited impatiently; then they would run back to their café, with their hearts bursting with sorrow.

At midnight, they were still dancing. Sometimes one of the girls would vanish, and when someone looked for her for a dance, they noticed suddenly that one of the men was also missing.

"Where have you been?" Monsieur Philippe asked jokingly, just at the moment when Monsieur Pimpesse returned with Fernande. "To see Monsieur Poulin sleeping," answered the tax collector. The remark was a big hit; and everyone, in turn, went up to see Monsieur Poulin sleep with one or another of the young ladies, who were proving themselves, that night, to be unbelievably indulgent. Madame turned a blind eye to it all: and she had long intrigues in the corners with Monsieur Vasse as if to work out the last details of an already established deal.

Finally, at one o'clock, the two married men, Monsieur Tournevau and Monsieur Pimpesse, announced they were going home, and wanted to settle their bill. They were charged only for the champagne, and, at that, only six francs per bottle instead of ten francs, the ordinary price. And when they expressed surprise at this generosity, Madame, aglow, answered them:

"It isn't every day that there's a celebration."

MADEMOISELLE FIFI

LE MAJOR, commandant prussien, comte de Farlsberg, achevait de lire son courrier, le dos au fond d'un grand fauteuil de tapisserie et ses pieds bottés sur le marbre élégant de la cheminée, où ses éperons, depuis trois mois qu'il occupait le château d'Uville, avaient tracé deux trous profonds, fouillés un peu plus tous les jours.

Une tasse de café fumait sur un guéridon de marqueterie maculé par les liqueurs, brûlé par les cigares, entaillé par le canif de l'officier conquérant qui, parfois, s'arrêtant d'aiguiser un crayon, traçait sur le meuble gracieux des chiffres ou des dessins, à la fantaisie de son rêve nonchalant.

Quand il eut achevé ses lettres et parcouru les journaux allemands que son vaguemestre venait de lui apporter, il se leva, et, après avoir jeté au feu trois ou quatre énormes morceaux de bois vert, car ces messieurs abattaient peu à peu le parc pour se chauffer, il s'approcha de la fenêtre.

La pluie tombait à flots, une pluie normande qu'on aurait dit jetée par une main furieuse, une pluie en biais, épaisse comme un rideau, formant une sorte de mur a raies obliques, une pluie cinglante, éclaboussante, noyant tout, une vraie pluie des environs de Rouen, ce pot de chambre de la France.

L'officier regarda longtemps les pelouses inondées, et, là-bas, l'Andelle gonflée qui débordait, et il tambourinait contre la vitre une valse du Rhin, quand un bruit le fit se retourner: c'était son second, le baron de Kelweingstein, ayant le grade équivalent à celui de capitaine.

Le major était un géant, large d'épaules, orné d'une longue barbe en éventail formant nappe sur sa poitrine; et toute sa grande personne solennelle éveillait l'idée d'un paon militaire, un paon qui aurait porté sa queue déployée à son menton. Il avait des yeux bleus, froids et doux, une joue fendue d'un coup de sabre dans la guerre d'Autriche, et on le disait brave homme autant que brave officier.

MADEMOISELLE FIFI

THE MAJOR, a Prussian commandant, the Count von Farlsberg, was finishing reading his mail, his back sunk into a large tapestry-upholstered armchair and his booted feet on the elegant marble of the mantelpiece, where his spurs, during the three months that he had occupied the Château d'Uville, had drawn two deep hollows, probed a little deeper every day.

A cup of coffee was steaming on a marquetry occasional table stained by liqueurs, burnt by cigars, gouged by the pocketknife of the conquering officer who, at times, when coming to a pause while sharpening a pencil, traced numbers or drawings on the graceful piece of furniture, at the whim of his carefree daydream.

When he was done with his letters and had skimmed the German newspapers which his mail officer had just brought him, he stood up, and, after having thrown three or four huge pieces of green wood on the fire, for these gentlemen were cutting down the park bit by bit in order to keep warm, he went over to the window.

The rain was pouring down in buckets, a Norman rain that looked as if cast down by a furious hand, a slanting rain, thick as a curtain, forming a sort of wall with sidelong stripes, a lashing rain, splattering, drowning everything, a true rain of the area around Rouen, that chamberpot of France.

The officer watched the flooded lawns for a long time, and, down further, the swollen Andelle which was overflowing; and he was tapping out a Rhine waltz against the window, when a noise made him turn around: it was his second in command, the Baron von Kelweingstein, having a rank equivalent to that of captain.

The Major was a giant, broad of shoulder, adorned with a long, fan-shaped beard forming a bib upon his chest; and all of his large, solemn being brought to mind a military peacock, a peacock that carried its tail spread under its chin. He had blue eyes, cold and gentle, a cheek split by the slash of a sword in the Austrian war, and he was known as a fine man as well as a fine officer.

Le capitaine, un petit rougeaud à gros ventre, sanglé de force, portait presque ras son poil ardent, dont les fils de feu auraient fait croire, quand ils se trouvaient sous certains reflets, sa figure frottée de phosphore. Deux dents perdues dans une nuit de noce, sans qu'il se rappelât au juste comment, lui faisaient cracher des paroles épaisses qu'on n'entendait pas toujours; et il était chauve du sommet du crâne seulement, tonsuré comme un moine, avec une toison de petits cheveux frisés, dorés et luisants, autour de ce cerceau de chair nue.

Le commandant lui serra la main, et il avala d'un trait sa tasse de café (la sixième depuis le matin), en écoutant le rapport de son subordonné sur les incidents survenus dans le service; puis tous deux se rapprochèrent de la fenêtre en déclarant que ce n'était pas gai. Le major, homme tranquille, marié chez lui, s'accommodait de tout; mais le baron capitaine, viveur tenace, coureur de bouges, forcené trousseur de filles, rageait d'être enfermé depuis trois mois dans la chasteté obligatoire de ce poste perdu.

Comme on grattait à la porte, le commandant cria d'ouvrir, et un homme, un de leurs soldats automates, apparut dans l'ouverture, disant par sa seule présence que le déjeuner était prêt.

Dans la salle ils trouvèrent les trois officiers de moindre grade: un lieutenant, Otto de Grossling; deux sous-lieutenants, Fritz Scheunaubourg et le marquis Wilhem d'Eyrik, un tout petit blondin fier et brutal avec les hommes, dur aux vaincus, et violent comme une arme à feu.

Depuis son entrée en France, ses camarades ne l'appelaient plus que Mlle Fifi. Ce surnom lui venait de sa tournure coquette, de sa taille fine qu'on aurait dit tenue en un corset, de sa figure pâle où sa naissante moustache apparaissait à peine, et aussi de l'habitude qu'il avait prise, pour exprimer son souverain mépris des êtres et des choses, d'employer à tout moment la locution française—*fi, fi donc*, qu'il prononçait avec un léger sifflement.

La salle à manger du château d'Uville était une longue et royale pièce dont les glaces de cristal ancien, étoilées de balles, et les hautes tapisseries des Flandres, tailladées à coups de sabre et pendantes par endroits, disaient les occupations de Mlle Fifi, en ses heures de désœuvrement.

Sur les murs, trois portraits de famille, un guerrier vêtu de fer, un cardinal et un président, fumaient de longues pipes de porcelaine, tandis qu'en son cadre dédoré par les ans, une noble dame à poitrine serrée montrait d'un air arrogant une énorme paire de moustaches faites au charbon.

Et le déjeuner des officiers s'écoula presque en silence dans cette

The Captain, a small ruddy-cheeked man with a fat belly, buckled up tightly in his uniform, wore his fiery beard very close cropped; its flaming wires would have made one believe, when they were under certain lighting, that his face had been rubbed with phosphorus. Two teeth lost during a night of carousing, without his recalling exactly how, caused him to spit out thick words which could not always be understood; and he was bald just on the top of his head, tonsured like a monk, with a fleece of little curly hairs, golden and shiny, around that hoop of naked flesh.

The Commandant shook his hand, and he swallowed his cup of coffee (the sixth since morning) in a single draught, as he listened to the report of his subordinate on the events that had taken place in the service; then both of them moved closer to the window saying that it wasn't much fun there. The Major, a calm man, with a wife back home, resigned himself to it all; but the Baron-Captain, a die-hard reveller, frequenter of seedy locales, fanatical skirt-chaser, was fuming at being imprisoned for three months in the obligatory chastity of that forsaken post.

As someone was scratching at the door, the Commandant called to come in, and a man, one of their machine-like soldiers, appeared in the doorway, announcing by his mere presence that lunch was ready.

In the room they found the three officers of lesser rank: a lieutenant, Otto von Grossling; two second lieutenants, Fritz Scheunaubourg and the Marquis Wilhem von Eyrik, a very small blonde man, proud and brutal with the men, hard on the conquered, and as violent as a firearm.

Ever since his arrival in France, his peers had called him nothing but Mademoiselle Fifi. This nickname came to him because of his foppish bearing, his thin waist that looked as if held in by a corset, his pale face where his budding whiskers were hardly visible, and also from the habit he'd acquired, in order to express his sovereign contempt for all beings and things, of using at all times the French locution *"fi, fi donc,"* which he pronounced with a slight whistle.

The dining room in the Château d'Uville was a long, regal chamber whose antique crystal mirrors, riddled with bullets, and tall Flemish tapestries, shredded by sword slashes and drooping in places, told of the hobbies of Mademoiselle Fifi in his leisure time.

On the walls, three family portraits, a warrior clad in iron, a cardinal and a judge, were smoking long porcelain pipes, while in her frame, whose gilt had worn off with the years, a noble lady with a pushed-up bust arrogantly displayed an enormous mustache done with coal.

And the officers' lunch went on almost in silence in that mutilated

pièce mutilée, assombrie par l'averse, attristante par son aspect vaincu, et dont le vieux parquet de chêne était devenu sordide comme un sol de cabaret.

A l'heure du tabac, quand ils commencèrent à boire, ayant fini de manger, ils se mirent, de même que chaque jour, à parler de leur ennui. Les bouteilles de cognac et de liqueurs passaient de main en main; et tous, renversés sur leurs chaises, absorbaient à petits coups répétés, en gardant au coin de la bouche le long tuyau courbé que terminait l'œuf de faience, toujours peinturluré comme pour séduire des Hottentots.

Dès que leur verre était vide, ils le remplissaient avec un geste de lassitude résignée. Mais M^{lle} Fifi cassait à tout moment le sien, et un soldat immédiatement lui en présentait un autre.

Un brouillard de fumée âcre les noyait, et ils semblaient s'enfoncer dans une ivresse endormie et triste, dans cette saoulerie morne des gens qui n'ont rien a faire.

Mais le baron, soudain, se redressa. Une révolte le secouait; il jura: «Nom de Dieu, ça ne peut pas durer, il faut inventer quelque chose à la fin.»

Ensemble le lieutenant Otto et le sous-lieutenant Fritz, deux Allemands doués éminemment de physionomies allemandes lourdes et graves, répondirent: «Quoi, mon capitaine?»

Il réfléchit quelques secondes, puis reprit: «Quoi? Eh bien, il faut organiser une fête, si le commandant le permet.»

Le major quitta sa pipe: «Quelle fête, capitaine?»

Le baron s'approcha: «Je me charge de tout, mon commandant. J'enverrai à Rouen *Le Devoir*, qui nous ramènera des dames: je sais où les prendre. On préparera ici un souper; rien ne manque d'ailleurs, et, au moins, nous passerons une bonne soirée.»

Le comte de Farlsberg haussa les épaules en souriant «Vous êtes fou, mon ami.»

Mais tous les officiers s'étaient levés, entouraient leur chef, le suppliaient: «Laissez faire le capitaine, mon commandant, c'est si triste ici.»

A la fin le major céda: «Soit», dit-il; el aussitôt le baron fit appeler *Le Devoir*. C'était un vieux sous-officier qu'on n'avait jamais vu rire, mais qui accomplissait fanatiquement tous les ordres de ses chefs, quels qu'ils fussent.

Debout, avec sa figure impassible, il reçut les instructions du baron; puis il sortit; et, cinq minutes plus tard, une grande voiture du train militaire, couverte d'une bâche de meunier tendue en dôme, détalait sous la pluie acharnée, au galop de quatre chevaux.

room, darkened by the rain shower, saddened by its conquered appearance, and whose old oak parquet had become as squalid as the floor of a cabaret.

At smoking time, when they started to drink, having finished eating, they began, as they did every day, to talk about their boredom. The bottles of cognac and liqueurs were passing from hand to hand; and all of them, sprawled in their chairs, were imbibing the alcohol in small, repeated sips, while keeping in the corners of their mouths the long curved tube that ended in a ceramic egg, always dabbed with paint as if to appeal to Hottentots.

As soon as their glasses were empty, they would refill them with a gesture of resigned lethargy. But Mademoiselle Fifi was always breaking his, and a soldier would immediately offer him another one.

A haze of acrid smoke was drowning them, and they seemed to be sinking into a sluggish and sad intoxication, into that dismal drunkenness of people who have nothing to do.

But the Baron suddenly sat up. A rebellion was shaking him; he swore: "God damn it, this can't go on, eventually we'll have to come up with something."

Together Lieutenant Otto and Second Lieutenant Fritz, two Germans eminently endowed with heavy and serious German faces, answered: "But what, Captain?"

He pondered a few seconds, then spoke again: "What? Well, we must throw a party, if the Commandant will allow it."

The Major removed his pipe: "What kind of party, Captain?"

The Baron came closer: "I'll take care of everything, Commandant. I'll send 'Duty' to Rouen to bring us back some ladies; I know where to get them. We'll fix a meal here; otherwise, we already have all we need, and, at least, we'll have a good evening."

The Count von Farlsberg shrugged his shoulders as he smiled: "You're mad, my friend."

But all the officers had risen, surrounding their leader, begging him: "Let the Captain do it, Commandant, it's so gloomy here."

In the end the Major gave in: "So be it," he said; and right away the Baron called for "Duty." He was an old noncommissioned officer whom no one had ever seen laugh, but who fanatically carried out all the orders of his superiors, whatever they might be.

On his feet, with his impassive face, he received the Baron's instructions; then he left; and, five minutes later, a large carriage from the military convoy, covered with a miller's canvas arranged as a dome, took off in the driving rain, with four horses at a gallop.

Aussitôt un frisson de réveil sembla courir dans les esprits; les poses alanguies se redressèrent, les visages s'animèrent et on se mit à causer.

Bien que l'averse continuât avec autant de furie, le major affirma qu'il faisait moins sombre, et le lieutenant Otto annonçait avec conviction que le ciel allait s'éclaircir. Mlle Fifi elle-même ne semblait pas tenir en place. Elle se levait, se rasseyait. Son œil clair et dur cherchait quelque chose à briser. Soudain, fixant la dame aux moustaches, le jeune blondin tira son revolver.

«Tu ne verras pas cela toi», dit-il; et, sans quitter son siège, il visa. Deux balles successivement crevèrent les deux yeux du portrait.

Puis il s'écria: «Faisons la mine!» Et brusquement les conversations s'interrompirent, comme si un intérêt puissant et nouveau se fût emparé de tout le monde.

La mine, c'était son invention, sa manière de détruire, son amusement préféré.

En quittant son château, le propriétaire légitime, le comte Fernand d'Amoys d'Uville, n'avait eu le temps de rien emporter ni de rien cacher, sauf l'argenterie enfouie dans le trou d'un mur. Or, comme il était fort riche et magnifique, son grand salon, dont la porte ouvrait dans la salle à manger, présentait, avant la fuite precipitée du maître, l'aspect d'une galerie de musée.

Aux murailles pendaient des toiles, des dessins et des aquarelles de prix, tandis que sur les meubles, les étagères, et dans les vitrines élégantes, mille bibelots, des potiches, des statuettes, des bonshommes de Saxe et des magots de Chine, des ivoires anciens et des verres de Venise, peuplaient le vaste appartement de leur foule précieuse et bizarre.

Il n'en restait guère maintenant. Non qu'on les eût pillés, le major comte de Farlsberg ne l'aurait point permis; mais Mlle Fifi, de temps en temps, faisait la *mine;* et tous les officiers, ce jour-là, s'amusaient vraiment pendant cinq minutes.

Le petit marquis alla chercher dans le salon ce qu'il lui fallait. Il rapporta une toute mignonne théière de Chine famille Rose qu'il emplit de poudre à canon, et, par le bec, il introduisit délicatement un long morceau d'amadou. l'alluma, et courut reporter cette machine infernale dans l'appartement voisin.

Puis il revint bien vite, en fermant la porte. Tous les Allemands attendaient, debout, avec la figure souriante d'une curiosité enfantine; et, dès que l'explosion eut secoué le château, ils se précipitèrent ensemble.

Mlle Fifi, entrée la première, battait des mains avec délire devant une Vénus de terre cuite dont la tête avait enfin sauté; et chacun ramassa

Right away a shiver of awakening seemed to course through their minds; their languid postures snapped erect, their faces grew lively and they began to chat.

Although the downpour continued with just as much fury, the Major stated that it was less dark, and Lieutenant Otto announced with conviction that the sky was going to clear up. Mademoiselle Fifi herself seemed unable to sit still. She would get up and sit back down. Her bright, hard eyes were looking for something to break. Suddenly, staring at the lady with the mustache, the young blonde drew his revolver.

"*You* won't be seeing the party," he said; and without leaving his seat, he aimed. Two bullets in succession pierced the two eyes of the portrait.

Then he shouted: "Let's play Mine!" And suddenly the conversations halted, as if a powerful and new interest had taken hold of everyone.

Mine was his brainchild, his way of destroying, his favorite amusement.

When he left his château, the legitimate owner, Count Fernand d'Amoys d'Uville, hadn't had the time to take anything along or to hide anything, except for the silverware stashed in a hole in one wall. Now, since he was quite wealthy and magnificent, before the hasty flight of the owner, his great hall, whose door opened into the dining room, had the look of a gallery in a museum.

On the walls hung canvases, drawings, and watercolors of great worth, while on the furniture and étagères, and in the elegant curio cabinets, a thousand trinkets, vases, statuettes, Dresden figurines and Chinese ceramic figures, antique ivories and Venetian glasses, populated the vast chamber with their precious and bizarre multitude.

There was hardly anything left of it now. Not that they were pilfered, the Major, Count von Farlsberg, wouldn't have allowed that; but Mademoiselle Fifi, from time to time, played Mine; and all the officers, on that day, would really amuse themselves for five minutes.

The little Marquis went to the salon to look for what he needed. He brought back a very delicate *famille rose* china teapot which he filled with gunpowder, and, through the spout, he gingerly inserted a long piece of tinder, lit it and, at a run, brought that infernal machine back into the neighboring chamber.

Then he returned very quickly, closing the door. All the Germans waited, on foot, with the smiling faces of childish curiosity; and, as soon as the explosion had rocked the château, they hurried over together.

Mademoiselle Fifi, first to enter, clapped her hands with delight in front of a terra-cotta Venus whose head had finally blown off; and each

des morceaux de porcelaine, s'étonnant aux dentelures étranges des éclats, examinant les dégâts nouveaux, contestant certains ravages comme produits par l'explosion précédente; et le major considérait d'un air paternel le vaste salon bouleversé par cette mitraille à la Néron et sablé de débris d'objets d'art. Il en sortit le premier, en déclarant avec bonhomie: «Ça a bien réussi, cette fois.»

Mais une telle trombe de fumée était entrée dans la salle à manger, se mêlant à celle du tabac, qu'on ne pouvait plus respirer. Le commandant ouvrit la fenêtre, et tous les officiers, revenus pour boire un dernier verre de cognac, s'en approchèrent.

L'air humide s'engouffra dans la pièce, apportant une sorte de poussière d'eau qui poudrait les barbes et une odeur d'inondation. Ils regardaient les grands arbres accablés sous l'averse, la large vallée embrumée par ce dégorgement des nuages sombres et bas, et tout au loin le clocher de l'église dressé comme une pointe grise dans la pluie battante.

Depuis leur arrivée, il n'avait plus sonné. C'était, du reste, la seule résistance que les envahisseurs eussent rencontrée aux environs: celle du clocher. Le curé ne s'était nullement refusé à recevoir et à nourrir des soldats prussiens; il avait même plusieurs fois accepté de boire une bouteille de bière ou de bordeaux avec le commandant ennemi, qui l'employait souvent comme intermédiaire bienveillant; mais il ne fallait pas lui demander un seul tintement de sa cloche; il se serait plutôt laissé fusiller. C'était sa manière à lui de protester contre l'invasion, protestation pacifique, protestation du silence, la seule, disait-il, qui convînt au prêtre, homme de douceur et non de sang; et tout le monde, à dix lieues à la ronde, vantait la fermeté, l'héroïsme de l'abbé Chantavoine, qui osait affirmer le deuil public, le proclamer, par le mutisme obstiné de son église.

Le village entier, enthousiasmé par cette résistance, était prêt à soutenir jusqu'au bout son pasteur, à tout braver, considérant cette protestation tacite comme la sauvegarde de l'honneur national. Il semblait aux paysans qu'ils avaient ainsi mieux mérité de la patrie que Belfort et que Strasbourg, qu'ils avaient donné un exemple équivalent, que le nom du hameau en deviendrait immortel; et, hormis cela, ils ne refusaient rien aux Prussiens vainqueurs.

Le commandant et ses officiers riaient ensemble de ce courage in-

of them picked up shards of porcelain, surprised at the strange jagged edges of the splinters, examining the new damage, claiming that certain bits of wreckage were results of the previous explosion; and the Major regarded with a paternal air the vast salon torn apart by this Nero-like hail of shrapnel and strewn with broken bits of objets d'art. He was the first to leave, declaring with good humor: "It was a real success, this time."

But such a whirlwind of smoke had entered the dining room, mixing with that of the tobacco, that it was no longer possible to breathe. The Commandant opened the window, and all the officers, having returned to drink a last glass of cognac, went over to it.

The humid air swept into the room, bringing along a sort of atomized water, which dusted their beards, and a smell of flooding. They looked at the tall trees overwhelmed by the downpour, the broad valley fogged in by this spewing of dark, low clouds, and far in the distance the bell tower of the church standing erect like a gray dot in the pounding rain.

Since their arrival, it had no longer rung. Indeed, this was the only resistance that the invaders had encountered in the region: that of the bell tower. The priest had in no way refused to welcome and feed Prussian soldiers; he had even on several occasions agreed to drink a bottle of beer or Bordeaux with the enemy Commandant, who often used him as a benevolent intermediary; but it was out of the question to ask him for a single peal of his bell; he would sooner have been shot. It was his way of protesting against the invasion, a peaceful protest, a protest of silence, the only kind, he used to say, that befitted a priest, a man of gentleness, not of blood; and everyone within a ten-league radius praised the firmness, the heroism of Father Chantavoine, who dared to express the public mourning, to proclaim it, by the stubborn muteness of his church.

The whole village, exhilarated by this resistance, was ready to support its pastor to the very end, to brave anything, reckoning this quiet protest to be the safeguard of their national honor. It seemed to the countryfolk that in this way they'd deserved better of their country than ·Belfort and Strasbourg,* that they'd given an equivalent example, that the name of the hamlet would thereby become immortal; and, but for this, they refused nothing to the Prussian conquerors.

The Commandant and his officers laughed together at this harmless

*Cities that had resisted the Germans firmly during the Franco-Prussian War.

offensif; et comme le pays entier se montrait obligeant et souple à leur égard, ils toléraient volontiers son patriotisme muet.

Seul, le petit marquis Wilhem aurait bien voulu forcer la cloche à sonner. Il enrageait de la condescendance politique de son supérieur pour le prêtre: et chaque jour il suppliait le commandant de le laisser faire «Ding-don-don», une fois, une seule petite fois pour rire un peu seulement. Et il demandait cela avec des grâces de chatte, des cajoleries de femme, des douceurs de voix d'une maîtresse affolée par une envie; mais le commandant ne cédait point, et M^{lle} Fifi, pour se consoler, faisait la *mine* dans le château d'Uville.

Les cinq hommes restèrent là, en tas, quelques minutes, aspirant l'humidité. Le lieutenant Fritz, enfin, prononça en jetant un rire pâteux: «Ces temoiselles técitément n'auront pas peau temps pour leur bromenate.»

Là-dessus, on se sépara, chacun allant à son service, et le capitaine ayant fort à faire pour les préparatifs du dîner.

Quand ils se retrouvèrent de nouveau à la nuit tombante, ils se mirent à rire en se voyant tous coquets et reluisants comme aux jours de grande revue, pommadés, parfumés, tout frais. Les cheveux du commandant semblaient moins gris que le matin; et le capitaine s'était rasé, ne gardant que sa moustache, qui lui mettait une flamme sous le nez.

Malgré la pluie, on laissait la fenêtre ouverte; et l'un d'eux parfois allait écouter. A six heures dix minutes le baron signala un lointain roulement. Tous se précipitèrent; et bientôt la grande voiture accourut, avec ses quatre chevaux toujours au galop, crottés jusqu'au dos, fumants et soufflants.

Et cinq femmes descendirent sur le perron, cinq belles filles choisies avec soin par un camarade du capitaine à qui *Le Devoir* était allé porter une carte de son officier.

Elles ne s'étaient point fait prier, sûres d'être bien payées, connaissant d'ailleurs les Prussiens, depuis trois mois qu'elles en tâtaient, et prenant leur parti des hommes comme des choses. «C'est le métier qui veut ça», se disaient-elles en route, pour répondre sans doute à quelque picotement secret d'un reste de conscience.

Et tout de suite on entra dans la salle à manger. Illuminée, elle semblait plus lugubre encore en son délabrement piteux; et la table couverte de viandes, de vaisselle riche et d'argenterie retrouvée dans le mur où l'avait cachée le propriétaire, donnait à ce lieu l'aspect d'une taverne de bandits qui soupent après un pillage. Le capitaine, radieux, s'empara des femmes comme d'une chose familière, les appréciant, les

bravery; and as the region as a whole was proving itself obliging and accommodating to them, they willingly tolerated its mute patriotism.

Alone among them, the little Marquis Wilhem would've liked to force the bell to ring. He was enraged by the political condescension of his superior to the priest: and each day he besought the Commandant to let him go "Ding-dong," once, just once, only for laughs. And he would ask this with the charm of a pussycat, with the playfulness of a woman, with the sweetness of voice of a mistress stricken by a desire; but the Commandant wouldn't give in, and Mademoiselle Fifi, to console herself, would play Mine in the Château d'Uville.

The five men remained there, huddled together, for a few minutes, breathing in the humidity. Lieutenant Fritz, finally, said while tossing off a husky laugh: "Dose ladies surely von't haff good veather for deir ride."

Upon which, they separated, each going to his duty, and the Captain having much to do for the dinner preparations.

When they gathered once again at nightfall, they began to laugh at seeing one another all gussied up and gleaming as on review days, pomaded, perfumed, all clean. The Commandant's hair seemed less gray than in the morning; and the Captain had shaved, keeping only his mustache, which resembled a flame under his nose.

Despite the rain, they left the window open; and one of them sometimes would go to listen. At ten past six, the Baron indicated a distant rolling. They all hurried over; and soon the large carriage rushed up, with its four horses still at a gallop, muddy up to their backs, steaming and panting.

And five women stepped down onto the front walk, five beautiful girls chosen with care by a friend of the Captain's, to whom "Duty" had gone to bring his officer's card.

The women hadn't needed any persuasion; they were sure of being well paid and, besides, were familiar with Prussian men, having tried them out for three months, and being used to make the best of everything, whether men or objects. "The profession requires it," they told themselves on the road, to respond, no doubt, to some secret prickling of a remnant of conscience.

And right away they entered the dining room. Lit up, it seemed even more gloomy in its pitiable disrepair; and the table covered with meats, expensive china and silver found in the wall where the owner had hidden it, gave that place the look of an inn of thieves supping after a pillage. The Captain, glowing, laid hold of the women as one would a familiar object, looking them over, kissing them, smelling them, eval-

embrassant, les flairant, les évaluant à leur valeur de filles à plaisir; et comme les trois jeunes gens voulaient en prendre chacun une, il s'y opposa avec autorité, se réservant de faire le partage, en toute justice, suivant les grades, pour ne blesser en rien la hiérarchie.

Alors, afin d'éviter toute discussion, toute contestation et tout soupçon de partialité, il les aligna par rang de taille, et s'adressant à la plus grande, avec le ton du commandement: «Ton nom?»

Elle répondit en grossissant sa voix: «Paméla.»

Alors il proclama: «Numéro un, la nommée Paméla, adjugée au commandant.»

Ayant ensuite embrassé Blondine, la seconde, en signe de propriété, il offrit au lieutenant Otto la grosse Amanda, Éva *la Tomate* au sous-lieutenant Fritz, et la plus petite de toutes, Rachel, une brune toute jeune, à l'œil noir comme une tache d'encre, une juive dont le nez retroussé confirmait la règle qui donne des becs courbes à toute sa race, au plus jeune des officiers, au frêle marquis Wilhem d'Eyrik.

Toutes, d'ailleurs, étaient jolies et grasses, sans physionomies bien distinctes, faites à peu près pareilles de tournure et de peau par les pratiques d'amour quotidiennes et la vie commune des maisons publiques.

Les trois jeunes gens prétendaient tout de suite entraîner leurs femmes, sous prétexte de leur offrir des brosses et du savon pour se nettoyer; mais le capitaine s'y opposa sagement, affirmant qu'elles étaient assez propres pour se mettre à table et que ceux qui monteraient voudraient changer en descendant et troubleraient les autres couples. Son expérience l'emporta. Il y eut seulement beaucoup de baisers, des baisers d'attente.

Soudain, Rachel suffoqua, toussant aux larmes, et rendant de la fumée par les narines. Le marquis, sous prétexte de l'embrasser, venait de lui souffler un jet de tabac dans la bouche. Elle ne se fâcha point, ne dit pas un mot, mais elle regarda fixement son possesseur avec une colère éveillée tout au fond de son œil noir.

On s'assit. Le commandant lui-même semblait enchanté; il prit à sa droite Paméla, Blondine à sa gauche et déclara, en dépliant sa serviette: «Vous avez eu là une charmante idée, capitaine.»

Les lieutenants Otto et Fritz, polis comme auprès de femmes du monde, intimidaient un peu leurs voisines; mais le baron de Kelweingstein, lâché dans son vice, rayonnait, lançait des mots grivois, semblait en feu avec sa couronne de cheveux rouges. Il galantisait en français du Rhin; et ses compliments de taverne, expectorés par le trou des deux dents brisées, arrivaient aux filles au milieu d'une mitraille de salive.

Elles ne comprenaient rien, du reste; et leur intelligence ne sembla

uating their worth as women of pleasure; and when the three young
men wanted to take one apiece, he opposed this with authority, re-
serving for himself the privilege of making the allocations, by rights,
according to rank, so as not to offend against hierarchy in any way.

Then, in order to avoid any arguments, any protests and any suspi-
cion of bias, he lined them up by height, and addressed the tallest, with
the tone of command: "Your name?"

She replied, raising her voice: "Paméla."

Then he proclaimed: "Number one, going by the name of Paméla,
is allotted to the Commandant."

Having then kissed Blondine, the second one, as a sign of ownership,
he offered the plump Amanda to Lieutenant Otto, Éva "the Tomato"
to Second Lieutenant Fritz, and the shortest of all, Rachel, a very young
brunette, with dark eyes like ink stains, a Jewess whose snub nose
proved the rule that gives hooked beaks to all her race, to the youngest
of the officers, to the slightly built Marquis Wilhem von Eyrik.

Anyway, all the women were pretty and plump, without distinctive
faces, made more or less alike in figure and complexion by the daily
practice of love-making and the communal life of houses of ill repute.

The three young men attempted to lead their women off right away,
under the pretext of offering them brushes and soap to clean them-
selves up; but the Captain wisely disallowed it, stating that they were
clean enough to sit at the table and that those who went upstairs would
want to swap when they came back down and would disturb the other
couples. His experience prevailed. There were only lots of kisses, kisses
of anticipation.

Suddenly, Rachel gagged, coughing till she had tears in her eyes and
spouting smoke through her nostrils. The Marquis, under the pretext
of kissing her, had just blown a puff of tobacco in her mouth. She
didn't grow angry, didn't say a word, but she looked steadily at her pos-
sessor with a wrath stirring deep in her black eyes.

They sat down. The Commandant himself seemed delighted; he put
Paméla on his right, Blondine on his left, and said, unfolding his nap-
kin: "You had a lovely idea there, Captain."

Lieutenants Otto and Fritz, polite as if in the company of society
women, intimidated their neighbors a bit: but the Baron von
Kelweingstein, unleashed in his vice, was beaming, threw out racy
words, seemed on fire with his crown of red hair. He flirted in Rhenish
French; and his beer-hall compliments, spat out through the gap made
by his two broken teeth, reached the girls amid a hail of saliva.

They understood nothing, anyway; and their minds only seemed to

s'éveiller que lorsqu'il cracha des paroles obscènes, des expressions crues, estropiées par son accent. Alors toutes, ensemble, elles commencèrent à rire comme des folles, tombant sur le ventre de leurs voisins, répétant les termes que le baron se mit alors à défigurer à plaisir pour leur faire dire des ordures. Elles en vomissaient à volonté, soûles aux premières bouteilles de vin; et, redevenant elles, ouvrant la porte aux habitudes, elles embrassaient les moustaches de droite et celles de gauche, pinçaient les bras, poussaient des cris furieux, buvaient dans tous les verres, chantaient des couplets français et des bouts de chansons allemandes appris dans leurs rapports quotidiens avec l'ennemi.

Bientôt les hommes eux-mêmes, grisés par cette chair de femme étalée sous leur nez et sous leurs mains, s'affolèrent, hurlant, brisant la vaisselle, tandis que, derrière leur dos, des soldats impassibles les servaient.

Le commandant seul gardait de la retenue.

M^{lle} Fifi avait pris Rachel sur ses genoux, et, s'animant à froid, tantôt il embrassait follement les frisons d'ébène de son cou, humant par le mince intervalle entre la robe et la peau la douce chaleur de son corps et tout le fumet de sa personne; tantôt à travers l'étoffe, il la pinçait avec fureur, la faisant crier, saisi d'une férocité rageuse, travaillé par son besoin de ravage. Souvent aussi, la tenant à pleins bras, l'étreignant comme pour la mêler à lui, il appuyait longuement ses lèvres sur la bouche fraîche de la juive, la baisait à perdre haleine; mais soudain il la mordit si profondément qu'une traînée de sang descendit sur le menton de la jeune femme et coula dans son corsage.

Encore une fois, elle le regarda bien en face, et, lavant la plaie, murmura: «Ça se paye, cela.» Il se mit à rire, d'un rire dur. «Je payerai», dit-il.

On arrivait au dessert; on versait du champagne. Le commandant se leva, et du même ton qu'il aurait pris pour porter la santé de l'impératrice Augusta, il but:

«A nos dames!» Et une série de toasts commença, des toasts d'une galanterie de soudards et de pochards, mêlés de plaisanteries obscènes, rendues plus brutales encore par l'ignorance de la langue.

Ils se levaient l'un après l'autre, cherchant de l'esprit, s'efforçant d'être drôles; et les femmes, ivres à tomber, les yeux vagues, les lèvres pâteuses, applaudissaient chaque fois éperdument.

Le capitaine, voulant sans doute rendre à l'orgie un air galant, leva encore une fois son verre, et prononça: «A nos victoires sur les cœurs!»

awaken when he spat obscene words, crude expressions, mutilated by his accent. Then they all, together, began to laugh like madwomen, falling on the bellies of their neighbors, repeating the words that the Baron then began to disfigure unrestrainedly so as to get them to say dirty things. They willingly regurgitated them, drunk on the first bottles of wine; and, becoming their true selves once again, opening the door to their habits, they were kissing the mustaches on the right and those on the left, pinching their arms, letting loose furious cries, drinking from all the glasses, singing French couplets and snatches of German songs learned during their daily interactions with the enemy.

Soon the men themselves, woozy from all that female flesh displayed under their noses and under their hands, went into a frenzy, howling, breaking the dishes, while, behind their backs, stony-faced soldiers were serving them.

Only the Commandant maintained self-control.

Mademoiselle Fifi had taken Rachel on his knees, and, growing coldly excited, now he would kiss madly the wisps of ebony on her neck, inhaling through the slight gap between her dress and skin the sweet warmth of her body and all the bouquet of her being, and now he would pinch her hard through the cloth, making her scream; he was gripped by a raging ferocity, tormented by his need to wreak havoc. Often as well, holding her squarely in his arms, clutching her as if to meld with her, he would press his lips at length upon the Jewess' fresh mouth, kissing her so hard that she lost her breath; but suddenly he bit her so deeply that a trail of blood dripped down the young woman's chin and flowed into her blouse.

Yet again, she looked him right in the face, and, cleaning the wound, murmured: "You'll pay for that." He began to laugh, a hard laugh. "Sure I'll pay," he said.

They arrived at dessert; champagne was poured. The Commandant stood up, and in the same tone he would've taken to toast the health of the Empress Augusta, he drank:

"To our ladies!" And a series of toasts began, toasts of a gallantry befitting drunken ruffians, mixed with obscene jokes, made even cruder by their ignorance of the language.

They got up one after the other, trying to be witty, forcing themselves to be funny; and the women, falling-down drunk, with glassy eyes and sticky lips, applauded wildly each time.

The Captain, no doubt wishing to give the orgy an air of chivalry, raised his glass yet again, and proclaimed: "To our victories over hearts!"

Alors le lieutenant Otto, espèce d'ours de la forêt Noire, se dressa, enflammé, saturé de boissons. Et envahi brusquement de patriotisme alcoolique, il cria: «A nos victoires sur la France!»

Toutes grises qu'elles étaient, les femmes se turent; et Rachel, frissonnante, se retourna: «Tu sais, j'en connais des Français, devant qui tu ne dirais pas ça.»

Mais le petit marquis, la tenant toujours sur ses genoux, se mit à rire, rendu très gai par le vin: «Ah! ah! ah! je n'en ai jamais vu, moi. Sitôt que nous paraissons, ils foutent le camp!»

La fille, exaspérée, lui cria dans la figure: «Tu mens, salop!»

Durant une seconde, il fixa sur elle ses yeux clairs, comme il les fixait sur les tableaux dont il crevait la toile à coups de revolver, puis il se mit à rire: «Ah! oui, parlons-en, la belle! serions-nous ici, s'ils étaient braves!» Et il s'animait: «Nous sommes leurs maîtres! à nous la France!»

Elle quitta ses genoux d'une secousse et retomba sur sa chaise. Il se leva, tendit son verre jusqu'au milieu de la table et répéta: «A nous la France et les Français, les bois, les champs et les maisons de France!»

Les autres, tout à fait soûls, secoués soudain par un enthousiasme militaire, un enthousiasme de brutes, saisirent leurs verres en vociférant: «Vive la Prusse!» et les vidèrent d'un seul trait.

Les filles ne protestaient point, réduites au silence et prises de peur. Rachel elle-même se taisait, impuissante à répondre.

Alors, le petit marquis posa sur la tête de la juive sa coupe de champagne emplie à nouveau: «A nous aussi, cria-t-il, toutes les femmes de France!»

Elle se leva si vite, que le cristal, culbuté, vida, comme pour un baptême, le vin jaune dans ses cheveux noirs, et il tomba, se brisant à terre. Les lèvres tremblantes, elle bravait du regard l'officier qui riait toujours, et elle balbutia, d'une voix étranglée de colère: «Ça, ça, ça n'est pas vrai, par exemple, vous n'aurez pas les femmes de France.»

Il s'assit pour rire à son aise, et, cherchant l'accent parisien: «Elle est pien ponne, pien ponne, qu'est-ce alors que tu viens faire ici, pétite?»

Interdite, elle se tut d'abord, comprenant mal dans son trouble, puis, dès qu'elle eut bien saisi ce qu'il disait, elle lui jeta, indignée et véhémente: «Moi! moi! Je ne suis pas une femme, moi, je suis une putain; c'est bien tout ce qu'il faut à des Prussiens.»

Elle n'avait point fini qu'il la giflait à toute volée; mais comme il levait encore une fois la main, affolée de rage, elle saisit sur la table un

Then Lieutenant Otto, a sort of bear from the Black Forest, rose up, inflamed, saturated with drink. And, suddenly overcome with alcoholic patriotism, he cried out: "To our victories over France!"

As plastered as they were, the women fell silent; and Rachel, shaking, turned around: "You know, I'm acquainted with some Frenchmen you wouldn't say that in front of."

But the little Marquis, still holding her on his knees, began to laugh, being put into a jolly mood by the wine: "Ha! ha! ha! I've never seen any like that myself. As soon as we show up, they scurry off!"

The girl, infuriated, screamed in his face: "You're lying, you bastard!"

For a second, he fixed his light eyes on her, as he used to fix them on the paintings whose canvas he pierced with revolver shots, then he began to laugh: "Ah! yes, let's talk about it, my pretty! Would we be here if they had any courage?" And he grew excited: "We are their masters! France is ours!"

She left his knees with a bound and fell back onto her chair. He stood up, held out his glass to the middle of the table and repeated: "France is ours, and the French, the forests, the fields and the houses of France!"

The others, completely drunken, shaken suddenly by a military enthusiasm, an enthusiasm of roughnecks, grabbed their glasses while shouting: "Long live Prussia!" and they emptied them in a single draught.

The girls weren't protesting, reduced to silence and overtaken by fear. Rachel herself kept quiet, powerless to respond.

Then, the little Marquis placed his refilled goblet of champagne on the Jewess' head: "And all the women of France," he shouted, "are ours as well!"

She got up so quickly that the glass, tumbling, emptied out the yellow wine in her black hair, as if for a baptism, and fell, smashing against the ground. Her lips quivering, she glowered at the officer who was still laughing, and she stammered, in a voice choked with anger: "That, that, that's not true, no, indeed, you won't have the women of France."

He sat down to laugh more comfortably, and, attempting a Parisian accent: "She's really funny, really funny; den vat are you doing here, liddle girl?"

Taken aback, she was silent at first, not understanding him clearly in her agitation; then, as soon as she'd grasped what he was saying, she spewed out at him, indignant and vehement: "Me! me! *I'm* not a woman, I'm a whore; that's all that befits the Prussians."

She hadn't finished when he slapped her with full force; but as he was once again raising his hand, the woman, overwrought with anger,

petit couteau de dessert à lame d'argent, et si brusquement, qu'on ne vit rien d'abord, elle le lui piqua droit dans le cou, juste au creux où la poitrine commence.

Un mot qu'il prononçait fut coupé dans sa gorge; et il resta béant, avec un regard effroyable.

Tous poussèrent un rugissement, et se levèrent en tumulte; mais ayant jeté sa chaise dans les jambes du lieutenant Otto, qui s'écroula tout au long, elle courut à la fenêtre, l'ouvrit avant qu'on eût pu l'atteindre, et s'élança dans la nuit, sous la pluie qui tombait toujours.

En deux minutes, M^{lle} Fifi fut morte. Alors Fritz et Otto dégainèrent et voulurent massacrer les femmes, qui se traînaient à leur genoux. Le major, non sans peine, empêcha cette boucherie, fit enfermer dans une chambre, sous la garde de deux hommes, les quatre filles éperdues; puis comme s'il eût disposé ses soldats pour un combat, il organisa la poursuite de la fugitive, bien certain de la reprendre.

Cinquante hommes, fouettés de menaces, furent lancés dans le parc. Deux cents autres fouillèrent les bois et toutes les maisons de la vallée.

La table, desservie en un instant, servait maintenant de lit mortuaire, et les quatre officiers, rigides, dégrisés, avec la face dure des hommes de guerre en fonctions, restaient debout près des fenêtres, sondaient la nuit.

L'averse torrentielle continuait. Un clapotis continu emplissait les ténèbres, un flottant murmure d'eau qui tombe et d'eau qui coule, d'eau qui dégoutte et d'eau qui rejaillit.

Soudain, un coup de feu retentit, puis un autre très loin; et, pendant quatre heures, on entendit ainsi de temps en temps des détonations proches ou lointaines et des cris de ralliement, des mots étranges lancés comme appel par des voix gutturales.

Au matin, tout le monde rentra. Deux soldats avaient été tués, et trois autres blessés par leurs camarades dans l'ardeur de la chasse et l'effarement de cette poursuite nocturne.

On n'avait pas retrouvé Rachel.

Alors les habitants furent terrorisés, les demeures bouleversées, toute la contrée parcourue, battue, retournée. La juive ne semblait pas avoir laissé une seule trace de son passage.

Le général, prévenu, ordonna d'étouffer l'affaire, pour ne point donner de mauvais exemples dans l'armée, et il frappa d'une peine disciplinaire le commandant, qui punit ses inférieurs. Le général avait dit: «On ne fait pas la guerre pour s'amuser et caresser des filles publiques.» Et le comte de Farlsberg, exaspéré, résolut de se venger sur le pays.

grabbed a little silver-bladed dessert knife from the table, and so swiftly that no one saw anything at first, she planted it straight in his neck, right in the hollow where the chest begins.

A word which he was uttering was cut off in his throat; and he remained wide-mouthed, with a horrifying look in his eyes.

They all let loose a roar, and got to their feet in a tumult; but having thrown her chair against the legs of Lieutenant Otto, who fell full-length on the floor, she ran to the window, opened it before they could reach her, and threw herself into the night, under the rain that was still falling.

In two minutes, Mademoiselle Fifi was dead. Then Fritz and Otto drew their swords and wanted to slaughter the women, who were down on their knees. The Major, not without difficulty, prevented this butchery, locked the four panic-stricken girls away in a room, under the guard of two men; then, as if he were marshaling his soldiers for a battle, he organized the pursuit of the fugitive, quite sure of capturing her.

Fifty men, pelted with threats, were thrown onto the grounds. Two hundred others searched the woods and all the houses in the valley.

The table, cleared in an instant, now served as a bed for lying in state, and the four officers, stiff, sobered up, with the hard faces of military men on active duty, remained standing near the windows, probing the night.

The torrential downpour went on. A steady lapping filled the darkness, a floating murmur of falling water and of running water, of dripping water and of spurting water.

Suddenly, a shot rang out, then another very far off; and, for four hours, one could thus hear from time to time firings near or far and rallying cries, strange words uttered as a call to arms by guttural voices.

In the morning, everyone returned. Two soldiers had been killed, and three others wounded by their comrades in the heat of the chase and the frenzy of that nocturnal pursuit.

They hadn't found Rachel.

Then the citizens were terrorized, their homes ransacked, the entire region gone over, combed, upturned. The Jewess didn't seem to have left a single trace of her flight.

The General, made aware of the situation, ordered that the matter be hushed up, so as not to give a bad example to the army, and he slapped a disciplinary penalty on the Commandant, who punished his inferiors. The General had said: "We don't go to war to have fun and fondle whores." And the Count von Farlsberg, infuriated, resolved to avenge himself on the region.

Comme il lui fallait un prétexte afin de sévir sans contrainte, il fit venir le curé et lui ordonna de sonner la cloche à l'enterrement du marquis d'Eyrik.

Contre toute attente, le prêtre se montra docile, humble, plein d'égards. Et quand le corps de M^{lle} Fifi, porté par des soldats, précédé, entouré, suivi de soldats qui marchaient le fusil chargé, quitta le château d'Uville, allant au cimetière, pour la première fois la cloche tinta son glas funèbre avec une allure allègre, comme si une main amie l'eût caressée.

Elle sonna le soir encore, et le lendemain aussi, et tous les jours; elle carillonna tant qu'on voulut. Parfois même, la nuit, elle se mettait toute seule en branle, et jetait doucement deux ou trois sons dans l'ombre, prise de gaietés singulières, réveillée on ne sait pourquoi. Tous les paysans du lieu la dirent alors ensorcelée; et personne, sauf le curé et le sacristain, n'approchait plus du clocher.

C'est qu'une pauvre fille vivait là-haut, dans l'angoisse et la solitude, nourrie en cachette par ces deux hommes.

Elle y resta jusqu'au départ des troupes allemandes. Puis, un soir, le curé ayant emprunté le char à bancs du boulanger, conduisit lui-même sa prisonnière jusqu'à la porte de Rouen. Arrivé là, le prêtre l'embrassa; elle descendit et regagna vivement à pied le logis public, dont la patronne la croyait morte.

Elle en fut tirée quelque temps après par un patriote sans préjugés qui l'aima pour sa belle action, puis l'ayant ensuite chérie pour elle-même, l'épousa, en fit une Dame qui valut autant que beaucoup d'autres.

As he needed a pretext to act ruthlessly without restraint, he summoned the priest and ordered him to ring the bell at the burial of the Marquis von Eyrik.

Contrary to all expectations, the priest was docile, humble, full of respect. And when the body of Mademoiselle Fifi, carried by soldiers, preceded, surrounded, followed by soldiers marching with loaded weapons, left the Château d'Uville, going to the cemetery, for the first time the bell rang its death knell at a lively tempo, as if a friendly hand were caressing it.

It rang again in the evening, and the following day as well, and every day; it chimed as much as one wished. Sometimes, even, at night it would begin to move on its own, and gently cast two or three sounds into the darkness, overcome by a peculiar mirth, aroused by who knows what. All the countryfolk in the area then said it was bewitched; and no one, except the priest and the sacristan, went near the belfry any longer.

It's because a poor prostitute was living up there, in anguish and solitude, fed in secret by those two men.

She stayed there until the departure of the German troops. Then, one evening, the priest having borrowed the baker's surrey, he drove his prisoner himself to the gates of Rouen. Once there, the priest kissed her; she stepped down and went quickly on foot to the house of ill repute, whose madame had thought her dead.

She was taken out of there some time later by a patriot without prejudices who loved her for her fine deed and then, having later learned to treasure her for her own sake, married her, making of her a lady who was worth as much as many others.

MISS HARRIET

A Madame . . .

I

NOUS ÉTIONS SEPT dans le break, quatre femmes et trois hommes, dont un sur le siège à côté du cocher, et nous montions, au pas des chevaux, la grande côte où serpentait la route.

Partis d'Étretat dès l'aurore, pour aller visiter les ruines de Tancarville, nous somnolions encore, engourdis dans l'air frais du matin. Les femmes surtout, peu accoutumées à ces réveils de chasseurs, laissaient à tout moment retomber leurs paupières, penchaient la tête ou bien bâillaient, insensibles à l'émotion du jour levant.

C'était l'automne. Des deux côtés du chemin les champs dénudés s'étendaient, jaunis par le pied court des avoines et des blés fauchés qui couvraient le sol comme une barbe mal rasée. La terre embrumée semblait fumer. Des alouettes chantaient en l'air, d'autres oiseaux pépiaient dans les buissons.

Le soleil enfin se leva devant nous, tout rouge au bord de l'horizon; et, à mesure qu'il montait, plus clair de minute en minute, la campagne paraissait s'éveiller, sourire, se secouer, et ôter, comme une fille qui sort du lit, sa chemise de vapeurs blanches.

Le comte d'Étraille, assis sur le siège, cria: «Tenez, un lièvre», et il étendait le bras vers la gauche, indiquant une pièce de trèfle. L'animal filait, presque caché par ce champ, montrant seulement ses grandes oreilles; puis il détala à travers un labouré, s'arrêta, repartit d'une course folle, changea de direction, s'arrêta de nouveau, inquiet, épiant tout danger, indécis sur la route à prendre; puis il se remit à courir avec de grands sauts de l'arrière-train, et il disparut dans un large carré de betteraves. Tous les hommes s'éveillèrent, suivant la marche de la bête.

René Lemanoir prononça: «Nous ne sommes pas galants, ce matin», et regardant sa voisine, la petite baronne de Sérennes, qui luttait contre le sommeil, il lui dit à mi-voix: «Vous pensez à votre mari, baronne. Rassurez-vous, il ne revient que samedi. Vous avez encore quatre jours.»

MISS HARRIET

To Madame...

I

THERE WERE SEVEN of us in the carriage, four women and three men, one of whom rode on the seat next to the driver, and, at the horses' walking pace, we were climbing the grand coast along which the road was winding.

Having left Étretat at dawn, to visit the ruins at Tancarville, we were still sleepy, torpid in the cool morning air. The women especially, little accustomed to waking as early as hunters, let their eyelids keep falling shut, were leaning their heads or even yawning, numb to the thrill of the sunrise.

It was autumn. On either side of the road the barren fields stretched out, yellowed by the short stalks of reaped oats and wheat that covered the ground like a badly shaved beard. The misty earth seemed to give off smoke. Larks were singing in the sky, other birds chirped in the bushes.

The sun finally rose before us, all red at the edge of the horizon; and, as it climbed, brighter with each passing minute, the countryside seemed to awaken, smile, shake itself and, like a girl getting out of bed, doff its shirt of white vapors.

The Count d'Étraille, sitting on the seat, called out: "Look, a hare!" and he stretched out his arm to the left, pointing out a patch of clover. The animal scampered off, almost hidden by that field, showing only its long ears; then, it bolted across a furrow, stopped, took off again at a mad dash, switched direction, stopped again, anxious, on the lookout for danger, undecided as to which route to take; then it began to run again with great bounds of the hindquarters, and it disappeared in a large plot of beets. All the men roused themselves, following the animal's course.

René Lemanoir declared: "We aren't very gentlemanly this morning," and, looking at his neighbor, the young Baroness de Sérennes, who was struggling against sleep, he said to her softly: "You're thinking of your husband, Baroness. Rest assured, he isn't coming back until Saturday. You still have four days."

Elle répondit avec un sourire endormi: «Que vous êtes bête!» Puis, secouant sa torpeur, elle ajouta: «Voyons, dites-nous quelque chose pour nous faire rire. Vous, monsieur Chenal, qui passez pour avoir eu plus de bonnes fortunes que le duc de Richelieu, racontez une histoire d'amour qui vous soit arrivée, ce que vous voudrez.»

Léon Chenal, un vieux peintre qui avait été très beau, très fort, très fier de son physique, et très aimé, prit dans sa main sa longue barbe blanche et sourit, puis, après quelques moments de réflexion, il devint grave tout à coup.

«Ce ne sera pas gai, mesdames; je vais vous raconter le plus lamentable amour de ma vie. Je souhaite à mes amis de n'en point inspirer de semblable.»

II

J'avais alors vingt-cinq ans et je faisais le rapin le long des côtes normandes.

J'appelle «faire le rapin», ce vagabondage sac au dos, d'auberge en auberge, sous prétexte d'études et de paysages sur nature. Je ne sais rien de meilleur que cette vie errante, au hasard. On est libre, sans entraves d'aucune sorte, sans soucis, sans préoccupations, sans penser même au lendemain. On va par le chemin qui vous plaît, sans autre guide que sa fantaisie, sans autre conseiller que le plaisir des yeux. On s'arrête parce qu'un ruisseau vous a séduit, parce qu'on sentait bon les pommes de terre frites devant la porte d'un hôtelier. Parfois c'est un parfum de clématite qui a décidé votre choix, ou l'œillade naïve d'une fille d'auberge. N'ayez point de mépris pour ces rustiques tendresses. Elles ont une âme et des sens aussi, ces filles, et des joues fermes et des lèvres fraîches; et leur baiser violent est fort et savoureux comme un fruit sauvage. L'amour a toujours du prix, d'où qu'il vienne. Un cœur qui bat quand vous paraissez, un œil qui pleure quand vous partez, sont des choses si rares, si douces, si précieuses, qu'il ne les faut jamais mépriser.

J'ai connu les rendez-vous dans les fossés pleins de primevères, derrière l'étable où dorment les vaches, et sur la paille des greniers encore tièdes de la chaleur du jour. J'ai des souvenirs de grosse toile grise sur des chairs élastiques et rudes, et des regrets de naïves et franches ca-

She answered with a sleepy smile: "How silly you are!" Then, shaking off her torpor, she added: "Come, tell us something to make us laugh. You, Monsieur Chenal, who claim to have had more luck with women than the Duke de Richelieu,* tell us a love story that happened to you, anything you like."

Léon Chenal, an old painter who had been very handsome, very strong, very proud of his body, and much loved, took his long, white beard in his hand and smiled, then, after a few moments of thought, he suddenly grew serious.

"This will not be lighthearted, ladies; I'm going to tell you about the most unfortunate love of my life. I hope for my friends that they never inspire one like it."

II

I was twenty-five at the time and was playing at being an artist all up and down the Normandy coast.

I call "playing at being an artist" that wandering with a pack on your back, from inn to inn, under the pretext of studies and landscapes from nature. I know nothing better than that nomadic life, left up to chance. You are free, without encumbrances of any sort, without worries, without cares, without even thinking about tomorrow. You follow whatever path you wish, with no other guide than your whim, with no other counselor than the pleasure of your eyes. You stop because a brook has charmed you, because you smell the delicious fried potatoes before the door of a hotelkeeper. Sometimes it's the fragrance of clematis that makes your choice for you, or the innocent glances of an inn girl. Don't look down on these rustic romances. They have a soul and senses also, these girls, and firm cheeks and fresh lips; and their violent kiss is as strong and flavorful as a wild fruit. Love always has worth, no matter where you find it. A heart that leaps when you appear, an eye that weeps when you depart, are things so rare, so sweet, so precious, that you must never look down on them.

I have know trysting places in ditches full of primrose, behind the stable where the cows sleep, and on the straw in lofts that are still warm from the day's heat. I have memories of thick, gray cloth on pliant and rough flesh, and nostalgia for unsophisticated, frank caresses, more del-

*The Marshall de Richelieu (1696–1788).

resses, plus délicates en leur brutalité sincère, que les subtils plaisirs obtenus de femmes charmantes et distinguées.

Mais ce qu'on aime surtout dans ces courses à l'aventure, c'est la campagne, les bois, les levers de soleil, les crépuscules, les clairs de lune. Ce sont, pour les peintres, des voyages de noces avec la terre. On est seul tout près d'elle dans ce long rendez-vous tranquille. On se couche dans une prairie, au milieu des marguerites et des coquelicots, et, les yeux ouverts, sous une claire tombée de soleil, on regarde au loin le petit village avec son clocher pointu qui sonne midi.

On s'assied au bord d'une source qui sort au pied d'un chêne, au milieu d'une chevelure d'herbes frêles, hautes, luisantes de vie. On s'agenouille, on se penche, on boit cette eau froide et transparente qui vous mouille la moustache et le nez, on la boit avec un plaisir physique, comme si on baisait la source, lèvre à lèvre. Parfois, quand on rencontre un trou, le long de ces minces cours d'eau, on s'y plonge, tout nu, et on sent sur sa peau, de la tête aux pieds, comme une caresse glacée et délicieuse, le frémissement du courant vif et léger.

On est gai sur la colline, mélancolique au bord des étangs, exalté lorsque le soleil se noie dans un océan de nuages sanglants et qu'il jette aux rivières des reflets rouges. Et, le soir, sous la lune qui passe au fond du ciel, on songe à mille choses singulières qui ne vous viendraient pas à l'esprit sous la brûlante clarté du jour.

Donc, en errant ainsi par ce pays même où nous sommes cette année, j'arrivai un soir au petit village de Bénouville, sur la falaise, entre Yport et Étretat. Je venais de Fécamp en suivant la côte, la haute côte droite comme une muraille, avec ses saillies de rochers crayeux tombant à pic dans la mer. J'avais marché depuis le matin sur ce gazon ras, fin et souple comme un tapis, qui pousse au bord de l'abîme sous le vent salé du large. Et, chantant à plein gosier, allant à grands pas, regardant tantôt la fuite lente et arrondie d'une mouette promenant sur le ciel bleu la courbe blanche de ses ailes, tantôt, sur la mer verte, la voile brune d'une barque de pêche, j'avais passé un jour heureux d'insouciance et de liberté.

On m'indiqua une petite ferme où on logeait des voyageurs, sorte d'auberge tenue par une paysanne au milieu d'une cour normande entourée d'un double rang de hêtres.

Quittant la falaise, je gagnai donc le hameau enfermé dans ses grands arbres et je me présentai chez la mère Lecacheur.

C'était une vieille campagnarde, ridée, sévère, qui semblait toujours recevoir les pratiques à contrecœur, avec une sorte de méfiance.

Nous étions en mai; les pommiers épanouis couvraient la cour d'un

icate in their sincere brutality than the subtle pleasures gotten from
charming, refined women.

But what one loves most of all in those random excursions is the
countryside, the woods, the sunrises, the dusks, the moonlight nights.
They are, for painters, honeymoons with the Earth. You are alone right
next to her in that long, peaceful tryst. You lie down in a meadow, amid
daisies and poppies, and, eyes open, under a bright shaft of sunlight,
you look into the distance at the little village with its pointed belfry
that rings out noon.

You sit at the edge of a spring that rises at the foot of an oak, in the
middle of a mane of delicate grass, tall, shiny with life. You kneel, you
lean over, you drink that cold, clear water that wets your mustache and
nose, you drink it with a physical pleasure, as if you were kissing the
spring, lip against lip. Sometimes, when you come across a hole, along
those thin rivulets of water, you dive in, stark naked, and you feel on
your skin, from head to toe, a sort of icy, delicious caress, the move-
ment of that lively, light current.

You are happy on the hill, glum at the edge of pools, excited when
the sun drowns in an ocean of bleeding clouds and casts red reflections
on the streams. And, in the evening, under the moon that moves by
against the farthest reaches of the sky, you ponder a thousand odd things
that would never occur to you under the burning brightness of day.

So, wandering like that through these very parts where we are this
year, I arrived one evening at the little hamlet of Bénouville, on the
cliff, between Yport and Étretat. I was coming from Fécamp following
the coast, the lofty coast straight as a wall, with its juts of chalky rocks
plunging vertically to the sea. I'd been walking since morning on that
grass, as flush, fine and supple as a carpet, which grows at the edge of
the abyss under the salty wind from the open sea. And, singing at the
top of my lungs, taking large steps, now looking at the slow, rounded
flight of a seagull parading the white curve of its wings against the blue
sky, now at the brown sail of a fishing boat on the green sea, I'd spent
a happy, carefree day of freedom.

Someone pointed out to me a small farm where they put up travel-
ers, a sort of inn run by a countrywoman in the middle of a Norman
courtyard surrounded by a double row of beech trees.

So, leaving the cliff, I arrived at the hamlet enclosed in its tall trees
and I introduced myself at the home of old lady Lecacheur.

She was an old yokel, wrinkled, harsh, who seemed always to wel-
come her clientele against her will, with a sort of mistrust.

It was May; the blossoming apple trees covered the courtyard with

toit de fleurs parfumées, semaient incessamment une pluie tournoyante de folioles roses qui tombaient sans fin sur les gens et sur l'herbe.

Je demandai: «Eh bien, madame Lecacheur, avez-vous une chambre pour moi?»

Étonnée de voir que je savais son nom, elle répondit: «C'est selon, tout est loué. On pourrait voir tout de même.»

En cinq minutes nous fûmes d'accord, et je déposai mon sac sur le sol de terre d'une pièce rustique, meublée d'un lit, de deux chaises, d'une table et d'une cuvette. Elle donnait dans la cuisine, grande, enfumée, où les pensionnaires prenaient leurs repas avec les gens de la ferme et la patronne, qui était veuve.

Je me lavai les mains, puis je ressortis. La vieille faisait fricasser un poulet pour le dîner dans sa large cheminée où pendait la crémaillère noire de fumée.

«Vous avez donc des voyageurs en ce moment?» lui dis-je.

Elle répondit, de son air mécontent: «J'ons eune dame, eune Anglaise d'âge. Alle occupe l'autre chambre.»

J'obtins, moyennant une augmentation de cinq sols par jour, le droit de manger seul dans la cour quand il ferait beau.

On mit donc mon couvert devant la porte, et je commençai à dépecer à coups de dents les membres maigres de la poule normande en buvant du cidre clair et en mâchant du gros pain blanc, vieux de quatre jours, mais excellent.

Tout à coup, la barrière de bois qui donnait sur le chemin s'ouvrit, et une étrange personne se dirigea vers la maison. Elle était très maigre, très grande, tellement serrée dans un châle écossais à carreaux rouges, qu'on l'eût crue privée de bras si on n'avait vu une longue main paraître à la hauteur des hanches, tenant une ombrelle blanche de touriste. Sa figure de momie, encadrée de boudins de cheveux gris roulés, qui sautillaient à chacun de ses pas, me fit penser, je ne sais pourquoi, à un hareng saur qui aurait porté des papillotes. Elle passa devant moi vivement, en baissant les yeux, et s'enfonça dans la chaumière.

Cette singulière apparition m'égaya; c'était ma voisine assurément, l'Anglaise d'âge dont avait parlé notre hôtesse.

Je ne la revis pas ce jour-là. Le lendemain, comme je m'étais installé pour peindre au fond de ce vallon charmant que vous connaissez et qui descend jusqu'à Étretat, j'aperçus, en levant les yeux tout à coup, quelque chose de singulier dressé sur la crête du coteau; on eût dit un mât pavoisé. C'était elle. En me voyant elle disparut.

Je rentrai à midi pour déjeuner et je pris place à la table commune, afin de faire connaissance avec cette vieille originale. Mais elle ne

a roof of fragrant flowers, scattering without pause a swirling rain of pink petals that fell endlessly on the people and on the grass.

I asked: "And so, Madame Lecacheur, do you have a room for me?"

Surprised to see that I knew her name, she answered: "That depends, everything is rented out. We can have a look just the same."

In five minutes we reached an agreement, and I deposited my pack on the earth floor of a rustic room furnished with a bed, two chairs, a table and a basin. It opened out onto the big, smoky kitchen, where the lodgers took their meals with the farmfolk and the owner, who was a widow.

I washed my hands, then I went out again. The old woman was stewing a chicken for dinner in her large hearth where the trammel hung black from smoke.

"Do you have any travelers at the moment?" I asked her.

She answered, in her malcontented way: "I got me a lady, an English lady with some years on 'er. She's got herself the other room."

I obtained, by means of an increase of five sols per day, the right to eat alone in the courtyard when the weather was good.

So then, my place setting was put in front of the door, and I began to pick apart with my teeth the skimpy limbs of the Norman chicken while drinking light cider and chewing plain white bread, four days old, but excellent.

Suddenly, the wooden partition that gave onto the road opened, and a strange person came toward the house. She was very thin, very tall, so tightly wrapped in a red plaid shawl that you would have thought she was armless if you hadn't seen a long hand appear at hip level, holding a white tourist parasol. Her mummy's face, framed by sausages of curled gray hair, which bounced with each step, made me think, I don't know why, of a kipper wearing curling papers. She passed in front of me briskly, lowering her eyes, and disappeared inside the little house.

That odd apparition amused me; she was surely my neighbor, the mature Englishwoman whom our hostess had mentioned.

I didn't see her again that day. The following day, as I'd settled myself to paint at the bottom of that charming valley which you know and which goes down to Étretat, raising my eyes suddenly, I caught sight of something odd standing on the crest of the hillside; it looked like a dressed mast. It was her. When she saw me she disappeared.

I went back at noon for lunch and I took a seat at the common table, in order to get to know that unusual old woman. But she didn't respond

répondit pas à mes politesses, insensible même à mes petits soins. Je lui versais de l'eau avec obstination, je lui passais les plats avec empressement. Un léger mouvement de tête, presque imperceptible, et un mot anglais murmuré si bas que je ne l'entendais point, étaient ses seuls remerciements.

Je cessai de m'occuper d'elle, bien qu'elle inquiétât ma pensée.

Au bout de trois jours j'en savais sur elle aussi long que M^{me} Lecacheur elle-même.

Elle s'appelait Miss Harriet. Cherchant un village perdu pour y passer l'été, elle s'était arrêtée à Bénouville, six semaines auparavant, et ne semblait point disposée à s'en aller. Elle ne parlait jamais à table, mangeait vite, tout en lisant un petit livre de propagande protestante. Elle en distribuait à tout le monde, de ces livres. Le curé lui-même en avait reçu quatre apportés par un gamin moyennant deux sous de commission. Elle disait quelquefois à notre hôtesse, tout à coup, sans que rien préparât cette déclaration: «Je aimé le Seigneur plus que tout: je le admiré dans toute sa création, je le adoré dans toute son nature, je le pôrté toujours dans mon cœur.» Et elle remettait aussitôt à la paysanne interdite une de ses brochures destinées à convertir l'univers.

Dans le village on ne l'aimait point. L'instituteur ayant déclaré: «C'est une athée», une sorte de réprobation pesait sur elle. Le curé, consulté par M^{me} Lecacheur, répondit: «C'est une hérétique, mais Dieu ne veut pas la mort du pécheur, et je la crois une personne d'une moralité parfaite.»

Ces mots «athée—hérétique», dont on ignorait le sens précis, jetaient des doutes dans les esprits. On prétendait en outre que l'Anglaise était riche et qu'elle avait passé sa vie à voyager dans tous les pays du monde, parce que sa famille l'avait chassée. Pourquoi sa famille l'avait-elle chassée? A cause de son impiété, naturellement.

C'était, en vérité, une de ces exaltées à principes, une de ces puritaines opiniâtres comme l'Angleterre en produit tant, une de ces vieilles et bonnes filles insupportables qui hantent toutes les tables d'hôte de l'Europe, gâtent l'Italie, empoisonnent la Suisse, rendent inhabitables les villes charmantes de la Méditerranée, apportent partout leurs manies bizarres, leurs mœurs de vestales pétrifiées, leurs toilettes indescriptibles et une certaine odeur de caoutchouc qui ferait croire qu'on les glisse, la nuit, dans un étui.

Quand j'en apercevais une dans un hôtel, je me sauvais comme les oiseaux qui voient un mannequin dans un champ.

to my polite remarks, impervious even to my slight attentions. I poured water for her with insistence, I passed the dishes to her with zeal. A slight movement of the head, almost imperceptible, and an English word murmured so softly that I couldn't hear it at all, were her only thanks.

I stopped paying attention to her, even though she troubled my thoughts.

At the end of three days I knew as much about her as did Madame Lecacheur herself.

Her name was Miss Harriet. Looking for a remote village in which to pass the summer, she had stopped at Bénouville, six weeks earlier, and didn't seem likely to leave. She never spoke at the table, ate quickly, all the while reading a little book of Protestant propaganda. She would pass books like them out to everyone. The priest himself had received four carried by a lad earning two sous in commission. She sometimes said to our hostess, out of the blue, without any sort of warning before this declaration: "I loving the Lord more than anything: I admiring him in all his creation, I adoring him in all his nature, I carrying him always in my heart." And right away she would give to the dumbstruck countrywoman one of her leaflets meant to convert the universe.

In the village no one liked her. The teacher having stated: "She's an atheist," a sort of reprobation weighed upon her. The priest, consulted by Madame Lecacheur, replied: "She's a heretic, but God doesn't want the death of the sinner, and I think her a person of perfect morality."

Those words "atheist," "heretic," whose precise meanings were unknown, cast doubts in people's minds. It was also claimed that the Englishwoman was wealthy and that she'd spent her life traveling in all the countries of the world because her family had tossed her out. Why had her family tossed her out? Because of her impiety, of course.

She was, in truth, one of those people committed to principles, one of those opinionated puritans of whom England produces so many, one of those old, kindly, insufferable spinsters who haunt all the common tables in the eating houses of Europe, ruin Italy, poison Switzerland, make uninhabitable the charming villages of the Mediterranean, carry everywhere their bizarre fetishes, their mores of petrified vestals, their indescribable wardrobe and a certain odor of rubber that might make you think that someone slips them into a case at night.

Whenever I saw one in a hotel, I would flee like birds that see a scarecrow in a field.

Celle-là cependant me paraissait tellement singulière qu'elle ne me déplaisait point.

M^me Lecacheur, hostile par instinct à tout ce qui n'était pas paysan, sentait en son esprit borné une sorte de haine pour les allures extatiques de la vieille fille. Elle avait trouvé un terme pour la qualifier, un terme méprisant assurément, venu je ne sais comment sur ses lèvres, appelé par je ne sais quel confus et mystérieux travail d'esprit. Elle disait: «C'est une démoniaque.» Et ce mot, collé sur cet être austère et sentimental, me semblait d'un irrésistible comique. Je ne l'appelais plus moi-même que «la démoniaque», éprouvant un plaisir drôle à prononcer tout haut ces syllabes en l'apercevant.

Je demandais à la mère Lecacheur: «Eh bien, qu'est-ce que fait notre démoniaque aujourd'hui?»

Et la paysanne répondait d'un air scandalisé:

«Croiriez-vous, monsieur, qu'all' a ramassé un crapaud dont on avait pilé la patte, et qu'all' l'a porté dans sa chambre, et qu'all' l'a mis dans sa cuvette et qu'all' y met un pansage comme à un homme. Si c'est pas une profanation!»

Une autre fois, en se promenant au pied de la falaise, elle avait acheté un gros poisson qu'on venait de pêcher, rien que pour le rejeter à la mer. Et le matelot, bien que payé largement, l'avait injuriée à profusion, plus exaspéré que si elle lui eût pris son argent sans sa poche. Après un mois il ne pouvait encore parler de cela sans se mettre en fureur et sans crier des outrages. Oh! oui, c'était bien une démoniaque, Miss Harriet, la mère Lecacheur avait eu une inspiration de génie en la baptisant ainsi.

Le garçon d'écurie, qu'on appelait Sapeur parce qu'il avait servi en Afrique dans son jeune temps, nourrissait d'autres opinions. Il disait d'un air malin: «Ça est une ancienne qu'a fait son temps.»

Si la pauvre fille avait su?

La petite bonne Céleste ne la servait pas volontiers, sans que j'eusse pu comprendre pourquoi. Peut-être uniquement parce qu'elle était étrangère, d'une autre race, d'une autre langue, et d'une autre religion. C'était une démoniaque enfin!

Elle passait son temps à errer par la campagne, cherchant et adorant Dieu dans la nature. Je la trouvai, un soir, à genoux dans un buisson. Ayant distingué quelque chose de rouge à travers les feuilles, j'écartai les branches, et Miss Harriet se dressa, confuse d'avoir été vue ainsi, fixant sur moi des yeux effarés comme ceux des chats-huants surpris en plein jour.

Parfois, quand je travaillais dans les rochers, je l'apercevais tout à

This one, however, seemed so different to me that she didn't bother me at all.

Madame Lecacheur, hostile by nature to everything that wasn't from the countryside, felt in her narrow mind a sort of hatred for the rapturous bearing of the old maid. She had found a term to describe her, certainly a contemptuous term; I don't know how she had come by it, or what vague and mysterious mental toil had produced it. She would say: "She's possessed." And this word, applied to that plain, sentimental being, seemed to me irresistibly comic. I no longer called her anything but "the possessed woman," experiencing a strange pleasure from pronouncing the syllables out loud whenever I saw her.

I would ask old lady Lecacheur: "So, what is our possessed woman doing today?"

And the countrywoman would answer in a shocked tone:

"Would you believe, sir, that she went and took a toad whose leg'd been crushed, and she done took it to her room, and she done put it in her washbasin and bandaged it up like it was a man. If that ain't a profanation!"

Another time, while walking at the base of the cliff, she had bought a big fish that had just been caught, only to throw it back into the sea. And the sailor, although well compensated, had cursed her profusely, more vexed than if she had taken his money from his pocket. A month later he still couldn't speak of it without getting angry and screaming obscenities. Oh! yes, she was truly possessed, Miss Harriet; old lady Lecacheur had had a stroke of genius in christening her thus.

The stable boy, who was called Sapper because he had served in the army in Africa in his younger days, nurtured other opinions. He used to say with a knowing air: "She's an old lady whose time is up."

What if the poor woman had known?

The little maid Céleste didn't serve her willingly, without my understanding why. Perhaps only because she was a foreigner, of another breed, another language, another religion. She was possessed after all!

She would spend her time wandering through the countryside, seeking and adoring God in nature. I found her, one evening, kneeling in a bush. Having discerned something red through the leaves, I separated the branches, and Miss Harriet stood up, embarrassed to have been seen like that, fixing panicked eyes on me like those of a screech owl surprised in broad daylight.

Sometimes, when I was working among the rocks, I would see her sud-

coup sur le bord de la falaise pareille à un signal de sémaphore. Elle regardait passionnément la vaste mer dorée de lumière et le grand ciel empourpré de feu. Parfois je la distinguais au fond d'un vallon, marchant vite, de son pas élastique d'Anglaise; et j'allais vers elle, attiré je ne sais par quoi, uniquement pour voir son visage d'illuminée, son visage sec, indicible, content d'une joie intérieure et profonde.

Souvent aussi je la rencontrais au coin d'une ferme, assise sur l'herbe, sous l'ombre d'un pommier, avec son petit livre biblique ouvert sur les genoux, et le regard flottant au loin.

Car je ne m'en allais plus, attaché dans ce pays calme par mille liens d'amour pour ses larges et doux paysages. J'étais bien dans cette ferme ignorée, loin de tout, près de la Terre, de la bonne, saine, belle et verte terre que nous engraisserons nous-mêmes de notre corps, un jour. Et peut-être, faut-il l'avouer, un rien de curiosité aussi me retenait chez la mère Lecacheur. J'aurais voulu connaître un peu cette étrange Miss Harriet et savoir ce qui se passe dans les âmes solitaires de ces vieilles Anglaises errantes.

III

Nous fîmes connaissance assez singulièrement. Je venais d'achever une étude qui me paraissait crâne, et qui l'était. Elle fut vendue dix mille francs quinze ans plus tard. C'était plus simple d'ailleurs que deux et deux font quatre et en dehors des règles académiques. Tout le côté droit de ma toile représentait une roche, une énorme roche à verrues, couverte de varechs bruns, jaunes et rouges, sur qui le soleil coulait comme de l'huile. La lumière, sans qu'on vît l'astre caché derrière moi, tombait sur la pierre et la dorait de feu. C'était ça. Un premier plan étourdissant de clarté, enflammé, superbe.

A gauche la mer, pas la mer bleue, la mer d'ardoise, mais la mer de jade, verdâtre, laiteuse et dure aussi sous le ciel foncé.

J'étais tellement content de mon travail, que je dansais en le rapportant à l'auberge. J'aurais voulu que le monde entier le vît tout de suite. Je me rappelle que je le montrai à une vache au bord du sentier, en lui criant:

«Regarde ça, ma vieille! Tu n'en verras pas souvent de pareilles.»

En arrivant devant la maison, j'appelai aussitôt la mère Lecacheur en braillant à tue-tête:

«Ohé! ohé! La patronne, amenez-vous et pigez-moi ça.»

La paysanne arriva et considéra mon œuvre de son œil stupide qui

denly at the edge of the cliff just like a semaphore. She would look rap-
turously at the vast sea gilded with light and the great sky stained crim-
son with fire. Sometimes I would make her out at the bottom of a valley,
walking quickly, with her Englishwoman's springing gait; and I would go
toward her, attracted by I don't know what, only so as to see her vision-
ary's face, her gaunt, indescribable face, happy with a deep, inner joy.

Often as well I would come upon her at the corner of a farm, sitting
on the grass, in the shade of an apple tree, with her little holy book
open on her knees, and her gaze floating in the distance.

For I no longer intended to leave; I was tied to that calm land by a
thousand bonds of love for its broad and gentle landscape. I was con-
tent in that obscure farm, far from everything, close to the earth, to the
good, healthy, beautiful, green earth which we ourselves will fatten with
our bodies one day. And maybe, I must admit, a bit of curiosity also
kept me at old lady Lecacheur's. I would've liked to get to know that
strange Miss Harriet and to learn what goes on in the solitary souls of
those old wandering Englishwomen.

III

We got to know each other in a rather peculiar way. I'd just finished
a study that I thought was very successful, and which indeed was. It
sold for ten thousand francs fifteen years later. Furthermore, it was sim-
pler than two plus two equals four and beyond any academic rules. The
whole right side of my canvas depicted a rock, a huge, knobby rock cov-
ered with brown, yellow and red seaweed, over which the sun flowed
like oil. The light, without anyone being able to see the sun which was
hidden behind me, fell upon the rock and gilded it with fire. It was just
right. A foreground that stunned you with brightness, aflame, superb.

To the left was the sea, not the blue sea, the slate-gray sea, but the
jade sea, greenish, milky and hard as well under the dark sky.

I was so happy with my work that I danced as I carried it back
to the inn. I would've liked the whole world to see it right away. I re-
member that I showed it to a cow at the side of the path, shouting at
it:

"Look at this, old friend! You won't often see any like it."

Arriving at the house, I called right away to old lady Lecacheur, bray-
ing my head off:

"Hey! Hey! Old lady, get down here and take a look at this."

The countrywoman arrived and appraised my work with her igno-

ne distinguait rien, qu ne voyait même pas si cela représentait un bœuf ou une maison.

Miss Harriet rentrait, et elle passait derrière moi juste au moment où, tenant ma toile à bout de bras, je la montrais à l'aubergiste. La démoniaque ne put pas ne pas la voir, car j'avais soin de présenter la chose de telle sorte qu'elle n'échappât point à son œil. Elle s'arrêta net, saisie, stupéfaite. C'était sa roche, paraît-il, celle où elle grimpait pour rêver à son aise.

Elle murmura un «Aoh!» britannique si accentué et si flatteur, que je me tournai vers elle en souriant; et je lui dis:

«C'est ma dernière étude, mademoiselle.»

Elle murmura, extasiée, comique et attendrissante:

«Oh! monsieur, vô comprené la nature d'une fâçon palpitante.»

Je rougis, ma foi, plus ému par ce compliment que s'il fût venu d'une reine. J'étais séduit, conquis, vaincu. Je l'aurais embrassée, parole d'honneur!

Je m'assis à table à côté d'elle, comme toujours. Pour la première fois elle parla, continuant à haute voix sa pensée: «Oh! j'aimé tant le nature!»

Je lui offris du pain, de l'eau, du vin. Elle acceptait maintenant avec un petit sourire de momie. Et je commençai à causer paysage.

Après le repas, nous étant levés ensemble, nous nous mîmes à marcher à travers la cour; puis, attiré sans doute par l'incendie formidable que le soleil couchant allumait sur la mer, j'ouvris la barrière qui donnait vers la falaise, et nous voilà partis, côte à côte, contents comme deux personnes qui viennent de se comprendre et de se pénétrer.

C'était un soir tiède, amolli, un de ces soirs de bien-être où la chair et l'esprit sont heureux. Tout est jouissance et tout est charme. L'air tiède, embaumé, plein de senteurs d'herbes et de senteurs d'algues, caresse l'odorat de son parfum sauvage, caresse le palais de sa saveur marine, caresse l'esprit de sa douceur pénétrante. Nous allions maintenant au bord de l'abîme, au-dessus de la vaste mer qui roulait, à cent mètres sous nous, ses petits flots. Et nous buvions, la bouche ouverte et la poitrine dilatée, ce souffle frais qui avait passé l'Océan et qui nous glissait sur la peau, lent et salé par le long baiser des vagues.

Serrée dans son châle à carreaux, l'air inspiré, les dents au vent, l'Anglaise regardait l'énorme soleil s'abaisser vers la mer. Devant nous, là-bas, à la limite de la vue, un trois-mâts couvert de voiles dessinait sa silhouette sur le ciel enflammé, et un vapeur, plus proche, passait en déroulant sa fumée qui laissait derrière lui un nuage sans fin traversant tout l'horizon.

rant eye that discerned nothing, that couldn't even tell if it depicted a steer or a house.

Miss Harriet was coming home, and she passed behind me just at the moment when, holding my canvas at arm's length, I was showing it to the innkeeper. The possessed woman couldn't help seeing it, since I'd taken care to display the thing in such a way that it didn't leave her field of vision. She stopped cold, gripped, dumbstruck. It was her rock, it seemed, the one where she would climb in order to dream in peace.

She murmured a British "Oh!" so emphatic and so flattering that I turned to her smiling; and I said to her:

"It's my latest study, miss."

She murmured, ecstatic, comic and endearing:

"Oh! monsieur, you understanding nature in such an exciting way."

I blushed, I swear, more moved by this compliment than if it had come from a queen. I was charmed, conquered, vanquished. I would've kissed her, you have my word!

I sat next to her at the table, as always. For the first time she spoke, continuing her thought out loud: "Oh! I do so loving nature!"

I offered her some bread, water, wine. She accepted now with a little mummy smile. And I began to chat about landscapes.

After the meal, the two of us getting up together, we began to walk across the courtyard; then, drawn no doubt by the incredible fire which the setting sun was lighting upon the sea, I opened the gate that led toward the cliff, and so we went out, side by side, as happy as two people who have just come to understand and fathom each other.

It was a mild evening, gentle, one of those evenings of well-being when the flesh and the mind are happy. There is enjoyment and charm in everything. The mild air, scented, full of the fragrances of grass and the fragrances of seaweed, caresses your sense of smell with its wild perfume, caresses your palate with its sea taste, caresses your mind with its penetrating sweetness. We were now heading to the edge of the abyss, above the vast sea that rolled out its little waves three hundred feet below us. And, mouths open and chests expanded, we were drinking in that cool breeze that had passed over the ocean and which slid over our skin, slow and salted by the long kiss of the waves.

Wrapped in her plaid shawl, an inspired look about her, her teeth exposed to the wind, the Englishwoman watched the enormous sun sink toward the sea. Before us, out there, almost out of sight, a three-master covered with sails traced its silhouette against the fiery sky, and a steamer, closer to us, passed by, churning out its smoke, which left behind it an endless cloud across the entire horizon.

Le globe rouge descendait toujours, lentement. Et bientôt il toucha l'eau, juste derrière le navire immobile qui apparut, comme dans un cadre de feu, au milieu de l'astre éclatant. Il s'enfonçait peu à peu, dévoré par l'Océan. On le voyait plonger, diminuer, disparaître. C'était fini. Seul le petit bâtiment montrait toujours son profil découpé sur le fond d'or du ciel lointain.

Miss Harriet contemplait d'un regard passionné la fin flamboyante du jour. Et elle avait certes une envie immodérée d'étreindre le ciel, la mer, tout l'horizon.

Elle murmura: «Aoh! j'aimé ... j'aimé ... j'aimé ...» Je vis une larme dans son œil. Elle reprit: «Je vôdré être une petite oiseau pour m'envolé dans le firmament.»

Et elle restait debout, comme je l'avais vue souvent, piquée sur la falaise, rouge aussi dans son châle de pourpre. J'eus envie de la croquer sur mon album. On eût dit la caricature de l'extase.

Je me retournai pour ne pas sourire.

Puis, je lui parlai peinture, comme j'aurais fait à un camarade, notant les tons, les valeurs, les vigueurs, avec des termes du métier. Elle m'écoutait attentivement, comprenant, cherchant à deviner le sens obscur des mots, à pénétrer ma pensée. De temps en temps elle prononçait: «Oh! je comprené, je comprené. C'été très palpitante.»

Nous rentrâmes.

Le lendemain, en m'apercevant, elle vint vivement me tendre la main. Et nous fûmes amis tout de suite.

C'était une brave créature qui avait une sorte d'âme à ressorts, partant par bonds dans l'enthousiasme. Elle manquait d'équilibre, comme toutes les femmes restées filles à cinquante ans. Elle semblait confite dans une innocence surie; mais elle avait gardé au cœur quelque chose de très jeune, d'enflammé. Elle aimait la nature et les bêtes, de l'amour exalté, fermenté comme une boisson trop vieille, de l'amour sensuel qu'elle n'avait point donné aux hommes.

Il est certain que la vue d'une chienne allaitant, d'une jument courant dans un pré avec son poulain dans les jambes, d'un nid d'oiseau plein de petits, piaillant, le bec ouvert, la tête énorme, le corps tout nu, la faisait palpiter d'une émotion exagérée.

Pauvres êtres solitaires, errants et tristes des tables d'hôte, pauvres êtres ridicules et lamentables, je vous aime depuis que j'ai connu celui-là!

Je m'aperçus bientôt qu'elle avait quelque chose à me dire, mais elle n'osait point, et je m'amusais de sa timidité. Quand je partais, le matin,

The red orb was still going down, slowly. And soon it touched the water, just behind the immobile ship which appeared, as if in a frame of fire, in the middle of the brilliant star. It sank deeper little by little, devoured by the ocean. We watched it dive, diminish, disappear. It was over. Only the little vessel still showed its profile outlined against the golden backdrop of the distant sky.

Miss Harriet contemplated the day's flamboyant end with an impassioned look. And she surely had an immoderate longing to embrace the sky, the sea, the whole horizon.

She murmured: "Oh! I loving . . . I loving . . . I loving . . ." I saw a teardrop in her eye. She went on: "I liking to be a little bird so to flying away to the heavens."

And she remained on her feet, as I'd often seen her, standing out against the cliff, red as well in her crimson shawl. I wanted to sketch her in my album. She was like the caricature of ecstasy.

I turned away so as not to smile.

Then I spoke to her about painting, as I would've done with a fellow artist, noting the tones, the values, the strengths, with terms of the trade. She listened to me attentively, understanding, trying to guess the hidden meaning of the words, to penetrate my thoughts. From time to time she would say: "Oh! I understanding, I understanding. It be very exciting."

We went home.

The next day, when she saw me, she came over swiftly and held out her hand to me. And we were friends all at once.

She was a good creature who had a sort of spring-loaded mind, leaping and bounding into enthusiasm. She lacked a sense of balance, as do all women still unmarried at fifty. She seemed preserved in a soured innocence; but she had kept in her heart something very young, fiery. She loved nature and animals, with the extreme love—fermented like a stale drink—with the sensual love she'd never given to men.

It's true that the sight of a nursing bitch, of a mare running in a field with her colt between her legs, of a bird's nest filled with chicks, peeping, beaks open, huge heads, bodies totally bare, made her throb with an exaggerated excitement.

Poor lonely beings, the wandering and sad of the common dining tables, poor ridiculous and piteous beings, I've loved you all ever since I met that one!

I soon came to see that she had something to tell me, but she didn't dare, and I was amused by her shyness. Whenever I would leave,

avec ma boîte sur le dos, elle m'accompagnait jusqu'au bout du village, muette, visiblement anxieuse et cherchant ses mots pour commencer. Puis elle me quittait brusquement et s'en allait vite, de son pas sautillant.

Un jour enfin, elle prit courage: «Je vôdré voir vô comment vô faites le peinture? Volé vô? Je été très curieux.» Et elle rougissait comme si elle eût prononcé des paroles extrêmement audacieuses.

Je l'emmenai au fond du Petit-Val, où je commençais une grande étude.

Elle resta debout derrière moi, suivant tous mes gestes avec une attention concentrée.

Puis soudain, craignant peut-être de me gêner, elle me dit: «Merci» et s'en alla.

Mais en peu de temps elle devint plus familière et elle se mit à m'accompagner chaque jour avec un plaisir visible. Elle apportait sous son bras son pliant, ne voulant point permettre que je le prisse, et elle s'asseyait à mon côté. Elle demeurait là pendant des heures, immobile et muette, suivant de l'œil le bout de mon pinceau dans tous ses mouvements. Quand j'obtenais, par une large plaque de couleur posée brusquement avec le couteau, un effet juste et inattendu, elle poussait malgré elle un petit «Aoh» d'étonnement, de joie et d'admiration. Elle avait un sentiment de respect attendri pour mes toiles, de respect presque religieux pour cette reproduction humaine d'une parcelle de l'œuvre divine. Mes études lui apparaissaient comme des sortes de tableaux de sainteté; et parfois elle me parlait de Dieu, essayant de me convertir.

Oh! c'était un drôle de bonhomme que son bon Dieu, une sorte de philosophe de village, sans grands moyens et sans grande puissance, car elle se le figurait toujours désolé des injustices commises sous ses yeux—comme s'il n'avait pas pu les empêcher.

Elle était, d'ailleurs, en termes excellents avec lui, paraissant même confidente de ses secrets et de ses contrariétés. Elle disait: «Dieu veut» ou «Dieu ne veut pas», comme un sergent qui annoncerait au conscrit que: «Le colonel il a ordonné.»

Elle déplorait du fond du cœur mon ignorance des intentions célestes qu'elle s'efforçait de me révéler; et je trouvais chaque jour dans mes poches, dans mon chapeau quand je le laissais par terre, dans ma boîte à couleurs, dans mes souliers cirés devant ma porte au matin, ces petites brochures de piété qu'elle recevait sans doute directement du Paradis.

Je la traitais comme une ancienne amie, avec une franchise cordiale.

in the morning, with my painter's box on my back, she would accompany me to the very end of the village, silent, visibly anxious and choosing her words to begin talking. Then she would leave me suddenly and quickly take off, with her bounding gait.

One day at last, she plucked up courage: "I would liking to see how you paint? Would you liking that? I be very curious." And she blushed as if she had uttered very bold words.

I took her to the bottom of the Petit-Val, where I was beginning a large study.

She stood behind me, tracking all my movements with a concentrated attention.

Then suddenly, perhaps fearing that she was bothering me, she said "Thank you" and went away.

But before long she became more at ease and she began to accompany me every day with a visible pleasure. She carried her folding stool under her arm, not wanting to let me take it, and she would sit at my side. She would stay there for hours, motionless and silent, following the tip of my brush with her eyes through all its movements. Whenever, by means of a large patch of color placed brusquely with the palette knife, I achieved a true and unexpected effect, she would despite herself utter a little "Oh" of amazement, joy and admiration. She had a feeling of tender respect for my canvases, of almost religious respect for this human reproduction of a portion of the divine creation. My studies appeared to her like kinds of religious pictures; and sometimes she spoke to me of God, trying to convert me.

Oh! He was an odd chap, her good Lord was, a sort of village philosopher, without great means and without great power, for she imagined Him always upset by the injustices committed before His very eyes— as if He weren't able to prevent them.

She was, besides, on excellent terms with Him, seeming even a confidant of his secrets and his vexations. She would say "God wants" or "God doesn't want" like a sergeant announcing to a recruit: "The colonel has given the order."

She lamented from the bottom of her heart my ignorance of the heavenly intentions that she was making an effort to reveal to me; and every day I found in my pockets, in my hat, when I left it on the ground, in my paint box, in my polished shoes in front of my door in the morning, those little pious leaflets which she no doubt received directly from Paradise.

I treated her like an old friend, with a cordial frankness. But I soon

Mais je m'aperçus bientôt que ses allures avaient un peu changé. Je n'y pris pas garde dans les premiers temps.

Quand je travaillais, soit au fond de mon vallon, soit dans quelque chemin creux, je la voyais soudain paraître, arrivant de sa marche rapide et scandée. Elle s'asseyait brusquement, essoufflée comme si elle eût couru ou comme si quelque émotion profonde l'agitait. Elle était fort rouge, de ce rouge anglais qu'aucun autre peuple ne possède; puis, sans raison, elle pâlissait, devenait couleur de terre et semblait près de défaillir. Peu à peu, cependant, je la voyais reprendre sa physionomie ordinaire et elle se mettait à parler.

Puis tout à coup, elle laissait une phrase au milieu, se levait et se sauvait si vite et si étrangement que je cherchais si je n'avais rien fait qui pût lui déplaire ou la blesser.

Enfin je pensai que ce devaient être là ses allures normales, un peu modifiées sans doute en mon honneur dans les premiers temps de notre connaissance.

Quand elle rentrait à la ferme après des heures de marche sur la côte battue du vent, ses longs cheveux tordus en spirales s'étaient souvent déroulés et pendaient comme si leur ressort eût été cassé. Elle ne s'en inquiétait guère, autrefois, et s'en venait dîner sans gêne, dépeignée ainsi par sa sœur la brise.

Maintenant elle montait dans sa chambre pour rajuster ce que j'appelais ses verres de lampe; et quand je lui disais avec une galanterie familière qui la scandalisait toujours: «Vous êtes belle comme un astre aujourd'hui, Miss Harriet», un peu de sang lui montait aussitôt aux joues, du sang de jeune fille, du sang de quinze ans.

Puis elle redevint tout à fait sauvage et cessa de venir me voir peindre. Je pensai: «C'est une crise, cela se passera.» Mais cela ne se passait point. Quand je lui parlais, maintenant, elle me répondait, soit avec une indifférence affectée, soit avec une irritation sourde. Et elle avait des brusqueries, des impatiences, des nerfs. Je ne l'apercevais qu'au repas et nous ne causions plus guère. Je pensai vraiment que je l'avais froissée en quelque chose; et je lui demandai un soir: «Miss Harriet, pourquoi n'êtes-vous plus avec moi comme autrefois? Qu'est-ce que j'ai fait pour vous déplaire? Vous me causez beaucoup de peine!»

Elle répondit, avec un accent de colère tout à fait drôle: «J'été toujours avec vô le même qu'autrefois. Ce n'été pas vrai, pas vrai», et elle courut s'enfermer dans sa chambre.

Elle me regardait par moments d'une étrange façon. Je me suis dit souvent depuis ce temps que les condamnés à mort doivent regarder ainsi quand on leur annonce le dernier jour. Il y avait dans son œil une

came to see that her demeanor had changed a bit. I didn't take notice of it at first.

When I worked, whether at the bottom of my valley or in some sunken lane, I would see her suddenly appear, arriving with her quick, rhythmic walk. She would sit down brusquely, breathless as if she had been running or as if some deep emotion was stirring her. She would be bright red, that English red which no other nation possesses; then, without reason, she would grow pale, turning an earthen color and seeming ready to faint away. Little by little, however, I would see her regain her normal appearance and she'd begin to talk.

Then all at once she would leave off in the middle of a sentence, get up and run away so quickly and so strangely that I wondered if I had done anything that could have displeased or hurt her.

Finally I thought that it must be her usual behavior, which had no doubt been a little modified in my honor during the early stages of our acquaintance.

When she came back to the farm after hours of walking along the wind-beaten coast, her long corkscrew hair would often have come undone and hang as if its spring had been broken. She wasn't at all concerned about it at that time, and she would come to dinner without embarrassment, mussed like that by her sister the breeze.

Next she would go up to her room to adjust what I used to call her lamp glasses; and when I would tell her with an intimate flirtatiousness that still shocked her: "You are as beautiful as a star today, Miss Harriet," a little blood would immediately rise to her cheeks, the blood of a young girl, the blood of a fifteen-year-old.

Then she suddenly became completely unsociable once again and stopped coming to see me paint. I thought: "It's a phase, it will pass." But it didn't pass. Whenever I spoke to her now, she answered me with either an affected indifference or with suppressed irritation. And she had brusque manners, fits of impatience, edginess. I saw her only at meals and we hardly spoke any more. I truly thought that I had offended her in some way; and I asked her one evening: "Miss Harriet, how come you don't treat me like you used to? What have I done to displease you? You're causing me a lot of pain!"

She answered, with a note of anger that was utterly funny: "I treating you the same as I used to. It be not true, not true," and she ran off and locked herself away in her room.

She would sometimes look at me in a strange way. I've often told myself since then that people condemned to death must look like that when their last day is announced. There was a kind of madness in her

espèce de folie, une folie mystique et violente; et autre chose
encore, une fièvre, un désir exaspéré, impatient et impuissant de l'ir-
réalisé et de l'irréalisable! Et il me semblait qu'il y avait aussi en
elle un combat où son cœur luttait contre une force inconnue qu'elle
voulait dompter, et peut-être encore autre chose . . . Que sais-je? que
sais-je?

IV

Ce fut vraiment une singulière révélation.

Depuis quelque temps je travaillais chaque matin, dès l'aurore, à un
tableau dont voici le sujet:

Un ravin profond, encaissé, dominé par deux talus de ronces et
d'arbres s'allongeait, perdu, noyé dans cette vapeur laiteuse, dans
cette ouate qui flotte parfois sur les vallons, au lever du jour. Et tout
au fond de cette brume épaisse et transparente, on voyait venir, ou
plutôt on devinait, un couple humain, un gars et une fille, embrassés,
enlacés, elle la tête levée vers lui, lui penché vers elle, et bouche à
bouche.

Un premier rayon de soleil, glissant entre les branches, traversait ce
brouillard d'aurore, l'illuminait d'un reflet rose derrière les rustiques
amoureux, faisait passer leurs ombres vagues dans une clarté argentée.
C'était bien, ma foi, fort bien.

Je travaillais dans la descente qui mène au petit val d'Étretat. J'avais
par chance, ce matin-là, la buée flottante qu'il me fallait.

Quelque chose se dressa devant moi, comme un fantôme: c'était Miss
Harriet. En me voyant elle voulut fuir. Mais je l'appelai, criant: «Venez,
venez donc, mademoiselle, j'ai un petit tableau pour vous.»

Elle s'approcha, comme à regret. Je lui tendis mon esquisse. Elle ne
dit rien, mais elle demeura longtemps immobile à regarder, et brusque-
ment elle se mit à pleurer. Elle pleurait avec des spasmes nerveux
comme les gens qui ont beaucoup lutté contre les larmes, et qui ne
peuvent plus, qui s'abandonnent en résistant encore. Je me levai d'une
secousse, ému moi-même de ce chagrin que je ne comprenais pas, et
je lui pris les mains par un mouvement d'affection brusque, un vrai
mouvement de Français qui agit plus vite qu'il ne pense.

Elle laissa quelques secondes ses mains dans les miennes, et je les
sentis frémir comme si tous ses nerfs se fussent tordus. Puis elle les re-
tira brusquement, ou plutôt, les arracha.

Je l'avais reconnu, ce frisson-là, pour l'avoir déjà senti; et rien ne m'y

eyes, a mystic and violent madness; and something else, a fever, a frustrated, impatient and powerless desire for the unrealized and the unrealizable! And it seemed to me that inside her there was also a battle in which her heart was fighting against an unknown force that she wanted to overcome, and perhaps even something else . . . How can I tell? How can I tell?

IV

It was truly an odd revelation.

For some time I'd been working each morning, starting at dawn, on a painting whose subject was this:

A deep ravine, enclosed, dominated by two embankments covered with thornbushes and trees, stretched out, lost, drowned in that milky vapor, in that cotton that sometimes floats over valleys at sunrise. And deep in that thick, clear mist you could see, or rather you could guess, that a human couple were approaching, a boy and a girl, hugging, intertwined, she with her head raised toward him, he leaning toward her, mouth upon mouth.

A first beam of sunlight, slipping between the branches, was crossing through this dawn fog, lighting it up with pink glints behind the rustic lovers, making their vague shadows pass into a silver brightness. It was good, I tell you, very good.

I was working on the slope that leads to the little valley of Étretat. By luck, that morning I had the floating mist that I needed.

Something reared up before me, like a ghost: it was Miss Harriet. Seeing me she wanted to flee. But I called to her, shouting: "Come, come now, Miss, I have a little painting for you."

She came near, as if reluctantly. I held my sketch out to her. She said nothing, but she remained still for a long time, looking, and abruptly started to weep. She wept with nervous spasms as do people who have fought hard against the tears, and who can no longer hold out, who let themselves go while still resisting. I jumped up, myself moved by this sorrow I didn't understand, and I took her hands in a sudden gesture of affection, a true gesture of a Frenchman who acts more quickly than he thinks.

She kept her hands in mine for several seconds, and I felt them tremble as if all her nerves had twisted around. Then she withdrew them abruptly, or rather, jerked them away.

I had recognized it, that shudder, from having felt it before; nothing

tromperait. Ah! le frisson d'amour d'une femme, qu'elle ait quinze ou cinquante ans, qu'elle soit du peuple ou du monde, me va si droit au cœur que je n'hésite jamais à le comprendre.

Tout son pauvre être avait tremblé, vibré, défailli. Je le savais. Elle s'en alla sans que j'eusse dit un mot, me laissant surpris comme devant un miracle, et désolé comme si j'eusse commis un crime.

Je ne rentrai pas pour déjeuner. J'allai faire un tour au bord de la falaise, ayant autant envie de pleurer que de rire, trouvant l'aventure comique et déplorable, me sentant ridicule et la jugeant malheureuse à devenir folle.

Je me demandais ce que je devais faire.

Je jugeai que je n'avais plus qu'à partir, et j'en pris tout de suite la résolution.

Après avoir vagabondé jusqu'au dîner, un peu triste, un peu rêveur, je rentrai à l'heure de la soupe.

On se mit à table comme de coutume. Miss Harriet était là, mangeait gravement, sans parler à personne et sans lever les yeux. Elle avait d'ailleurs son visage et son allure ordinaires.

J'attendis la fin du repas, puis, me tournant vers la patronne: «Eh bien, madame Lecacheur, je ne vais pas tarder à vous quitter.»

La bonne femme, surprise et chagrine, s'écria de sa voix traînante: «Qué qu' vous dites là, mon brave monsieur? vous allez nous quitter! J'étions si bien accoutumés à vous!»

Je regardai de coin Miss Harriet; sa figure n'avait point tressailli. Mais Céleste, la petite bonne, venait de lever les yeux vers moi. C'était une grosse fille de dix-huit ans, rougeaude, fraîche, forte comme un cheval, et propre, chose rare. Je l'embrassais quelquefois dans les coins, par habitude de coureur d'auberges, rien de plus.

Et le dîner s'acheva.

J'allai fumer ma pipe sous les pommiers, en marchant de long en large, d'un bout à l'autre de la cour. Toutes les réflexions que j'avais faites dans le jour, l'étrange découverte du matin, cet amour grotesque et passionné attaché à moi, des souvenirs venus à la suite de cette révélation, des souvenirs charmants et troublants, peut-être aussi ce regard de servante levé sur moi à l'annonce de mon départ, tout cela mêlé, combiné, me mettait maintenant une humeur gaillarde au corps, un picotement de baisers sur les lèvres, et, dans les veines, ce je ne sais quoi qui pousse à faire des bêtises.

La nuit venait, glissant son ombre sous les arbres et j'aperçus Céleste qui s'en allait fermer le poulailler de l'autre côté de l'enclos. Je

could fool me in that regard. Ah! a woman's shudder of love, be she fifteen or fifty, be she rustic or urbane, goes so directly to my heart that I never fail to recognize it right away.

All her poor being had trembled, shaken, swooned. I knew it. She took off without my having said a word, leaving me overwhelmed as if before a miracle, and troubled as if I'd committed a crime.

I didn't go back for lunch. I went to take a walk at the edge of the cliff, feeling as ready to cry as to laugh, finding the whole matter comic and deplorable, feeling ridiculous and reckoning her to be unhappy to the point of madness.

I wondered what I ought to do.

I reckoned that I had no other choice than to leave, and I made the resolution right away.

After having wandered around until dinner, a little sad, a little dreamy, I went back at mealtime.

We sat at the table as usual. Miss Harriet was there, ate somberly, without speaking to anyone and without lifting her eyes. Otherwise she had her normal expression and comportment.

I waited until the end of the meal, then, turning toward the old innkeeper: "Well, Madame Lecacheur, I won't be long in taking my leave of you."

The good woman, surprised and troubled, cried out in her drawling voice: "What d'you mean, my good sir? You're going to leave us! I was so used to having you around!"

I looked sidelong at Miss Harriet; her face hadn't even twitched. But Céleste, the little maid, had just raised her eyes to me. She was a plump girl of eighteen years, ruddy, fresh, strong as a horse, and clean, a rare thing. I would sometimes kiss her in corners and nooks, out of the habit of one who frequents inns, nothing more.

And dinner was over.

I went to light my pipe under the apple trees, pacing back and forth, from one end of the courtyard to the other. All the thoughts I'd had throughout the day, the strange discovery of that morning, that grotesque and passionate love for me, memories brought in the wake of that revelation, charming and troubling memories, perhaps also that servant's look raised up to me at the announcement of my departure, all that mixed up, blended, put my body in a randy mood, sending a tingling of kisses to my lips, and to my veins whatever it is that makes one do silly things.

Night was coming, slipping its shadow under the trees and I saw Céleste going to close the chicken coop at the other side of the enclo-

m'élançai, courant à pas si légers qu'elle n'entendit rien, et comme elle se relevait, après avoir baissé la petite trappe par où entrent et sortent les poules, je la saisis à pleins bras, jetant sur sa figure large et grasse une grêle de caresses. Elle se débattait, riant tout de même, accoutumée à cela.

Pourquoi l'ai-je lâchée vivement? Pourquoi me suis-je retourné d'une secousse? Comment ai-je senti quelqu'un derrière moi?

C'était Miss Harriet qui rentrait, et qui nous avait vus, et qui restait immobile comme en face d'un spectre. Puis elle disparut dans la nuit.

Je revins honteux, troublé, plus désespéré d'avoir été surpris ainsi par elle que si elle m'avait trouvé commettant quelque acte criminel.

Je dormis mal, énervé à l'excès, hanté de pensées tristes. Il me sembla entendre pleurer. Je me trompais sans doute. Plusieurs fois aussi je crus qu'on marchait dans la maison et qu'on ouvrait la porte du dehors.

Vers le matin la fatigue m'accablant, le sommeil enfin me saisit. Je m'éveillai tard et ne me montrai que pour le déjeuner, confus encore, ne sachant quelle contenance garder.

On n'avait point aperçu Miss Harriet. On l'attendit; elle ne parut pas. La mère Lecacheur entra dans sa chambre, l'Anglaise était partie. Elle avait dû même sortir dès l'aurore, comme elle sortait souvent, pour voir se lever le soleil.

On ne s'en étonna point et on se mit à manger en silence.

Il faisait chaud, très chaud, c'était un de ces jours brûlants et lourds où pas une feuille ne remue. On avait tiré la table dehors, sous un pommier; et de temps en temps Sapeur allait remplir au cellier la cruche de cidre, tant on buvait. Céleste apportait les plats de la cuisine, un ragoût de mouton aux pommes de terre, un lapin sauté et une salade. Puis elle posa devant nous une assiette de cerises, les premières de la saison.

Voulant les laver et les rafraîchir, je priai la petite bonne d'aller me tirer un seau d'eau bien froide.

Elle revint au bout de cinq minutes en déclarant que le puits était tari. Ayant laissé descendre toute la corde, le seau avait touché le fond, puis il était remonté vide. La mère Lecacheur voulut se rendre compte par elle-même, et s'en alla regarder le trou. Elle revint en annonçant qu'on voyait bien quelque chose dans son puits, quelque chose qui n'était pas naturel. Un voisin sans doute y avait jeté des bottes de paille, par vengeance.

Je voulus aussi regarder, espérant que je saurais mieux distinguer, et

sure. I dashed forward, running with steps so light that she heard noth-
ing, and as she was standing up after having lowered the little gate
through which the chickens enter and leave, I grabbed her in my arms,
throwing upon her wide and chubby face a hailstorm of caresses. She
fought back, laughing all the same, accustomed to this.

Why did I quickly let her go? Why did I turn around with a start?
How did I sense that someone was behind me?

It was Miss Harriet who was coming home, and who had seen us,
and who remained frozen as if before a ghost. Then she vanished into
the night.

I went back ashamed, vexed, more despairing for having been caught
like that by her than if she'd found me committing some criminal act.

I slept badly, edgy to the point of excess, haunted by sad thoughts.
I thought I heard someone crying. I was mistaken, no doubt. Several
times I also thought someone was walking in the house and was open-
ing the front door.

Toward morning, when I was wiped out by fatigue, sleep finally took
me. I awoke late and was present only for lunch, still confused, not
knowing what bearing to adopt.

No one had seen Miss Harriet. We waited for her; she didn't show
up. Old lady Lecacheur went into her room, the Englishwoman had
departed. She must even have left at dawn, as she often did, in order
to see the sunrise.

No one was surprised and we began to eat in silence.

It was hot out, very hot, it was one of those burning and heavy days
where not a single leaf stirs. The table had been taken outside, under
an apple tree; and from time to time Sapper would go to the storeroom
to refill the cider jug, we were drinking so much. Céleste brought the
foods from the kitchen, a ragout of mutton with potatoes, a sautéed rab-
bit and a salad. Then she placed before us a plate of cherries, the first
of the season.

Wanting to wash and chill them, I asked the little maid to go draw
me a bucket of very cold water.

She came back five minutes later stating that the well was dry. After
the entire rope had been lowered, the bucket had touched the bottom,
then it had come back up empty. Old lady Lecacheur wanted to see
for herself, and she went to look at the hole. She came back announc-
ing one could certainly see something in her well, something out of the
ordinary. A neighbor no doubt had thrown in some bales of straw, out
of vengeance.

I also wanted to look, hoping that I would be better able to tell what

je me penchai sur le bord. J'aperçus vaguement un objet blanc. Mais quoi? J'eus alors l'idée de descendre une lanterne au bout d'une corde. La lueur jaune dansait sur les parois de pierre, s'enfonçant peu à peu. Nous étions tous les quatre inclinés sur l'ouverture, Sapeur et Céleste nous ayant rejoints. La lanterne s'arrêta au-dessus d'une masse indistincte, blanche et noire, singulière, incompréhensible. Sapeur s'écria:

«C'est un cheval. Je vé le sabot. Y s'ra tombé c'te nuit après s'avoir écapé du pré.»

Mais soudain, je frissonnai jusqu'aux moelles. Je venais de reconnaître un pied, puis une jambe dressée; le corps entier et l'autre jambe disparaissaient sous l'eau.

Je balbutiai, très bas, et tremblant si fort que la lanterne dansait éperdument au-dessus du soulier:

«C'est une femme qui ... qui ... qui est là-dedans ... c'est Miss Harriet.»

Sapeur seul ne sourcilla pas. Il en avait vu bien d'autres en Afrique!

La mère Lecacheur et Céleste se mirent à pousser des cris perçants, et elles s'enfuirent en courant.

Il fallut faire le sauvetage de la morte. J'attachai solidement le valet par les reins et je le descendis ensuite au moyen de la poulie, très lentement, en le regardant s'enfoncer dans l'ombre. Il tenait aux mains la lanterne et une autre corde. Bientôt sa voix, qui semblait venir du centre de la terre, cria: «Arr'tez»; et je le vis qui repêchait quelque chose dans l'eau, l'autre jambe, puis il ligatura les deux pieds ensemble et cria de nouveau: «Halez.»

Je le fis remonter; mais je me sentais les bras cassés, les muscles mous, j'avais peur de lâcher l'attache et de laisser retomber l'homme. Quand sa tête apparut à la margelle, je demandai: «Eh bien?» comme si je m'étais attendu à ce qu'il me donnât des nouvelles de celle qui était là, au fond.

Nous montâmes tous deux sur la pierre du rebord et, face à face, penchés sur l'ouverture, nous nous mîmes à hisser le corps.

La mère Lecacheur et Céleste nous guettaient de loin, cachées derrière le mur de la maison. Quand elles aperçurent, sortant du trou, les souliers noirs et les bas blancs de la noyée, elles disparurent.

Sapeur saisit les chevilles, et on la tira de là, la pauvre et chaste fille, dans la posture la plus immodeste. La tête était affreuse, noire et déchirée; et ses longs cheveux gris, tout à fait dénoués, déroulés pour toujours, pendaient, ruisselants et fangeux. Sapeur prononça d'un ton de mépris:

«Nom d'un nom, qu' all' est maigre!»

it was, and I leaned over the rim. I vaguely made out a white object. But what? I then had the idea of lowering a lantern at the end of a rope. The yellow glow danced on the stone walls, going deeper little by little. All four of us were leaning over the opening, Sapper and Céleste having joined us. The lantern came to a stop above an indistinct mass, white and black, odd, incomprehensible. Sapper cried out:

"It's a horse. I seen the shoe. 'E must of fallen thar last night after excaping from the pasture."

But suddenly, I shivered all the way to the marrow. I'd just recognized a foot, then a leg sticking up; the entire body and the other leg were invisible under the water.

I stammered, very softly, and shaking so hard that the lantern danced wildly above the shoe:

"It's a woman that . . . that . . . that's in there . . . it's Miss Harriet."

Only Sapper didn't bat an eyelash. He'd seen much worse in Africa!

Old lady Lecacheur and Céleste started to emit piercing cries, and they took off running.

We had to salvage the corpse. I tied the stable boy firmly by the waist and I then lowered him by means of the pulley, very slowly, watching him go deeper into the darkness. He had the lantern and another rope in his hands. Soon his voice, which seemed to come from the center of the earth, called out: "Stop!"; and I saw him fishing something out of the water, the other leg, then he tied the two feet together and shouted once more: "Heave!"

I raised him; but I felt my arms ache and my muscles go limp; I was afraid of losing my grip on the rope and letting the man fall. When his head appeared at the rim, I asked "Yes, yes?" as if I'd expected that he'd give me a message from the woman who was down there, at the bottom.

The two of us climbed up on the stone of the rim and, face to face, leaning over the opening, we began to hoist up the body.

Old lady Lecacheur and Céleste were watching us from afar, hidden behind the wall of the house. When they saw, coming out of the hole, the black shoes and the white stockings of the drowned, they ran off.

Sapper grabbed the ankles, and we pulled her up from there, the poor, chaste girl, in the most immodest position. The head was horrible, black and in shreds; and her long gray hair, completely undone, let down forever, was hanging dripping and muddy. Sapper said with a contemptuous tone:

"By golly, she's a thin one alrighty!"

Nous la portâmes dans sa chambre, et comme les deux femmes ne paraissaient point, je fis sa toilette mortuaire avec le valet d'écurie.

Je lavai sa triste face décomposée. Sous mon doigt un œil s'ouvrit un peu, qui me regarda de ce regard pâle, de ce regard froid, de ce regard terrible des cadavres, qui semble venir de derrière la vie. Je soignai comme je le pus ses cheveux répandus, et, de mes mains inhabiles, j'ajustai sur son front une coiffure nouvelle et singulière. Puis j'enlevai ses vêtements trempés d'eau, découvrant un peu, avec honte, comme si j'eusse commis une profanation, ses épaules et sa poitrine, et ses longs bras aussi minces que des branches.

Puis, j'allai chercher des fleurs, des coquelicots, des bleuets, des marguerites et de l'herbe fraîche et parfumée, dont je couvris sa couche funèbre.

Puis il me fallut remplir les formalités d'usage, étant seul auprès d'elle. Une lettre trouvée dans sa poche, écrite au dernier moment, demandait qu'on l'enterrât dans ce village où s'étaient passés ses derniers jours. Une pensée affreuse me serra le cœur. N'était-ce point à cause de moi qu'elle voulait rester en ce lieu?

Vers le soir, les commères du village s'en vinrent pour contempler la défunte; mais j'empêchai qu'on entrât; je voulais rester seul près d'elle; et je veillai toute la nuit.

Je la regardais à la lueur des chandelles, la misérable femme inconnue à tous, morte si loin, si lamentablement. Laissait-elle quelque part des amis, des parents? Qu'avaient été son enfance, sa vie? D'où venait-elle ainsi, toute seule, errante, perdue, comme un chien chassé de sa maison? Quel secret de souffrance et de désespoir était enfermé dans ce corps disgracieux, dans ce corps porté, ainsi qu'une tare honteuse, durant toute son existence, enveloppe ridicule qui avait chassé loin d'elle toute affection et tout amour?

Comme il y a des êtres malheureux! Je sentais peser sur cette créature humaine l'éternelle injustice de l'implacable nature! C'était fini pour elle, sans que, peut-être, elle eût jamais eu ce qui soutient les plus déshérités, l'espérance d'être aimée une fois! Car pourquoi se cachait-elle ainsi, fuyait-elle les autres? Pourquoi aimait-elle d'une tendresse si passionnée toutes les choses et tous les êtres vivants qui ne sont point les hommes?

Et je comprenais qu'elle crût à Dieu, celle-là, et qu'elle eût espéré ailleurs la compensation de sa misère. Elle allait maintenant se décomposer et devenir plante à son tour. Elle fleurirait su soleil, serait broutée par les vaches, emportée en graine par les oiseaux, et, chair des bêtes, elle redeviendrait de la chair humaine. Mais ce qu'on appelle

We carried her to her room, and as the two women weren't to be seen, I did her mortuary toilette with the stable boy.

I washed her sad, rotted face. Under my finger one eye opened a bit, watching me with that wan look, that cold look, that terrible look of cadavers, which seems to come from beyond life. I groomed her tousled hair as best I could, and, with my clumsy hands, I arranged it on her forehead in a new, striking style. Then I removed her soaking clothes, uncovering a little, with shame, as if I'd committed a sacrilege, her shoulders and her bosom, and her long arms as thin as branches.

Then, I went to find some flowers, poppies, cornflowers, daisies and fresh, scented grass, with which I covered her funeral bed.

Then I had to comply with the customary formalities, being alone with her. A letter found in her pocket, written at the last minute, requested that she be buried in the village where she'd spent her last days. A horrible thought gripped my heart. Wasn't it because of me that she wanted to stay in that spot?

Toward evening, the women of the village came by to look at the deceased; but I wouldn't allow anyone to come in; I wanted to stay alone next to her; and I kept vigil all night.

I watched her in the candlelight, the miserable woman unknown to all, who had died so far from home, so pitiably. Was she leaving behind somewhere any friends, any relatives? What had her childhood been like, her life? Where had she come from like that, all alone, wandering, lost, like a dog driven from home? What secret of pain and despair was locked in that awkward body, in that body carried just like a shameful blemish throughout her entire existence, a ridiculous wrapper that had driven far away from her all affection and all love?

There are certainly some unfortunate beings in the world! I felt weighing upon this human creature the eternal injustice of implacable nature! It was over for her, without, perhaps, her ever having had what sustains the most deprived, the hope of being loved at least once! For why would she hide herself like that, why would she run away from others? Why did she love with such a passionate tenderness all the things and all the living beings which are not human?

And I understood that she believed in God, that woman, and that she'd expected elsewhere the compensation for her misery. She was now going to rot and in turn become a plant. She would blossom in the sun, would be grazed upon by cows, carried away as seed by the birds, and, in the form of animal flesh, she would become human flesh once

l'âme s'était éteint au fond du puits noir. Elle ne souffrait plus. Elle avait changé sa vie contre d'autres vies qu'elle ferait naître.

Les heures passaient dans ce tête-à-tête sinistre et silencieux. Une lueur pâle annonça l'aurore; puis un rayon rouge glissa jusqu'au lit, mit une barre de feu sur les draps et su les mains. C'était l'heure qu'elle aimait tant. Les oiseaux réveillés chantaient dans les arbres.

J'ouvris toute grande la fenêtre, j'écartai les rideaux pour que le ciel entier nous vît, et, me penchant sur le cadavre glacé, je pris dans mes mains la tête défigurée, puis, lentement, sans terreur et sans dégoût, je mis un baiser, un long baiser, sur ces lèvres qui n'en avaient jamais reçu.

. .

Léon Chenal se tut. Les femmes pleuraient. On entendait sur le siège le comte d'Étraille se moucher coup sur coup. Seul le cocher sommeillait. Et les chevaux, qui ne sentaient plus le fouet, avaient ralenti leur marche, tiraient mollement. Et le break n'avançait plus qu'à peine, devenu lourd tout à coup comme s'il eût été chargé de tristesse.

again. But what we call the soul had been extinguished at the bottom of the dark well. She was no longer suffering. She had traded her life for other lives which she had yet to give birth to.

The hours passed by in that sinister and silent confrontation. A pale glow announced the dawn; then a red beam slid across to the bed, put a bar of fire upon the sheets and upon her hands. It was the time of day she loved so much. The awakening birds were singing in the trees.

I threw open the window, I spread the curtains so that all of heaven could see us, and, leaning over the icy cadaver, I took her disfigured head in my hands, then, slowly, without fear and without disgust, I placed a kiss, a long kiss, upon those lips which had never before received one.

. .

Léon Chenal fell silent. The women were crying. We could hear on the driver's seat the Count d'Étraille blow his nose again and again. Only the driver was dozing. And the horses, which no longer felt the whip, had slackened their pace, pulling sluggishly. And the carriage was barely moving forward, having suddenly become heavy as if it had been freighted with sadness.

LA FICELLE

A Harry Alis.

SUR TOUTES LES routes autour de Goderville, les paysans et leurs femmes s'en venaient vers le bourg; car c'était jour de marché. Les mâles allaient, à pas tranquilles, tout le corps en avant à chaque mouvement de leurs longues jambes torses, déformées par les rudes travaux, par la pesée sur la charrue qui fait en même temps monter l'épaule gauche et dévier la taille, par le fauchage des blés qui fait écarter les genoux pour prendre un aplomb solide, par toutes les besognes lentes et pénibles de la campagne. Leur blouse bleue, empesée, brillante, comme vernie, ornée au col et aux poignets d'un petit dessin de fil blanc, gonflée autour de leur torse osseux, semblait un ballon prêt à s'envoler, d'où sortaient une tête, deux bras et deux pieds.

Les uns tiraient au bout d'une corde une vache, un veau. Et leurs femmes, derrière l'animal, lui fouettaient les reins d'une branche encore garnie de feuilles, pour hâter sa marche. Elles portaient au bras de larges paniers d'où sortaient des têtes de poulets par-ci, des têtes de canards par-là. Et elles marchaient d'un pas plus court et plus vif que leurs hommes, la taille sèche, droite et drapée dans un petit châle étriqué, épinglé sur leur poitrine plate, la tête enveloppée d'un linge blanc collé sur les cheveux et surmontée d'un bonnet.

Puis, un char à bancs passait, au trot saccadé d'un bidet, secouant étrangement deux hommes assis côte à côte et une femme dans le fond du véhicule, dont elle tenait le bord pour atténuer les durs cahots.

Sur la place de Goderville, c'était une foule, une cohue d'humains et de bêtes mélangés. Les cornes des bœufs, les hauts chapeaux à longs poils des paysans riches et les coiffes des paysannes émergeaient à la surface de l'assemblée. Et les voix criardes, aiguës, glapissantes, formaient une clameur continue et sauvage que dominait parfois un grand éclat poussé par la robuste poitrine d'un campagnard en gaieté, ou le long meuglement d'une vache attachée au mur d'une maison.

Tout cela sentait l'étable, le lait et le fumier, le foin et la sueur, dé-

THE PIECE OF STRING

To Harry Alis.

DOWN ALL THE ROADS around Goderville, the countryfolk and their wives were coming toward the town, for it was market day. The men were going along, at an easy pace, their whole bodies lurching forward with each movement of their long twisted legs, misshapen by hard work, by the pressure on the plow which makes the left shoulder hump at the same time as it contorts the torso, by the reaping of wheat which made the knees spread out to gain a solid footing, by all the slow and difficult toil of the country. Their blue smocks, starched shiny as if lacquered, adorned at the collar and cuffs with a little design of white thread, puffed out around their bony torsos, seemed like balloons ready to take off, from which popped out a head, two arms and two feet.

Some of them were leading a cow or a calf at the end of a rope. And their wives, behind the animal, whipped its hindquarters with a branch with leaves still on it, to quicken its pace. They were carrying in their arms wide baskets from which the heads of chickens peeked out over here, heads of ducks over there. And they walked with shorter and livelier steps than their husbands, their torsos lean, erect and draped in little, meager shawls, pinned over their flat chests, their heads wrapped in white cloths pulled tight around their hair and topped with bonnets.

Then a surrey passed by, at the jerky trot of a nag, strangely shaking two men sitting next to each other and, in the back of the vehicle, a woman, who was holding on to the edge of it to lessen the effect of the hard bumps.

In Goderville's square, there was a crowd, a mob of intermingled humans and beasts. The horns of the steers, the tall, long-napped hats of the wealthy countrymen and the headdresses of the countrywomen rose up from the surface of the assemblage. And the shrill, sharp, squealing voices formed an unending, wild din that was at times topped by a great outburst emitted by the hearty lungs of a happily inebriated yokel, or the long lowing of a cow tied to the wall of a house.

All this smelled of the stable, milk and manure, hay and sweat, ex-

175

gageait cette saveur aigre, affreuse, humaine et bestiale, particulière
aux gens des champs.

Maître Hauchecorne, de Bréauté, venait d'arriver à Goderville,
et il se dirigeait vers la place, quand il aperçut par terre un petit bout
de ficelle. Maître Hauchecorne, économe en vrai Normand, pensa que
tout était bon à ramasser qui peut servir; et il se baissa péniblement,
car il souffrait de rhumatismes. Il prit, par terre, le morceau de corde
mince, et il se disposait à le rouler avec soin, quand il remarqua, sur le
seuil de sa porte, maître Malandain, le bourrelier, qui le regardait. Ils
avaient eu des affaires ensemble au sujet d'un licol, autrefois, et ils
étaient restés fâchés, étant rancuniers tous deux. Maître Hauchecorne
fut pris d'une sorte de honte d'être vu ainsi, par son ennemi, cherchant
dans la crotte un bout de ficelle. Il cacha brusquement sa trouvaille
sous sa blouse, puis dans la poche de sa culotte; puis il fit semblant de
chercher encore par terre quelque chose qu'il ne trouvait point, et il
s'en alla vers le marché, la tête en avant, courbé en deux par ses
douleurs.

Il se perdit aussitôt dans la foule criarde et lente, agitée par les in-
terminables marchandages. Les paysans tâtaient les vaches, s'en al-
laient, revenaient, perplexes, toujours dans la crainte d'être mis dedans,
n'osant jamais se décider, épiant l'œil du vendeur, cherchant sans fin
à découvrir la ruse de l'homme et le défaut de la bête.

Les femmes, ayant posé à leurs pieds leurs grands paniers, en avaient
tiré leurs volailles qui gisaient par terre, liées par les pattes, l'œil ef-
faré, la crête écarlate.

Elles écoutaient les propositions, maintenaient leurs prix, l'air sec, le
visage impassible, ou bien tout à coup, se décidant au rabais proposé,
criaient au client qui s'éloignait lentement:

«C'est dit, maît' Anthime. J'vous l'donne.»

Puis, peu à peu, la place se dépeupla, et l'angélus sonnant midi, ceux
qui demeuraient trop loin se répandirent dans les auberges.

Chez Jourdain, la grande salle était pleine de mangeurs, comme la
vaste cour était pleine de véhicules de toute race, charrettes, cabriolets,
chars à bancs, tilburys, carrioles innommables, jaunes de crotte, défor-
mées, rapiécées, levant au ciel, comme deux bras, leurs brancards, ou
bien le nez par terre et le derrière en l'air.

Tout contre les dîneurs attablés, l'immense cheminée, pleine de
flamme claire, jetait une chaleur vive dans le dos de la rangée de
droite. Trois broches tournaient, chargées de poulets, de pigeons et de
gigots; et une délectable odeur de viande rôtie et de jus ruisselant sur

uded that horrible pungent scent, human and animal, particular to coun-
tryfolk.

Master Hauchecorne, from Bréauté, had just arrived at Goderville, and
he was heading toward the square, when he saw on the ground a little
piece of string. Master Hauchecorne, thrifty like a true Norman, thought
that everything that could be put to use was worth picking up; and he
bent down with difficulty, since he suffered from rheumatism. He took
from the ground the piece of thin cord, and he set about rolling it up
carefully, when he noticed, on the threshold of his front door, Master
Malandain, the saddler, who was watching him. They'd had some dis-
putes together over a bridle, at an earlier time, and they'd remained an-
gry, each of them being given to grudges. Master Hauchecorne was over-
come by a kind of shame to be seen like that, by his enemy, searching
in the dung for a piece of string. He abruptly hid his find under his smock,
then in his trouser pocket; then he made believe he was looking on the
ground for something else which he couldn't find, and he went off to the
market, his head pitched forward, doubled over by his pain.

He immediately lost himself in the noisy, slow crowd, which was ex-
cited by the endless dealings. The countryfolk were feeling the cows,
were going and coming, befuddled, always in fear of being duped, never
daring to make up their minds, keeping watch on the seller's eyes, seek-
ing endlessly to uncover the man's trickery and the animal's flaws.

The women, having placed their large baskets at their feet, had taken
out their fowl, which were lying on the ground, bound by the feet, their
eyes panicky, their combs scarlet.

They listened to the offers, not lowering their prices, with a dry de-
meanor and impassible countenances, or else, all at once, accepting the
lower offer, called out to the customer who was backing away slowly:
"Done, Master Anthime. I'll give it to ya."

Then, little by little, the square thinned out and, the noon Angelus
ringing, those who lived too far away spread out into the inns.

At Jourdain's, the great hall was full of people eating, just as the vast
courtyard was full of all types of vehicles, carts, cabriolets, surreys,
tilburies, unidentifiable wagons, yellow from animal droppings, bent out
of shape, patched up, either raising their shafts up to the sky like two
arms, or keeping their noses to the ground and their rumps up in the air.

Opposite the seated diners, the huge fireplace, full of bright flame,
threw a lively warmth upon the back of the right-hand row. Three spits
were turning, laden with chickens, pigeons and legs of lamb; and a de-
lectable aroma of roasted meat and dripping juice on browned skin was

la peau rissolée, s'envolait de l'âtre, allumait les gaietés, mouillait les bouches.

Toute l'aristocratie de la charrue mangeait là, chez maît' Jourdain, aubergiste et maquignon, un malin qui avait des écus.

Les plats passaient, se vidaient comme les brocs de cidre jaune. Chacun racontait ses affaires, ses achats et ses ventes. On prenait des nouvelles des récoltes. Le temps était bon pour les verts, mais un peu mucre pour les blés.

Tout à coup, le tambour roula, dans la cour, devant la maison. Tout le monde aussitôt fut debout, sauf quelques indifférents, et on courut à la porte, aux fenêtres, la bouche encore pleine et la serviette à la main.

Après qu'il eut terminé son roulement, le crieur public lança d'une voie saccadée, scandant ses phrases à contretemps:

«Il est fait assavoir aux habitants de Goderville, et en général à toutes—les personnes présentes au marché, qu'il a été perdu ce matin, sur la route de Beuzeville, entre—neuf heures et dix heures, un porte-feuille en cuir noir, contenant cinq cents francs et des papiers d'affaires. On est prié de le rapporter—à la mairie, incontinent, ou chez maître Fortuné Houlbrèque, de Manneville. Il y aura vingt francs de récompense.»

Puis l'homme s'en alla. On entendit encore une fois au loin les battements sourds de l'instrument et la voix affaiblie du crieur.

Alors on se mit à parler de cet événement, en énumérant les chances qu'avait maître Houlbrèque de retrouver ou de ne pas retrouver son portefeuille.

Et le repas s'acheva.

On finissait le café, quand le brigadier de gendarmerie parut sur le seuil.

Il demanda:

«Maître Hauchecorne, de Bréauté, est-il ici?»

Maître Hauchecorne, assis à l'autre bout de la table, répondit:

«Me v'là.»

Et le brigadier reprit:

«Maître Hauchecorne, voulez-vous avoir la complaisance de m'accompagner à la mairie. M. le maire voudrait vous parler.»

Le paysan, surpris, inquiet, avala d'un coup son petit verre, se leva et, plus courbé encore que le matin, car les premiers pas après chaque repos étaient particulièrement difficiles, il se mit en route en répétant:

«Me v'là, me v'là.»

escaping from the hearth, enlivening the festivities, making mouths water.

All the aristocracy of the plow was eating there, at the establishment of Master Jourdain, innkeeper and horse dealer, a crafty man who had money.

The plates of food passed around, emptying themselves like the jugs of yellow cider. Everyone recounted his dealings, his purchases and his sales. They exchanged news of the harvests. The weather was good for fodder, but a little humid for wheat.

All of a sudden, the drum rolled, in the courtyard, in front of the house. Everybody stood up right away, except for a few who were indifferent, and they ran to the door, to the windows, mouths still full and napkins in hand.

After he had finished his drum roll, the town crier called out in an uneven voice, accenting his sentences in the wrong places:

"Let it be known to the citizens of Goderville, and in general to all—those persons present at the market, that there has been lost this morning, on the road from Beuzeville, between—nine o'clock and ten o'-clock, a black leather wallet containing five hundred francs and some business documents. You are asked to bring it—to the town hall, at once, or to the home of Master Fortuné Houlbrèque of Manneville. There will be a reward of twenty francs."

Then the man went off. They heard once more in the distance the dull thumping of the instrument and the fainter voice of the town crier.

Then everyone began to talk of this development, figuring the odds Master Houlbrèque had of recovering his wallet or not.

And the meal was over.

People were finishing their coffee, when the sergeant of the constabulary appeared in the doorway.

He asked:

"Master Hauchecorne, of Bréauté, is he here?"

Master Hauchecorne, sitting at the other end of the table, answered: "Here I am."

And the sergeant went on:

"Master Hauchecorne, would you be so kind as to accompany me to the town hall? The mayor would like to speak with you."

The countryman, taken aback, worried, swallowed his liqueur in a single draught, stood up and, even more stooped over than in the morning, since the first steps after every meal were especially hard, he got moving as he repeated:

"Here I am, here I am."

Et il suivit le brigadier.

La maire l'attendait, assis dans un fauteuil. C'était le notaire de l'endroit, homme gros, grave, à phrases pompeuses.

«Maître Hauchecorne, dit-il, on vous a vu ce matin ramasser, sur la route de Beuzeville, le portefeuille perdu par maître Houlbrèque, de Manneville.»

Le campagnard, interdit, regardait le maire, apeuré déjà par ce soupçon qui pesait sur lui, sans qu'il comprît pourquoi.

«Mé, mé, j'ai ramassé çu portafeuille?

—Oui, vous-même.

—Parole d'honneur, je n'en ai seulement point eu connaissance.

—On vous a vu.

—On m'a vu, mé? Qui ça qui m'a vu?

—M. Malandain, le bourrelier.»

Alors le vieux se rappela, comprit et, rougissant de colère:

«Ah! i m'a vu, çu mamant! I m'a vu ramasser c'te ficelle-là, tenez, m'sieu le maire.»

Et, fouillant au fond de sa poche, il en retira le petit bout de corde.

Mais le maire, incrédule, remuait la tête.

«Vous ne me ferez pas accroire, maître Hauchecorne, que M. Malandain, qui est un homme digne de foi, a pris ce fil pour un porte-feuille.»

Le paysan, furieux, leva la main, cracha de côté pour attester son honneur, répétant:

«C'est pourtant la vérité du bon Dieu, la sainte vérité, m'sieu le maire. Là, sur mon âme et mon salut, je l'répète.»

Le maire reprit:

«Après avoir ramassé l'objet, vous avez même encore cherché longtemps dans la boue, si quelque pièce de monnaie ne s'en était pas échappée.»

Le bonhomme suffoquait d'indignation et de peur.

«Si on peut dire! . . . si on peut dire . . . des menteries comme ça pour dénaturer un honnête homme! Si on peut dire! . . .»

Il eut beau protester, on ne le crut pas.

Il fut confronté avec M. Malandain, qui répéta et soutint son affirmation. Ils s'injurièrent une heure durant. On fouilla, sur sa demande, maître Hauchecorne. On ne trouva rien sur lui.

Enfin, le maire, fort perplexe, le renvoya, en le prévenant qu'il allait aviser le parquet et demander des ordres.

And he followed the sergeant.

The mayor was waiting for him, seated in an armchair. He was the notary of the area, a heavy, serious man, given to pompous declarations.

"Master Hauchecorne," he said, "you were seen this morning on the road from Beuzeville picking up the wallet lost by Master Houlbrèque of Manneville."

The yokel, dumbstruck, looked at the mayor; he was already frightened by this suspicion that was weighing on him, without understanding why.

"I, I, I picked up that thar wallet?"

"Yes, you did."

"Word of honor, I ain't never even seen it."

"Someone saw you."

"Someone seen me? Who seen me?"

"Monsieur Malandain, the saddler."

Then the old man remembered, understood and, flushed with anger:

"Ah! 'e seen me, that varmint! 'E seen me pick up this here piece of string, your honor."

And, rummaging at the bottom of his pocket, he pulled out the little bit of cord.

But the mayor, unbelieving, shook his head.

"You won't have me believe, Master Hauchecorne, that Monsieur Malandain, who is a trustworthy man, confused that thread with a wallet."

The countryman, outraged, raised his hand, spat to one side to attest to his honor, repeating:

"It's the God's honest truth, the blessed truth, your honor. There, on my soul and my salvation, I repeat it."

The mayor continued:

"After having picked up the object, you still searched for a long time in the mud, in case some coin had fallen out."

The fellow was choking with indignation and fear.

"To think that someone is capable of telling! . . . that someone is capable of telling . . . lies like that in order to smear an honest man! That someone is capable! . . ."

He protested in vain, no one believed him.

He was confronted with Monsieur Malandain, who repeated and supported his claim. They insulted each other for an entire hour. Master Hauchecorne, at his request, was frisked. They found nothing on him.

Finally, the mayor, quite perplexed, sent him away, warning him that he was going to alert the public prosecutor and ask for orders.

La nouvelle s'était répandue. A sa sortie de la mairie, le vieux fut entouré, interrogé avec une curiosité sérieuse ou goguenarde, mais où n'entrait aucune indignation. Et il se mit à raconter l'histoire de la ficelle. On ne le crut pas. On riait.

Il allait, arrêté par tous, arrêtant ses connaissances, recommençant sans fin son récit et ses protestations, montrant ses poches retournées, pour prouver qu'il n'avait rien.

On lui disait:

«Vieux malin, va!»

Et il se fâchait, s'exaspérant, enfiévré, désolé de n'être pas cru, ne sachant que faire, et contant toujours son histoire.

La nuit vint. Il fallait partir. Il se mit en route avec trois voisins à qui il montra la place où il avait ramassé le bout de corde; et tout le long du chemin il parla de son aventure.

Le soir, il fit une tournée dans le village de Bréauté, afin de la dire à tout le monde. Il ne rencontra que des incrédules.

Il en fut malade toute la nuit.

Le lendemain, vers une heure de l'après-midi, Marius Paumelle, valet de ferme de maître Breton, cultivateur à Ymauville, rendait le portefeuille et son contenu à maître Houlbrèque, de Manneville.

Cet homme prétendait avoir, en effet, trouvé l'objet sur la route; mais, ne sachant pas lire, il l'avait rapporté à la maison et donné à son patron.

La nouvelle se répandit aux environs. Maître Hauchecorne en fut informé. Il se mit aussitôt en tournée et commença à narrer son histoire complétée du dénouement. Il triomphait.

«C' qui m' faisait deuil, disait-il, c'est point tant la chose, comprenez-vous; mais c'est la menterie. Y a rien qui vous nuit comme d'être en réprobation pour une menterie.»

Tout le jour il parlait de son aventure, il la contait sur les routes aux gens qui passaient, au cabaret aux gens qui buvaient, à la sortie de l'église le dimanche suivant. Il arrêtait des inconnus pour la leur dire. Maintenant, il était tranquille, et pourtant quelque chose le gênait sans qu'il sût au juste ce que c'était. On avait l'air de plaisanter en l'écoutant. On ne paraissait pas convaincu. Il lui semblait sentir des propos derrière son dos.

Le mardi de l'autre semaine, il se rendit au marché de Goderville, uniquement poussé par le besoin de conter son cas.

Malandain, debout sur sa porte, se mit à rire en le voyant passer. Pourquoi?

Il aborda un fermier de Criquetot, qui ne le laissa pas achever et, lui

The news had spread. As he left the town hall, the old man was surrounded, interrogated with both serious and mocking curiosity, but wholly without indignation. And he began to tell the story of the string. No one believed him. Everyone laughed.

He went along, stopped by everyone, stopping his acquaintances, starting his speech and his protests again and again, displaying his turned-out pockets, to prove that he had nothing.

Everyone told him:

"You sly old fox, you!"

And he grew angry, exasperated, enraged, upset at not being believed, not knowing what to do, and telling his story endlessly.

Night came. It was time to leave. He started off with three neighbors to whom he pointed out the spot where he had picked up the bit of cord; and all along the way he spoke about his adventure.

That evening, he made the rounds in the village of Bréauté, in order to tell everyone about it. He met only with unbelievers.

He was sick over it all night.

The next day, around one o'clock in the afternoon, Marius Paumelle, a farmhand of Master Breton, a farmer at Ymauville, turned in the wallet and its contents to Master Houlbrèque of Manneville.

That man claimed to have indeed found the object on the road; but, unable to read, he'd taken it home and given it to his employer.

The news spread through the area. Master Hauchecorne was informed of it. Right away he began to make the rounds and started to narrate his story, now with its ending. He gloated.

"What pained me," he said, "isn't so much the matter itself, you understand; but it's the lying. Ain't nothing that harms you like being took for a criminal because of a lie."

All day he talked about his adventure, he would tell it on the roads to people passing by, at the tavern to people drinking, and as church was letting out the following Sunday. He stopped strangers in order to tell them. Now he was calm, and yet something else was bothering him without his knowing exactly what it was. Everyone had a joking air as they listened to him. No one seemed convinced. He seemed to hear talk behind his back.

On Tuesday of the next week, he went down to the market at Goderville, solely driven by the need to plead his case.

Malandain, standing in his doorway, began to laugh when he saw him pass by. Why?

He went up to a farmer from Criquetot, who didn't let him finish

jetant une tape dans le creux de son ventre, lui cria par la figure: «Gros malin, va!» Puis lui tourna les talons.

Maître Hauchecorne demeura interdit et de plus en plus inquiet. Pourquoi l'avait-on appelé «gros malin»?

Quand il fut assis à table, dans l'auberge de Jourdain, il se remit à expliquer l'affaire.

Un maquignon de Montivilliers lui cria:

«Allons, allons, vieille pratique, je la connais, ta ficelle!»

Hauchecorne balbutia:

«Puisqu'on l'a retrouvé, çu portafeuille!»

Mais l'autre reprit:

«Tais-té, mon pé, y en a un qui trouve, et y en a un qui r'porte. Ni vu ni connu, je t'embrouille.»

Le paysan resta suffoqué. Il comprenait enfin. On l'accusait d'avoir fait rapporter le portefeuille par un compère, par un complice.

Il voulut protester. Toute la table se mit à rire.

Il ne put achever son dîner et s'en alla, au milieu des moqueries.

Il rentra chez lui, honteux et indigné, étranglé par la colère, par la confusion, d'autant plus atterré qu'il était capable, avec sa finauderie de Normand, de faire ce dont on l'accusait, et même de s'en vanter comme d'un bon tour. Son innocence lui apparaissait confusément comme impossible à prouver, sa malice étant connue. Et il se sentait frappé au cœur par l'injustice du soupçon.

Alors il recommença à conter l'aventure, en allongeant chaque jour son récit, ajoutant chaque fois des raisons nouvelles, des protestations plus énergiques, des serments plus solennels qu'il imaginait, qu'il préparait dans ses heures de solitude, l'esprit uniquement occupé de l'histoire de la ficelle. On le croyait d'autant moins que sa défense était plus compliquée et son argumentation plus subtile.

«Ça, c'est des raisons d'menteux», disait-on derrière son dos.

Il le sentait, se rongeait les sangs, s'épuisait en efforts inutiles.

Il dépérissait à vue d'œil.

Les plaisants maintenant lui faisaient conter «la Ficelle» pour s'amuser, comme on fait conter sa bataille au soldat qui a fait campagne. Son esprit, atteint à fond, s'affaiblissait.

Vers la fin de décembre, il s'alita.

Il mourut dans les premiers jours de janvier, et, dans le délire de l'agonie, il attestait son innocence, répétant:

«Une 'tite ficelle ... une 'tite ficelle ... t'nez, la voilà, m'sieu le maire.»

and, giving him a jab in the hollow of his belly, shouted in his face: "Tricky character, aren't you?" Then he turned his back on him.

Master Hauchecorne stood there dumbfounded and more and more anxious. Why would they call him a "tricky character"?

When he sat down at the table, in Jourdain's tavern, he began again to explain the matter.

A horse dealer from Montivilliers shouted at him:

"Come now, come now, old slyboots, I already know about your string!"

Hauchecorne stammered:

"But they found it, that thar wallet!"

But the other man went on:

"Shut up, old man, thar's one of ya that finds, and one of ya that brings back. No one will be any the wiser; I'm confusing you."

The countryman sat there in a rage. He understood at last. They were accusing him of having the wallet brought back by a crony, by an accomplice.

He tried to protest. The whole table began to laugh.

He couldn't finish his dinner and left, amid jeers.

He went home, shamed and indignant, strangled by anger, by confusion, all the more dismayed because he was capable, with his Norman guile, of doing what they were accusing him of, and even of bragging about it as if about a good trick. His innocence seemed confusedly to be impossible to prove, his slyness being well known. And he felt stricken in his heart by the injustice of the suspicion.

Then he began once more to tell the story, lengthening the narrative every day, each time adding new reasons, more energetic protestations, the most solemn oaths that he could think up, which he prepared in his hours of solitude, his mind solely occupied by the story of the string. He was believed less and less as his defense became more complex and his arguments more cunning.

"Those are the excuses of a liar," they would say behind his back.

He was aware of it, worried himself sick, wore himself out with useless efforts.

He was visibly wasting away.

Jokesters would now get him to tell "The String" to amuse themselves, just as people get a soldier who has been in combat to tell about his battle. His mind, stricken to the core, was getting weaker.

Toward the end of December, he took to his bed.

He died at the beginning of January and, in the delirium of his agony, he proclaimed his innocence, repeating:

"A li'l string . . . a li'l string . . . here it is, your honor."

LA PARURE

C'ÉTAIT UNE DE ces jolies et charmantes filles, nées, comme par une erreur du destin, dans une famille d'employés. Elle n'avait pas de dot, pas d'espérances, aucun moyen d'être connue, comprise, aimée, épousée par un homme riche et distingué; et elle se laissa marier avec un petit commis du ministère de l'Instruction publique.

Elle fut simple ne pouvant être parée, mais malheureuse comme une déclassée; car les femmes n'ont point de caste ni de race, leur beauté, leur grâce et leur charme leur servant de naissance et de famille. Leur finesse native, leur instinct d'élégance, leur souplesse d'esprit, sont leur seule hiérarchie, et font des filles du peuple les égales des plus grandes dames.

Elle souffrait sans cesse, se sentant née pour toutes les délicatesses et tous les luxes. Elle souffrait de la pauvreté de son logement, de la misère des murs, de l'usure des sièges, de la laideur des étoffes. Toutes ces choses, dont une autre femme de sa caste ne se serait même pas aperçue, la torturaient et l'indignaient. La vue de la petite Bretonne qui faisait son humble ménage éveillait en elle des regrets désolés et des rêves éperdus. Elle songeait aux antichambres muettes, capitonnées avec des tentures orientales, éclairées par de hautes torchères de bronze, et aux deux grands valets en culotte courte qui dorment dans les larges fauteuils, assoupis par la chaleur lourde du calorifère. Elle songeait aux grands salons vêtus de soie ancienne, aux meubles fins portant des bibelots inestimables, et aux petits salons coquets, parfumés, faits pour la causerie de cinq heures avec les amis les plus intimes, les hommes connus et recherchés dont toutes les femmes envient et désirent l'attention.

Quand elle s'asseyait, pour dîner, devant la table ronde couverte d'une nappe de trois jours, en face de son mari qui découvrait la soupière en déclarant d'un air enchanté: «Ah! le bon pot-au-feu! je ne sais rien de meilleur que cela . . .» elle songeait aux dîners fins, aux argenteries reluisantes, aux tapisseries peuplant les murailles de personnages anciens et d'oiseaux étranges au milieu d'une forêt de féerie; elle

THE NECKLACE

SHE WAS ONE of those pretty and charming girls, born, as if by a mistake of fate, into a family of office workers. She had no dowry, no prospects, no way to be known, understood, loved, wed by a rich and distinguished man. And so she agreed to marry a minor clerk in the Ministry of Public Education.

She dressed plainly, not able to afford adornments, but she was as unhappy as a woman who has lost her social status; for women have neither caste nor pedigree, their beauty, their grace and their charm being their substitutes for high birth and noble family. Their innate finesse, their instinct for elegance, their nimbleness of mind are their only hierarchy, and make common girls the equals of the greatest ladies.

She suffered endlessly, feeling herself born for every refinement and luxury. She was pained by the poverty of her home, by the wretched condition of the walls, the worn state of the chairs, the ugliness of the fabrics. All those things, which another woman of her class wouldn't even have noticed, tortured her and made her indignant. The sight of the Breton girl who cleaned her modest household awoke in her sad regrets and wild fantasies. She dreamed of quiet antechambers, lined with Oriental tapestries, lit by tall bronze candelabras, and of two tall footmen in breeches asleep in ample armchairs, made drowsy by the heavy heat of the stove. She dreamed of grand parlors hung in antique silks, of elegant furniture bearing priceless objects, and of stylish sitting-rooms, perfumed, meant for five-o'clock chats with one's closest friends, and those well-known and sought-after men whose attention all women covet and desire.

Whenever she sat down to dinner at the round table covered with a three-day-old cloth, across from her husband, who would lift the lid of the tureen as he said with a delighted air: "Ah! good old stew! I know of nothing better than that . . . ," she would dream of elegant dinners, sparkling silverware, tapestries populating the walls with ancient personages and exotic birds in the middle of an enchanted forest; she

songeait aux plats exquis servis en des vaisselles merveilleuses, aux galanteries chuchotées et écoutées avec un sourire de sphinx, tout en mangeant la chair rose d'une truite ou des ailes de gelinotte.

Elle n'avait pas de toilettes, pas de bijoux, rien. Et elle n'aimait que cela; elle se sentait faite pour cela. Elle eût tant désiré plaire, être enviée, être séduisante et recherchée.

Elle avait une amie riche, une camarade de couvent qu'elle ne voulait plus aller voir, tant elle souffrait en revenant. Et elle pleurait pendant des jours entiers, de chagrin, de regret, de désespoir et de détresse.

Or, un soir, son mari rentra, l'air glorieux, et tenant à la main une large enveloppe.

«Tiens, dit-il, voici quelque chose pour toi.»

Elle déchira vivement le papier et en tira une carte imprimée qui portait ces mots:

«Le ministre de l'Instruction publique et Mme Georges Ramponneau prient M. et Mme Loisel de leur faire l'honneur de venir passer la soirée à l'hôtel du ministère, le lundi 18 janvier.»

Au lieu d'être ravie, comme l'espérait son mari, elle jeta avec dépit l'invitation sur la table, murmurant:

«Que veux-tu que je fasse de cela?

—Mais, ma chérie, je pensais que tu serais contente. Tu ne sors jamais, et c'est une occasion, cela, une belle! J'ai eu une peine infinie à l'obtenir. Tout le monde en veut; c'est très recherché et on n'en donne pas beaucoup aux employés. Tu verras là tout le monde officiel.»

Elle le regardait d'un œil irrité, et elle déclara avec impatience:

«Que veux-tu que je me mette sur le dos pour aller là?»

Il n'y avait pas songé; il balbutia:

«Mais la robe avec laquelle tu vas au théâtre. Elle me semble très bien, à moi . . .»

Il se tut, stupéfait, éperdu, en voyant que sa femme pleurait. Deux grosses larmes descendaient lentement des coins des yeux vers les coins de la bouche; il bégaya:

«Qu'as-tu? qu'as-tu?»

Mais, par un effort violent, elle avait dompté sa peine et elle répondit d'une voix calme en essuyant ses joues humides:

«Rien. Seulement je n'ai pas de toilette et par conséquent je ne peux aller à cette fête. Donne ta carte à quelque collègue dont la femme sera mieux nippée que moi.»

Il était désolé. Il reprit:

«Voyons, Mathilde. Combien cela coûterait-il, une toilette conve-

dreamed of exquisite food served on fabulous china, of sweet nothings whispered and heard with a sphinx-like smile, while eating the pink flesh of a trout or the wings of a grouse.

She had no fancy clothes, no jewels, nothing. And she loved only those things; she felt she was made for them. She would have desired so much to impress, to be envied, to be alluring and wooed.

She had a wealthy friend, a classmate from the convent school whom she no longer wished to go see, so greatly did she suffer when she came back home. And she would weep for whole days, from disappointment, from regret, despair and distress.

Then, one evening, her husband came home looking elated and holding a large envelope in his hand.

"Here," he said, "it's something for you."

She ripped open the paper briskly and pulled out a printed card that bore these words:

"The Minister of Public Education and Madame Georges Ramponneau request the pleasure of the company of Monsieur and Madame Loisel at the Ministry on the evening of Monday the 18th of January."

Instead of being delighted, as her husband expected, she threw the invitation on the table in great annoyance, mumbling:

"What do you expect me to do with that?"

"But, darling, I thought you would be pleased. You never go out, and this is an opportunity, a lovely one! I had a world of trouble getting the invitation. Everybody wants one; it's very sought-after and they don't give out many to the clerks. You'll get to see all the important people there."

She looked at him with irritation and declared impatiently:

"What do you expect me to put on my back to go there?"

He hadn't thought of that; he stammered:

"What about the dress you go to the theater in? It seems all right, to me . . ."

He grew silent, dumbstruck, panicky, seeing that his wife was crying. Two great tears trickled slowly from the corners of her eyes toward the corners of her mouth; he stuttered:

"What's the matter? What's the matter?"

But, with terrific effort, she had overcome her pain and she answered in a calm voice as she wiped her wet cheeks:

"Nothing. Just that I have no decent clothes and as a result I cannot go to this party. Give your card to some fellow worker whose wife will be better turned out than I."

He was disconsolate. He continued:

"Let's see, Mathilde. How much would it cost for a suitable outfit,

nable, qui pourrait te servir encore en d'autres occasions, quelque chose de très simple?»

Elle réfléchit quelques secondes, établissant ses comptes et songeant aussi à la somme qu'elle pouvait demander sans s'attirer un refus immédiat et une exclamation effarée du commis économe.

Enfin, elle répondit en hésitant:

«Je ne sais pas au juste, mais il me semble qu'avec quatre cents francs je pourrais arriver.»

Il avait un peu pâli, car il réservait juste cette somme pour acheter un fusil et s'offrir des parties de chasse, l'été suivant, dans la plaine de Nanterre, avec quelques amis qui allaient tirer des alouettes, par là, le dimanche.

Il dit cependant:

«Soit. Je te donne quatre cents francs. Mais tâche d'avoir une belle robe.»

Le jour de la fête approchait, et Mme Loisel semblait triste, inquiète, anxieuse. Sa toilette était prête cependant. Son mari lui dit un soir:

«Qu'as-tu? Voyons, tu es toute drôle depuis trois jours.»

Et elle répondit:

«Cela m'ennuie de n'avoir pas un bijou, pas une pierre, rien à mettre sur moi. J'aurai l'air misère comme tout. J'aimerais presque mieux ne pas aller à cette soirée.»

Il reprit:

«Tu mettras des fleurs naturelles. C'est très chic en cette saison-ci. Pour dix francs tu auras deux ou trois roses magnifiques.»

Elle n'était point convaincue.

«Non ... il n'y a rien de plus humiliant que d'avoir l'air pauvre au milieu de femmes riches.»

Mais son mari s'écria:

«Que tu es bête! Va trouver ton amie Mme Forestier et demande-lui de te prêter des bijoux. Tu es bien assez liée avec elle pour faire cela.»

Elle poussa un cri de joie:

«C'est vrai. Je n'y avais point pensé.»

Le lendemain, elle se rendit chez son amie et lui conta sa détresse.

Mme Forestier alla vers son armoire à glace, prit un large coffret, l'apporta, l'ouvrit, et dit à Mme Loisel:

«Choisis, ma chère.»

Elle vit d'abord des bracelets, puis un collier de perles, puis une croix

that you could make use of on other occasions, something very simple?"

She thought for a few seconds, figuring up the costs and also wondering what sum she could ask for without incurring an immediate refusal and a startled exclamation from the thrifty clerk.

Finally, she answered hesitantly:

"I don't know exactly, but it seems to me that with four hundred francs I could manage."

He had grown a little pale, for he was setting aside just that amount to buy a rifle and allow himself some hunting trips, the following summer, in the country around Nanterre, with some friends who went on Sundays to shoot larks in that area.

He said, however:

"So be it. I'll give you four hundred francs. But try to get a decent dress."

The day of the party grew near, and Madame Loisel seemed sad, worried, anxious. Her outfit was ready, however. Her husband said to her one evening:

"What's wrong? Come now, you've been very odd for three days."

And she answered:

"It bothers me not to have a piece of jewelry, not a single stone, nothing to put on. I'll look poor as can be. I'd almost rather not go to this party."

He went on:

"You'll wear some real flowers. It's very stylish this season. For ten francs you'll have two or three magnificent roses."

She wasn't persuaded.

"No . . . there's nothing more humiliating than looking poor in the midst of wealthy women."

But her husband cried out:

"How silly you are! Go to your friend Madame Forestier and ask her to lend you some jewels. The two of you are close enough for that."

She uttered a cry of joy:

"That's true. I hadn't thought of that."

The next day, she went over to her friend's house and told of her distress.

Madame Forestier went to her mirrored wardrobe, took out a large jewel box, brought it over, opened it, and said to Madame Loisel:

"Choose, my dear."

She saw at first bracelets, then a pearl necklace, then a Venetian

vénitienne, or et pierreries, d'un admirable travail. Elle essayait les parures devant la glace, hésitait, ne pouvait se décider à les quitter, à les rendre. Elle demandait toujours:

«Tu n'as plus rien d'autre?

—Mais si. Cherche. Je ne sais pas ce qui peut te plaire.»

Tout à coup elle découvrit, dans une boîte de satin noir, une superbe rivière de diamants; et son cœur se mit à battre d'un désir immodéré. Ses mains tremblaient en la prenant. Elle l'attacha autour de sa gorge, sur sa robe montante, et demeura en extase devant elle-même.

Puis elle demanda, hésitante, pleine d'angoisse:

«Peux-tu me prêter cela, rien que cela?

—Mais oui, certainement.»

Elle sauta au cou de son amie, l'embrassa avec emportement, puis s'enfuit avec son trésor.

Le jour de la fête arriva. Mme Loisel eut un succès. Elle était plus jolie que toutes, élégante, gracieuse, souriante et folle de joie. Tous les hommes la regardaient, demandaient son nom, cherchaient à être présentés. Tous les attachés du cabinet voulaient valser avec elle. Le ministre la remarqua.

Elle dansait avec ivresse, avec emportement, grisée par le plaisir, ne pensant plus à rien, dans le triomphe de sa beauté, dans la gloire de son succès, dans une sorte de nuage de bonheur fait de tous ces hommages, de toutes ces admirations, de tous ces désirs éveillés, de cette victoire complète et si douce au cœur des femmes.

Elle partit vers quatre heures du matin. Son mari, depuis minuit, dormait dans un petit salon désert avec trois autres messieurs dont les femmes s'amusaient beaucoup.

Il lui jeta sur les épaules les vêtements qu'il avait apportés pour la sortie, modestes vêtements de la vie ordinaire, dont la pauvreté jurait avec l'élégance de la toilette de bal. Elle le sentit et voulut s'enfuir, pour ne pas être remarquée par les autres femmes qui s'enveloppaient de riches fourrures.

Loisel la retenait:

«Attends donc. Tu vas attraper froid dehors. Je vais appeler un fiacre.»

Mais elle ne l'écoutait point et descendait rapidement l'escalier. Lorsqu'ils furent dans la rue, ils ne trouvèrent pas de voiture; et ils se mirent à chercher, criant après les cochers qu'ils voyaient passer de loin.

Ils descendaient vers la Seine, désespérés, grelottants. Enfin ils trouvèrent sur le quai un de ces vieux coupés noctambules qu'on ne voit

cross, gold and gemstones, of admirable craftsmanship. She tried on the jewelry in front of the mirror, hesitated, not able to bring herself to take them off, to give them back. Still she asked:

"Do you have anything else?"

"Of course. Keep looking. I don't know what you'll like."

Suddenly she discovered, in a black satin box, a superb diamond necklace; and her heart began to pound with an immoderate desire. Her hands shook as she picked it up. She fastened it around her neck, over her high-collared dress, and sat rapturously before her reflection.

Then she asked, uncertain, filled with worry:

"Could you lend me this, just this?"

"Of course, certainly."

She threw her arms around her friend's neck, kissed her rapturously, then escaped with her treasure.

The day of the party arrived. Madame Loisel was a success. She was the loveliest of all the women, elegant, graceful, smiling and delirious with joy. All the men looked at her, asked her name, tried to be introduced. All the cabinet attachés wanted to waltz with her. The minister took notice of her.

She danced with abandon, with passion, intoxicated with pleasure, no longer thinking about anything, in the triumph of her beauty, in the glory of her success, in a sort of cloud of happiness composed of all those compliments, all that admiration, all those awakened desires, that total victory which is so sweet to the hearts of women.

She left around four o'clock in the morning. Her husband, ever since midnight, had been sleeping in a little empty parlor with three other gentlemen whose wives were having great fun.

He threw upon her shoulders the garments which he had brought for their departure, simple everyday garments whose shoddiness clashed with the elegance of the ball gown. She was aware of it and wanted to hurry away, so as not to be seen by the other women who were wrapping themselves in luxuriant furs.

Loisel held her back:

"Just wait. You're going to catch cold outside. I'm going to call a cab."

But she wasn't listening to him and went quickly down the stairs. When they were in the street, they found no carriage; and they began to search, calling after the coachmen they saw passing in the distance.

They went down toward the Seine, desperate, shivering. Finally they found on the quay one of those old nocturnal coupés that are seen in

dans Paris que la nuit venue, comme s'ils eussent été honteux de leur misère pendant le jour.

Il les ramena jusqu'à leur porte, rue des Martyrs, et ils remontèrent tristement chez eux. C'était fini, pour elle. Et il songeait, lui, qu'il lui faudrait être au Ministère à dix heures.

Elle ôta les vêtements dont elle s'était enveloppé les épaules, devant la glace, afin de se voir encore une fois dans sa gloire. Mais soudain elle poussa un cri. Elle n'avait plus sa rivière autour du cou!

Son mari, à moitié dévêtu déjà, demanda:

«Qu'est-ce que tu as?»

Elle se tourna vers lui, affolée:

«J'ai ... j'ai ... je n'ai plus la rivière de M^{me} Forestier.»

Il se dressa, éperdu:

«Quoi! ... comment! ... Ce n'est pas possible!»

Et ils cherchèrent dans les plis de la robe, dans les plis du manteau, dans les poches, partout. Ils ne la trouvèrent point.

Il demandait:

«Tu es sûre que tu l'avais encore en quittant le bal?

—Oui, je l'ai touchée dans le vestibule du ministère.

—Mais, si tu l'avais perdue dans la rue, nous l'aurions entendue tomber. Elle doit être dans le fiacre.

—Oui. C'est probable. As-tu pris le numéro?

—Non. Et toi, tu ne l'as pas regardé?

—Non.»

Ils se contemplaient, atterrés. Enfin Loisel se rhabilla.

«Je vais, dit-il, refaire tout le trajet que nous avons fait à pied, pour voir si je ne la retrouverai pas.»

Et il sortit. Elle demeura en toilette de soirée, sans force pour se coucher, abattue sur une chaise, sans feu, sans pensée.

Son mari rentra vers sept heures. Il n'avait rien trouvé.

Il se rendit à la préfecture de Police, aux journaux, pour faire promettre une récompense, aux compagnies de petites voitures, partout enfin où un soupçon d'espoir le poussait.

Elle attendit tout le jour, dans le même état d'effarement devant cet affreux désastre.

Loisel revint le soir, avec la figure creusée, pâlie; il n'avait rien découvert.

«Il faut, dit-il, écrire à ton amie que tu as brisé la fermeture de sa rivière et que tu la fais réparer. Cela nous donnera le temps de nous retourner.»

Elle écrivit sous sa dictée.

Paris only at night, as if they were ashamed of their shabbiness during the day.

It took them right to their door, in the rue des Martyrs, and they went sadly up to their place. It was over, for her. And he was thinking that he would have to be at the Ministry at ten o'clock.

She took off the garments in which she'd wrapped her shoulders, in front of the mirror, in order to see herself once more in her glory. But suddenly she let out a cry. She no longer had her necklace around her neck!

Her husband, already half-undressed, asked:

"What's the matter?"

She turned to him, in a panic:

"I . . . I . . . no longer have Madame Forestier's necklace."

He sprang erect, frantic:

"What! . . . how! . . . It isn't possible!"

And they searched the folds of the dress, the folds of the coat, the pockets, everywhere. They didn't find it.

He asked:

"Are you sure that you still had it when leaving the ball?"

"Yes, I touched it in the vestibule of the Ministry."

"But, if you'd lost it in the street, we would've heard it fall. It must be in the cab."

"Yes. That's very likely. Did you take down the number?"

"No. And you didn't notice it either?"

They stared at each other, despondent. Finally Loisel got dressed again.

"I'm going to retrace the route we took on foot, to see if I can find it," he said.

And he went out. She remained in formal wear, lacking the strength to go to bed, sitting weakly in a chair, without any heat, without any thoughts.

Her husband came home around seven o'clock. He'd found nothing.

He went down to the police department, to the newspapers, in order to post a reward, to the cab companies; in short, everywhere a glimmer of hope urged him.

She waited all day, in the same state of panic in the face of this horrible disaster.

Loisel came home in the evening, his face gaunt, wan; he'd discovered nothing.

"You must," he said, "write to your friend that you broke the clasp of her necklace and that you're having it fixed. That will give us time to take further steps."

She wrote to his dictation.

Au bout d'une semaine, ils avaient perdu toute espérance.

Et Loisel, vieilli de cinq ans, déclara:

«Il faut aviser à remplacer ce bijou.»

Ils prirent, le lendemain, la boîte qui l'avait renfermé, et se rendirent chez le joaillier, dont le nom se trouvait dedans. Il consulta ses livres:

«Ce n'est pas moi, madame, qui ai vendu cette rivière; j'ai dû seulement fournir l'écrin.»

Alors ils allèrent de bijoutier en bijoutier, cherchant une parure pareille à l'autre, consultant leurs souvenirs, malades tous deux de chagrin et d'angoisse.

Ils trouvèrent, dans une boutique du Palais Royal, un chapelet de diamants qui leur parut entièrement semblable à celui qu'ils cherchaient. Il valait quarante mille francs. On le leur laisserait à trente-six mille.

Ils prièrent donc le joaillier de ne pas le vendre avant trois jours. Et ils firent condition qu'on le reprendrait, pour trente-quatre mille francs, si le premier était retrouvé avant la fin de février.

Loisel possédait dix-huit mille francs que lui avait laissés son père. Il emprunterait le reste.

Il emprunta, demandant mille francs à l'un, cinq cents à l'autre, prit cinq louis par-ci, trois louis par-là. Il fit des billets, prit des engagements ruineux, eut affaire aux usuriers, à toutes les races de prêteurs. Il compromit toute la fin de son existence, risqua sa signature sans savoir même s'il pourrait y faire honneur, et, épouvanté par les angoisses de l'avenir, par la noire misère qui allait s'abattre sur lui, par la perspective de toutes les privations physiques et de toutes le tortures morales, il alla chercher la rivière nouvelle, en déposant sur le comptoir du marchand trente-six mille francs.

Quand M^{me} Loisel reporta la parure à M^{me} Forestier, celle-ci lui dit, d'un air froissé:

«Tu aurais dû me la rendre plus tôt, car je pouvais en avoir besoin.»

Elle n'ouvrit pas l'écrin, ce que redoutait son amie. Si elle s'était aperçue de la substitution, qu'aurait-elle pensé? qu'aurait-elle dit? Ne l'aurait-elle pas prise pour une voleuse?

M^{me} Loisel connut la vie horrible des nécessiteux. Elle prit son parti, d'ailleurs, tout d'un coup, héroïquement. Il fallait payer cette dette effroyable. Elle paierait. On renvoya la bonne; on changea de logement; on loua sous les toits une mansarde.

Elle connut les gros travaux du ménage, les odieuses besognes de la cuisine. Elle lava la vaisselle, usant ses ongles roses sur les po-

After one week, they'd given up all hope.

And Loisel, aged by five years, announced:

"We must set about replacing that piece of jewelry."

The next day, they took the box that had held it and went down to the jeweler's whose name was located inside. He consulted his books:

"It wasn't I, madame, who sold that necklace. I must've provided only the case."

So they went from jeweler to jeweler, looking for jewels like the others, racking their memories, both of them sick from dismay and worry.

In a shop in the Palais Royal they found a string of diamonds that seemed to them just like the one they were looking for. It was worth forty thousand francs. The jeweler would let them have it for thirty-six thousand.

They therefore asked the jeweler not to sell it for three days. And they agreed that the jeweler would take it back, for thirty-four thousand francs, if the first one were found before the end of February.

Loisel had eighteen thousand francs which his father had left him. He would borrow the rest.

He borrowed, asking a thousand francs from one person, five hundred from another, picked up a hundred francs here, sixty francs there. He wrote promissory notes, entered into ruinous deals, did business with usurers, with all sorts of moneylenders. He compromised all the rest of his existence, risked his signature without even knowing if he could honor it, and, terrified by worries about the future, by the black misery that was going to swoop down on him, by the prospect of all the material deprivations and all the mental tortures, he went to pick up the new necklace, placing thirty-six thousand francs on the merchant's counter.

When Madame Loisel brought the necklace back to Madame Forestier, the latter said, in an annoyed tone:

"You ought to have returned it sooner, since I might have needed it."

She didn't open the case, which her friend was fearing. If she had noticed the substitution, what would she have thought? What would she have said? Wouldn't she have taken her for a thief?

Madame Loisel came to know the horrible life of the needy. She faced up to it, however, immediately, heroically. That monstrous debt had to be paid. She would pay it. They dismissed the maid; they moved; they rented a garret on the top floor of a building.

She came to know the hard work of keeping house, the loathsome toil of the kitchen. She washed the dishes, wearing out her pink fin-

teries grasses et le fond des casseroles. Elle savonna le linge sale, les
chemises et les torchons, qu'elle faisait sécher sur une corde; elle
descendit à la rue, chaque matin, les ordures, et monta l'eau, s'arrêtant
à chaque étage pour souffler. Et, vêtue comme une femme du peuple,
elle alla chez le fruitier, chez l'épicier, chez le boucher, le panier
au bras, marchandant, injuriée, défendant sou à sou son misérable ar-
gent.

Il fallait chaque mois payer des billets, en renouveler d'autres, obtenir
du temps.

Le mari travaillait, le soir, à mettre au net les comptes d'un
commerçant, et la nuit, souvent, il faisait de la copie à cinq sous la
page.

Et cette vie dura dix ans.

Au bout de dix ans, ils avaient tout restitué, tout, avec le taux de
l'usure, et l'accumulation des intérêts superposés.

M^me Loisel semblait vieille, maintenant. Elle était devenue la femme
forte, et dure, et rude, des ménages pauvres. Mal peignée, avec les ju-
pes de travers et les mains rouges, elle parlait haut, lavait à grande eau
les planchers. Mais parfois, lorsque son mari était au bureau, elle
s'asseyait auprès de la fenêtre, et elle songeait à cette soirée d'autre-
fois, à ce bal, où elle avait été si belle et si fêtée.

Que serait-il arrivé si elle n'avait point perdu cette parure? Qui sait?
qui sait? Comme la vie est singulière, changeante! Comme il faut peu
de chose pour vous perdre ou vous sauver!

Or, un dimanche, comme elle était allée faire un tour aux Champs-
Élysées pour se délasser des besognes de la semaine, elle aperçut tout
à coup une femme qui promenait un enfant. C'était M^me Forestier, tou-
jours jeune, toujours belle, toujours séduisante.

M^me Loisel se sentit émue. Allait-elle lui parler? Oui, certes. Et main-
tenant qu'elle avait payé, elle lui dirait tout. Pourquoi pas?

Elle s'approcha.

«Bonjour, Jeanne.»

L'autre ne la reconnaissait point, s'étonnant d'être appelée ainsi
familièrement par cette bourgeoise. Elle balbutia:

«Mais . . . madame! . . . Je ne sais . . . Vous devez vous tromper.

—Non. Je suis Mathilde Loisel.»

Son amie poussa un cri:

«Oh! . . . ma pauvre Mathilde, comme tu es changée! . . .

gernails on the greasy earthenware and the bottoms of the pots. She washed the dirty linens, the shirts and the rags, which she dried on a clothesline; every morning she brought the garbage down to the street and brought up the water, stopping at each floor to catch her breath. And, dressed like a common woman, she went to the fruiterer's, the grocer's, the butcher's, her basket on her arm, haggling, receiving insults, defending her paltry money penny by penny.

Each month they had to pay off some of the notes, renew others, ask for time.

The husband worked, in the evening, making fair copies of a merchant's books, and at night, often, he would do copywork at five sous per page.

And that life went on for ten years.

At the end of ten years, they had paid everything back, everything, including the lenders' fees, and the accumulation of the various levels of interest.

Madame Loisel seemed old now. She had become the heavy, hard and coarse woman of poor households. Hair unkempt, with her skirts askew and red hands, she spoke loudly and washed floors, flooding and mopping them. But sometimes, when her husband was at the office, she sat next to the window, and she thought back on that party of yesteryear, on that ball, where she had been so beautiful and so well received.

What would've happened if she hadn't lost that necklace? Who knows? Who knows? How odd and fickle is life! How little is needed to ruin or rescue us!

And so, one Sunday, as she'd gone for a stroll down the Champs-Elysées to relax after the week's toil, she suddenly saw a woman who was walking a child. It was Madame Forestier, still young, still beautiful, still alluring.

Madame Loisel felt moved. Would she talk to her? Yes, of course. And now that she'd paid, she would tell her everything. Why not?

She went over.

"Hello, Jeanne."

The other woman didn't recognize her, shocked to be addressed in such a familiar way by this common person. She stammered:

"But . . . Madame! . . . I don't know . . . You must be mistaken."

"No. I'm Mathilde Loisel."

Her friend uttered a cry:

"Oh! . . . my poor Mathilde, how you've changed! . . ."

—Oui, j'ai eu des jours bien durs, depuis que je ne t'ai vue; et bien des misères . . . et cela à cause de toi! . . .

—De moi . . . Comment ça?

—Tu te rappelles bien cette rivière de diamants que tu m'as prêtée pour aller à la fête du Ministère.

—Oui. Eh bien?

—Eh bien, je l'ai perdue.

—Comment! puisque tu me l'as rapportée.

—Je t'en ai rapporté une autre toute pareille. Et voilà dix ans que nous la payons. Tu comprends que ça n'était pas aisé pour nous, qui n'avions rien . . . Enfin c'est fini, et je suis rudement contente.»

M^me Forestier s'était arrêtée.

«Tu dis que tu as acheté une rivière de diamants pour remplacer la mienne?

—Oui. Tu ne t'en étais pas aperçue, hein? Elles étaient bien pareilles.»

Et elle souriait d'une joie orgueilleuse et naïve.

M^me Forestier, fort émue, lui prit les deux mains.

«Oh! ma pauvre Mathilde! Mais la mienne était fausse. Elle valait au plus cinq cents francs! . . .»

"Yes, I've had some pretty rough days since I last saw you; and plenty of hardships . . . and all because of you! . . ."

"Of me . . . How's that?"

"You surely recall that diamond necklace you lent me to go to the Ministry party."

"Yes. Well?"

"Well, I lost it."

"What! But you brought it back to me."

"I brought you back another one just like it. And it's ten years now that we've been paying it off. You understand that it wasn't easy for us, since we had nothing . . . Finally it's done with, and I'm awfully glad."

Madame Forestier had grown still.

"You say that you bought a diamond necklace to replace mine?"

"Yes. You didn't notice, huh? They were really alike."

And she smiled with a proud and naïve joy.

Madame Forestier, deeply touched, took hold of both her hands.

"Oh! my poor Mathilde! But mine was fake. It was worth at most five hundred francs! . . ."

LE HORLA

. .

8 mai.—Quelle journée admirable! J'ai passé toute la matinée étendu sur l'herbe, devant ma maison, sous l'énorme platane qui la couvre, l'abrite et l'ombrage tout entière. J'aime ce pays, et j'aime y vivre parce que j'y ai mes racines, ces profondes et délicates racines, qui attachent un homme à la terre où sont nés et morts ses aïeux, qui l'attachent à ce qu'on pense et à ce qu'on mange, aux usages comme aux nourritures, aux locutions locales, aux intonations des paysans, aux odeurs du sol, des villages et de l'air lui-même.

J'aime ma maison où j'ai grandi. De mes fenêtres, je vois la Seine qui coule, le long de mon jardin, derrière la route, presque chez moi, la grande et large Seine qui va de Rouen au Havre, couverte de bateaux qui passent.

A gauche, là-bas, Rouen, la vaste ville aux toits bleus, sous le peuple pointu des clochers gothiques. Ils sont innombrables, frêles ou larges, dominés par la flèche de fonte de la cathédrale, et pleins de cloches qui sonnent dans l'air bleu des belles matinées, jetant jusqu'à moi leur doux et lointain bourdonnement de fer, leur chant d'airain que la brise m'apporte, tantôt plus fort et tantôt plus affaibli, suivant qu'elle s'éveille ou s'assoupit.

Comme il faisait bon ce matin!

Vers onze heures, un long convoi de navires, traînés par un remorqueur, gros comme une mouche, et qui râlait de peine en vomissant une fumée épaisse, défila devant ma grille.

Après deux goélettes anglaises, dont le pavillon rouge ondoyait sur le ciel, venait un superbe trois-mâts brésilien, tout blanc, admirablement propre et luisant. Je le saluai, je ne sais pourquoi, tant ce navire me fit plaisir à voir.

12 mai.—J'ai un peu de fièvre depuis quelques jours; je me sens souffrant, ou plutôt je me sens triste.

D'où viennent ces influences mystérieuses qui changent en dé-

THE HORLA

. .

May 8th.—What a wonderful day! I spent all morning stretched out on
the grass in front of my house, under the enormous plane tree that cov-
ers, shelters, and shades the whole building. I love this region, and I
love living here because I have my roots here, those deep and delicate
roots which bind a man to the land where his forebears lived and died,
which bind him to what the people think and eat, to the customs as
well as the food, to local speech patterns, to the intonations of the coun-
tryfolk, to the smell of the soil, of the villages, and of the air itself.

I love my house, in which I grew up. From my windows, I can see
the Seine flowing alongside my garden, behind the road, practically in
my home, the great, broad Seine that runs from Rouen to Le Havre,
filled with passing boats.

To the left, down yonder, is Rouen, that vast city of blue roofs un-
der a pointed flock of Gothic belfries. The belfries are innumerable,
some thin, some thick, dominated by the cast-metal spire of the
Cathedral, and full of bells that peal in the blue air of beautiful morn-
ings, sending me their sweet and distant hum of iron, their song of
bronze borne to me on the breeze, now stronger, now weaker, de-
pending on whether the wind is roused or calm.

It was so nice this morning!

Around eleven o'clock a long convoy of ships, drawn by a tugboat
the size of a fly that wheezed along while spewing out thick smoke,
paraded by my front gate.

After two British schooners, whose red flags waved against the sky,
there came a magnificent Brazilian three-master, all white, remarkably
clean and polished. I don't know why, but I saluted, such a joy was the
ship to behold.

May 12th.—I've had a slight fever for several days; I feel unwell or,
rather, I feel sad.

Whence come these mysterious forces that transform our happiness

couragement notre bonheur et notre confiance en détresse? On dirait que l'air, l'air invisible est plein d'inconnaissables Puissances, dont nous subissons les voisinages mystérieux. Je m'éveille plein de gaieté, avec des envies de chanter dans la gorge.—Pourquoi?—Je descends le long de l'eau; et soudain, après une courte promenade, je rentre désolé, comme si quelque malheur m'attendait chez moi.—Pourquoi?—Est-ce un frisson de froid qui, frôlant ma peau, a ébranlé mes nerfs et assombri mon âme? Est-ce la forme des nuages, ou la couleur du jour, la couleur des choses, si variable, qui, passant par mes yeux, a troublé ma pensée? Sait-on? Tout ce qui nous entoure, tout ce que nous voyons sans le regarder, tout ce que nous frôlons sans le connaître, tout ce que nous touchons sans le palper, tout ce que nous rencontrons sans le distinguer, a sur nous, sur nos organes et, par eux, sur nos idées, sur notre cœur lui-même, des effets rapides, surprenants et inexplicables?

Comme il est profond, ce mystère de l'Invisible! Nous ne le pouvons sonder avec nos sens misérables, avec nos yeux qui ne savent apercevoir ni le trop petit, ni le trop grand, ni le trop près, ni le trop loin, ni les habitants d'une étoile, ni les habitants d'une goutte d'eau . . . avec nos oreilles qui nous trompent, car elles nous transmettent les vibrations de l'air en notes sonores. Elles sont des fées qui font ce miracle de changer en bruit ce mouvement et par cette métamorphose donnent naissance à la musique, qui rend chantante l'agitation muette de la nature . . . avec notre odorat, plus faible que celui du chien . . . avec notre goût, qui peut à peine discerner l'âge d'un vin!

Ah! si nous avions d'autres organes qui accompliraient en notre faveur d'autres miracles, que de choses nous pourrions découvrir encore autour de nous!

16 mai.—Je suis malade, décidément! Je me portais si bien le mois dernier! J'ai la fièvre, une fièvre atroce, ou plutôt un énervement fiévreux, qui rend mon âme aussi souffrante que mon corps! J'ai sans cesse cette sensation affreuse d'un danger menaçant, cette appréhension d'un malheur qui vient ou de la mort qui approche, ce pressentiment qui est sans doute l'atteinte d'un mal encore inconnu, germant dans le sang et dans la chair.

18 mai.—Je viens d'aller consulter un médecin, car je ne pouvais plus dormir. Il m'a trouvé le pouls rapide, l'œil dilaté, les nerfs vibrants, mais sans aucun symptôme alarmant. Je dois me soumettre aux douches et boire du bromure de potassium.

25 mai.—Aucun changement! Mon état, vraiment, est bizarre. A mesure qu'approche le soir, une inquiétude incompréhensible m'envahit, comme si la nuit cachait pour moi une menace terrible. Je dîne

into despair and our confidence into distress? It seems as if the air, the
invisible air is full of unknowable Powers whose mysterious proximity
we suffer. I awake in good spirits, with a craving in my throat to sing.—
Why?—I go down to the water and suddenly, after a short stroll, I re-
turn dejected, as if some ill fortune awaited me at home.—Why?—
Could it be that a cold shudder, grazing my skin, has shaken my nerves
and darkened my soul? Could it be that the shape of the clouds, or the
color of the sky, the color of life around me, so changeable, passing
through my eyes, has vexed my thoughts? Who knows? Does every-
thing around us, all we see without really looking at it, all we brush up
against without knowing it, all we touch without feeling it, all we en-
counter without discerning it, have swift, surprising and inexplicable
effects upon us, upon our senses and, through them, upon our ideas,
our very hearts?

How profound is this mystery of the Invisible! We cannot feel it
with our meager senses, with our eyes which are incapable of see-
ing what is too small, too big, too close, too far, neither the denizens
of a star nor those of a drop of water . . . with our ears that play tricks
on us, since they relay to us in sonorous form the air's vibrations.
They are fairies who work the miracle of changing this movement into
sound and, through this metamorphosis, give birth to music, which turns
the mute stirrings of nature into song . . . with our sense of smell,
weaker than a dog's . . . with our taste, which can barely tell a wine's
age!

Ah! If we only had other senses to work yet other miracles for us,
how many things we could still discover around us!

May 16th.—I am ill, surely! I felt so well last month! I have a fever,
a horrible fever, or rather a feverish restlessness that makes my soul as
sick as my body! I constantly have this horrible sensation of impend-
ing danger, this apprehension of imminent misfortune or of approach-
ing death, this foreboding that is certainly the effect of an evil as yet
unknown, germinating in my blood and flesh.

May 18th.—I've just seen a doctor, since I could no longer sleep. He
said my pulse was quick, my eyes dilated and my nerves jittery, but
found no alarming symptoms. I'm to undergo showers and drink potas-
sium bromide.

May 25th.—No change! My condition is truly bizarre! As evening ap-
proaches, an incomprehensible agitation invades me, as if the night hid
some terrible threat for me. I eat my dinner quickly and then try to

vite, puis j'essaie de lire; mais je ne comprends pas les mots; je distingue à peine les lettres. Je marche alors dans mon salon de long en large, sous l'oppression d'une crainte confuse et irrésistible, la crainte du sommeil et la crainte du lit.

Vers dix heures, je monte dans ma chambre. A peine entré, je donne deux tours de clef, et je pousse les verrous; j'ai peur ... de quoi? ... Je ne redoutais rien jusqu'ici ... j'ouvre mes armoires, je regarde sous mon lit; j'écoute ... j'écoute ... quoi? ... Est-ce étrange qu'un simple malaise, un trouble de la circulation peut-être, l'irritation d'un filet nerveux, un peu de congestion, une toute petite perturbation dans le fonctionnement si imparfait et si délicat de notre machine vivante, puisse faire un mélancolique du plus joyeux des hommes, et un poltron du plus brave? Puis, je me couche, et j'attends le sommeil comme on attendrait le bourreau. Je l'attends avec l'épouvante de sa venue, et mon cœur bat, et mes jambes frémissent; et tout mon corps tressaille dans la chaleur des draps, jusqu'au moment où je tombe tout à coup dans le repos, comme on tomberait pour s'y noyer, dans un gouffre d'eau stagnante. Je ne le sens pas venir, comme autrefois, ce sommeil perfide, caché près de moi, qui me guette, qui va me saisir par la tête, me fermer les yeux, m'anéantir.

Je dors—longtemps—deux ou trois heures— puis un rêve—non— un cauchemar m'étreint. Je sens bien que je suis couché et que je dors ... je le sens et je le sais ... et je sens aussi que quelqu'un s'approche de moi, me regarde, me palpe, monte sur mon lit, s'agenouille sur ma poitrine, me prend le cou entre ses mains et serre ... serre ... de toute sa force pour m'étrangler.

Moi, je me débats, lié par cette impuissance atroce, qui nous paralyse dans les songes; je veux crier,—je ne peux pas;—je veux remuer,—je ne peux pas;—j'essaie, avec des efforts affreux, en haletant, de me tourner, de rejeter cet être qui m'écrase et qui m'étouffe,—je ne peux pas!

Et soudain, je m'éveille, affolé, couvert de sueur. J'allume une bougie. Je suis seul.

Après cette crise, qui se renouvelle toutes les nuits, je dors enfin, avec calme, jusqu'à l'aurore.

2 juin.—Mon état s'est encore aggravé. Qu'ai-je donc? Le bromure n'y fait rien; les douches n'y font rien. Tantôt, pour fatiguer mon corps, si las pourtant, j'allai faire un tour dans la forêt de Roumare. Je crus d'abord que l'air frais, léger et doux, plein d'odeur d'herbes et de feuilles, me versait aux veines un sang nouveau, au cœur une énergie nouvelle. Je pris une grande avenue de chasse, puis je tournai vers La Bouille, par une allée étroite, entre deux armées d'arbres démesuré-

read, but I can't understand the words. I can barely make out the letters. I then pace to and fro in my parlor, burdened with a vague and irresistible fear, the fear of sleep and the fear of my bed.

Toward ten o'clock, I go up to my bedroom. As soon as I enter, I double-lock and bolt the door. I'm afraid... of what?... Until now, I feared nothing... I open my armoires, I look under the bed; I listen... I listen... to what? Isn't it odd that a simple indisposition, perhaps circulatory trouble, an irritated nerve ending, a little congestion, a tiny disturbance in the very imperfect and delicate functioning of our living machine, can turn the most cheerful man into a melancholic, and the bravest into a coward? Then I go to bed and await sleep as one might await the executioner. I wait in dread of its arrival, and my heart pounds, my legs tremble; and my whole body quakes in the warmth of the bedclothes, until I fall abruptly asleep, as if falling into a pool of stagnant water where I shall drown. I can't feel the approach, as I could before, of this treacherous sleep, hiding next to me, observing me, which is going to grip me by the head, close my eyes, obliterate me.

I sleep—for a long time—two or three hours—then a dream—no— a nightmare grips me. I'm quite aware that I'm in bed and sleeping... I'm aware of this and I know it... and I can sense as well that someone is coming near, is watching me, is feeling me, is climbing into my bed, kneeling on my chest, taking my neck in his hands and squeezing... squeezing... with all his might, to choke me.

I struggle, bound by that atrocious helplessness that paralyzes us in our dreams. I want to scream—I can't. I want to move—I can't. I try, with terrific effort, panting, to turn around, to cast off this being that crushes and smothers me—I can't!

And suddenly I awaken, panicky and drenched with sweat. I light a candle. I am alone.

After this crisis, which recurs every night, I sleep at last, calmly, until dawn.

June 2nd.—My condition has become even worse. What could be wrong with me? The bromide is no help for me. The showers are no help. A short while ago, to tire out my body, already so weary, I went for a walk in the forest of Roumare. I thought at first that the fresh air, light and sweet, full of the smell of grass and leaves, was pouring new blood into my veins, a new energy into my heart. I followed a broad hunting path, then I turned toward La Bouille, through a narrow lane,

ment hauts qui mettaient un toit vert, épais, presque noir, entre le ciel
et moi.

Un frisson me saisit soudain, non pas un frisson de froid, mais un
étrange frisson d'angoisse.

Je hâtai le pas, inquiet d'être seul dans ce bois, apeuré sans
raison, stupidement, par la profonde solitude. Tout à coup, il me sem-
bla que j'étais suivi, qu'on marchait sur mes talons, tout près, à me
toucher.

Je me retournai brusquement. J'étais seul. Je ne vis derrière moi que
la droite et large allée, vide, haute, redoutablement vide; et de l'autre
côté elle s'étendait aussi à perte de vue, toute pareille, effrayante.

Je fermai les yeux. Pourquoi? Et je me mis à tourner sur un talon,
très vite, comme une toupie. Je faillis tomber; je rouvris les yeux; les
arbres dansaient, la terre flottait; je dus m'asseoir. Puis, ah! je ne savais
plus par où j'étais venu! Bizarre idée! Bizarre! Bizarre idée! Je ne savais
plus du tout. Je partis par le côté qui se trouvait à ma droite, et je revins
dans l'avenue qui m'avait amené au milieu de la forêt.

3 juin.—La nuit a été horrible. Je vais m'absenter pendant quelques
semaines. Un petit voyage, sans doute, me remettra.

2 juillet.—Je rentre. Je suis guéri. J'ai fait d'ailleurs une excursion
charmante. J'ai visité le mont Saint-Michel que je ne connaissais pas.

Quelle vision, quand on arrive, comme moi, à Avranches, vers
la fin du jour! La ville est sur une colline; et on me conduisit dans
le jardin public, au bout de la cité. Je poussai un cri d'étonnement. Une
baie démesurée s'étendait devant moi, à perte de vue, entre deux côtes
écartées se perdant au loin dans les brumes; et au milieu de cette
immense baie jaune, sous un ciel d'or et de clarté, s'élevait sombre
et pointu un mont étrange, au milieu des sables. Le soleil venait de
disparaître, et sur l'horizon encore flamboyant se dessinait le profil de
ce fantastique rocher qui porte sur son sommet un fantastique monu-
ment.

Dès l'aurore, j'allai vers lui. La mer était basse, comme la veille au
soir, et je regardais se dresser devant moi, à mesure que j'approchais
d'elle, la surprenante abbaye. Après plusieurs heures de marche, j'at-
teignis l'énorme bloc de pierres qui porte la petite cité dominée par la
grande église. Ayant gravi la rue étroite et rapide, j'entrai dans la plus
admirable demeure gothique construite pour Dieu sur la terre, vaste
comme une ville, pleine de salles basses écrasées sous des voûtes et de
hautes galeries que soutiennent de frêles colonnes. J'entrai dans ce gi-
gantesque bijou de granit, aussi léger qu'une dentelle, couvert de tours,
de sveltes clochetons, où montent des escaliers tordus, et qui lancent

between two armies of immeasurably tall trees which placed a green roof, thick, almost black, between me and the sky.

A shudder suddenly seized me, not a shudder of cold, but a strange shudder of anguish.

I quickened my pace, uneasy at being alone in those woods, scared for no reason, stupidly, by the profound solitude. All at once, it seemed to me as if I were being followed, that someone was at my heels, next to me, close enough to touch me.

I turned around abruptly. I was alone. I saw behind me only the straight and wide lane, empty, lofty, formidably empty; and on the other side, too, it stretched out of view, completely uniform, frightening.

I closed my eyes. Why? And I started to spin on one heel, very quickly, like a top. I almost fell; I opened my eyes again; the trees were dancing, the ground was floating; I had to sit down. Then, ah! I could no longer remember from what direction I'd come! What an odd notion! Odd! What an odd notion! I couldn't remember at all. I left in the direction that lay to my right, and I came back to the path that had led me to the middle of the forest.

June 3rd.—The night was awful. I'm going to go away for a few weeks. A short trip, without doubt, will set me right again.

July 2nd.—I am back. I am cured. Moreover, I had a lovely trip. I visited Mont St.-Michel, a place I'd never been.

What a sight, when one arrives, as I did, at Avranches, toward day's end. The town is on a hill and they took me to the public garden, at the far end of the city. I uttered a cry of surprise. An infinite bay lay before me, as far as the eye could see, between two widely separated coasts lost far off in the mists; and in the middle of that immense yellow bay, under a golden, bright sky, there rose, dark and pointed, a strange mountain, amid the sands. The sun had just set, and on the still flaming horizon was traced the silhouette of that fantastic rock that carries at its summit a fantastic monument.

At dawn, I started toward it. The tide was low, as during the previous evening, and I watched the amazing abbey rise before me as I approached it. After several hours of walking, I reached the enormous block of stone that bears the little town dominated by the great church. Having climbed the narrow, steep street, I entered the most wondrous Gothic dwelling ever built for God on earth, as big as a city, full of low rooms crushed under vaults and high galleries supported by thin columns. I entered this gigantic granite jewel, as airy as lace, covered with towers, with slim belfries, to which twisted stairways lead, towers which raise into the blue sky of day, into the black sky of night, their

dans le ciel bleu des jours, dans le ciel noir des nuits, leurs têtes bizarres hérissées de chimères, de diables, de bêtes fantastiques, de fleurs monstrueuses, et reliés l'un à l'autre par de fines arches ouvragées.

Quand je fus sur le sommet, je dis au moine qui m'accompagnait: «Mon Père, comme vous devez être bien ici!»

Il répondit: «Il y a beaucoup de vent, monsieur»; et nous nous mîmes à causer en regardant monter la mer, qui courait sur le sable et le couvrait d'une cuirasse d'acier.

Et le moine me conta des histoires, toutes les vieilles histoires de ce lieu, des légendes, toujours des légendes.

Une d'elles me frappa beaucoup. Les gens du pays, ceux du mont, prétendent qu'on entend parler la nuit dans les sables, puis qu'on entend bêler deux chèvres, l'une avec une voix forte, l'autre avec une voix faible. Les incrédules affirment que ce sont les cris des oiseaux de mer, qui ressemblent tantôt à des bêlements, et tantôt à des plaintes humaines; mais les pêcheurs attardés jurent avoir rencontré, rôdant sur les dunes, entre deux marées, autour de la petite ville jetée ainsi loin du monde, un vieux berger, dont on ne voit jamais la tête couverte de son manteau, et qui conduit, en marchant devant eux, un bouc à figure d'homme et une chèvre à figure de femme, tous deux avec de longs cheveux blancs et parlant sans cesse, se querellant dans une langue inconnue, puis cessant soudain de crier pour bêler de toute leur force.

Je dis au moine: «Y croyez-vous?» Il murmura: «Je ne sais pas.»

Je repris: «S'il existait sur la terre d'autres êtres que nous, comment ne les connaîtrions-nous point depuis longtemps; comment ne les auriez-vous pas vus, vous? comment ne les aurais-je pas vus, moi?»

Il répondit: «Est-ce que nous voyons la cent millième partie de ce qui existe? Tenez, voici le vent, qui est la plus grande force de la nature, qui renverse les hommes, abat les édifices, déracine les arbres, soulève la mer en montagnes d'eau, détruit les falaises, et jette aux brisants les grands navires, le vent qui tue, qui siffle, qui gémit, qui mugit,—l'avez-vous vu, et pouvez-vous le voir? Il existe, pourtant.»

Je me tus devant ce simple raisonnement. Cet homme était un sage ou peut-être un sot. Je ne l'aurais pas pu affirmer au juste; mais je me tus. Ce qu'il disait là, je l'avais pensé souvent.

3 juillet.—J'ai mal dormi; certes, il y a ici une influence fiévreuse, car mon cocher souffre du même mal que moi. En rentrant hier, j'avais remarqué sa pâleur singulière. Je lui demandai:

«Qu'est-ce que vous avez, Jean?

—J'ai que je ne peux plus me reposer, monsieur, ce sont mes nuits

bizarre heads bristling with chimeras, with devils, with fantastic beasts, with monstrous flowers, and connected to one another by fine, ornately carved arches.

When I was at the summit, I said to the monk who was accompanying me: "Father, how well-off you must be here!"

He answered, "It's very windy, sir," and we began to chat as we watched the sea rise, which was flowing over the sands and covering it with an armor of steel.

And the monk told me stories, all the old stories of that place, legends, endless legends.

One of them made quite an impression on me. The local folk, those of the mountain, claim that they hear talking amid the sands at night, then that they hear two goats bleating, one with a strong voice, one with a weak voice. Skeptics assert that it's the calling of seabirds, which now resemble bleats, now human moans; but fishermen returning home late swear that they have met, wandering on the dunes, between the tides, around the little town cast so far from the world, an old shepherd, whose head is never seen beneath his cloak, and who leads, as he walks before them, a he-goat with the face of a man and a she-goat with the face of a woman, both of them with long white hair and talking without pause, bickering in an unknown language, then suddenly halting their shouts so as to bleat with all their might.

I said to the monk: "Do you believe the story?" He murmured: "I don't know."

I continued: "If there existed rational beings on earth other than ourselves, how could we not have met them after all this time? How come you haven't seen them yourself? How come I haven't, either?"

He answered: "Do we see even the hundred-thousandth part of what exists? Take the wind, for example, which is the greatest force in nature, which knocks men down, demolishes buildings, uproots trees, sends up the sea in mountains of water, wrecks cliffs, and throws mighty ships against the shoals, the wind that kills, that whistles, that moans, that groans—have you ever seen it, and can you see it? It exists, regardless."

I fell silent in the face of that simple logic. This man was a sage or perhaps a fool. I wouldn't have been able to determine which exactly; but I fell silent. What he was saying, I'd often thought myself.

July 3rd.—I slept badly; surely, there is a feverish influence here, since my coachman is suffering from the same illness as I. Coming back home yesterday, I noticed his striking pallor. I asked him:

"What's the matter with you, Jean?"

"It's just that I can't find no rest, sir, and my sleepless nights are eat-

qui mangent mes jours. Depuis le départ de monsieur, cela me tient comme un sort.»

Les autres domestiques vont bien cependant, mais j'ai grand-peur d'être repris, moi.

4 juillet.—Décidément, je suis repris. Mes cauchemars anciens reviennent. Cette nuit, j'ai senti quelqu'un accroupi sur moi, et qui, sa bouche sur la mienne, buvait ma vie entre mes lèvres. Oui, il la puisait dans ma gorge, comme aurait fait une sangsue. Puis il s'est levé, repu, et moi je me suis réveillé, tellement meurtri, brisé, anéanti, que je ne pouvais plus remuer. Si cela continue encore quelques jours, je repartirai certainement.

5 juillet.—Ai-je perdu la raison? Ce qui s'est passé la nuit dernière est tellement étrange, que ma tête s'égare quand j'y songe!

Comme je le fais maintenant chaque soir, j'avais fermé ma porte à clef; puis, ayant soif, je bus un demi-verre d'eau, et je remarquai par hasard que ma carafe était pleine jusqu'au bouchon de cristal.

Je me couchai ensuite et je tombai dans un de mes sommeils épouvantables, dont je fus tiré au bout de deux heures environ par une secousse plus affreuse encore.

Figurez-vous un homme qui dort, qu'on assassine, et qui se réveille, avec un couteau dans le poumon, et qui râle couvert de sang, et qui ne peut plus respirer, et qui va mourir, et qui ne comprend pas—voilà.

Ayant enfin reconquis ma raison, j'eus soif de nouveau; j'allumai une bougie et j'allai vers la table où était posée ma carafe. Je la soulevai en la penchant sur mon verre; rien ne coula.—Elle était vide! Elle était vide complètement! D'abord, je n'y compris rien; puis, tout à coup, je ressentis une émotion si terrible, que je dus m'asseoir, ou plutôt, que je tombai sur une chaise! puis, je me redressai d'un saut pour regarder autour de moi! puis je me rassis, éperdu d'étonnement et de peur, devant le cristal transparent! Je le contemplais avec des yeux fixes, cherchant à deviner. Mes mains tremblaient! On avait donc bu cette eau? Qui? Moi? moi, sans doute? Ce ne pouvait être que moi? Alors, j'étais somnambule, je vivais, sans le savoir, de cette double vie mystérieuse qui fait douter s'il y a deux êtres en nous, ou si un être étranger, inconnaissable et invisible, anime, par moments, quand notre âme est engourdie, notre corps captif qui obéit à cet autre, comme à nous-mêmes, plus qu'à nous-mêmes.

Ah! qui comprendra mon angoisse abominable? Qui comprendra l'émotion d'un homme, sain d'esprit, bien éveillé, plein de raison et qui regarde épouvanté, à travers le verre d'une carafe, un peu d'eau dis-

ing away at my days. Ever since your departure, sir, it's got hold of me
like a curse."

The other servants are well, however, but I myself have a great fear
of being taken ill again.

July 4th.—I have definitely been taken once more. My old night-
mares are coming back. Tonight, I felt someone crouching on me
and, with his mouth upon mine, drinking my life from between my
lips. Yes, he drew it from my throat, as a leech would do. Then he stood
up, sated, and I awoke, so bruised, broken, annihilated, that I could no
longer move. If this continues for a few days more, I'll leave again for
sure.

July 5th.—Have I lost my mind? What happened last night is so
strange that my head reels when I think back on it!

As I now do every evening, I'd locked my door; then, thirsty, I drank
half a glass of water, and I noticed by chance that my carafe was filled
right up to the crystal stopper.

I then went to bed and I fell into one of my horrible slumbers,
from which I was yanked about two hours later by an even more horri-
ble jolt.

Imagine a man asleep, who is being murdered and who awakens,
with a knife in his lung, and gasps, covered in blood, and can no longer
breathe, and is going to die, and doesn't understand what is happen-
ing to him—and there you have what I felt.

Having finally regained my reason, I was thirsty again; I lit a candle
and I went over to the table where I'd set my carafe. I raised it and
tilted it over my glass; nothing came out.—It was empty! It was utterly
empty! At first, I didn't understand at all; then, suddenly, I experienced
a sensation so awful, that I had to sit down, or rather, I toppled into a
chair! Then I jumped up again to look around me! Then I sat down
again, bewildered with shock and fear, in front of the clear decanter! I
pondered it with staring eyes, trying to guess its secret. My hands were
trembling! So someone had drunk that water? Who? Me? Certainly me?
Could I be the only one? Then, I must be a sleepwalker, living, with-
out knowing it, that mysterious double life that makes one wonder if
there are two beings in each of us, or if a foreign being, unknowable
and unseen, sometimes, when our soul is benumbed, controls our cap-
tive body, which obeys this other being as it would ourselves, even
more than it does ourselves.

Ah! who will understand my wretched anguish? Who will understand
the feelings of a man, of sound mind, alert, completely reasonable, who
looks in horror, through the glass of a carafe, at a little water that van-

parue pendant qu'il a dormi! Et je restai là jusqu'au jour, sans oser regagner mon lit.

6 juillet.—Je deviens fou. On a encore bu toute ma carafe cette nuit;—ou plutôt, je l'ai bue!

Mais, est-ce moi? Est-ce moi? Qui serait-ce? Qui? Oh! mon Dieu! Je deviens fou! Qui me sauvera?

10 juillet.—Je viens de faire des épreuves surprenantes.

Décidément, je suis fou! Et pourtant!

Le 6 juillet, avant de me coucher, j'ai placé sur ma table du vin, du lait, de l'eau, du pain et des fraises.

On a bu—j'ai bu—toute l'eau, et un peu de lait. On n'a touché ni au vin, ni au pain, ni aux fraises.

Le 7 juillet, j'ai renouvelé la même épreuve, qui a donné le même résultat.

Le 8 juillet, j'ai supprimé l'eau et le lait. On n'a touché à rien.

Le 9 juillet enfin, j'ai remis sur ma table l'eau et le lait seulement, en ayant soin d'envelopper les carafes en des linges de mousseline blanche et de ficeler les bouchons. Puis, j'ai frotté mes lèvres, ma barbe, mes mains avec de la mine de plomb, et je me suis couché.

L'invincible sommeil m'a saisi, suivi bientôt de l'atroce réveil. Je n'avais point remué; mes draps eux-mêmes ne portaient pas de taches. Je m'élançai vers ma table. Les linges enfermant les bouteilles étaient demeurés immaculés. Je déliai les cordons, en palpitant de crainte. On avait bu toute l'eau! on avait bu tout le lait! Ah! mon Dieu! . . .

Je vais partir tout à l'heure pour Paris.

12 juillet.—Paris. J'avais donc perdu la tête les jours derniers! J'ai dû être le jouet de mon imagination énervée, à moins que je ne sois vraiment somnambule, ou que j'aie subi une de ces influences constatées, mais inexplicables jusqu'ici, qu'on appelle suggestions. En tout cas, mon affolement touchait à la démence, et vingt-quatre heures de Paris ont suffi pour me remettre d'aplomb.

Hier, après des courses et des visites, qui m'ont fait passer dans l'âme de l'air nouveau et vivifiant, j'ai fini ma soirée au Théâtre-Français. On y jouait une pièce d'Alexandre Dumas fils; et cet esprit alerte et puissant a achevé de me guérir. Certes, la solitude est dangereuse pour les intelligences qui travaillent. Il nous faut autour de nous, des hommes qui pensent et qui parlent. Quand nous sommes seuls longtemps, nous peuplons le vide de fantômes.

Je suis rentré à l'hôtel très gai, par les boulevards. Au coudoiement de la foule, je songeais, non sans ironie, à mes terreurs, à mes suppo-

ished while he slept! And I stayed like that until dawn, not daring to return to my bed.

July 6th.—I'm going mad. Someone drank all of my carafe again last night—or rather, I drank it!

But, am I the one? Am I the one? Who could it be? Who? Oh, my God! I'm going mad! Who will save me?

July 10th.—I've just conducted some surprising experiments.

Surely, I am crazy! But wait . . .

On July 6th, before going to bed, I set on my table some wine, milk, water, bread and strawberries.

Someone drank— I drank—all the water, a bit of the milk. The wine, the bread and the strawberries were untouched.

On July 7th, I conducted the same experiment again, which produced the same results.

On July 8th, I held back the water and the milk. Nothing was touched.

Finally on July 9th, I put only the water and milk on the table, having carefully wrapped the carafes in white muslin and bound the stoppers with string. Then, I rubbed my lips, my beard, my hands with graphite, and I went to bed.

The overpowering slumber gripped me, followed shortly by the horrible waking. I'd hardly stirred; my sheets themselves bore no stains. I ran over to the table. The swaths of cloth surrounding the bottles had remained spotless. I untied the cords, quivering with fear. Someone had drunk all the water! Someone had drunk all the milk! Oh, my God! . . .

I'm going to leave right away for Paris.

July 12th.—Paris. I had truly lost my head those last few days! I must've been the plaything of my overwrought imagination, unless I'm indeed a sleepwalker, or have been subjected to one of those influences, observed but heretofore unexplained, that are called suggestions. In any case, my panic bordered on dementia, and a mere twenty-four hours in Paris have been enough to set me straight again.

Yesterday, after errands and visits, which brought new and revitalizing air into my soul, I ended my evening at the Théâtre-Français. They were mounting a play by Alexandre Dumas *fils;* and that alert and powerful intellect of his finally cured me. Surely, solitude is dangerous for active minds. We need around us men who think and talk. When we're alone for some time, we populate the void with phantoms.

I returned to the hotel in high spirits, by way of the boulevards. Amid the jostling of the crowd, I reflected, not without irony, upon my fears,

sitions de l'autre semaine, car j'ai cru, oui, j'ai cru qu'un être invisible habitait sous mon toit. Comme notre tête est faible et s'effare, et s'égare vite, dès qu'un petit fait incompréhensible nous frappe!

Au lieu de conclure par ces simples mots: «Je ne comprends pas parce que la cause m'échappe», nous imaginions aussitôt des mystères effrayants et des puissances surnaturelles.

14 juillet.—Fête de la République. Je me suis promené par les rues. Les pétards et les drapeaux m'amusaient comme un enfant. C'est pourtant fort bête d'être joyeux, à date fixe, par décret du gouvernement. Le peuple est un troupeau imbécile, tantôt stupidement patient et tantôt férocement révolté. On lui dit: «Amuse-toi.» Il s'amuse. On lui dit: «Va te battre avec le voisin.» Il va se battre. On lui dit: «Vote pour l'Empereur.» Il vote pour l'Empereur. Puis, on lui dit: «Vote pour la République.» Et il vote pour la République.

Ceux qui le dirigent sont aussi sots; mais au lieu d'obéir à des hommes, ils obéissent à des principes, lesquels ne peuvent être que niais, stériles et faux, par cela même qu'ils sont des principes, c'est-à-dire des idées réputées certaines et immuables, en ce monde où l'on n'est sûr de rien, puisque la lumière est une illusion, puisque le bruit est une illusion.

16 juillet.—J'ai vu hier des choses qui m'ont beaucoup troublé.

Je dînais chez ma cousine, Mme Sablé, dont le mari commande le 76e chasseurs à Limoges. Je me trouvais chez elle avec deux jeunes femmes, dont l'une a épousé un médecin, le docteur Parent, qui s'occupe beaucoup des maladies nerveuses et des manifestations extraordinaires auxquelles donnent lieu en ce moment les expériences sur l'hypnotisme et la suggestion.

Il nous raconta longtemps les résultats prodigieux obtenus par des savants anglais et par les médecins de l'école de Nancy.

Les faits qu'il avança me parurent tellement bizarres, que je me déclarai tout à fait incrédule.

«Nous sommes, affirmait-il, sur le point de découvrir un des plus importants secrets de la nature, je veux dire, un de ses plus importants secrets sur cette terre; car elle en a certes d'autrement importants, là-bas, dans les étoiles. Depuis que l'homme pense, depuis qu'il sait dire et écrire sa pensée, il se sent frôlé par un mystère impénétrable pour ses sens grossiers et imparfaits, et il tâche de suppléer, par l'effort de son intelligence, à l'impuissance de ses organes. Quand cette intelligence demeurait encore à l'état rudimentaire, cette hantise des phénomènes invisibles a pris des formes banalement effrayantes. De là sont nées les croyances populaires au surnaturel, les légendes des es-

upon my hypotheses of the week before, since I believed, yes, I believed that an invisible being was living under my roof. How weak and panicky is our head, led quickly astray the moment any odd little event befalls us!

Instead of concluding with the simple words "I do not understand because the cause escapes me" we immediately conjure up frightening mysteries and supernatural forces.

July 14th.—Bastille Day. I went for a walk through the streets. The firecrackers and flags amused me as they would a child. Even so, it's rather silly to be merry on a fixed date by government decree. The masses are an imbecilic bunch, given just as readily to dimwitted complacency or violent upheaval. Someone tells them: "Have fun." They have fun. Someone tells them: "Go fight against your neighbor." They go and fight. Someone tells them: "Vote for the Emperor." They vote for the Emperor. Then someone tells them: "Vote for the Republic." And they vote for the Republic.

Those who lead them are also fools; but instead of following men's orders, they follow principles, which can only be inane, sterile and false, by the very fact that they are principles, that is, ideas allegedly sure and immutable, in this world where one can be sure of nothing, since light is an illusion, since sound is an illusion.

July 16th.—I saw things yesterday that disturbed me greatly.

I was dining at the home of my cousin, Madame Sablé, whose husband commands the 76th Light Horse at Limoges. I found myself at her house with two young women, of whom one is married to a doctor, Dr. Parent, who specializes in nervous afflictions and those unusual phenomena which are at the moment being brought about by experiments in hypnotism and the power of suggestion.

He related to us for quite a while the prodigious results obtained by British scientists and by the doctors of the Nancy school.

The facts he set forth seemed so bizarre to me, that I declared myself a total unbeliever.

"We are," he stated, "on the verge of uncovering one of Nature's greatest secrets, I mean one of her greatest secrets on this earth; since she surely has other major ones up there among the stars. Ever since man first began to think, since he could speak and write down his thoughts, he has felt close to a mystery impervious to his coarse and flawed senses, and he tries to compensate, by way of his intelligence, for the impotence of his sensory organs. While this intelligence was yet in the rudimentary stage, this obsession with unseen phenomena manifested itself in vulgarly frightening forms. Thus were born popular beliefs in the supernatural, legends of wandering spirits, fairies, gnomes,

prits rôdeurs, des fées, des gnomes, des revenants, je dirai même la lé-
gende de Dieu, car nos conceptions de l'ouvrier-créateur, de quelque
religion qu'elles nous viennent, sont bien les inventions les plus mé-
diocres, les plus stupides, les plus inacceptables sorties du cerveau
apeuré des créatures. Rien de plus vrai que cette parole de Voltaire:
"Dieu a fait l'homme à son image, mais l'homme le lui a bien rendu."

«Mais, depuis un peu plus d'un siècle, on semble pressentir quelque
chose de nouveau. Mesmer et quelques autres nous ont mis sur une
voie inattendue, et nous sommes arrivés vraiment, depuis quatre ou
cinq ans surtout, à des résultats surprenants.»

Ma cousine, très incrédule aussi, souriait. Le docteur Parent lui dit:
«Voulez-vous que j'essaie de vous endormir, madame?

—Oui, je veux bien.»

Elle s'assit dans un fauteuil et il commença à la regarder fixement
en la fascinant. Moi, je me sentis soudain un peu troublé, le cœur bat-
tant, la gorge serrée. Je voyais les yeux de Mme Sablé s'alourdir, sa
bouche se crisper, sa poitrine haleter.

Au bout de dix minutes, elle dormait.

«Mettez-vous derrière elle», dit le médecin.

Et je m'assis derrière elle. Il lui plaça entre les mains une carte de
visite en lui disant: «Ceci est un miroir; que voyez-vous dedans?»

Elle répondit:

«Je vois mon cousin.

—Que fait-il?

—Il se tord la moustache.

—Et maintenant?

—Il tire de sa poche une photographie.

—Quelle est cette photographie?

—La sienne.»

C'était vrai! Et cette photographie venait de m'être livrée, le soir
même, à l'hôtel.

«Comment est-il sur ce portrait?

—Il se tient debout avec son chapeau à la main.»

Donc elle voyait dans cette carte, dans ce carton blanc, comme elle
eût vu dans une glace.

Les jeunes femmes, épouvantées, disaient: «Assez! Assez! Assez!»

Mais le docteur ordonna: «Vous vous lèverez demain à huit heures;
puis vous irez trouver à son hôtel votre cousin, et vous le supplierez de
vous prêter cinq mille francs que votre mari vous demande et qu'il vous
réclamera à son prochain voyage.»

Puis il la réveilla.

ghosts, I would say even the legend of God, for our ideas of the arti-
san creator, from whatever religion they derive, are surely the most lack-
luster, the most idiotic, the most unacceptable inventions to come out
of the scared mind of His creatures. There is nothing truer than the
words of Voltaire: 'God made man in His image, but man has surely
gotten even with Him for it.'

"But, for a little more than a century, we've seemed to have a pre-
sentiment of something new. Mesmer and several others have set us
on an unexpected course, and we have truly arrived, especially within
the last four or five years, at some surprising results."

My cousin, very skeptical as well, smiled. Dr. Parent said to her:
"Would you like me to try to put you to sleep, Madame?"

"Yes, all right."

She sat down in an easy chair and he began to watch her steadily as
he hypnotized her. I myself suddenly felt a bit ill at ease, my heart
pounding, my throat tight. I saw Madame Sable's eyes grow heavy, her
mouth tense up, her chest heave.

After ten minutes, she was asleep.

"Go around behind her," said the doctor.

And I sat down behind her. He put a calling card between her hands,
telling her: "This is a mirror; what do you see in it?"

She answered:

"I see my cousin."

"What is he doing?"

"He's twirling his mustache."

"And now?"

"He's taking a photograph out of his pocket."

"What is the photograph of?"

"Himself."

It was true! And that photograph had just been delivered to me, that
very evening, at the hotel.

"What does he look like in this portrait?"

"He's standing with his hat in his hand."

And so she looked into that card, into that piece of stiff, white pa-
per, as if she were looking into a mirror.

The young women, afraid, said: "Enough! Enough! Enough!"

But the doctor ordered: "You will get up tomorrow at eight o'clock;
then you will go meet your cousin at his hotel, and you will beg him
to lend you five thousand francs that your husband has asked you to
get and which he will pick up from you on his next leave."

Then he woke her.

En rentrant à l'hôtel, je songeai à cette curieuse séance et des doutes m'assaillirent, non point sur l'absolue, sur l'insoupçonnable bonne foi de ma cousine, que je connaissais comme une sœur, depuis l'enfance, mais sur une supercherie possible du docteur. Ne dissimulait-il pas dans sa main une glace qu'il montrait à la jeune femme endormie, en même temps que sa carte de visite? Les prestidigitateurs de profession font des choses autrement singulières.

Je rentrai donc et je me couchai.

Or, ce matin, vers huit heures et demie, je fus réveillé par mon valet de chambre, qui me dit:

«C'est M^{me} Sablé qui demande à parler à monsieur tout de suite.»

Je m'habillai à la hâte et je la reçus.

Elle s'assit fort troublée, les yeux baissés, et, sans lever son voile, elle me dit:

«Mon cher cousin, j'ai un gros service à vous demander.

—Lequel, ma cousine?

—Cela me gêne beaucoup de vous le dire, et pourtant, il le faut. J'ai besoin, absolument besoin, de cinq mille francs.

—Allons donc, vous?

—Oui, moi, ou plutôt mon mari, qui me charge de les trouver.»

J'étais tellement stupéfait, que je balbutiais mes réponses. Je me demandais si vraiment elle ne s'était pas moquée de moi avec le docteur Parent, si ce n'était pas là une simple farce préparée d'avance et fort bien jouée.

Mais, en la regardant avec attention, tous mes doutes se dissipèrent. Elle tremblait d'angoisse, tant cette démarche lui était douloureuse, et je compris qu'elle avait la gorge pleine de sanglots.

Je la savais fort riche et je repris:

«Comment! votre mari n'a pas cinq mille francs à sa disposition! Voyons, réfléchissez. Etes-vous sûre qu'il vous a chargée de me les demander?»

Elle hésita quelques secondes comme si elle eût fait un grand effort pour chercher dans son souvenir, puis elle répondit:

«Oui . . . , oui . . . j'en suis sûre.

—Il vous a écrit?»

Elle hésita encore, réfléchissant. Je devinai le travail torturant de sa pensée. Elle ne savait pas. Elle savait seulement qu'elle devait m'emprunter cinq mille francs pour son mari. Donc elle osa mentir.

«Oui, il m'a écrit.

—Quand donc? Vous ne m'avez parlé de rien, hier.

—J'ai reçu sa lettre ce matin.

As I returned to the hotel, I pondered this strange session and doubts assailed me, not about the absolute, unquestionable good faith of my cousin, whom I had known like a sister since childhood, but about any potential trickery on the doctor's part. Couldn't he have been holding in his hand a mirror that he showed to the young woman at the same time as his calling card? Professional magicians are known to do even stranger things than that.

And so I returned to the hotel and went to bed.

Now, this morning, around eight-thirty, I was awakened by my valet, who told me:

"Madame Sablé has asked to speak with you right away, sir."

I dressed quickly and greeted her.

She sat down looking troubled, eyes lowered, and, without lifting her veil, told me:

"My dear cousin, I have a great favor to ask of you."

"What is it, cousin?"

"It embarrasses me very much to tell you, yet I must. I need, absolutely need, five thousand francs."

"Come now, *you?*"

"Yes, me, or rather my husband, who has asked me to get it."

I was so stunned that I stammered my responses. I wondered if she and Dr. Parent weren't really just poking fun at me, if it wasn't just a simple joke set up beforehand and well acted out.

But, watching her closely, all my suspicions vanished. She was shaking with anguish, so painful was this undertaking for her, and I saw that she was choking back sobs.

I knew she was quite wealthy and I went on:

"Hold on! How can your husband not have five thousand francs at his disposal! Come now, think about it. Are you sure he sent you to ask me for the money?"

She paused a few seconds as if she were making a great effort to search her memory, then she replied:

"Yes . . . , yes . . . , I'm sure."

"He wrote to you?"

She paused again, thinking. I could imagine the racking toil of her mind. She didn't know. She knew only that she had to borrow five thousand francs from me for her husband. And so she dared to lie.

"Yes, he wrote to me."

"When was this? You didn't mention anything yesterday."

"I got his letter this morning."

—Pouvez-vous me la montrer?

—Non ... non ... non ... elle contenait des choses intimes ... trop personnelles ... je l'ai ... je l'ai brûlée.

—Alors, c'est que votre mari fait des dettes.»

Elle hésita encore, puis murmura:

«Je ne sais pas.»

Je déclarai brusquement:

«C'est que je ne puis disposer de cinq mille francs en ce moment, ma chère cousine.»

Elle poussa une sorte de cri de souffrance.

«Oh! oh! je vous en prie, je vous en prie, trouvez-les ... »

Elle s'exaltait, joignait les mains comme si elle m'eût prié! J'entendais sa voix changer de ton; elle pleurait et bégayait, harcelée, dominée par l'ordre irrésistible qu'elle avait reçu.

«Oh! oh! je vous en supplie ... si vous saviez comme je souffre ... il me les faut aujourd'hui.»

J'eus pitié d'elle.

«Vous les aurez tantôt, je vous le jure.»

Elle s'écria:

«Oh! merci! merci! Que vous êtes bon.»

Je repris: «Vous rappelez-vous ce qui s'est passé hier chez vous?

—Oui.

—Vous rappelez-vous que le docteur Parent vous a endormie?

—Oui.

—Eh bien, il vous a ordonné de venir m'emprunter ce matin cinq mille francs, et vous obéissez en ce moment à cette suggestion.»

Elle réfléchit quelques secondes et répondit:

«Puisque c'est mon mari qui les demande.»

Pendant une heure, j'essayai de la convaincre, mais je n'y pus parvenir.

Quand elle fut partie, je courus chez le docteur. Il allait sortir; et il m'écouta en souriant. Puis il dit:

«Croyez-vous maintenant?

—Oui, il le faut bien.

—Allons chez votre parente.»

Elle sommeillait déjà sur une chaise longue, accablée de fatigue. Le médecin lui prit le pouls, la regarda quelque temps, une main levée vers ses yeux qu'elle ferma peu à peu sous l'effort insoutenable de cette puissance magnétique.

Quand elle fut endormie:

«Votre mari n'a plus besoin de cinq mille francs. Vous allez donc ou-

"Can you show it to me?"

"No . . . no . . . no . . . it contained some intimate matters . . . too personal . . . I've . . . I've burned it."

"So, your husband incurs debts."

She paused once again, then whispered:

"I don't know."

I declared curtly:

"The fact of the matter is that I can't put my hands on five thousand francs right now, my dear cousin."

She uttered a kind of cry of pain.

"Oh! oh! I beg of you, I beg of you, find the money . . ."

She grew frantic, clasping her hands together as if praying to me! I heard her voice change tone; she was crying and stuttering, harried, at the mercy of the irresistible order that she'd received.

"Oh! oh! I implore you . . . if you only knew how I'm suffering . . . I must have the money today."

I took pity on her.

"You'll have it shortly, I swear to you."

She cried out:

"Oh! thank you! thank you! How kind you are."

I went on: "Do you recall what happened last night at your house?"

"Yes."

"Do you recall that Dr. Parent put you in a trance?"

"Yes."

"Well, he ordered you to come and borrow five thousand francs from me this morning, and you are at this very moment carrying out that suggestion."

She reflected for a few seconds and answered:

"But it's my husband who wants the money."

For an hour, I tried to convince her, but I couldn't succeed.

When she left, I sped to the doctor's. He was on his way out; he listened to me with a smile. Then he said:

"And now do you believe?"

"Yes, I have no choice."

"Let's go to your relative's house."

She was already dozing on a chaise, exhausted. The doctor took her pulse, watched her for a while, one hand raised toward her eyes, which she closed little by little under the unbearable force of that magnetic power.

When she was asleep:

"Your husband no longer needs five thousand francs. You will thus

blier que vous avez prié votre cousin de vous les prêter, et, s'il vous
parle de cela, vous ne comprendrez pas.»

Puis il la réveilla. Je tirai de ma poche un portefeuille:

«Voici, ma chère cousine, ce que vous m'avez demandé ce matin.»

Elle fut tellement surprise que je n'osai pas insister. J'essayai cepen-
dant de ranimer sa mémoire, mais elle nia avec force, crut que je me
moquais d'elle, et faillit, à la fin, se fâcher.

. .

Voilà! je viens de rentrer; et je n'ai pu déjeuner, tant cette expéri-
ence m'a bouleversé.

19 juillet.—Beaucoup de personnes à qui j'ai raconté cette aventure
se sont moquées de moi. Je ne sais plus que penser. Le sage dit: Peut-
être?

21 juillet.—J'ai été dîner à Bougival, puis j'ai passé la soirée au bal
des canotiers. Décidément, tout dépend des lieux et des milieux. Croire
au surnaturel dans l'île de la Grenouillère, serait le comble de la folie
. . . mais au sommet du mont Saint-Michel? . . . mais dans les Indes?
Nous subissons effroyablement l'influence de ce qui nous entoure. Je
rentrerai chez moi la semaine prochaine.

30 juillet.—Je suis revenu dans ma maison depuis hier. Tout va bien.

2 août.—Rien de nouveau; il fait un temps superbe. Je passe mes
journées à regarder couler la Seine.

4 août.—Querelles parmi mes domestiques. Ils prétendent qu'on
casse les verres, la nuit, dans les armoires. Le valet de chambre accuse
la cuisinière, qui accuse la lingère, qui accuse les deux autres. Quel est
le coupable? Bien fin qui le dirait!

6 août.—Cette fois, je ne suis pas fou. J'ai vu . . . j'ai vu . . . j'ai vu!
. . . Je ne puis plus douter . . . j'ai vu! . . . J'ai encore froid jusque dans
les ongles . . . j'ai encore peur jusque dans les moelles . . . j'ai vu! . . .

Je me promenais à deux heures, en plein soleil, dans mon parterre
de rosiers . . . dans l'allée des rosiers d'automne qui commencent à
fleurir.

Comme je m'arrêtais à regarder un *géant des batailles*, qui portait trois
fleurs magnifiques, je vis, je vis distinctement, tout près de moi, la tige
d'une de ces roses se plier, comme si une main invisible l'eût tordue,
puis se casser, comme si cette main l'eût cueillie! Puis la fleur s'éleva,
suivant une courbe qu'aurait décrite un bras en la portant vers une
bouche, et elle resta suspendue dans l'air transparent, toute seule, im-
mobile, effrayante tache rouge à trois pas de mes yeux.

Éperdu, je me jetai sur elle pour la saisir! Je ne trouvai rien; elle avait

forget that you have asked your cousin to lend you the money, and, if he ever mentions it to you, you won't understand."

Then he awakened her. I took a wallet from my pocket:

"Here, my dear cousin, is what you asked me for this morning."

She was so taken aback that I dared not insist. I tried, however, to jog her memory, but she denied it all strongly, thought that I was making fun of her and finally almost got angry.

. .

There you have it! I've just returned to the hotel; and I couldn't eat lunch, so upset was I by that experiment.

July 19th.—A lot of people to whom I've related this adventure have laughed at me. I don't know what to think any more. A wise man would say: "Maybe?"

July 21st.—I had dinner at Bougival, then I spent the evening at the boat-club ball. It's really true that everything is a matter of place and surroundings. To believe in the supernatural on the island of La Grenouillère would be the height of folly . . . but on the summit of Mont. St.-Michel? In India? We are enormously affected by what's around us. I will be going home next week.

July 30th.—I've been back home since yesterday. All is well.

August 2nd.—Nothing new; the weather is exquisite. I spend my days watching the Seine flow by.

August 4th.—Bickering among my servants. They claim that someone is breaking the glasses, at night, in the cupboards. The valet blames the cook, who blames the laundress, who blames the other two. Who is the guilty one? Only a clever man could tell!

August 6th.—This time, I'm not crazy. I saw . . . I saw . . . I saw! . . . I can no longer have any doubts . . . I saw! I'm still cold all the way to my fingernails . . . I'm still scared to the bone . . . I saw! . . .

Around two o'clock I was strolling, out in the full sunlight, through my rose garden . . . in the walk with the autumn roses, which are beginning to blossom.

When I stopped to look at a bush of Battle Giant roses, which bore three magnificent flowers, I saw, I distinctly saw, right next to me, the stem of one of the roses bending, as if an invisible hand were twisting it; then it snapped, as if the hand were picking it! Then the flower rose up, as if following the curve of a hand that was raising it to a mouth, and it remained suspended in the clear air, by itself, immobile, a frightening red blot three paces from my eyes.

Reeling, I leapt forward to grab it! I found nothing; it had vanished.

disparu. Alors je fus pris d'une colère furieuse contre moi-même; car il n'est pas permis à un homme raisonnable et sérieux d'avoir de pareilles hallucinations.

Mais était-ce bien une hallucination? Je me retournai pour chercher la tige, et je la retrouvai immédiatement sur l'arbuste, fraîchement brisée, entre les deux autres roses demeurées à la branche.

Alors, je rentrai chez moi l'âme bouleversée, car je suis certain, maintenant, certain comme de l'alternance des jours et des nuits, qu'il existe près de moi un être invisible, qui se nourrit de lait et d'eau, qui peut toucher aux choses, les prendre et les changer de place, doué par conséquent d'une nature matérielle, bien qu'imperceptible pour nos sens, et qui habite comme moi, sous mon toit . . .

7 août—J'ai dormi tranquille. Il a bu l'eau de ma carafe, mais n'a point troublé mon sommeil.

Je me demande si je suis fou. En me promenant, tantôt au grand soleil, le long de la rivière, des doutes me sont venus sur ma raison, non point des doutes vagues comme j'en avais jusqu'ici, mais des doutes précis, absolus. J'ai vu des fous; j'en ai connu qui restaient intelligents, lucides, clairvoyants même sur toutes les choses de la vie, sauf sur un point. Ils parlaient de tout avec clarté, avec souplesse, avec profondeur, et soudain leur pensée, touchant l'écueil de leur folie, s'y déchirait en pièces, s'éparpillait et sombrait dans cet océan effrayant et furieux, plein de vagues bondissantes, de brouillards, de bourrasques, qu'on nomme «la démence».

Certes, je me croirais fou, absolument fou, si je n'étais conscient, si je ne connaissais parfaitement mon état, si je ne le sondais en l'analysant avec une complète lucidité. Je ne serais donc, en somme, qu'un halluciné raisonnant. Un trouble inconnu se serait produit dans mon cerveau, un de ces troubles qu'essaient de noter et de préciser aujourd'hui les physiologistes; et ce trouble aurait déterminé dans mon esprit, dans l'ordre et la logique de mes idées, une crevasse profonde. Des phénomènes semblables ont lieu dans le rêve qui nous promène à travers les fantasmagories les plus invraisemblables, sans que nous en soyons surpris, parce que l'appareil vérificateur, parce que le sens du contrôle est endormi; tandis que la faculté imaginative veille et travaille. Ne se peut-il pas qu'une des imperceptibles touches du clavier cérébral se trouve paralysée chez moi? Des hommes, à la suite d'accidents, perdent la mémoire des noms propres ou des verbes ou des chiffres, ou seulement des dates. Les localisations de toutes les parcelles de la pensée sont aujourd'hui prouvées. Or, quoi d'étonnant à ce que ma faculté de contrôler l'irréalité de certaines hallucinations, se trouve engourdie chez moi en ce moment!

Je songeais à tout cela en suivant le bord de l'eau. Le soleil couvrait

Then I was seized by an intense anger at myself; for it isn't acceptable for a rational, sober-minded man to have such hallucinations.

But was it really a hallucination? I turned around to look for the stem, and I immediately located it on the bush, freshly broken, between the two other roses still on the branch.

Then, I went home shaken to the soul, for I am certain, now, as certain as I am that night comes after day, that there exists an invisible being near me, who feeds upon milk and water, and who can touch things, take them and move them, who is therefore endowed with a material nature, albeit imperceptible to our senses, and who lives as I do, under my roof . . .

August 7th.—I slept soundly. He drank the water from my carafe, but didn't disturb my sleep at all.

I wonder if I am crazy. While out for a walk a short time ago, in the bright sunlight, along the river, I began to have doubts about my sanity, not vague doubts as I've had until now, but specific, concrete doubts. I've seen lunatics; I've known some who stayed intelligent, lucid, even perceptive about everything around them, except in one respect. They'd be speaking of anything at all with clarity, with fluidity, with depth, and suddenly their thoughts, striking the reef of their madness, would be torn to pieces, crumbling and sinking into that terrifying, wild sea, full of surging waves, fogs, and fierce storms, known as "dementia."

Of course, I would think myself crazy, utterly crazy, if I weren't self-aware, if I didn't fully know my condition, if I didn't probe it and analyze it with total lucidity. I am therefore, in short, nothing but a rational man prone to visions. An unknown disturbance has quite likely taken place in my brain, one of those disturbances that physiologists are today attempting to observe and define; and this disturbance has also quite likely created a deep rift in my mind, in the order and the logic of my thoughts. Similar phenomena happen in dreams, which lead us through the most implausible fantasmagoria, without our being surprised at it, because our control mechanism, our regulatory senses, are asleep; meanwhile our imagination is wide awake and hard at work. Couldn't it just be that one of the hidden keys of my mental keyboard has gotten stuck? Some men, as a result of accidents, lose all recall of proper names or verbs or numbers, or only dates. The locations of all the aspects of thought are known nowadays. So why should it be surprising if my ability to ascertain the unreality of certain hallucinations happens to be numb at the moment?

I pondered all this while walking along the water's edge. The sun

de clarté la rivière, faisait la terre délicieuse, emplissait mon regard d'amour pour la vie, pour les hirondelles, dont l'agilité est une joie de mes yeux, pour les herbes de la rive, dont le frémissement est un bonheur de mes oreilles.

Peu à peu, cependant, un malaise inexplicable me pénétrait. Une force, me semblait-il, une force occulte m'engourdissait, m'arrêtait, m'empêchait d'aller plus loin, me rappelait en arrière. J'éprouvais ce besoin douloureux de rentrer qui vous oppresse, quand on a laissé au logis un malade aimé, et que le pressentiment vous saisit d'une aggravation de son mal.

Donc, je revins malgré moi, sûr que j'allais trouver, dans ma maison, une mauvaise nouvelle, une lettre ou une dépêche. Il n'y avait rien; et je demeurai plus surpris et plus inquiet que si j'avais eu de nouveau quelque vision fantastique.

8 août.—J'ai passé hier une affreuse soirée. Il ne se manifeste plus, mais je le sens près de moi, m'épiant, me regardant, me pénétrant, me dominant et plus redoutable, en se cachant ainsi, que s'il signalait par des phénomènes surnaturels sa présence invisible et constante.

J'ai dormi, pourtant.

9 août.—Rien, mais j'ai peur.

10 août.—Rien; qu'arrivera-t-il demain?

11 août.—Toujours rien; je ne puis plus rester chez moi avec cette crainte et cette pensée entrées en mon âme; je vais partir.

12 août, 10 heures du soir.—Tout le jour j'ai voulu m'en aller; je n'ai pas pu. J'ai voulu accomplir cet acte de liberté si facile, si simple,—sortir—monter dans ma voiture pour gagner Rouen— je n'ai pas pu. Pourquoi?

13 août.—Quand on est atteint par certaines maladies, tous les ressorts de l'être physique semblent brisés, toutes les énergies anéanties, tous les muscles relâchés, les os devenus mous comme la chair et la chair liquide comme de l'eau. J'éprouve cela dans mon être moral d'une façon étrange et désolante. Je n'ai plus aucune force, aucun courage, aucune domination sur moi, aucun pouvoir même de mettre en mouvement ma volonté. Je ne peux plus vouloir; mais quelqu'un veut pour moi; et j'obéis.

14 août.—Je suis perdu! Quelqu'un possède mon âme et la gouverne! quelqu'un ordonne tous mes actes, tous mes mouvements, toutes mes pensées. Je ne suis plus rien en moi, rien qu'un spectateur esclave et terrifié de toutes les choses que j'accomplis. Je désire sortir. Je ne peux pas. Il ne veut pas; et je reste, éperdu, tremblant, dans le fauteuil où il me tient assis. Je désire seulement me lever, me soulever, afin de me

was covering the river with light, making the earth look delicious, filling my eyes with love for life, for the swallows, whose agility is such a joyous sight to me, for the grass along the riverbank, whose rustling is such a delight to me to hear.

Little by little, however, an inexplicable unease invaded me. A force, it seemed to me, an unworldly force was benumbing me, holding me back, keeping me from going any farther, calling me back. I felt that painful need to go home that weighs upon you when you've left a loved one sick at home and you have a sudden feeling that the illness has become worse.

So I went home against my will, certain that I was going to find in my house a piece of bad news, a letter or a telegram. There was nothing; and I was more surprised and more worried than if I'd had yet another fantastic vision.

August 8th.—Last night was awful. He no longer shows himself, but I can feel him near me, observing me, watching me, invading me, conquering me and more fearsome when he hides himself like this than if he were signaling his invisible and constant presence through supernatural phenomena.

I slept, in spite of this.

August 9th.—Nothing new, but I'm afraid.

August 10th.—Nothing; what will tomorrow bring?

August 11th.—Still nothing; I can no longer stay in my house with these fears and these thoughts fixed in my soul; I'm going to leave.

August 12th, 10 P.M.—All day I've wanted to leave; I couldn't. I wanted to carry out this easy, simple act of freedom—to go out—to get in my coach and go to Rouen—I couldn't. Why?

August 13th.—When someone is stricken with certain illnesses, all the springs of his physical being seem broken, all his energies depleted, all his muscles limp, his bones seem to have become as spongy as flesh and his flesh as fluid as water. I am experiencing this in my moral being in a strange and troublesome way. I have no strength left, no courage, no self-control, not even the ability to turn my wishes into actions. I have no more will; but someone else wills for me; and I obey.

August 14th.—I'm hopeless! Someone has possessed my soul and is controlling it! someone gives me orders for everything I do, all my movements, all my thoughts. I am no longer myself at all, nothing but a spectator enslaved and frightened by everything I do. I wish to go out. I can't. He doesn't want me to; and I remain, panicked, quaking, in the easy chair where he keeps me seated. I want only to get up, to

croire maître de moi. Je ne peux pas! Je suis rivé à mon siège; et mon siège adhère au sol, de telle sorte qu'aucune force ne nous soulèverait.

Puis, tout d'un coup, il faut, il faut, il faut que j'aille au fond de mon jardin cueillir des fraises et les manger. Et j'y vais. Je cueille des fraises et je les mange! Oh! mon Dieu! Mon Dieu! Mon Dieu! Est-il un Dieu? S'il en est un, délivrez-moi, sauvez-moi! secourez-moi! Pardon! Pitié! Grâce! Sauvez-moi! Oh! quelle souffrance! quelle torture! quelle horreur!

15 août.—Certes, voilà comment était possédée et dominée ma pauvre cousine, quand elle est venue m'emprunter cinq mille francs. Elle subissait un vouloir étranger entré en elle, comme une autre âme, comme une autre âme parasite et dominatrice. Est-ce que le monde va finir?

Mais celui qui me gouverne, quel est-il, cet invisible? cet inconnaissable, ce rôdeur d'une race surnaturelle?

Donc les Invisibles existent! Alors, comment depuis l'origine du monde ne se sont-ils pas encore manifestés d'une façon précise comme ils le font pour moi? Je n'ai jamais rien lu qui ressemble à ce qui s'est passé dans ma demeure. Oh! si je pouvais la quitter, si je pouvais m'en aller, fuir et ne pas revenir. Je serais sauvé, mais je ne peux pas.

16 août.—J'ai pu m'échapper aujourd'hui pendant deux heures, comme un prisonnier qui trouve ouverte, par hasard, la porte de son cachot. J'ai senti que j'étais libre tout à coup et qu'il était loin. J'ai ordonné d'atteler bien vite et j'ai gagné Rouen. Oh! quelle joie de pouvoir dire à un homme qui obéit: «Allez à Rouen!»

Je me suis fait arrêter devant la bibliothèque et j'ai prié qu'on me prêtât le grand traité du docteur Hermann Herestauss sur les habitants inconnus du monde antique et moderne.

Puis, au moment de remonter dans mon coupé, j'ai voulu dire: «A la gare!» et j'ai crié,—je n'ai pas dit, j'ai crié—d'une voix si forte que les passants se sont retournés: «A la maison», et je suis tombé, affolé d'angoisse, sur le coussin de ma voiture. Il m'avait retrouvé et repris.

17 août.—Ah! Quelle nuit! quelle nuit! Et pourtant il me semble que je devrais me réjouir. Jusqu'à une heure du matin, j'ai lu! Hermann Herestauss, docteur en philosophie et en théogonie, a écrit l'histoire et les manifestations de tous les êtres invisibles rôdant autour de l'homme ou rêvés par lui. Il décrit leurs origines, leur domaine, leur puissance. Mais aucun d'eux ne ressemble à celui qui me hante. On dirait que l'homme, depuis qu'il pense, a pressenti et redouté un être nouveau, plus fort que lui, son successeur en ce monde, et que, le sentant proche

lift myself up, so that I may feel like my own master. I cannot! I am riveted to my seat; and my seat is stuck to the floor, in such a way that no force could lift us up.

Then, suddenly, I must, I must, I must go to the back of my garden to gather strawberries and eat them. And I go. I gather strawberries and I eat them! Oh, my God! My God! My God! Is there a God? If there is one, deliver me, save me! help me! Forgive me! Pity me! Have mercy on me! Save me! Oh, what anguish! what torture! what horror!

August 15th.—Surely this is how my poor cousin was possessed and dominated when she came to borrow five thousand francs from me. She was under the control of someone else's will, which had entered into her like a second soul, like a second parasitic, dominating soul. Is the world coming to an end?

But what is this being that rules me, this invisible being, this un-knowable being, this prowler from a supernatural race?

Then, the Unseen Ones exist! So why, since the beginning of time, have they not shown themselves in as clear a manner as they've done for me? I've never read anything that resembles what's happened in my house. Oh! If only I could leave it, if only I could go away, flee and never return. I'd be saved, but I cannot.

August 16th.—I was able to escape for two hours today, like a pris-oner who by chance finds the door to his dungeon open. I felt that I was suddenly free and that he was far away. I quickly ordered my car-riage hitched up and I got as far as Rouen. Oh, what a joy to be able to tell an obedient man: "Go to Rouen!"

I had the carriage stop in front of the library and I asked to be loaned Doctor Hermann Herestauss's great treatise on the unknown inhabi-tants of the ancient and modern worlds.

Then, as I was getting back into my brougham, I intended to say "To the station!" and I shouted—I didn't just say, I shouted—in a voice so loud that passers-by turned around, "Take me home," and I fell, stricken with fear, on the cushions of my coach. He had found me and seized me again.

August 17th.—Oh! What a night! what a night! And yet it seems as if I ought to be happy. Until one o'clock in the morning, I read! Hermann Herestauss, doctor of philosophy and theogony, has written the history and forms of all the invisible beings that prowl around man or are dreamt up by him. He describes their origins, their domain, their power. But none of them is like the one that haunts me. It would seem that man, ever since he could think, has had a fearful presentiment of a new be-ing, stronger than himself, his successor in this world, and that, sens-

et ne pouvant prévoir la nature de ce maître, il a créé, dans sa terreur, tout le peuple fantastique des êtres occultes, fantômes vagues nés de la peur.

Donc, ayant lu jusqu'à une heure du matin, j'ai été m'asseoir ensuite auprès de ma fenêtre ouverte pour rafraîchir mon front et ma pensée au vent calme de l'obscurité.

Il faisait bon, il faisait tiède! Comme j'aurais aimé cette nuit-là autrefois!

Pas de lune. Les étoiles avaient au fond du ciel noir des scintillements frémissants. Qui habite ces mondes? Quelles formes, quels vivants, quels animaux, quelles plantes sont là-bas? Ceux qui pensent dans ces univers lointains, que savent-ils plus que nous? Que peuvent-ils plus que nous? Que voient-ils que nous ne connaissons point? Un d'eux, un jour ou l'autre, traversant l'espace, n'apparaîtra-t-il pas sur notre terre pour la conquérir, comme les Normands jadis traversaient la mer pour asservir des peuples plus faibles?

Nous sommes si infirmes, si désarmés, si ignorants, si petits, nous autres, sur ce grain de boue qui tourne délayé dans une goutte d'eau.

Je m'assoupis en rêvant ainsi au vent frais du soir.

Or, ayant dormi environ quarante minutes, je rouvris les yeux sans faire un mouvement, réveillé par je ne sais quelle émotion confuse et bizarre. Je ne vis rien d'abord, puis, tout à coup, il me sembla qu'une page du livre resté ouvert sur ma table venait de tourner toute seule. Aucun souffle d'air n'était entré par ma fenêtre. Je fus surpris et j'attendis. Au bout de quatre minutes environ, je vis, je vis, oui, je vis de mes yeux une autre page se soulever et se rabattre sur la précédente, comme si un doigt l'eût feuilletée. Mon fauteuil était vide, semblait vide; mais je compris qu'il était là, lui, assis à ma place, et qu'il lisait. D'un bond furieux, d'un bond de bête révoltée, qui va éventrer son dompteur, je traversai ma chambre pour le saisir, pour l'étreindre, pour le tuer! ... Mais mon siège, avant que je l'eusse atteint, se renversa comme si on eût fui devant moi ... ma table oscilla, ma lampe tomba et s'éteignit, et ma fenêtre se ferma comme si un malfaiteur surpris se fût élancé dans la nuit, en prenant à pleines mains les battants.

Donc, il s'était sauvé; il avait eu peur, peur de moi, lui!

Alors ... alors ... demain ... ou après ..., ou un jour quelconque, je pourrai donc le tenir sous mes poings, et l'écraser contre le sol! Est-ce que les chiens, quelquefois, ne mordent point et n'étranglent pas leurs maîtres?

18 août.—J'ai songé toute la journée. Oh! oui, je vais lui obéir, suivre

ing him near and not being able to foresee the nature of this conqueror, he has created, in his terror, the entire fantastic tribe of supernatural beings, vague phantoms born of fear.

So, having read until one o'clock in the morning, I then went to sit by my open window to cool my brow and my thoughts in the calm wind of the darkness.

The weather was good, it was mild! How I would've enjoyed that night in times gone by!

No moon. The stars were trembling and twinkling deep in the black sky. Who lives in those worlds? What forms, what life, what animals, what plants are up there? Those capable of thought in those distant universes, what do they know more than we do? What can they do more than we can? What do they see that we are unfamiliar with? Won't one of them, one of these days, crossing space, show up on our earth to conquer it, as the Normans once crossed the sea to enslave weaker peoples?

We are so infirm, so defenseless, so ignorant, so small, we on this speck of mud that spins around dissolving in a drop of water.

I nodded off while musing like this in the cool air of the evening.

Now, having slept for around forty minutes, I opened my eyes without moving, awakened by some vague and strange sensation. At first I saw nothing, then, suddenly, it seemed to me as if a page of the book that I had left open on my table had just turned over by itself. No puff of air had come in through my window. I was surprised and I waited. After four minutes or so, I saw, I saw, yes, I saw with my own eyes another page lift up and fall against the previous one, as if a finger had flipped it. My armchair was empty, seemed empty; but I understood that he was there, him, sitting in my chair, and that he was reading. In a single, wild leap, the leap of an outraged animal that is going to rend his master, I crossed my bedroom to seize him, to close my arms around him, to kill him! . . . But my chair, before I reached it, turned over as if someone were fleeing at the sight of me . . . my table shook, my lamp fell and went out, and my window closed as if a disturbed burglar had thrown himself into the night, grasping the shutters tightly with both hands.

Thus, he'd run away; *he* had been scared, scared of me!

So . . . so . . . tomorrow . . . or later on . . . , or whenever, I'll be able after all to hold him in my fists, and to crush him against the ground! Don't dogs, sometimes, bite and throttle their masters?

August 18th.—I've been thinking all day. Oh, yes, I'm going to obey

ses impulsions, accomplir toutes ses volontés, me faire humble, soumis, lâche. Il est le plus fort. Mais une heure viendra . . .

19 août.—Je sais . . . je sais . . . je sais tout! Je viens de lire ceci dans la *Revue du Monde scientifique*: «Une nouvelle assez curieuse nous arrive de Rio de Janeiro. Une folie, une épidémie de folie, comparable aux démences contagieuses qui atteignirent les peuples d'Europe au moyen âge, sévit en ce moment dans la province de San-Paulo. Les habitants éperdus quittent leurs maisons, désertent leurs villages, abandonnent leurs cultures, se disant poursuivis, possédés, gouvernés comme un bétail humain par des êtres invisibles bien que tangibles, des sortes de vampires qui se nourrissent de leur vie, pendant leur sommeil, et qui boivent en outre de l'eau et du lait sans paraître toucher à aucun autre aliment.

«M. le professeur Don Pedro Henriquez, accompagné de plusieurs savants médecins, est parti pour la province de San-Paulo, afin d'étudier sur place les origines et les manifestations de cette surprenante folie, et de proposer à l'Empereur les mesures qui lui paraîtront le plus propres à rappeler à la raison ces populations en délire.»

Ah! Ah! je me rappelle, je me rappelle le beau trois-mâts brésilien qui passa sous mes fenêtres en remontant la Seine, le 8 mai dernier! Je le trouvais si joli, si blanc, si gai! L'Etre était dessus, venant de là-bas, où sa race est née! Et il m'a vu! Il a vu ma demeure blanche aussi; et il a sauté du navire sur la rive. Oh! mon Dieu!

A présent, je sais, je devine. Le règne de l'homme est fini.

Il est venu, Celui que redoutaient les premières terreurs des peuples naïfs, Celui qu'exorcisaient les prêtres inquiets, que les sorciers évoquaient par les nuits sombres, sans le voir apparaître encore, à qui les pressentiments des maîtres passagers du monde prêtèrent toutes les formes monstrueuses ou gracieuses des gnomes, des esprits, des génies, des fées, des farfadets. Après les grossières conceptions de l'épouvante primitive, des hommes plus perspicaces l'ont pressenti plus clairement. Mesmer l'avait deviné et les médecins, depuis dix ans déjà, ont découvert, d'une façon précise, la nature de sa puissance avant qu'il l'eût exercée lui-même. Ils ont joué avec cette arme du Seigneur nouveau, la domination d'un mystérieux vouloir sur l'âme humaine devenue esclave. Ils ont appelé cela magnétisme, hypnotisme, suggestion . . . que sais-je? Je le ai vus s'amuser comme des enfants imprudents avec cette horrible puissance! Malheur à nous! Malheur à l'homme! Il est venu, le . . . le . . . comment se nomme-t-il . . . le . . . il me semble qu'il me crie son nom, et je ne l'entends pas . . . le . . . oui . . . il le crie . . . J'écoute . . . je ne peux pas . . . répète . . . le . . . Horla . . . J'ai entendu . . . le Horla . . . c'est lui . . . le Horla . . . il est venu! . . .

him, follow his suggestions, carry out all his desires, make myself humble, submissive, cowardly. He is the stronger. But there will come a time . . .

August 19th.—I know . . . I know . . . I know all! I've just read this in the *Review of the Scientific World:* "Rather odd news comes to us from Rio de Janeiro. A madness, an epidemic of madness, comparable to the types of contagious dementia that afflicted the people of Europe in the Middle Ages, is currently rampant in the province of São Paulo. The panicked inhabitants are leaving their homes, deserting their villages, abandoning their crops, claiming that they are pursued, possessed, controlled like human livestock by invisible yet tangible beings, a sort of vampire that feeds on their lives, during their sleep, and that furthermore drinks water and milk without seeming to touch any other foodstuff.

"Professor Pedro Henriquez, accompanied by several medical specialists, has left for the province of São Paulo in order to study on the spot the origins and forms of this surprising madness, and to propose to the Emperor the measures that seem to him the most appropriate to bring the delirious population back to reason."

Ah! Ah! I remember, I remember the beautiful Brazilian three-master that passed beneath my windows as it went up the Seine, last May 8th! I thought it was so pretty, so white, so cheerful! The being was aboard, coming from over there, where his race was born! And he saw me! He also saw my white house; and he jumped from the ship onto the riverbank. Oh, my God!

Now I know, I foresee it. The reign of man is over.

He has come, he whom the first terrors of unsophisticated people feared, he whom anxious priests exorcised, whom wizards summoned on dark nights, without seeing him appear yet, he to whom the presentiments of the world's fleeting masters gave all the monstrous or graceful forms of gnomes, spirits, genies, fairies, elves. After the coarse notions conjured up by primitive fear, more astute men sensed him more clearly. Mesmer had foreseen him, and doctors, for ten years now, have, in an exact manner, discovered the nature of his power before he has used it himself. They've toyed with this weapon of the new master, the imposition of a mysterious will upon the enslaved human soul. They've called this magnetism, hypnotism, suggestion . . . I don't even know what else. I've seen them amuse themselves like thoughtless children with this horrible power! Woe to us! Woe to man! He has come, the . . . the . . . what is his name . . . the . . . it seems as if he's calling out his name to me, and I can't hear it . . . the . . . yes . . . he's calling it out . . . I'm listening . . . I cannot . . . say it again . . . the . . . Horla . . . I heard it . . . the Horla . . . it is he . . . the Horla . . . he has arrived! . . .

Ah! le vautour a mangé la colombe; le loup a mangé le mouton; le lion a dévoré le buffle aux cornes aiguës; l'homme a tué le lion avec la flèche, avec le glaive, avec la poudre; mais le Horla va faire de l'homme ce que nous avons fait du cheval et du bœuf: sa chose, son serviteur et sa nourriture, par la seule puissance de sa volonté. Malheur à nous!

Pourtant, l'animal, quelquefois, se révolte et tue celui qui l'a dompté ... moi aussi je veux ... je pourrai ... mais il faut le connaître, le toucher, le voir! Les savants disent que l'œil de la bête, différent du nôtre, ne distingue point comme le nôtre ... Et mon œil à moi ne peut distinguer le nouveau venu qui m'opprime.

Pourquoi? Oh! je me rappelle à présent les paroles du moine du mont Saint-Michel: «Est-ce que nous voyons la cent millième partie de ce qui existe? Tenez, voici le vent qui est la plus grande force de la nature, qui renverse les hommes, abat les édifices, déracine les arbres, soulève la mer en montagnes d'eau, détruit les falaises et jette aux brisants les grands navires, le vent qui tue, qui siffle, qui gémit, qui mugit, l'avez-vous vu et pouvez-vous le voir: il existe pourtant!»

Et je songeais encore: mon œil est si faible, si imparfait, qu'il ne distingue même point les corps durs, s'ils sont transparents comme le verre! ... Qu'une glace sans tain barre mon chemin, il me jette dessus comme l'oiseau entré dans une chambre se casse la tête aux vitres. Mille choses en outre le trompent et l'égarent? Quoi d'étonnant, alors, à ce qu'il ne sache point apercevoir un corps nouveau que la lumière traverse.

Un être nouveau! pourquoi pas? Il devait venir assurément! pourquoi serions-nous les derniers! Nous ne le distinguons point, ainsi que tous les autres créés avant nous? C'est que sa nature est plus parfaite, son corps plus fin et plus fini que le nôtre, que le nôtre si faible, si maladroitement conçu, encombré d'organes toujours fatigués, toujours forcés comme des ressorts trop complexes, que le nôtre, qui vit comme une plante et comme une bête, en se nourrissant péniblement d'air, d'herbe et de viande, machine animale en proie aux maladies, aux déformations, aux putréfactions, poussive, mal réglée, naïve et bizarre, ingénieusement mal faite, œuvre grossière et délicate, ébauche d'être qui pourrait devenir intelligent et superbe.

Nous sommes quelques-uns, si peu sur ce monde, depuis l'huître jusqu'à l'homme. Pourquoi pas un de plus, une fois accomplie la période qui sépare les apparitions successives de toutes les espèces diverses?

Pourquoi pas un de plus? Pourquoi pas aussi d'autres arbres aux fleurs immenses, éclatantes et parfumant des régions entières? Pourquoi pas d'autres éléments que le feu, l'air, la terre et l'eau?—Ils sont quatre,

Ah! the vulture has always eaten the dove; the wolf has eaten the sheep; the lion has devoured the sharp-horned buffalo; man has killed the lion with the arrow, with the sword, with gunpowder; but the Horla is going to make of man what we've made of the horse and ox: his possession, his servant and his food, by the mere power of his will. Woe to us!

Yet animals sometimes turn against and kill those who have tamed them . . . I also would like to . . . I will be able to . . . but it is necessary to know him, touch him, see him! Experts say that the eyes of animals, different from ours, cannot discern as ours can . . . And my own eyes cannot discern the newcomer who is oppressing me.

Why? Oh! I recall now the words of the monk from Mont St. Michel: "Do you see even the hundred-thousandth part of what exists? Take the wind, for example, which is the greatest force in nature, which knocks men down, demolishes buildings, uproots trees, sends up the sea in mountains of water, wrecks cliffs, and throws mighty ships against the shoals, the wind that kills, that whistles, that moans, that groans—have you ever seen it, and can you see it? It exists, regardless!"

And I thought further: my eyes are so weak, so imperfect, that they can't even make out solid objects if they're transparent like glass! . . . If a sheet of plain glass blocks my way, my eyes throw me against it just as a bird that has entered a room cracks its head against the windowpanes. A thousand other things trick and mislead them. What is so odd, then, in their not being able to perceive a new object through which light passes?

A new being! Why not? It was surely bound to come! Why should we be the last ones? Why can't we see him, as we see all the others created before us? Because his nature is more perfect, his body more refined and finished than ours; than ours, which is so weak, so clumsily conceived, burdened with ever-weary organs, perpetually strained like too complicated springs; than ours, which lives like a plant and like an animal, painfully feeding on air, grass and meat, a living machine prey to illnesses, deformities, decay; short-winded, badly tuned, primitive and strange, of brilliantly poor construction, a crude and delicate piece of work, a mere outline of a being that could become intelligent and superb.

We are few, so few in this world, from the oyster up to man. Why not one more, once the period that separates the successive appearances of all the different species comes to an end?

Why not one more? Why not also other trees with huge flowers, brilliant and filling entire regions with their scent? Why not other elements besides fire, air, earth, and water?—There are four of them, only four,

rien que quatre, ces pères nourriciers des êtres! Quelle pitié! Pourquoi ne sont-ils pas quarante, quatre cents, quatre mille! Comme tout est pauvre, mesquin, misérable! avarement donné, sèchement inventé, lourdement fait! Ah! l'éléphant, l'hippopotame, que de grâce! le chameau, que d'élégance!

Mais direz-vous, le papillon! une fleur qui vole! J'en rêve un qui serait grand comme cent univers, avec des ailes dont je ne puis même exprimer la forme, la beauté, la couleur et le mouvement. Mais je le vois... il va d'étoile en étoile, les rafraîchissant et les embaumant au souffle harmonieux et léger de sa course!... Et les peuples de là-haut le regardent passer, extasiés et ravis!

. .

Qu'ai-je donc? C'est lui, lui, le Horla, qui me hante, qui me fait penser ces folies! Il est en moi, il devient mon âme; je le tuerai!

19 août.—Je le tuerai. Je l'ai vu! je me suis assis hier soir, à ma table; et je fis semblant d'écrire avec une grande attention. Je savais bien qu'il viendrait rôder autour de moi, tout près, si près que je pourrais peut-être le toucher, le saisir? Et alors!... alors, j'aurais la force des désespérés; j'aurais mes mains, mes genoux, ma poitrine, mon front, mes dents pour l'étrangler, l'écraser, le mordre, le déchirer.

Et je le guettais avec tous mes organes surexcités.

J'avais allumé mes deux lampes et les huit bougies de ma cheminée, comme si j'eusse pu, dans cette clarté, le découvrir.

En face de moi, mon lit, un vieux lit de chêne à colonnes; à droite, ma cheminée; à gauche, ma porte fermée avec soin, après l'avoir laissée longtemps ouverte, afin de l'attirer; derrière moi, une très haute armoire à glace, qui me servait chaque jour pour me raser, pour m'habiller, et où j'avais coutume de me regarder, de la tête aux pieds, chaque fois que je passais devant.

Donc, je faisais semblant d'écrire, pour le tromper, car il m'épiait lui aussi; et soudain, je sentis, je fus certain qu'il lisait par-dessus mon épaule, qu'il était là, frôlant mon oreille.

Je me dressai, les mains tendues, en me tournant si vite que je faillis tomber. Eh bien?... on y voyait comme en plein jour, et je ne me vis pas dans ma glace!... Elle était vide, claire, profonde, pleine de lumière! Mon image n'était pas dedans... et j'étais en face, moi! Je voyais le grand verre limpide du haut en bas. Et je regardais cela avec

these nurturing fathers of all creatures! What a shame! Why aren't there forty, four hundred, four thousand?! How poor, miserly, wretched everything is, parsimoniously given, baldly conceived, made with a heavy hand! Ah! the elephant, the hippopotamus, what grace! the camel, what elegance!

But you point out, the butterfly! a flying flower! I dream of one that would be as big as a hundred universes, with wings whose shape, beauty, color and movement I can't even describe. But I can see it . . . it's going from star to star, cooling and perfuming them with the harmonious and delicate breeze of its flight! . . . And the nations up there are ecstatic and rapturous as they watch it pass by!

. .

What could be wrong with me? It's he, he, the Horla, who haunts me, who inspires me with these crazy thoughts! He is inside me, he is becoming my soul; I shall kill him!

*August 19th.**—I shall kill him! I have seen him! I sat last night at my table; and I pretended to be writing, mindless of all else. I knew that he would come prowling around me, up close, so close that I might perhaps touch him, grab him? And then! . . . then I'd have the strength of the desperate; I would have my hands, my knees, my chest, my forehead, my teeth to choke him, crush him, bite him, tear him to pieces.

And I awaited him with all my senses fired up.

I had lit my two lamps and the eight candles on my mantel, as if I could have discovered him in that brightness.

Opposite me, my bed, an old oak four-poster; to the right, my fireplace; to the left, my door, carefully closed after having left it open for a long while, in order to lure him; behind me, a very tall mirrored wardrobe, which I used every day for shaving, for dressing, and where I was in the habit of looking at myself, from head to toe, each time I passed before it.

So, I pretended to write, in order to fool him, since he was spying on me as well; and suddenly I felt, I was sure that he was reading over my shoulder, that he was there, brushing against my ear.

I sat up straight, my hands outstretched, turning around so quickly that I nearly fell. And so? . . . it was bright as day in there, and I couldn't see myself in my mirror! . . . It was empty, bright, deep, full of light! My image wasn't inside . . . and I was just opposite! I looked the great, limpid glass up and down. And I watched this with panic-stricken

*The repetition of the date occurs as far back as Maupassant's manuscript.

des yeux affolés; et je n'osais plus avancer, je n'osais plus faire un mouvement, sentant bien pourtant qu'il était là, mais qu'il m'échapperait encore, lui dont le corps imperceptible avait dévoré mon reflet.

Comme j'eus peur! Puis voilà que tout à coup je commençai à m'apercevoir dans une brume, au fond du miroir, dans une brume comme à travers une nappe d'eau; et il me semblait que cette eau glissait de gauche à droite, lentement, rendant plus précise mon image, de seconde en seconde. C'était comme la fin d'une éclipse. Ce qui me cachait ne paraissait point posséder de contours nettement arrêtés, mais une sorte de transparence opaque, s'éclaircissant peu à peu.

Je pus enfin me distinguer complètement, ainsi que je le fais chaque jour en me regardant.

Je l'avais vu! L'épouvante m'en est restée, qui me fait encore frissonner.

20 août.—Le tuer, comment? puisque je ne peux l'atteindre? Le poison? mais il me verrait le mêler à l'eau; et nos poisons, d'ailleurs, auraient-ils un effet sur son corps imperceptible? Non ... non ... sans aucun doute ... Alors? ... alors? ...

21 août.—J'ai fait venir un serrurier de Rouen, et lui ai commandé pour ma chambre des persiennes de fer, comme en ont, à Paris, certains hôtels particuliers, au rez-de-chaussée, par crainte des voleurs. Il me fera, en outre, une porte pareille. Je me suis donné pour un poltron, mais je m'en moque! ...

. .

10 septembre.—Rouen, hôtel Continental. C'est fait ... c'est fait ... mais est-il mort? J'ai l'âme bouleversée de ce que j'ai vu.

Hier donc, le serrurier ayant posé ma persienne et ma porte de fer, j'ai laissé tout ouvert, jusqu'à minuit, bien qu'il commençât à faire froid.

Tout à coup, j'ai senti qu'il était là, et une joie, une joie folle m'a saisi. Je me suis levé lentement, et j'ai marché à droite, à gauche, longtemps pour qu'il ne devinât rien; puis j'ai ôté mes bottines et mis mes savates avec négligence; puis j'ai fermé ma persienne de fer, et revenant à pas tranquilles vers la porte, j'ai fermé la porte aussi à double tour. Retournant alors vers la fenêtre, je la fixai par un cadenas, dont je mis la clef dans ma poche.

Tout à coup, je compris qu'il s'agitait autour de moi, qu'il avait peur à son tour, qu'il m'ordonnait de lui ouvrir. Je faillis céder; je ne cédai pas, mais m'adossant à la porte, je l'entrebâillai, tout juste assez pour passer, moi, à reculons; et comme je suis très grand ma tête touchait

eyes; and I no longer dared to go forward, I no longer dared to make a move, well aware, however, that he was there, but that he would escape me once more, he whose invisible body had devoured my reflection.

How scared I was! And then all of a sudden I began to see myself in a mist, in the depths of the mirror, in a mist as if through a sheet of water; and it seemed to me as if this water flowed from left to right, slowly, rendering my image more precise from second to second. It was like the end of an eclipse. What was hiding me didn't seem to have sharply defined contours, but a sort of opaque transparency, lightening little by little.

I could finally make myself out completely, as I do each day when I look at myself.

I'd seen him! The fear of it has stayed with me, and is still making me shudder.

August 20th.—Kill him, how, since I can't grab hold of him? Poison? but he would see me mixing it into the water; and, besides, would our poisons have any effect on his imperceptible body? No ... no ... without a doubt ... What then? ... What then? ...

August 21st.—I summoned a locksmith from Rouen, and I ordered from him some iron shutters for my bedroom, such as they have in Paris in certain stately homes, on the ground floor, out of fear of thieves. He will also make a matching door for me. I gave the impression of being a coward, but I don't care! ...

. .

September 10th.—Rouen, Hotel Continental. It's done ... it's done ... but is he dead? My soul is reeling from what I saw.

Yesterday, then, the locksmith having installed my iron shutters and door, I left everything open, until midnight, even though it began to get cold.

Suddenly I sensed he was there, and a joy, an insane joy, gripped me. I stood up slowly and I walked to the right, to the left, for a long time so that he would guess nothing; then I took off my boots and put on my slippers nonchalantly; then I closed my iron shutters, and going calmly back toward the door, I double-locked the door also. Then, turning back toward the window, I secured it with a padlock, the key of which I put in my pocket.

All at once, I understood that he was moving around me, that he was scared in turn, that he was commanding me to open up for him. I almost gave in; I didn't give in but, standing with my back against the door, I opened it slightly, just enough for me to pass through, going

au linteau. J'étais sûr qu'il n'avait pu s'échapper et je l'enfermai, tout seul, tout seul. Quelle joie! Je le tenais! Alors, je descendis, en courant; je pris dans mon salon, sous ma chambre, mes deux lampes et je renversai toute l'huile sur le tapis, sur les meubles, partout; puis j'y mis le feu, et je me sauvai, après avoir bien refermé, à double tour, la grande porte d'entrée.

Et j'allai me cacher au fond de mon jardin, dans un massif de lauriers. Comme ce fut long! comme ce fut long! Tout était noir, muet, immobile; pas un souffle d'air, pas une étoile, des montagnes de nuages qu'on ne voyait point, mais qui pesaient sur mon âme si lourds, si lourds.

Je regardais ma maison, et j'attendais. Comme ce fut long! Je croyais déjà que le feu s'était éteint tout seul, ou qu'il l'avait éteint, Lui, quand une des fenêtres d'en bas creva sous la poussée de l'incendie, et une flamme, une grande flamme rouge et jaune, longue, molle, caressante, monta le long du mur blanc et le baisa jusqu'au toit. Une lueur courut dans les arbres, dans les branches, dans les feuilles, et un frisson, un frisson de peur aussi. Les oiseaux se réveillaient; un chien se mit à hurler; il me sembla que le jour se levait! Deux autres fenêtres éclatèrent aussitôt, et je vis que tout le bas de ma demeure n'était plus qu'un effrayant brasier. Mais un cri, un cri horrible, suraigu, déchirant, un cri de femme passa dans la nuit, et deux mansardes s'ouvrirent! J'avais oublié mes domestiques! Je vis leurs faces affolées, et leurs bras qui s'agitaient! . . .

Alors, éperdu d'horreur, je me mis à courir vers le village en hurlant: «Au secours! au secours! au feu! au feu!» Je rencontrai des gens qui s'en venaient déjà et je retournai avec eux, pour voir.

La maison, maintenant, n'était plus qu'un bûcher horrible et magnifique, un bûcher monstrueux, éclairant toute la terre, un bûcher où brûlaient des hommes, et où il brûlait aussi, Lui, Lui, mon prisonnier, l'Etre nouveau, le nouveau maître, le Horla!

Soudain le toit tout entier s'engloutit entre les murs et un volcan de flammes jaillit jusqu'au ciel. Par toutes les fenêtres ouvertes sur la fournaise, je voyais la cuve de feu, et je pensais qu'il était là, dans ce four, mort . . .

«Mort? Peut-être? . . . Son corps? son corps que le jour traversait n'était-il pas indestructible par les moyens qui tuent les nôtres?

«S'il n'était pas mort? . . . seul peut-être le temps a prise sur l'Etre invisible et Redoutable. Pourquoi ce corps transparent, ce corps inconnaissable, ce corps d'Esprit, s'il devait craindre, lui aussi, les maux, les blessures, les infirmités, la destruction prématurée?

«La destruction prématurée? toute l'épouvante humaine vient d'elle!

backwards; and, as I'm quite tall, my head was touching the lintel. I was sure that he hadn't been able to escape and I had him trapped, all alone, all alone. What joy! I had him! Then I went downstairs at a run; In my parlor, under my bedroom, I took my two lamps and I spilled all the oil onto the carpet, on the furniture, everywhere; then I set it on fire, and I fled, after having securely double-locked the large front door.

And I went to hide at the back of my garden, in a clump of laurel. How long it took! How long it took! All was black, silent, still; not a breath of air, not a star, mountains of clouds that you couldn't see, but that weighed on my soul so heavily, so heavily.

I watched my house, and I waited. How long it took! I was already thinking that the fire had gone out by itself, or that *he* had put it out, when one of the downstairs windows shattered under the pressure of the fire, and a flame, a great red and yellow flame, long, soft, caressing, climbed up along the white wall and kissed it all the way to the roof. A glow spread among the trees, in the branches, in the leaves, and a shudder, a shudder of fear, as well. The birds were waking up; a dog began to howl; it seemed to me as if dawn was breaking! Two other windows burst immediately, and I saw that the entire downstairs of my house was nothing more than a frightening inferno. But a cry, a horrible cry, very high-pitched, ear-splitting, a woman's cry passed into the night, and two attic windows opened! I'd forgotten my servants! I saw their panicky faces, and their flailing arms! . . .

Then, stricken with horror, I began to run toward the village, shouting: "Help! Help! Fire! Fire!" I came upon some people already on their way and I returned with them, to see.

The house, now, was nothing more than a horrible and magnificent pyre, a monstrous pyre, lighting up all the earth, a pyre on which men were burning, and on which *he* was burning as well, he, my prisoner, the new being, the new master, the Horla!

Suddenly the whole roof sank between the walls, and a volcano of flames shot up to the sky. Through all the windows opening into the furnace, I saw the cauldron of fire, and I thought he was there, in that oven, dead. . .

"Dead? Perhaps? . . . His body? His body, through which the light of day passed, wasn't it indestructible by the means that kill ours?

"What if he wasn't dead? . . . Perhaps only time has a hold over the invisible and fearsome being. Why that transparent body, that unknowable body, that spirit body, if he too needed to fear pain, wounds, sicknesses, premature destruction?

"Premature destruction? All human fear comes from that! After man,

Après l'homme, le Horla.—Après celui qui peut mourir tous les jours,
à toutes les heures, à toutes les minutes, par tous les accidents, est venu
celui qui ne doit mourir qu'à son jour, à son heure, à sa minute, parce
qu'il a touché la limite de son existence!

«Non . . . non . . . sans aucun doute, sans aucun doute . . . il n'est pas
mort . . . Alors . . . alors . . . il va donc falloir que je me tue, moi! . . .»

. .

the Horla.—After the one who can die any day, at any hour, at any minute, through any mishap, there now has come the one who must die only on his proper day, at this proper hour, at his proper minute, when he has reached the limit of his existence!

"No...no...without a doubt, without a doubt...he isn't dead...and so...and so...I shall have to kill *myself!*..."

. .

A CATALOG OF SELECTED DOVER
BOOKS IN ALL FIELDS OF INTEREST

100 BEST-LOVED POEMS, Edited by Philip Smith. "The Passionate Shepherd to His Love," "Shall I compare thee to a summer's day?" "Death, be not proud," "The Raven," "The Road Not Taken," plus works by Blake, Wordsworth, Byron, Shelley, Keats, many others. 96pp. 5³⁄₁₆ x 8¼. 0-486-28553-7

100 SMALL HOUSES OF THE THIRTIES, Brown-Blodgett Company. Exterior photographs and floor plans for 100 charming structures. Illustrations of models accompanied by descriptions of interiors, color schemes, closet space, and other amenities. 200 illustrations. 112pp. 8⅜ x 11. 0-486-44131-8

1000 TURN-OF-THE-CENTURY HOUSES: With Illustrations and Floor Plans, Herbert C. Chivers. Reproduced from a rare edition, this showcase of homes ranges from cottages and bungalows to sprawling mansions. Each house is meticulously illustrated and accompanied by complete floor plans. 256pp. 9⅜ x 12¼.
0-486-45596-3

101 GREAT AMERICAN POEMS, Edited by The American Poetry & Literacy Project. Rich treasury of verse from the 19th and 20th centuries includes works by Edgar Allan Poe, Robert Frost, Walt Whitman, Langston Hughes, Emily Dickinson, T. S. Eliot, other notables. 96pp. 5³⁄₁₆ x 8¼. 0-486-40158-8

101 GREAT SAMURAI PRINTS, Utagawa Kuniyoshi. Kuniyoshi was a master of the warrior woodblock print — and these 18th-century illustrations represent the pinnacle of his craft. Full-color portraits of renowned Japanese samurais pulse with movement, passion, and remarkably fine detail. 112pp. 8⅜ x 11. 0-486-46523-3

ABC OF BALLET, Janet Grosser. Clearly worded, abundantly illustrated little guide defines basic ballet-related terms: arabesque, battement, pas de chat, relevé, sissonne, many others. Pronunciation guide included. Excellent primer. 48pp. 4³⁄₁₆ x 5¾.
0-486-40871-X

ACCESSORIES OF DRESS: An Illustrated Encyclopedia, Katherine Lester and Bess Viola Oerke. Illustrations of hats, veils, wigs, cravats, shawls, shoes, gloves, and other accessories enhance an engaging commentary that reveals the humor and charm of the many-sided story of accessorized apparel. 644 figures and 59 plates. 608pp. 6⅛ x 9¼.
0-486-43378-1

ADVENTURES OF HUCKLEBERRY FINN, Mark Twain. Join Huck and Jim as their boyhood adventures along the Mississippi River lead them into a world of excitement, danger, and self-discovery. Humorous narrative, lyrical descriptions of the Mississippi valley, and memorable characters. 224pp. 5³⁄₁₆ x 8¼. 0-486-28061-6

ALICE STARMORE'S BOOK OF FAIR ISLE KNITTING, Alice Starmore. A noted designer from the region of Scotland's Fair Isle explores the history and techniques of this distinctive, stranded-color knitting style and provides copious illustrated instructions for 14 original knitwear designs. 208pp. 8⅜ x 10⅞. 0-486-47218-3

Browse over 9,000 books at www.doverpublications.com

CATALOG OF DOVER BOOKS

ALICE'S ADVENTURES IN WONDERLAND, Lewis Carroll. Beloved classic about a little girl lost in a topsy-turvy land and her encounters with the White Rabbit, March Hare, Mad Hatter, Cheshire Cat, and other delightfully improbable characters. 42 illustrations by Sir John Tenniel. 96pp. 5³⁄₁₆ x 8¼. 0-486-27543-4

AMERICA'S LIGHTHOUSES: An Illustrated History, Francis Ross Holland. Profusely illustrated fact-filled survey of American lighthouses since 1716. Over 200 stations — East, Gulf, and West coasts, Great Lakes, Hawaii, Alaska, Puerto Rico, the Virgin Islands, and the Mississippi and St. Lawrence Rivers. 240pp. 8 x 10¾. 0-486-25576-X

AN ENCYCLOPEDIA OF THE VIOLIN, Alberto Bachmann. Translated by Frederick H. Martens. Introduction by Eugene Ysaye. First published in 1925, this renowned reference remains unsurpassed as a source of essential information, from construction and evolution to repertoire and technique. Includes a glossary and 73 illustrations. 496pp. 6⅛ x 9¼. 0-486-46618-3

ANIMALS: 1,419 Copyright-Free Illustrations of Mammals, Birds, Fish, Insects, etc., Selected by Jim Harter. Selected for its visual impact and ease of use, this outstanding collection of wood engravings presents over 1,000 species of animals in extremely lifelike poses. Includes mammals, birds, reptiles, amphibians, fish, insects, and other invertebrates. 284pp. 9 x 12. 0-486-23766-4

THE ANNALS, Tacitus. Translated by Alfred John Church and William Jackson Brodribb. This vital chronicle of Imperial Rome, written by the era's great historian, spans A.D. 14-68 and paints incisive psychological portraits of major figures, from Tiberius to Nero. 416pp. 5³⁄₁₆ x 8¼. 0-486-45236-0

ANTIGONE, Sophocles. Filled with passionate speeches and sensitive probing of moral and philosophical issues, this powerful and often-performed Greek drama reveals the grim fate that befalls the children of Oedipus. Footnotes. 64pp. 5³⁄₁₆ x 8 ¼. 0-486-27804-2

ART DECO DECORATIVE PATTERNS IN FULL COLOR, Christian Stoll. Reprinted from a rare 1910 portfolio, 160 sensuous and exotic images depict a breathtaking array of florals, geometrics, and abstracts — all elegant in their stark simplicity. 64pp. 8⅜ x 11. 0-486-44862-2

THE ARTHUR RACKHAM TREASURY: 86 Full-Color Illustrations, Arthur Rackham. Selected and Edited by Jeff A. Menges. A stunning treasury of 86 full-page plates span the famed English artist's career, from *Rip Van Winkle* (1905) to masterworks such as *Undine, A Midsummer Night's Dream,* and *Wind in the Willows* (1939). 96pp. 8⅜ x 11. 0-486-44685-9

THE AUTHENTIC GILBERT & SULLIVAN SONGBOOK, W. S. Gilbert and A. S. Sullivan. The most comprehensive collection available, this songbook includes selections from every one of Gilbert and Sullivan's light operas. Ninety-two numbers are presented uncut and unedited, and in their original keys. 410pp. 9 x 12. 0-486-23482-7

THE AWAKENING, Kate Chopin. First published in 1899, this controversial novel of a New Orleans wife's search for love outside a stifling marriage shocked readers. Today, it remains a first-rate narrative with superb characterization. New introductory Note. 128pp. 5³⁄₁₆ x 8¼. 0-486-27786-0

BASIC DRAWING, Louis Priscilla. Beginning with perspective, this commonsense manual progresses to the figure in movement, light and shade, anatomy, drapery, composition, trees and landscape, and outdoor sketching. Black-and-white illustrations throughout. 128pp. 8⅜ x 11. 0-486-45815-6

Browse over 9,000 books at www.doverpublications.com

THE BATTLES THAT CHANGED HISTORY, Fletcher Pratt. Historian profiles 16 crucial conflicts, ancient to modern, that changed the course of Western civilization. Gripping accounts of battles led by Alexander the Great, Joan of Arc, Ulysses S. Grant, other commanders. 27 maps. 352pp. 5⅜ x 8½. 0-486-41129-X

BEETHOVEN'S LETTERS, Ludwig van Beethoven. Edited by Dr. A. C. Kalischer. Features 457 letters to fellow musicians, friends, greats, patrons, and literary men. Reveals musical thoughts, quirks of personality, insights, and daily events. Includes 15 plates. 410pp. 5⅜ x 8½. 0-486-22769-3

BERNICE BOBS HER HAIR AND OTHER STORIES, F. Scott Fitzgerald. This brilliant anthology includes 6 of Fitzgerald's most popular stories: "The Diamond as Big as the Ritz," the title tale, "The Offshore Pirate," "The Ice Palace," "The Jelly Bean," and "May Day." 176pp. 5⅜ x 8½. 0-486-47049-0

BESLER'S BOOK OF FLOWERS AND PLANTS: 73 Full-Color Plates from Hortus Eystettensis, 1613, Basilius Besler. Here is a selection of magnificent plates from the *Hortus Eystettensis,* which vividly illustrated and identified the plants, flowers, and trees that thrived in the legendary German garden at Eichstätt. 80pp. 8⅜ x 11.
0-486-46005-3

THE BOOK OF KELLS, Edited by Blanche Cirker. Painstakingly reproduced from a rare facsimile edition, this volume contains full-page decorations, portraits, illustrations, plus a sampling of textual leaves with exquisite calligraphy and ornamentation. 32 full-color illustrations. 32pp. 9⅜ x 12¼. 0-486-24345-1

THE BOOK OF THE CROSSBOW: With an Additional Section on Catapults and Other Siege Engines, Ralph Payne-Gallwey. Fascinating study traces history and use of crossbow as military and sporting weapon, from Middle Ages to modern times. Also covers related weapons: balistas, catapults, Turkish bows, more. Over 240 illustrations. 400pp. 7¼ x 10¼. 0-486-28720-3

THE BUNGALOW BOOK: Floor Plans and Photos of 112 Houses, 1910, Henry L. Wilson. Here are 112 of the most popular and economic blueprints of the early 20th century — plus an illustration or photograph of each completed house. A wonderful time capsule that still offers a wealth of valuable insights. 160pp. 8⅜ x 11.
0-486-45104-6

THE CALL OF THE WILD, Jack London. A classic novel of adventure, drawn from London's own experiences as a Klondike adventurer, relating the story of a heroic dog caught in the brutal life of the Alaska Gold Rush. Note. 64pp. 5³⁄₁₆ x 8¼.
0-486-26472-6

CANDIDE, Voltaire. Edited by Francois-Marie Arouet. One of the world's great satires since its first publication in 1759. Witty, caustic skewering of romance, science, philosophy, religion, government — nearly all human ideals and institutions. 112pp. 5³⁄₁₆ x 8¼. 0-486-26689-3

CELEBRATED IN THEIR TIME: Photographic Portraits from the George Grantham Bain Collection, Edited by Amy Pastan. With an Introduction by Michael Carlebach. Remarkable portrait gallery features 112 rare images of Albert Einstein, Charlie Chaplin, the Wright Brothers, Henry Ford, and other luminaries from the worlds of politics, art, entertainment, and industry. 128pp. 8⅜ x 11. 0-486-46754-6

CHARIOTS FOR APOLLO: The NASA History of Manned Lunar Spacecraft to 1969, Courtney G. Brooks, James M. Grimwood, and Loyd S. Swenson, Jr. This illustrated history by a trio of experts is the definitive reference on the Apollo spacecraft and lunar modules. It traces the vehicles' design, development, and operation in space. More than 100 photographs and illustrations. 576pp. 6¾ x 9¼. 0-486-46756-2

A CHRISTMAS CAROL, Charles Dickens. This engrossing tale relates Ebenezer Scrooge's ghostly journeys through Christmases past, present, and future and his ultimate transformation from a harsh and grasping old miser to a charitable and compassionate human being. 80pp. 5¾₆ x 8¼. 0-486-26865-9

COMMON SENSE, Thomas Paine. First published in January of 1776, this highly influential landmark document clearly and persuasively argued for American separation from Great Britain and paved the way for the Declaration of Independence. 64pp. 5¾₆ x 8¼. 0-486-29602-4

THE COMPLETE SHORT STORIES OF OSCAR WILDE, Oscar Wilde. Complete texts of "The Happy Prince and Other Tales," "A House of Pomegranates," "Lord Arthur Savile's Crime and Other Stories," "Poems in Prose," and "The Portrait of Mr. W. H." 208pp. 5¾₆ x 8¼. 0-486-45216-6

COMPLETE SONNETS, William Shakespeare. Over 150 exquisite poems deal with love, friendship, the tyranny of time, beauty's evanescence, death, and other themes in language of remarkable power, precision, and beauty. Glossary of archaic terms. 80pp. 5¾₆ x 8¼. 0-486-26686-9

THE COUNT OF MONTE CRISTO: Abridged Edition, Alexandre Dumas. Falsely accused of treason, Edmond Dantès is imprisoned in the bleak Chateau d'If. After a hair-raising escape, he launches an elaborate plot to extract a bitter revenge against those who betrayed him. 448pp. 5¾₆ x 8¼. 0-486-45643-9

CRAFTSMAN BUNGALOWS: Designs from the Pacific Northwest, Yoho & Merritt. This reprint of a rare catalog, showcasing the charming simplicity and cozy style of Craftsman bungalows, is filled with photos of completed homes, plus floor plans and estimated costs. An indispensable resource for architects, historians, and illustrators. 112pp. 10 x 7. 0-486-46875-5

CRAFTSMAN BUNGALOWS: 59 Homes from "The Craftsman," Edited by Gustav Stickley. Best and most attractive designs from Arts and Crafts Movement publication — 1903–1916 — includes sketches, photographs of homes, floor plans, descriptive text. 128pp. 8¼ x 11. 0-486-25829-7

CRIME AND PUNISHMENT, Fyodor Dostoyevsky. Translated by Constance Garnett. Supreme masterpiece tells the story of Raskolnikov, a student tormented by his own thoughts after he murders an old woman. Overwhelmed by guilt and terror, he confesses and goes to prison. 480pp. 5¾₆ x 8¼. 0-486-41587-2

THE DECLARATION OF INDEPENDENCE AND OTHER GREAT DOCUMENTS OF AMERICAN HISTORY: 1775-1865, Edited by John Grafton. Thirteen compelling and influential documents: Henry's "Give Me Liberty or Give Me Death," Declaration of Independence, The Constitution, Washington's First Inaugural Address, The Monroe Doctrine, The Emancipation Proclamation, Gettysburg Address, more. 64pp. 5¾₆ x 8¼. 0-486-41124-9

THE DESERT AND THE SOWN: Travels in Palestine and Syria, Gertrude Bell. "The female Lawrence of Arabia," Gertrude Bell wrote captivating, perceptive accounts of her travels in the Middle East. This intriguing narrative, accompanied by 160 photos, traces her 1905 sojourn in Lebanon, Syria, and Palestine. 368pp. 5⅜ x 8½. 0-486-46876-3

A DOLL'S HOUSE, Henrik Ibsen. Ibsen's best-known play displays his genius for realistic prose drama. An expression of women's rights, the play climaxes when the central character, Nora, rejects a smothering marriage and life in "a doll's house." 80pp. 5¾₆ x 8¼. 0-486-27062-9

CATALOG OF DOVER BOOKS

DOOMED SHIPS: Great Ocean Liner Disasters, William H. Miller, Jr. Nearly 200 photographs, many from private collections, highlight tales of some of the vessels whose pleasure cruises ended in catastrophe: the *Morro Castle, Normandie, Andrea Doria, Europa,* and many others. 128pp. 8⅜ x 11¼. 0-486-45366-9

THE DORÉ BIBLE ILLUSTRATIONS, Gustave Doré. Detailed plates from the Bible: the Creation scenes, Adam and Eve, horrifying visions of the Flood, the battle sequences with their monumental crowds, depictions of the life of Jesus, 241 plates in all. 241pp. 9 x 12. 0-486-23004-X

DRAWING DRAPERY FROM HEAD TO TOE, Cliff Young. Expert guidance on how to draw shirts, pants, skirts, gloves, hats, and coats on the human figure, including folds in relation to the body, pull and crush, action folds, creases, more. Over 200 drawings. 48pp. 8¼ x 11. 0-486-45591-2

DUBLINERS, James Joyce. A fine and accessible introduction to the work of one of the 20th century's most influential writers, this collection features 15 tales, including a masterpiece of the short-story genre, "The Dead." 160pp. 5³⁄₁₆ x 8¼. 0-486-26870-5

EASY-TO-MAKE POP-UPS, Joan Irvine. Illustrated by Barbara Reid. Dozens of wonderful ideas for three-dimensional paper fun — from holiday greeting cards with moving parts to a pop-up menagerie. Easy-to-follow, illustrated instructions for more than 30 projects. 299 black-and-white illustrations. 96pp. 8⅜ x 11. 0-486-44622-0

EASY-TO-MAKE STORYBOOK DOLLS: A "Novel" Approach to Cloth Dollmaking, Sherralyn St. Clair. Favorite fictional characters come alive in this unique beginner's dollmaking guide. Includes patterns for Pollyanna, Dorothy from *The Wonderful Wizard of Oz,* Mary of *The Secret Garden,* plus easy-to-follow instructions, 263 black-and-white illustrations, and an 8-page color insert. 112pp. 8¼ x 11. 0-486-47360-0

EINSTEIN'S ESSAYS IN SCIENCE, Albert Einstein. Speeches and essays in accessible, everyday language profile influential physicists such as Niels Bohr and Isaac Newton. They also explore areas of physics to which the author made major contributions. 128pp. 5 x 8. 0-486-47011-3

EL DORADO: Further Adventures of the Scarlet Pimpernel, Baroness Orczy. A popular sequel to *The Scarlet Pimpernel,* this suspenseful story recounts the Pimpernel's attempts to rescue the Dauphin from imprisonment during the French Revolution. An irresistible blend of intrigue, period detail, and vibrant characterizations. 352pp. 5³⁄₁₆ x 8¼. 0-486-44026-5

ELEGANT SMALL HOMES OF THE TWENTIES: 99 Designs from a Competition, Chicago Tribune. Nearly 100 designs for five- and six-room houses feature New England and Southern colonials, Normandy cottages, stately Italianate dwellings, and other fascinating snapshots of American domestic architecture of the 1920s. 112pp. 9 x 12. 0-486-46910-7

THE ELEMENTS OF STYLE: The Original Edition, William Strunk, Jr. This is the book that generations of writers have relied upon for timeless advice on grammar, diction, syntax, and other essentials. In concise terms, it identifies the principal requirements of proper style and common errors. 64pp. 5⅜ x 8½. 0-486-44798-7

THE ELUSIVE PIMPERNEL, Baroness Orczy. Robespierre's revolutionaries find their wicked schemes thwarted by the heroic Pimpernel — Sir Percival Blakeney. In this thrilling sequel, Chauvelin devises a plot to eliminate the Pimpernel and his wife. 272pp. 5³⁄₁₆ x 8¼. 0-486-45464-9

Browse over 9,000 books at www.doverpublications.com

AN ENCYCLOPEDIA OF BATTLES: Accounts of Over 1,560 Battles from 1479 B.C. to the Present, David Eggenberger. Essential details of every major battle in recorded history from the first battle of Megiddo in 1479 B.C. to Grenada in 1984. List of battle maps. 99 illustrations. 544pp. 6½ x 9¼. 0-486-24913-1

ENCYCLOPEDIA OF EMBROIDERY STITCHES, INCLUDING CREWEL, Marion Nichols. Precise explanations and instructions, clearly illustrated, on how to work chain, back, cross, knotted, woven stitches, and many more — 178 in all, including Cable Outline, Whipped Satin, and Eyelet Buttonhole. Over 1400 illustrations. 219pp. 8⅜ x 11¼. 0-486-22929-7

ENTER JEEVES: 15 Early Stories, P. G. Wodehouse. Splendid collection contains first 8 stories featuring Bertie Wooster, the deliciously dim aristocrat and Jeeves, his brainy, imperturbable manservant. Also, the complete Reggie Pepper (Bertie's prototype) series. 288pp. 5⅜ x 8½. 0-486-29717-9

ERIC SLOANE'S AMERICA: Paintings in Oil, Michael Wigley. With a Foreword by Mimi Sloane. Eric Sloane's evocative oils of America's landscape and material culture shimmer with immense historical and nostalgic appeal. This original hardcover collection gathers nearly a hundred of his finest paintings, with subjects ranging from New England to the American Southwest. 128pp. 10⅝ x 9. 0-486-46525-X

ETHAN FROME, Edith Wharton. Classic story of wasted lives, set against a bleak New England background. Superbly delineated characters in a hauntingly grim tale of thwarted love. Considered by many to be Wharton's masterpiece. 96pp. 5³⁄₁₆ x 8 ¼. 0-486-26690-7

THE EVERLASTING MAN, G. K. Chesterton. Chesterton's view of Christianity — as a blend of philosophy and mythology, satisfying intellect and spirit — applies to his brilliant book, which appeals to readers' heads as well as their hearts. 288pp. 5⅜ x 8½. 0-486-46036-3

THE FIELD AND FOREST HANDY BOOK, Daniel Beard. Written by a co-founder of the Boy Scouts, this appealing guide offers illustrated instructions for building kites, birdhouses, boats, igloos, and other fun projects, plus numerous helpful tips for campers. 448pp. 5³⁄₁₆ x 8¼. 0-486-46191-2

FINDING YOUR WAY WITHOUT MAP OR COMPASS, Harold Gatty. Useful, instructive manual shows would-be explorers, hikers, bikers, scouts, sailors, and survivalists how to find their way outdoors by observing animals, weather patterns, shifting sands, and other elements of nature. 288pp. 5⅜ x 8½. 0-486-40613-X

FIRST FRENCH READER: A Beginner's Dual-Language Book, Edited and Translated by Stanley Appelbaum. This anthology introduces 50 legendary writers — Voltaire, Balzac, Baudelaire, Proust, more — through passages from *The Red and the Black*, *Les Misérables*, *Madame Bovary*, and other classics. Original French text plus English translation on facing pages. 240pp. 5⅜ x 8½. 0-486-46178-5

FIRST GERMAN READER: A Beginner's Dual-Language Book, Edited by Harry Steinhauer. Specially chosen for their power to evoke German life and culture, these short, simple readings include poems, stories, essays, and anecdotes by Goethe, Hesse, Heine, Schiller, and others. 224pp. 5⅜ x 8½. 0-486-46179-3

FIRST SPANISH READER: A Beginner's Dual-Language Book, Angel Flores. Delightful stories, other material based on works of Don Juan Manuel, Luis Taboada, Ricardo Palma, other noted writers. Complete faithful English translations on facing pages. Exercises. 176pp. 5⅜ x 8½. 0-486-25810-6

CATALOG OF DOVER BOOKS

FIVE ACRES AND INDEPENDENCE, Maurice G. Kains. Great back-to-the-land classic explains basics of self-sufficient farming. The one book to get. 95 illustrations. 397pp. 5⅜ x 8½. 0-486-20974-1

FLAGG'S SMALL HOUSES: Their Economic Design and Construction, 1922, Ernest Flagg. Although most famous for his skyscrapers, Flagg was also a proponent of the well-designed single-family dwelling. His classic treatise features innovations that save space, materials, and cost. 526 illustrations. 160pp. 9⅜ x 12¼. 0-486-45197-6

FLATLAND: A Romance of Many Dimensions, Edwin A. Abbott. Classic of science (and mathematical) fiction — charmingly illustrated by the author — describes the adventures of A. Square, a resident of Flatland, in Spaceland (three dimensions), Lineland (one dimension), and Pointland (no dimensions). 96pp. 5⅜₆ x 8¼. 0-486-27263-X

FRANKENSTEIN, Mary Shelley. The story of Victor Frankenstein's monstrous creation and the havoc it caused has enthralled generations of readers and inspired countless writers of horror and suspense. With the author's own 1831 introduction. 176pp. 5⅜₆ x 8¼. 0-486-28211-2

THE GARGOYLE BOOK: 572 Examples from Gothic Architecture, Lester Burbank Bridaham. Dispelling the conventional wisdom that French Gothic architectural flourishes were born of despair or gloom, Bridaham reveals the whimsical nature of these creations and the ingenious artisans who made them. 572 illustrations. 224pp. 8⅜ x 11. 0-486-44754-5

THE GIFT OF THE MAGI AND OTHER SHORT STORIES, O. Henry. Sixteen captivating stories by one of America's most popular storytellers. Included are such classics as "The Gift of the Magi," "The Last Leaf," and "The Ransom of Red Chief." Publisher's Note. 96pp. 5⅜₆ x 8¼. 0-486-27061-0

THE GOETHE TREASURY: Selected Prose and Poetry, Johann Wolfgang von Goethe. Edited, Selected, and with an Introduction by Thomas Mann. In addition to his lyric poetry, Goethe wrote travel sketches, autobiographical studies, essays, letters, and proverbs in rhyme and prose. This collection presents outstanding examples from each genre. 368pp. 5⅜ x 8½. 0-486-44780-4

GREAT EXPECTATIONS, Charles Dickens. Orphaned Pip is apprenticed to the dirty work of the forge but dreams of becoming a gentleman — and one day finds himself in possession of "great expectations." Dickens' finest novel. 400pp. 5⅜₆ x 8¼. 0-486-41586-4

GREAT WRITERS ON THE ART OF FICTION: From Mark Twain to Joyce Carol Oates, Edited by James Daley. An indispensable source of advice and inspiration, this anthology features essays by Henry James, Kate Chopin, Willa Cather, Sinclair Lewis, Jack London, Raymond Chandler, Raymond Carver, Eudora Welty, and Kurt Vonnegut, Jr. 192pp. 5⅜ x 8½. 0-486-45128-3

HAMLET, William Shakespeare. The quintessential Shakespearean tragedy, whose highly charged confrontations and anguished soliloquies probe depths of human feeling rarely sounded in any art. Reprinted from an authoritative British edition complete with illuminating footnotes. 128pp. 5⅜₆ x 8¼. 0-486-27278-8

THE HAUNTED HOUSE, Charles Dickens. A Yuletide gathering in an eerie country retreat provides the backdrop for Dickens and his friends — including Elizabeth Gaskell and Wilkie Collins — who take turns spinning supernatural yarns. 144pp. 5⅜ x 8½. 0-486-46309-5

Browse over 9,000 books at www.doverpublications.com

CATALOG OF DOVER BOOKS

HEART OF DARKNESS, Joseph Conrad. Dark allegory of a journey up the Congo River and the narrator's encounter with the mysterious Mr. Kurtz. Masterly blend of adventure, character study, psychological penetration. For many, Conrad's finest, most enigmatic story. 80pp. 5³⁄₁₆ x 8¼. 0-486-26464-5

HENSON AT THE NORTH POLE, Matthew A. Henson. This thrilling memoir by the heroic African-American who was Peary's companion through two decades of Arctic exploration recounts a tale of danger, courage, and determination. "Fascinating and exciting." — *Commonweal.* 128pp. 5⅜ x 8½. 0-486-45472-X

HISTORIC COSTUMES AND HOW TO MAKE THEM, Mary Fernald and E. Shenton. Practical, informative guidebook shows how to create everything from short tunics worn by Saxon men in the fifth century to a lady's bustle dress of the late 1800s. 81 illustrations. 176pp. 5⅜ x 8½. 0-486-44906-8

THE HOUND OF THE BASKERVILLES, Arthur Conan Doyle. A deadly curse in the form of a legendary ferocious beast continues to claim its victims from the Baskerville family until Holmes and Watson intervene. Often called the best detective story ever written. 128pp. 5³⁄₁₆ x 8¼. 0-486-28214-7

THE HOUSE BEHIND THE CEDARS, Charles W. Chesnutt. Originally published in 1900, this groundbreaking novel by a distinguished African-American author recounts the drama of a brother and sister who "pass for white" during the dangerous days of Reconstruction. 208pp. 5⅜ x 8½. 0-486-46144-0

THE HUMAN FIGURE IN MOTION, Eadweard Muybridge. The 4,789 photographs in this definitive selection show the human figure — models almost all undraped — engaged in over 160 different types of action: running, climbing stairs, etc. 390pp. 7⅞ x 10⅝. 0-486-20204-6

THE IMPORTANCE OF BEING EARNEST, Oscar Wilde. Wilde's witty and buoyant comedy of manners, filled with some of literature's most famous epigrams, reprinted from an authoritative British edition. Considered Wilde's most perfect work. 64pp. 5³⁄₁₆ x 8¼. 0-486-26478-5

THE INFERNO, Dante Alighieri. Translated and with notes by Henry Wadsworth Longfellow. The first stop on Dante's famous journey from Hell to Purgatory to Paradise, this 14th-century allegorical poem blends vivid and shocking imagery with graceful lyricism. Translated by the beloved 19th-century poet, Henry Wadsworth Longfellow. 256pp. 5³⁄₁₆ x 8¼. 0-486-44288-8

JANE EYRE, Charlotte Brontë. Written in 1847, *Jane Eyre* tells the tale of an orphan girl's progress from the custody of cruel relatives to an oppressive boarding school and its culmination in a troubled career as a governess. 448pp. 5³⁄₁₆ x 8¼.
0-486-42449-9

JAPANESE WOODBLOCK FLOWER PRINTS, Tanigami Kônan. Extraordinary collection of Japanese woodblock prints by a well-known artist features 120 plates in brilliant color. Realistic images from a rare edition include daffodils, tulips, and other familiar and unusual flowers. 128pp. 11 x 8¼. 0-486-46442-3

JEWELRY MAKING AND DESIGN, Augustus F. Rose and Antonio Cirino. Professional secrets of jewelry making are revealed in a thorough, practical guide. Over 200 illustrations. 306pp. 5⅜ x 8½. 0-486-21750-7

JULIUS CAESAR, William Shakespeare. Great tragedy based on Plutarch's account of the lives of Brutus, Julius Caesar and Mark Antony. Evil plotting, ringing oratory, high tragedy with Shakespeare's incomparable insight, dramatic power. Explanatory footnotes. 96pp. 5³⁄₁₆ x 8¼. 0-486-26876-4

Browse over 9,000 books at www.doverpublications.com

CATALOG OF DOVER BOOKS

THE JUNGLE, Upton Sinclair. 1906 bestseller shockingly reveals intolerable labor practices and working conditions in the Chicago stockyards as it tells the grim story of a Slavic family that emigrates to America full of optimism but soon faces despair. 320pp. 5³⁄₁₆ x 8¼. 0-486-41923-1

THE KINGDOM OF GOD IS WITHIN YOU, Leo Tolstoy. The soul-searching book that inspired Gandhi to embrace the concept of passive resistance, Tolstoy's 1894 polemic clearly outlines a radical, well-reasoned revision of traditional Christian thinking. 352pp. 5³⁄₁₆ x 8¼. 0-486-45138-0

THE LADY OR THE TIGER?: and Other Logic Puzzles, Raymond M. Smullyan. Created by a renowned puzzle master, these whimsically themed challenges involve paradoxes about probability, time, and change; metapuzzles; and self-referentiality. Nineteen chapters advance in difficulty from relatively simple to highly complex. 1982 edition. 240pp. 5⅜ x 8½. 0-486-47027-X

LEAVES OF GRASS: The Original 1855 Edition, Walt Whitman. Whitman's immortal collection includes some of the greatest poems of modern times, including his masterpiece, "Song of Myself." Shattering standard conventions, it stands as an unabashed celebration of body and nature. 128pp. 5³⁄₁₆ x 8¼. 0-486-45676-5

LES MISÉRABLES, Victor Hugo. Translated by Charles E. Wilbour. Abridged by James K. Robinson. A convict's heroic struggle for justice and redemption plays out against a fiery backdrop of the Napoleonic wars. This edition features the excellent original translation and a sensitive abridgment. 304pp. 6⅛ x 9¼.
0-486-45789-3

LILITH: A Romance, George MacDonald. In this novel by the father of fantasy literature, a man travels through time to meet Adam and Eve and to explore humanity's fall from grace and ultimate redemption. 240pp. 5⅜ x 8½.
0-486-46818-6

THE LOST LANGUAGE OF SYMBOLISM, Harold Bayley. This remarkable book reveals the hidden meaning behind familiar images and words, from the origins of Santa Claus to the fleur-de-lys, drawing from mythology, folklore, religious texts, and fairy tales. 1,418 illustrations. 784pp. 5⅜ x 8½. 0-486-44787-1

MACBETH, William Shakespeare. A Scottish nobleman murders the king in order to succeed to the throne. Tortured by his conscience and fearful of discovery, he becomes tangled in a web of treachery and deceit that ultimately spells his doom. 96pp. 5³⁄₁₆ x 8¼. 0-486-27802-6

MAKING AUTHENTIC CRAFTSMAN FURNITURE: Instructions and Plans for 62 Projects, Gustav Stickley. Make authentic reproductions of handsome, functional, durable furniture: tables, chairs, wall cabinets, desks, a hall tree, and more. Construction plans with drawings, schematics, dimensions, and lumber specs reprinted from 1900s The Craftsman magazine. 128pp. 8⅛ x 11. 0-486-25000-8

MATHEMATICS FOR THE NONMATHEMATICIAN, Morris Kline. Erudite and entertaining overview follows development of mathematics from ancient Greeks to present. Topics include logic and mathematics, the fundamental concept, differential calculus, probability theory, much more. Exercises and problems. 641pp. 5⅜ x 8½. 0-486-24823-2

MEMOIRS OF AN ARABIAN PRINCESS FROM ZANZIBAR, Emily Ruete. This 19th-century autobiography offers a rare inside look at the society surrounding a sultan's palace. A real-life princess in exile recalls her vanished world of harems, slave trading, and court intrigues. 288pp. 5⅜ x 8½. 0-486-47121-7

Browse over 9,000 books at www.doverpublications.com

THE METAMORPHOSIS AND OTHER STORIES, Franz Kafka. Excellent new English translations of title story (considered by many critics Kafka's most perfect work), plus "The Judgment," "In the Penal Colony," "A Country Doctor," and "A Report to an Academy." Note. 96pp. 5¾₆ x 8¼. 0-486-29030-1

MICROSCOPIC ART FORMS FROM THE PLANT WORLD, R. Anheisser. From undulating curves to complex geometrics, a world of fascinating images abound in this classic, illustrated survey of microscopic plants. Features 400 detailed illustrations of nature's minute but magnificent handiwork. The accompanying CD-ROM includes all of the images in the book. 128pp. 9 x 9. 0-486-46013-4

A MIDSUMMER NIGHT'S DREAM, William Shakespeare. Among the most popular of Shakespeare's comedies, this enchanting play humorously celebrates the vagaries of love as it focuses upon the intertwined romances of several pairs of lovers. Explanatory footnotes. 80pp. 5¾₆ x 8¼. 0-486-27067-X

THE MONEY CHANGERS, Upton Sinclair. Originally published in 1908, this cautionary novel from the author of *The Jungle* explores corruption within the American system as a group of power brokers joins forces for personal gain, triggering a crash on Wall Street. 192pp. 5⅜ x 8½. 0-486-46917-4

THE MOST POPULAR HOMES OF THE TWENTIES, William A. Radford. With a New Introduction by Daniel D. Reiff. Based on a rare 1925 catalog, this architectural showcase features floor plans, construction details, and photos of 26 homes, plus articles on entrances, porches, garages, and more. 250 illustrations, 21 color plates. 176pp. 8⅜ x 11. 0-486-47028-8

MY 66 YEARS IN THE BIG LEAGUES, Connie Mack. With a New Introduction by Rich Westcott. A Founding Father of modern baseball, Mack holds the record for most wins — and losses — by a major league manager. Enhanced by 70 photographs, his warmhearted autobiography is populated by many legends of the game. 288pp. 5⅜ x 8½. 0-486-47184-5

NARRATIVE OF THE LIFE OF FREDERICK DOUGLASS, Frederick Douglass. Douglass's graphic depictions of slavery, harrowing escape to freedom, and life as a newspaper editor, eloquent orator, and impassioned abolitionist. 96pp. 5¾₆ x 8¼. 0-486-28499-9

THE NIGHTLESS CITY: Geisha and Courtesan Life in Old Tokyo, J. E. de Becker. This unsurpassed study from 100 years ago ventured into Tokyo's red-light district to survey geisha and courtesan life and offer meticulous descriptions of training, dress, social hierarchy, and erotic practices; 2 maps. 496pp. 5⅜ x 8½. 0-486-45563-7

THE ODYSSEY, Homer. Excellent prose translation of ancient epic recounts adventures of the homeward-bound Odysseus. Fantastic cast of gods, giants, cannibals, sirens, other supernatural creatures — true classic of Western literature. 256pp. 5¾₆ x 8¼. 0-486-40654-7

OEDIPUS REX, Sophocles. Landmark of Western drama concerns the catastrophe that ensues when King Oedipus discovers he has inadvertently killed his father and married his mother. Masterly construction, dramatic irony. Explanatory footnotes. 64pp. 5¾₆ x 8¼. 0-486-26877-2

ONCE UPON A TIME: The Way America Was, Eric Sloane. Nostalgic text and drawings brim with gentle philosophies and descriptions of how we used to live — self-sufficiently — on the land, in homes, and among the things built by hand. 44 line illustrations. 64pp. 8⅜ x 11. 0-486-44411-2

ONE OF OURS, Willa Cather. The Pulitzer Prize–winning novel about a young Nebraskan looking for something to believe in. Alienated from his parents, rejected by his wife, he finds his destiny on the bloody battlefields of World War I. 352pp. 5³⁄₁₆ x 8¼. 0-486-45599-8

ORIGAMI YOU CAN USE: 27 Practical Projects, Rick Beech. Origami models can be more than decorative, and this unique volume shows how! The 27 practical projects include a CD case, frame, napkin ring, and dish. Easy instructions feature 400 two-color illustrations. 96pp. 8¼ x 11. 0-486-47057-1

OTHELLO, William Shakespeare. Towering tragedy tells the story of a Moorish general who earns the enmity of his ensign Iago when he passes him over for a promotion. Masterly portrait of an archvillain. Explanatory footnotes. 112pp. 5³⁄₁₆ x 8¼. 0-486-29097-2

PARADISE LOST, John Milton. Notes by John A. Himes. First published in 1667, *Paradise Lost* ranks among the greatest of English literature's epic poems. It's a sublime retelling of Adam and Eve's fall from grace and expulsion from Eden. Notes by John A. Himes. 480pp. 5³⁄₁₆ x 8¼. 0-486-44287-X

PASSING, Nella Larsen. Married to a successful physician and prominently ensconced in society, Irene Redfield leads a charmed existence — until a chance encounter with a childhood friend who has been "passing for white." 112pp. 5³⁄₈ x 8½. 0-486-43713-2

PERSPECTIVE DRAWING FOR BEGINNERS, Len A. Doust. Doust carefully explains the roles of lines, boxes, and circles, and shows how visualizing shapes and forms can be used in accurate depictions of perspective. One of the most concise introductions available. 33 illustrations. 64pp. 5³⁄₈ x 8½. 0-486-45149-6

PERSPECTIVE MADE EASY, Ernest R. Norling. Perspective is easy; yet, surprisingly few artists know the simple rules that make it so. Remedy that situation with this simple, step-by-step book, the first devoted entirely to the topic. 256 illustrations. 224pp. 5³⁄₈ x 8½. 0-486-40473-0

THE PICTURE OF DORIAN GRAY, Oscar Wilde. Celebrated novel involves a handsome young Londoner who sinks into a life of depravity. His body retains perfect youth and vigor while his recent portrait reflects the ravages of his crime and sensuality. 176pp. 5³⁄₁₆ x 8¼. 0-486-27807-7

PRIDE AND PREJUDICE, Jane Austen. One of the most universally loved and admired English novels, an effervescent tale of rural romance transformed by Jane Austen's art into a witty, shrewdly observed satire of English country life. 272pp. 5³⁄₁₆ x 8¼.
0-486-28473-5

THE PRINCE, Niccolò Machiavelli. Classic, Renaissance-era guide to acquiring and maintaining political power. Today, nearly 500 years after it was written, this calculating prescription for autocratic rule continues to be much read and studied. 80pp. 5³⁄₁₆ x 8¼. 0-486-27274-5

QUICK SKETCHING, Carl Cheek. A perfect introduction to the technique of "quick sketching." Drawing upon an artist's immediate emotional responses, this is an extremely effective means of capturing the essential form and features of a subject. More than 100 black-and-white illustrations throughout. 48pp. 11 x 8¼.
0-486-46608-6

RANCH LIFE AND THE HUNTING TRAIL, Theodore Roosevelt. Illustrated by Frederic Remington. Beautifully illustrated by Remington, Roosevelt's celebration of the Old West recounts his adventures in the Dakota Badlands of the 1880s, from roundups to Indian encounters to hunting bighorn sheep. 208pp. 6¼ x 9¼. 0-486-47340-6

CATALOG OF DOVER BOOKS

THE RED BADGE OF COURAGE, Stephen Crane. Amid the nightmarish chaos of a Civil War battle, a young soldier discovers courage, humility, and, perhaps, wisdom. Uncanny re-creation of actual combat. Enduring landmark of American fiction. 112pp. 5³⁄₁₆ x 8¼. 0-486-26465-3

RELATIVITY SIMPLY EXPLAINED, Martin Gardner. One of the subject's clearest, most entertaining introductions offers lucid explanations of special and general theories of relativity, gravity, and spacetime, models of the universe, and more. 100 illustrations. 224pp. 5⅜ x 8½. 0-486-29315-7

REMBRANDT DRAWINGS: 116 Masterpieces in Original Color, Rembrandt van Rijn. This deluxe hardcover edition features drawings from throughout the Dutch master's prolific career. Informative captions accompany these beautifully reproduced landscapes, biblical vignettes, figure studies, animal sketches, and portraits. 128pp. 8⅜ x 11. 0-486-46149-1

THE ROAD NOT TAKEN AND OTHER POEMS, Robert Frost. A treasury of Frost's most expressive verse. In addition to the title poem: "An Old Man's Winter Night," "In the Home Stretch," "Meeting and Passing," "Putting in the Seed," many more. All complete and unabridged. 64pp. 5³⁄₁₆ x 8¼. 0-486-27550-7

ROMEO AND JULIET, William Shakespeare. Tragic tale of star-crossed lovers, feuding families and timeless passion contains some of Shakespeare's most beautiful and lyrical love poetry. Complete, unabridged text with explanatory footnotes. 96pp. 5³⁄₁₆ x 8¼. 0-486-27557-4

SANDITON AND THE WATSONS: Austen's Unfinished Novels, Jane Austen. Two tantalizing incomplete stories revisit Austen's customary milieu of courtship and venture into new territory, amid guests at a seaside resort. Both are worth reading for pleasure and study. 112pp. 5⅜ x 8½. 0-486-45793-1

THE SCARLET LETTER, Nathaniel Hawthorne. With stark power and emotional depth, Hawthorne's masterpiece explores sin, guilt, and redemption in a story of adultery in the early days of the Massachusetts Colony. 192pp. 5³⁄₁₆ x 8¼.
0-486-28048-9

THE SEASONS OF AMERICA PAST, Eric Sloane. Seventy-five illustrations depict cider mills and presses, sleds, pumps, stump-pulling equipment, plows, and other elements of America's rural heritage. A section of old recipes and household hints adds additional color. 160pp. 8⅜ x 11. 0-486-44220-9

SELECTED CANTERBURY TALES, Geoffrey Chaucer. Delightful collection includes the General Prologue plus three of the most popular tales: "The Knight's Tale," "The Miller's Prologue and Tale," and "The Wife of Bath's Prologue and Tale." In modern English. 144pp. 5³⁄₁₆ x 8¼. 0-486-28241-4

SELECTED POEMS, Emily Dickinson. Over 100 best-known, best-loved poems by one of America's foremost poets, reprinted from authoritative early editions. No comparable edition at this price. Index of first lines. 64pp. 5³⁄₁₆ x 8¼. 0-486-26466-1

SIDDHARTHA, Hermann Hesse. Classic novel that has inspired generations of seekers. Blending Eastern mysticism and psychoanalysis, Hesse presents a strikingly original view of man and culture and the arduous process of self-discovery, reconciliation, harmony, and peace. 112pp. 5³⁄₁₆ x 8¼. 0-486-40653-9

SKETCHING OUTDOORS, Leonard Richmond. This guide offers beginners step-by-step demonstrations of how to depict clouds, trees, buildings, and other outdoor sights. Explanations of a variety of techniques include shading and constructional drawing. 48pp. 11 x 8¼. 0-486-46922-0

SMALL HOUSES OF THE FORTIES: With Illustrations and Floor Plans, Harold E. Group. 56 floor plans and elevations of houses that originally cost less than $15,000 to build. Recommended by financial institutions of the era, they range from Colonials to Cape Cods. 144pp. 8⅜ x 11. 0-486-45598-X

SOME CHINESE GHOSTS, Lafcadio Hearn. Rooted in ancient Chinese legends, these richly atmospheric supernatural tales are recounted by an expert in Oriental lore. Their originality, power, and literary charm will captivate readers of all ages. 96pp. 5⅜ x 8½. 0-486-46306-0

SONGS FOR THE OPEN ROAD: Poems of Travel and Adventure, Edited by The American Poetry & Literacy Project. More than 80 poems by 50 American and British masters celebrate real and metaphorical journeys. Poems by Whitman, Byron, Millay, Sandburg, Langston Hughes, Emily Dickinson, Robert Frost, Shelley, Tennyson, Yeats, many others. Note. 80pp. 5³⁄₁₆ x 8¼. 0-486-40646-6

SPOON RIVER ANTHOLOGY, Edgar Lee Masters. An American poetry classic, in which former citizens of a mythical midwestern town speak touchingly from the grave of the thwarted hopes and dreams of their lives. 144pp. 5³⁄₁₆ x 8¼.
0-486-27275-3

STAR LORE: Myths, Legends, and Facts, William Tyler Olcott. Captivating retellings of the origins and histories of ancient star groups include Pegasus, Ursa Major, Pleiades, signs of the zodiac, and other constellations. "Classic." — *Sky & Telescope*. 58 illustrations. 544pp. 5⅜ x 8½. 0-486-43581-4

THE STRANGE CASE OF DR. JEKYLL AND MR. HYDE, Robert Louis Stevenson. This intriguing novel, both fantasy thriller and moral allegory, depicts the struggle of two opposing personalities — one essentially good, the other evil — for the soul of one man. 64pp. 5³⁄₁₆ x 8¼. 0-486-26688-5

SURVIVAL HANDBOOK: The Official U.S. Army Guide, Department of the Army. This special edition of the Army field manual is geared toward civilians. An essential companion for campers and all lovers of the outdoors, it constitutes the most authoritative wilderness guide. 288pp. 5³⁄₁₆ x 8¼. 0-486-46184-X

A TALE OF TWO CITIES, Charles Dickens. Against the backdrop of the French Revolution, Dickens unfolds his masterpiece of drama, adventure, and romance about a man falsely accused of treason. Excitement and derring-do in the shadow of the guillotine. 304pp. 5³⁄₁₆ x 8¼. 0-486-40651-2

TEN PLAYS, Anton Chekhov. *The Sea Gull, Uncle Vanya, The Three Sisters, The Cherry Orchard*, and *Ivanov*, plus 5 one-act comedies: *The Anniversary, An Unwilling Martyr, The Wedding, The Bear*, and *The Proposal*. 336pp. 5³⁄₁₆ x 8¼. 0-486-46560-8

THE FLYING INN, G. K. Chesterton. Hilarious romp in which pub owner Humphrey Hump and friend take to the road in a donkey cart filled with rum and cheese, inveighing against Prohibition and other "oppressive forms of modernity." 320pp. 5⅜ x 8½. 0-486-41910-X

THIRTY YEARS THAT SHOOK PHYSICS: The Story of Quantum Theory, George Gamow. Lucid, accessible introduction to the influential theory of energy and matter features careful explanations of Dirac's anti-particles, Bohr's model of the atom, and much more. Numerous drawings. 1966 edition. 240pp. 5⅜ x 8½. 0-486-24895-X

TREASURE ISLAND, Robert Louis Stevenson. Classic adventure story of a perilous sea journey, a mutiny led by the infamous Long John Silver, and a lethal scramble for buried treasure — seen through the eyes of cabin boy Jim Hawkins. 160pp. 5³⁄₁₆ x 8¼.
0-486-27559-0

THE TRIAL, Franz Kafka. Translated by David Wyllie. From its gripping first sentence onward, this novel exemplifies the term "Kafkaesque." Its darkly humorous narrative recounts a bank clerk's entrapment in a bureaucratic maze, based on an undisclosed charge. 176pp. 5⅜ x 8¼. 0-486-47061-X

THE TURN OF THE SCREW, Henry James. Gripping ghost story by great novelist depicts the sinister transformation of 2 innocent children into flagrant liars and hypocrites. An elegantly told tale of unspoken horror and psychological terror. 96pp. 5⅜ x 8¼. 0-486-26684-2

UP FROM SLAVERY, Booker T. Washington. Washington (1856-1915) rose to become the most influential spokesman for African-Americans of his day. In this eloquently written book, he describes events in a remarkable life that began in bondage and culminated in worldwide recognition. 160pp. 5⅜ x 8¼. 0-486-28738-6

VICTORIAN HOUSE DESIGNS IN AUTHENTIC FULL COLOR: 75 Plates from the "Scientific American – Architects and Builders Edition," 1885-1894, Edited by Blanche Cirker. Exquisitely detailed, exceptionally handsome designs for an enormous variety of attractive city dwellings, spacious suburban and country homes, charming "cottages" and other structures — all accompanied by perspective views and floor plans. 80pp. 9¼ x 12¼. 0-486-29438-2

VILLETTE, Charlotte Brontë. Acclaimed by Virginia Woolf as "Brontë's finest novel," this moving psychological study features a remarkably modern heroine who abandons her native England for a new life as a schoolteacher in Belgium. 480pp. 5⅜ x 8¼. 0-486-45557-2

THE VOYAGE OUT, Virginia Woolf. A moving depiction of the thrills and confusion of youth, Woolf's acclaimed first novel traces a shipboard journey to South America for a captivating exploration of a woman's growing self-awareness. 288pp. 5⅜ x 8¼. 0-486-45005-8

WALDEN; OR, LIFE IN THE WOODS, Henry David Thoreau. Accounts of Thoreau's daily life on the shores of Walden Pond outside Concord, Massachusetts, are interwoven with musings on the virtues of self-reliance and individual freedom, on society, government, and other topics. 224pp. 5⅜ x 8¼. 0-486-28495-6

WILD PILGRIMAGE: A Novel in Woodcuts, Lynd Ward. Through startling engravings shaded in black and red, Ward wordlessly tells the story of a man trapped in an industrial world, struggling between the grim reality around him and the fantasies his imagination creates. 112pp. 6⅛ x 9¼. 0-486-46583-7

WILLY POGÁNY REDISCOVERED, Willy Pogány. Selected and Edited by Jeff A. Menges. More than 100 color and black-and-white Art Nouveau–style illustrations from fairy tales and adventure stories include scenes from Wagner's "Ring" cycle, *The Rime of the Ancient Mariner, Gulliver's Travels,* and *Faust.* 144pp. 8⅜ x 11. 0-486-47046-6

WOOLLY THOUGHTS: Unlock Your Creative Genius with Modular Knitting, Pat Ashforth and Steve Plummer. Here's the revolutionary way to knit — easy, fun, and foolproof! Beginners and experienced knitters need only master a single stitch to create their own designs with patchwork squares. More than 100 illustrations. 128pp. 6½ x 9¼. 0-486-46084-3

WUTHERING HEIGHTS, Emily Brontë. Somber tale of consuming passions and vengeance — played out amid the lonely English moors — recounts the turbulent and tempestuous love story of Cathy and Heathcliff. Poignant and compelling. 256pp. 5⅜ x 8¼. 0-486-29256-8